Je mutiger wir unsere Ängste vor dem Nichtwissen überwinden,
umso schneller werden wir wissen.

Luca Rohleder

Sollte dieses Buch Links auf Webseiten Dritter enthalten, so übernehmen wir für deren Inhalte keine Haftung, da wir uns diese nicht zu eigen machen, sondern lediglich auf deren Stand zum Zeitpunkt der Erstveröffentlichung verweisen.

Dieses Buch ist auch als E-Book erhältlich, ISBN 978-3-9823032-5-3

www.dielus.com

www.facebook.com/dielusedition

www.instagram.com/dielusedition

GEPRÜFTER BUCHINHALT

- Angegebener Autor hat das Buch vollständig selbst verfasst.
- Buchtext wurde auf Plagiate überprüft.
- Fachliche Aussagen wurden durch Dritte begutachtet.

VERLAGS-VERÖFFENTLICHUNG

HERAUSGEBER DIESES BUCHS IST EIN BUCHVERLAG

- Professionelle und hochwertige Buchproduktion
- Ausreichender quantitativer sowie qualitativer Leseumfang.
- Das gesamte Buch durchlief ein Fachlektorat sowie ein Schlusskorrektorat.

VERIFIZIERTER AUTOR

- Autorenangaben, Laufbahn und sonstige Informationen über den Autor entsprechen den tatsächlichen Gegebenheiten.
- Der Autor verfügt über anerkannte Berufsabschlüsse oder fachspezifische Zertifikate.
- Er war in seinem Fachbereich beruflich tätig und gilt als ausgewiesener Experte.

FSC www.fsc.org
MIX
Papier aus verantwortungsvollen Quellen
FSC® C083411

Die Suche nach Sinn, Luca Rohleder

Überarbeitete und illustrierte Neuauflage des Romans „Die Suche nach Gott"

Dieses Buch wird von einem unabhängigen Buchverlag verlegt. Es wird versichert, dass keine Beteiligungen durch internationale Investorengruppen, Großverlage oder sonstige Konzerne bestehen. Der Inhalt dieses Ratgebers folgt ausschließlich unabhängigen und fachlich orientierten Gesichtspunkten.

Einbandgestaltung:	dielus edition
Bildnachweise:	LUCA TAGEBUCH Lebensweisheiten, ©iStock.com/Serhii Borodin, ©iStock.com/rusm, ©iStock.com/Ola_Tarakanova und Luca Rohleder
Buchsatz:	dielus edition
ISBN:	978-3-9823032-4-6

Made and printed in Germany

Bibliografische Information der Deutschen Bibliothek: Die Deutsche Bibliothek verzeichnet diese Publikation in der Deutschen Nationalbibliografie; detaillierte bibliografische Daten sind im Internet abrufbar über https://portal.dnb.de.

Roman

LUCA ROHLEDER

DIE SUCHE NACH SINN

dielus edition
www.dielus.com

Level 1	Welt	7
Level 2	Liebe	27
Level 3	Realität	61
Level 4	Kopf	98
Level 5	Herz	112
Level 6	Bauch	148
Level 7	Gesundheit	179
Level 8	Freiheit	215
Level 9	Bestimmung	235
Level 10	Sinn	276

Lucys große blaue Augen, umrahmt von ihren langen blonden Haaren, waren schon immer ihr Markenzeichen gewesen. Sie waren bekannt für ihr Blitzen und Leuchten. Doch nun hatte sich das Funkeln zu einem glanzlosen Etwas verwandelt. Von dem strahlend hellen Blau war nur noch ein trübes Leichengrau übrig geblieben. Seit Tagen gab sich Lucy der Trauer und Frustration hin. Solche Lebensphasen kannte sie zur Genüge, aber diesmal schien es ernst zu sein.

Gedanken an ihren Vater tauchten auf. Der Lungenkrebs hatte ihn damals erwischt. Lucy konnte sich nie des Eindrucks erwehren, dass er erleichtert war, die Erde verlassen zu dürfen. Er kämpfte nicht gegen den Tod, Metastasen hatten schnell in seinem Körper gestreut. Zum Ende hin war sein Gehirn ebenfalls vom Krebs befallen, sodass auch sein Bewusstsein zunehmend schwand. Seine Ehefrau hatte rechtzeitig vorgesorgt. Sie nahm ihn mit nach Hause, wo er friedlich und ungestört seine letzten Stunden verbringen konnte. Zuerst hörte der Vater auf zu essen, und schließlich verweigerte er die Flüssigkeitsaufnahme, sodass alles seinen natürlichen Gang nehmen konnte. Lucy erinnerte sich noch ziemlich genau, wie sie als Teenager am Sterbebett gesessen hatte und darüber glücklich gewesen war, dass ihr Vater keine Schmerzen empfand. Erst viel später, als Lucy Biologie studierte, wurde ihr klar, dass die Mutter alles richtig gemacht hatte. Nahezu alle Lebewesen, deren Instinkte sagen, dass es Zeit sei, Abschied zu nehmen, verweigern die Nahrungsaufnahme. Sie fressen und trinken nicht mehr. Der Körper kann eigene schmerzstillende Substanzen produzieren, um so für erlösende und friedliche letzte Stunden zu sorgen.

Vor Lucys geistigem Auge tauchten weitere tragische Ereignisse aus ihrer Vergangenheit auf. Auch ihr Ehemann Miguel war früh verstorben. Er hatte vor einigen Jahren einen schweren Autounfall gehabt. Laut den Ärzten sei er sofort tot gewesen, nachdem er mit seinem Wagen ungebremst in das Ende eines Staus hineingerast war. So hatte auch Lucys glückliche Ehe wie so vieles in ihrem beschwerlichen Leben ein jähes Ende genommen.

Lucy lag regungslos auf ihrer Couch und ließ ihr Gehirn tun, was es beliebte. Das Zeitgefühl hatte sie längst verloren. Es schien, als würde sie sich schon seit Wochen in ihrer Wohnung verstecken. Mit ihren siebenundvierzig Jahren stellte sie mal wieder das Leben infrage. *Vielleicht stellt der Tod die Erlösung dar und die Geburt die Strafe, und nicht umgekehrt*, dachte sich Lucy. Sie war wieder in eine schwere Sinnkrise geschlittert und zur Gefangenen ihrer Selbstzweifel geworden. In solchen Momenten war sie froh, sich in ihre geschmackvoll eingerichtete Wohnung zurückziehen zu können, in der die Töne Weiß, Beige und Braun dominierten. Sie liebte nicht nur ihre Topfpflanzen, sondern auch Naturstoffe wie Holz, Leinen, Bast und Rattan.

Lucys riesengroße Couch, auf der sie gerade leblos wie ein Zombie dahinvegetierte, war ihr treuer Begleiter, wenn es darum ging, deprimierende Lebensphasen durchzumachen. Umringt von weichen und edel verzierten Leinenkissen, starrte sie jetzt mit stumpfem Blick auf die gegenüberliegende Wand. Sie schaute auf ein überdimensioniertes Gemälde, auf dem sie sich selbst sehen konnte. Ihre intimste Stelle war das künstlerische Zentrum des Bildes – zwei mal zwei Meter groß, schwarz-weiß, Öl auf Leinwand, ohne Rahmen.

»Vielleicht sollte ich mich doch aufraffen und zu Sam hochgehen«, murmelte Lucy vor sich hin. Sam wohnte nicht nur im selben Haus, sondern war gleichzeitig Lucys Vermieter. Ganz oben lebte er in einem Penthouse, in dem auf der ersten Ebene Wohnzimmer, Küche und Bad und einen Stock darüber seine Schlafstätte und das Atelier untergebracht waren. Bei der Vorstellung, zu Sam hochzugehen, stiegen einige wohltuende Gefühle in Lucy auf. Aber so schnell, wie dieses Indiz für eine bestimmte Sehnsucht in ihr aufgeblitzt war, so schnell verschwand es auch wieder.

Die Gedanken, die Lucys Geist eroberten, wurden immer dunkler. *Dieses Drecksleben! Diese Welt ist doch verrückt geworden. Warum sind Menschen so? Dieser verblödete Mob, der sich gegenseitig zerfleischt, nur um ein kleines Stück Glück, Liebe und Erfolg abzukriegen. Worin liegt der Sinn von diesem Quatsch? Und was ist überhaupt mit diesem Gott? Gibt es den überhaupt, oder sind die ganzen Religionen nur eine riesengroße Volksverdummung?* Lucy ließ ihre inneren Dämonen gewähren. *Und jetzt hat mich auch noch Luna verlassen. Was hat das zu bedeuten? Warum musstest du ausgerechnet jetzt sterben? So viele und wunderschöne Jahre hätten mir mit dir noch zugestanden.*

Lucys geliebte Hündin Luna war gerade einmal fünf Jahre alt geworden. Eine herzensgute Schäferhündin, ein heiliges Lebewesen, das Liebe, Kraft und Schutz im Überfluss spendete. *Selbstloser, genügsamer und edler als irgendein Mensch es je hätte sein können*, erinnerte sich Lucy wehmütig an ihre treue Wegbegleiterin.

Vor zwei Wochen hatte sie Luna einer Hundesitterin überlassen müssen, weil sie seit langer Zeit wieder einen Auftrag als Wissenschaftsjournalistin angenommen hatte. Dazu war sie drei Tage nach Barcelona gereist, um an einem Medizinerkongress teilnehmen zu können. Als sie zurückkam, war ihr erster Gedanke, ihre geliebte Hündin schnell abzuholen. Nachdem sie am Frankfurter Flughafen gelandet war, machte sie sich deshalb direkt auf den Weg.

Sie war gerade dabei gewesen, einzuparken, als sie bemerkte, dass die Hundesitterin auf der gegenüberliegenden Straßenseite mit Luna Gassi ging. Luna erkannte Lucys Auto sofort und jaulte vor Freude auf. Die kräftige Schäferhündin riss sich los und raste über die Straße, um Lucy zu begrüßen. Lucy musste mitansehen, wie Luna von einem Lkw erfasst und überrollt wurde. Luna – Lucys Liebe ihres Lebens – war sofort tot.

Ist das das Leben? Ist das die Natur? Ist das die viel gerühmte Gerechtigkeit? Ist das von Gott so gewollt?, fraßen sich die negativen Gedanken durch Lucys Gehirnwindungen. Seit sie denken konnte, musste Lucy mit anschauen, wie liebenswerteste Menschen Leid erfuhren, zu früh starben oder von einem Unglück in das andere schlitterten.

Warum sollten wir eine Natur schützen, die kein Erbarmen und Mitleid kennt? Warum sollten wir überhaupt etwas schützen?, steigerte sich Lucy weiter in ihre Frustration hinein.

Ihr mädchenhaftes und positives Naturell hatte sich nun endgültig in Luft aufgelöst. Der Tod von Luna hatte das seelische Fass zum Überlaufen gebracht. Lucy fühlte sich von ihrem Schicksal betrogen. Gleichzeitig dachte sie an einen weiteren harten Rückschlag. Erst gestern war ihr Computer von osteuropäischen Kriminellen gehackt worden. Lucy hatte jetzt nicht nur keinen Zugriff mehr auf ihre Daten, sondern auch alle ihre Webseiten sowie sämtliche Social-Media-Kanäle waren gewaltsam stillgelegt worden. Und vor ein paar Stunden tauchte auch noch die zu erwartende Nachricht auf ihrem Smartphone auf: Lucy habe einen fünfstelligen Geldbetrag in Bitcoins zu überweisen, wenn sie ihren Job als erfolgreiche Bloggerin und Influencerin weiterführen wolle.

Es hatte einige Jahre harter Arbeit gebraucht, um im Netz eine sechsstellige Fangemeinde aufzubauen. Mittlerweile konnte sich Lucy damit finanziell einigermaßen über Wasser halten. Sie leistete sich eine Stadtwohnung im Zentrum von Frankfurt, besaß einen klapprigen Jaguar aus den Siebzigerjahren, und für eine halbwegs gesunde Ernährung war meistens auch noch etwas übrig. Vor vielen Jahren hatte sie ihr Onlinebusiness eigentlich mit dem Ziel begonnen, irgendwann einmal ortsungebunden ihr Geld verdienen zu können. Vielleicht in einem tropischen Klima, mit Blick auf das Meer. Sie hatte sich von ihrem Business Freiheit und Millionen versprochen, bis sie allerdings einsehen musste, dass sie mit diesem Berufswunsch auf der Welt nicht alleine war. Ganz im Gegenteil: Millionen junger Leute, die alle das Gleiche

taten wie sie, sorgten für einen harten Wettbewerb. So entwickelte sich Lucys Onlinegeschäft zäher als gedacht. Dennoch war sie sich sicher gewesen, dass es nur eine Frage der Zeit wäre, bis sich ihre beruflichen Träume erfüllen würden, schließlich gab es im Internet genug positive Beispiele.

Und jetzt? Vorbei mit dem Traum!, dachte sich Lucy. Solch derbe Rückschläge kannte sie aus ihrer Vergangenheit zur Genüge. Immer dann, wenn sie dachte, sie hätte ihren Weg gefunden, wurde sie von irgendeinem Unglück heimgesucht, das alles wieder zunichtemachte. Online war sie jetzt erst einmal schachmatt gesetzt. Zudem kam das Risiko hinzu, dass die Hacker ihre Social-Media-Kanäle oder ihre Kontaktdaten dazu missbrauchten, in ihrem Namen kriminelle Internetaktivitäten abzuwickeln, oder sich einen Spaß daraus machen könnten, ihre Fangemeinde im Netz zu vergraulen.

Business weg! Luna weg! Und was nun?, fragte sich Lucy. Zu allem Überfluss tauchten weitere tragische Vorfälle aus Lucys Vergangenheit auf und quälten ihren Geist. Nach und nach entstand ein gefährlicher Cocktail aus Wut, Trauer und Lebensmüdigkeit. Selbst Gedanken über die Sinnlosigkeit des globalen Wirtschaftssystems und die Umweltzerstörung gesellten sich plötzlich zu Lucys ohnehin schon schlechter seelischer Verfassung. Erschwerend kam hinzu, dass sich ein ganz bestimmter Todestag jährte: Lucys Sohn Michael hatte sich vor fünf Jahren das Leben genommen.

Jetzt schossen Lucy Tränen in die Augen. Sie dachte an den feinen Charakter ihres Sohnes, der gerade einmal zweiundzwanzig Jahre alt geworden war. Alle mochten ihn wegen seiner Feinfühligkeit, Zurückhaltung und Bescheidenheit. Seinem kubanischen Vater Miguel verdankte er seine drahtige Figur und sein kantiges und elegant geschnittenes Gesicht. Von Lucy hatte er die strahlend blauen Augen mitbekommen. Sein Aussehen stand im Widerspruch zu seiner Herkunft. Er hatte, wie Lucy auch, in Ostdeutschland das Licht der Welt erblickt. Michaels Zwillingsschwester Monika war hingegen eine völlig andere Persönlichkeit.

Im Gegensatz zu ihrem sensiblen Bruder wurde aus ihr eine taffe, standhafte junge Frau, die schon früh wusste, was sie wollte. Sie entschied bereits in jungen Jahren, nach Neuseeland auszuwandern, um dort als Krankenschwester zu arbeiten. Sie fand in einer Klinik im Süden Neuseelands schnell eine Ausbildungsstelle und heiratete mit achtzehn Jahren einen einheimischen Farmer. Mittlerweile konnte sie eine wundervolle Familie mit drei Kindern ihr Eigen nennen und führte ein zufriedenes und glückliches Leben. Lucy konnte es manchmal nicht fassen, dass Monika ihre Tochter war. Sie selbst hatte es noch nie in ihrem Leben geschafft, ein vergleichbar problemloses, harmonisches und zielorientiertes Leben zu führen wie ihre Tochter.

Plötzlich fiel Lucy auf, wie sie geistesabwesend auf Sams Signatur auf dem Ölgemälde starrte. Ihr war bewusst, dass sie mit Sam, obwohl sie nicht zusammen waren, einen Menschen an ihrer Seite hatte, mit dem sie ihre tiefsten Sehnsüchte und Gedanken teilen konnte. Niemals zuvor hatte sie jemanden so nah an sich herangelassen. Mit keinem anderen Mann konnte sie derart verschmelzen wie mit Sam. Oft sagte sie zu sich selbst, dass sie im Leben nicht mehr bräuchte als Luna, Sam und ihren Computer.

Jetzt ist nur noch Sam da, dachte Lucy, bevor sie sich entschloss, ein rabenschwarzes Fazit zu ziehen: *Mein Vater, mein Gatte, mein Sohn und Luna haben diese Scheißwelt nicht überlebt, und jetzt ist wahrscheinlich auch noch meine berufliche Existenz am Arsch. Wenn mir jetzt jemand über den Weg läuft, der mir erzählt, das Leben sei schön, bringe ich ihn auf der Stelle um!*

Lucys ohnehin schon dunkle Stimmung mutierte noch weiter ins Negative. Nackter Hass machte sich in ihr breit. Zufällig wandte sie sich dem Fernseher zu. Lucy hatte das Gerät schon seit Wochen eingeschaltet gelassen, um zumindest ein Minimum an Bewegung und Farbe um sich zu haben. Als ihr Blick den Bildschirm erfasste, erkannte sie, dass eine Naturdoku lief. Schockiert folgte sie einer Jagdszene zwischen einem Löwenrudel und einer einzelnen jungen Gazelle. Die Raubkatzen zeigten kein Erbarmen mit dem verzweifelten Tier. Die Gazelle versuchte, zu entkommen, aber vergebens. Sie erlag schließlich dem erbarmungslosen Jagdinstinkt dreier Löwen. Das zarte und zu Tode verängstigte Lebewesen wurde von den scharfen Krallen einer der drei Katzen festgehalten und schließlich von den beiden anderen bei lebendigem Leibe auseinandergerissen. Lucy starrte entsetzt und fassungslos auf diese Szene. Sie konnte ihren Blick nicht abwenden. Alles war in Großaufnahme zu sehen. Die Augen des jungen Tieres waren weit aufgerissen, während es bei lebendigem Leibe zerfetzt und aufgefressen wurde. Selbst als die beiden hinteren Gliedmaßen vom Körper abgetrennt waren, erkannte Lucy ein Blinzeln in den Augen der wunderschönen Gazelle. Es schien, als würde die Natur dieses Lebewesen zwingen, seine grauenvolle Zerstückelung bei vollem Bewusstsein mitzuerleben.

Lucy war kurz davor, ihren Verstand zu verlieren. Schockiert von diesem schrecklichen Ausschnitt der Realität, sprang sie in ihrer Verzweiflung von der Couch auf und riss den Fernseher aus der Wand heraus. Sie donnerte das Gerät auf den Boden, wo es in tausend Stücke zersprang. Dann brach Lucy in Tränen aus, verlor den Halt und fiel auf ihre Knie. Zusammengekauert auf dem Boden, wurde sie von einem furchtbaren Weinkrampf heimgesucht. Schließlich entlud sich ein Schrei der Verzweiflung, der die Wohnung erzittern ließ: »Ich hasse dich, du verfluchter Drecksgott. Was musst du für ein Superarschloch sein, so etwas zuzulassen. Ich hasse dich aus tiefstem Herzen. Du bist kein Gott. Du bist eine Bestie. Ich verachte dich, du schreckliches Ungeheuer!«

Lucy brach zusammen und verlor ihr Bewusstsein.

Sie erwachte von den schmerzenden Druckstellen, die der harte Parkettboden ihrem Körper zugefügt hatte. Es war bereits früher Abend, und glücklicherweise übernahmen nun wieder klarere Gedanken die Führung in ihrem Kopf. Noch etwas benommen sagte sie zu sich selbst: »So, jetzt ist Schluss mit dem Gejammere. Du gehst jetzt zu Sam hoch und holst dir eine Portion Liebe ab. Punkt!«

Dieser Entschluss tat Lucy augenblicklich gut. Ihre Stimmung verbesserte sich zusehends, und sie griff nach ihrem Smartphone. Sie schrieb: »Kann ich zu dir hochkommen? Ich brauche dich!«

Ungewöhnlicherweise kam schnell die Antwort. Normalerweise antwortete Sam noch nicht einmal am selben Tag. »Klar, mein Schatz, ich habe noch ein paar Minuten zu tun, aber dann können wir uns gern einen schönen Abend machen. Bis dann …«

Lucy rappelte sich erleichtert auf, sammelte die Bruchstücke ihres Fernsehers ein und ging ins Bad. Der Gedanke, gleich Sam umarmen zu können, spendete ihrem Körper neue Lebensenergie. Sie duschte in einem atemberaubenden Tempo, verzichtete auf Kleidung und Schminke, schwang sich in ihren flauschigen Bademantel und tippelte barfuß die Treppen des Hausflurs hinauf. Drei Stockwerke weiter oben erreichte sie Sams Wohnungstür. Sie klopfte, und als sich die Tür öffnete, fiel Lucy Sam in die Arme und fragte kleinlaut: »Mein geliebter Sam, kannst du machen, dass es mir wieder gut geht?«

Sam befreite Lucy von ihrem Bademantel und zog sie näher zu sich. Lucy stand auf ihren Zehenspitzen und genoss Sams Nähe. Es fühlte sich an, als würde sie in ein geschütztes Energiefeld eintauchen.

Während Lucy sich an der wohltuenden Berührung erfreute, spürte Sam ihren miserablen emotionalen Zustand. Mit sanfter Stimme fragte er: »Oje, Lucy, was ist mit dir los? Was hat dir dein Kopf nur angetan? Lass uns ihn schnell ausschalten.«

Lucy nickte stumm und blickte Sam hilflos an. Sam hingegen wusste, was zu tun war. Er nahm Lucys Kopf die Last der Kontrolle ab und trug sie hoch in die obere Etage seines Penthouse. Dann machte er, dass es Lucy wieder gut ging.

Etwas erschöpft, aber entspannt und eng umschlungen lagen sie auf dem Bett. Nachdem Lucys Tränen getrocknet waren – Lucy musste grundsätzlich nach dem Orgasmus weinen –, waren ihre ersten Worte: »Ich habe Hunger!«

Sam war sehr erleichtert, das zu hören. Dass Lucy nach Nahrung verlangte, war ein typisches Zeichen dafür, dass es ihr gut ging. Er erwiderte scherzhaft: »Ich kann mich aber nicht bewegen, sonst müsste ich von diesem Traumkörper ablassen. Das bringe ich jetzt nicht übers Herz. Hab bitte Erbarmen mit mir.«

Lucy lachte und tastete, ohne im Geringsten den innigen Körperkontakt zu unterbrechen, mit ihren Fingern die Bettkante ab. Sie fand Sams Telefon, wählte die Nummer ihres Lieblingsjapaners und bestellte eine große Familienplatte Sushi-Variationen. Danach erkundigte sie sich bei Sam: »Haben wir noch rotes Wasser mit Gefühlen da?«

Sam erwiderte: »Ja, ein paar Flaschen italienische Gefühle müssten unten in der Küche noch zu finden sein.«

Lucy und Sam genossen noch eine Weile die wohltuende seelische und körperliche Nähe, bis das Klingeln des Lieferservices dem Ganzen ein Ende setzte. Sam zwang sich, von Lucy abzulassen, ging die Wendeltreppe hinunter und kam kurz darauf mit japanischen Köstlichkeiten und einer Flasche Rotwein zurück. Lucy machte sich ohne Umschweife über die Leckereien her, und nachdem ihr erster Heißhunger gestillt war, fragte sie unvermittelt: »Glaubst du an Gott?«

Oje, dachte Sam. Er war sich nicht sicher, ob dieses Gesprächsthema nicht eine erneute Verzweiflungsattacke in Lucy auslösen würde. Er entschloss sich zu einer Vorsichtsmaßnahme: »Bevor ich dir antworte, möchte ich, dass du dich auf diesen Moment konzentrierst und mir sagst, wie du dich hier und jetzt gerade fühlst.«

Lucy verstand sofort, wozu Sam sie motivieren wollte. Es war nicht das erste Mal, dass er sie ermahnte, mit ihrem Geist in der Gegenwart zu bleiben. Er hatte ihr beigebracht, wie sie sich besser zentrieren und konzentrieren konnte. So war sie jetzt auch in der Lage, innezuhalten, um ein bisschen Detektiv in eigener Sache zu spielen: »Ich fühle mich angstfrei. Ich spüre eine große Freiheit. Ich empfinde tiefe Liebe für dich, und ich bin unendlich dankbar, hier sein zu dürfen. Ich spüre sogar eine gewisse Euphorie, garniert mit einem kleinen Schuss Traurigkeit darüber, dass das Leben nicht immer so leicht und schön sein kann wie jetzt gerade.«

Lucy ließ kurz von einem Stück Sushi ab, beugte sich zu dem neben ihr liegenden nackten Mann hinüber und gab ihm einen Kuss.

Während Sam zusah, wie Lucy sich wieder über das Essen hermachte, fragte er listig: »Magst du dich gerade?«

»Mmh, ja … irgendwie schon«, antwortete Lucy spontan. Und je länger sie über Sams Frage nachdachte, umso klarer wurde es ihr: »Jetzt, da du es ansprichst: Stimmt! Tatsächlich! Das ist ja erstaunlich! Ich mag mich gerade sogar sehr.«

»Hat sich denn das Weltgeschehen in den letzten zwei Stunden verbessert?«, bohrte Sam weiter.

»Nö«, antwortete Lucy trocken.

»Und hat sich an deiner Vergangenheit oder an dem, was du vorhin in deiner Wohnung erlitten hast, etwas verändert?«

»Nö«, kam wieder die gleiche Antwort.

Sam philosophierte weiter: »Empfindest du also die Zustände in dieser Welt jetzt nicht mehr als unerträglich?«

»Na ja, jetzt gerade – in diesem Augenblick – natürlich nicht, mein Schatz«, erklärte Lucy gelassen.

»Warum? Es hat sich doch nichts geändert?«, hakte Sam nach. »Dann wird doch dein eigentliches Wohlbefinden nicht von dem, was in der Welt passiert, bestimmt, sondern von deiner augenblicklichen seelischen Verfassung. Oder liege ich da falsch?«

Lucy stimmte etwas widerwillig zu, schließlich waren noch keine zwei Stunden vergangen, seit sie sich selbst, das Leben und vor allem Gott aus tiefstem Herzen gehasst hatte. Selbst der Freitod war ihr in greifbarer Nähe erschienen. Aber jetzt ging es ihr gut, obwohl alles beim Alten war. Noch immer waren Luna, ihr Ehemann, ihr Sohn und ihr Vater tot. Aber auch der Fakt, dass sie beruflich kaltgestellt worden war, blieb unverändert. Sachlich gesehen, empfand sie alles weiterhin als schlimm, aber ihre Stimmung wurde davon nicht negativ beeinflusst. Sie sagte zu Sam: »Im Prinzip verhält es sich genauso, wie du es immer predigst. Halte ich meine Konzentration für den Moment aufrecht, geht es meinem Kopf gut. Lasse ich ihn machen, was er will, führt er mich zielsicher hinters Licht – im wortwörtlichen Sinne.«

Sam machte Lucy ein Angebot: »Wenn du mir versprichst, diesen jetzigen wunderbaren Moment in deinem Gehirn festzuhalten und mit deinem Kopf in der Gegenwart zu bleiben, können wir uns darüber unterhalten, was dir widerfahren ist.«

Lucy konzentrierte sich auf ihre aktuelle positive Gefühlslage und legte los. Sie erzählte zunächst von Lunas Unfall und dass sie gerade von Internethackern erpresst wurde.

Sam hörte wie üblich aufmerksam zu, um schließlich zu fragen: »Warst du bei der Polizei?«

»Ja, gestern«, erklärte Lucy. »Sie empfahlen mir, zu bezahlen, wenn ich mein Business weiterführen wolle. Sie machten mir wahrlich keine Hoffnung. Die sind anscheinend völlig machtlos.«

»Ich kenne das«, nickte Sam, »wir sind mit dem Internet in eine grauenvolle Zeit gerasselt, in der wir gerade unsere Freiheit verlieren und den Kriminellen oder Großkonzernen zum Fraß vorgeworfen werden. Aber das Schlimmste daran ist, dass unsere Politiker das Ganze überhaupt nicht fassen können, weil sie von modernen Medien keinen blassen Schimmer haben. Was willst du denn jetzt machen?«

»Ich habe das Geld einfach nicht«, antwortete Lucy.

Sam erwiderte: »Ich habe eine so große Summe leider auch nicht zur Verfügung, weil ich gerade mit zahlreichen Mietausfällen zu kämpfen habe. Kannst du dir etwas leihen?«

»Vielleicht stellt sich diese Frage nicht. Ich bin mir derzeit nicht sicher, ob ich das überhaupt möchte. Ich hatte schon das ganze Jahr ein mulmiges Gefühl. Ursprünglich habe ich geplant, mit meinen Social-Media-Kanälen etwas in der Welt zu bewirken. Aber aus reiner Existenznot bin ich zu einer gewöhnlichen Influencertante verkommen, die Kosmetika oder anderen Blödsinn in die Kamera hält. Zudem wird es jedes Jahr härter. Es ist ein einziges Hauen und Stechen um Abonnenten, Likes und Klickzahlen geworden. Ich müsste im Prinzip immer abgebrühter werden, um mithalten zu können.«

»Könntest du dir eine kreative Pause leisten?«

»Eigentlich nicht. Ich könnte nur mein altes Business als Wissenschaftsjournalistin reaktivieren. Damit habe ich ja schon vor zwei Wochen begonnen, schließlich zahlen Lobbyisten in der Regel ein sehr gutes Honorar. Es hätte zumindest den Vorteil, dass ich keine Privatpersonen, sondern nur noch Gewerbetreibende als Zielgruppe hätte. Die betrügen sich untereinander eh jeden Tag, und wenn ich nur Betrüger betrügen müsste, würde das mein Gewissen deutlich erleichtern.«

Lucy hielt inne. Je länger sie überlegte, umso attraktiver erschien ihr die Idee, wieder zu hundert Prozent auf ihr altes Business der PR-Arbeit zu setzen. »Vielleicht ist dein Vorschlag, tatsächlich eine Onlinepause einzulegen, gar nicht so übel. Dann können mir diese ukrainischen Vollidioten einfach mal den Buckel runterrutschen. Aber was ist jetzt eigentlich mit meiner Frage? Was ist mit Gott? Glaubst du an ihn?«

Sam zog die Augenbrauen hoch und sagte völlig überzeugt: »Natürlich glaube ich an Gott, schließlich habe ich Physik studiert, und meine Affinität zur Wissenschaft habe ich auch nie verloren.«

»Wie bitte? Was hat denn Wissenschaft mit Religion zu tun?«

»Ich habe nicht von Religionslehren gesprochen, sondern von Gott. Diese Unterscheidung ist sehr wichtig. Aber unabhängig davon: Jeder, der sich ernsthaft mit der Grundlagenphysik beschäftigt, wird früher oder später mit Gott konfrontiert werden. Als ich noch als Physiklehrer meine Brötchen verdiente, leuchtete es mir schnell ein, dass eine höhere Intelligenz vorhanden sein muss. Werner Heisenberg, einem unserer großen Physiker und Vater der Quantenphysik, wird das Zitat zugeschrieben: *Der erste Trunk aus dem Becher der Naturwissenschaft macht atheistisch, aber auf dem Grund des Bechers wartet Gott.*«

Lucy spürte, dass dieser Satz etwas in ihrem Inneren berührte. Plötzlich stieg ihr Interesse, mehr zu erfahren, fast ins Unermessliche. Sie wiederholte das Zitat: »*Der erste Trunk aus dem Becher der Naturwissenschaft macht atheistisch, aber auf dem Grund des Bechers wartet Gott.* Wow, Sam. Das ist unglaublich faszinierend.«

Sam setzte sich an das Fußende des Bettes, damit er Lucy besser in ihre schönen blauen Augen sehen konnte. Sie hatten wieder ihr altes Strahlen zurückgewonnen und blitzten vor Neugierde förmlich auf. Sam wusste es zu schätzen, in Lucy als promovierter Naturwissenschaftlerin eine ebenbürtige Gesprächspartnerin zu haben. Er beschloss, etwas auszuholen. Er beugte sich zu Lucy vor und legte seine Hand auf ihre blanke Brust. »Spürst du meine Berührung?«

Lucy sagte lässig: »Sehr deutlich sogar – bitte so bleiben.«

Sam fuhr fort: »Aus physikalischer Sicht berühre ich dich aber nicht. Niemand auf der Erde kann irgendetwas berühren. Wir alle bestehen aus Atomen. Und Atome bestehen in der Hauptsache aus Nichts.«

»Aus Nichts? Ich dachte immer, Atome hätten feste Kerne, um die wiederum Elektronen herumsausen.«

»Der Hund liegt in dem Größenverhältnis begraben. Stell dir vor, du würdest den Durchmesser eines Atomkerns auf die Ausmaße eines Stecknadelkopfes vergrößern, dann wäre der Umfang der Atomhülle so groß wie ein Fußballfeld. Der Raum zwischen Kern und Außenhülle wäre aber leer. Oder um ein zweites Beispiel zu nennen: Wäre der Durchmesser eines Atomkerns einen Zentimeter groß, dann würden sich die Elektronen in einem Abstand von circa einem Kilometer um ihn herumbewegen. Man kann also mit ruhigem Gewissen behaupten, dass wir nur aus leerem Raum bestehen. Den minimalen Prozentsatz des Materieanteils an einem Atom kannst du praktisch vernachlässigen. Ein einzelnes Atom besteht im Prinzip aus Nichts.«

Um fortzufahren, wechselte Sam seine Hand von Lucys rechter zur linken Brust und sagte: »Wenn wir jedoch annehmen, dass

Atome in der Hauptsache aus leerem Raum bestehen, drängt sich natürlich die Frage auf, warum ich deine wunderschönen Brüste überhaupt anfassen kann und nicht durch diesen leeren Raum hindurchgreife. Warum spüre ich deine Brust und du meine Hand? Warum kann ich mich auf diesem Bett zu dir lehnen, ohne hindurchzufallen? Warum stürze ich nicht durch das ganze Haus, um schließlich in Richtung Erdkern zu fallen?«

Lucy sagte: »Na, da gibt es abstoßende Ladungen zu beachten, nicht wahr?«

»Exakt, das ist der Punkt. Es sind die elektromagnetischen Kräfte, die zwischen den einzelnen Atomen wirken. Das kannst du dir vorstellen wie zwei Magnete, die sich aufgrund der gleichen Polarität gegenseitig abstoßen und niemals berühren. Was wir bemerken, sind elektromagnetische Kräfte, die uns lediglich Festigkeit vorgaukeln. In Wahrheit besteht alles nur aus leerem Raum.«

Lucy strahlte Sam an, weil sie solche Unterhaltungen nach dem Sex unendlich liebte. »Diese Kräfte müssen aber enorm stark sein, schließlich wiegst du fast hundert Kilo und wirst von der Matratze dennoch ausreichend abgestoßen, damit du nicht durch sie hindurchfällst.«

»Durchaus, die elektromagnetische Kraft ist eine der stärksten Grundkräfte in der Physik.«

»Das spüre ich deutlich, denn wenn du jetzt nicht langsam deine Hände wieder zu dir nimmst, dann springe ich dich gleich an«, grinste Lucy Sam an.

Sam lachte, nahm schweren Herzens seine Hände beiseite und fuhr fort: »Neben den elektromagnetischen Kräften existieren natürlich noch einige andere physikalische Grundkräfte. Sie alle zusammen ermöglichen es, dass wir nicht ins Leere greifen müssen. Aber damit solche Kräfte überhaupt entstehen können, müssen Atome schwingen. Das tun sie auch. Eine Schwingung ist jedoch eine Bewegung, und eine Bewegung ist immer eine Strecke pro Zeit. Atome können daher nur deshalb schwingen und infolgedessen Kräfte entwickeln, weil es Zeit gibt. Gäbe es keine Zeit, gäbe es keine Schwingung und damit auch keine Kräfte. Das heißt, das Vorhandensein von Zeit ist die alleinige Ursache, warum ich dich sehen und berühren kann. Verschwindet die Zeit, verschwinden auch deine Brüste. Du, ich und die gesamte Welt würden sich augenblicklich in Nichts auflösen.«

Lucy hörte sehr interessiert zu, wurde jedoch langsam ungeduldig: »Sam! Mach hin! Was haben meine Brüste mit Gott zu tun?«

Sam war Lucys Ungeduld wohlbekannt, und er versuchte deshalb, zum Punkt zu kommen: »Sehr viel sogar, denn in letzter Konsequenz war er es, der deine zwei Hübschen zumindest indirekt erschaffen hat. Niemand in der Grundlagenphysik bestreitet mehr, dass es einen Urknall gab. In diesem sogenannten Big Bang entstand unser gesamtes Universum. Und jetzt kommt das Interessante dabei: In erster Linie war der Urknall nicht der Beginn unseres Universums, sondern vor allem die Geburt von Zeit. Der Urknall hat die Zeit erschaffen. Und nur aus diesem Grunde kann eine splitternackte Blondine auf meinem Bett liegen und sich gewaltige Mengen von Sushi in den Rachen schieben.«

Lucy bekam eine Gänsehaut: »Dann wäre ja jegliche Überlegung über den Urknall völlig absurd, denn unser Gehirn kann nur in den Dimensionen von Raum und Zeit denken. Ich kann mir keine Frage über etwas stellen, das die Möglichkeit, zu fragen, erst erschaffen hat.«

»Das hast du präzise ausgedrückt, mein Schatz. Wenn Physiker vom Urknall sprechen, dann meinen sie eigentlich immer nur die Zeit wenige Millisekunden danach. Alle wissenschaftlichen Untersuchungen, Messungen und mathematischen Berechnungen können nur Zeiträume nach dem Urknall beschreiben. Der Fortschritt liegt lediglich darin, mit den Berechnungen zeitlich immer näher an den eigentlichen Urknall heranzukommen. Die Untersuchung des Urknalls selbst bleibt für unsere Neugierde auf immer und ewig tabu.«

Lucy runzelte die Stirn: »Warum sagt uns das keiner?«

»Erstens würde das niemand verstehen, und zweitens würden die Grenzen zwischen Wissenschaft und Religion schwammiger werden. Es könnte die Menschheit ziemlich verunsichern, wenn Astrophysiker öffentlich formulieren würden, dass unsere Welt nicht entstanden sei, sondern vielmehr eingeschaltet wurde.«

Lucy reagierte mit einer gesunden Portion Misstrauen: »Aber alle Sterne, Galaxien, Planeten und vor allem das Leben selbst haben doch Milliarden von Jahren benötigt, um entstehen zu können.«

»Aber der dafür notwendige atomare Baukasten entstand praktisch sofort. Bereits eine Sekunde nach dem Urknall entwickelten sich die ersten Elektronen. Während der folgenden drei Minuten stieg die Temperatur auf circa eine Milliarde Grad Celsius, und die ersten Atome entstanden – überwiegend Wasserstoff, rund fünfundzwanzig Prozent Helium und wenig Lithium, Beryllium sowie Bor. Bereits nach fünfzehn Minuten waren tatsächlich alle Bausteine des atomaren Universums fix und fertig erschaffen.«

»Wow, nach fünfzehn Minuten? Das war mir so nicht bewusst.«

Sam ergänzte noch: »Danach bildeten sich zwar in den Sternen durch Kernfusion alle diejenigen Atome, die wir aus unserem heutigen Periodensystem der Elemente her kennen, aber im Prinzip war dies lediglich die Verschmelzung derjenigen Bausteine, die bereits nach den ersten fünfzehn Minuten vorhanden waren.«

Sam berührte Lucy nun mit beiden Händen und sagte: »Diese zwei Hübschen wurden tatsächlich durch den oder das erschaffen, was die Zeit eingeschaltet hat. Deine Brüste bestehen schlussendlich also aus etwas, was bereits fünfzehn Minuten nach dem Urknall vorhanden war.«

»Wow, ich bestehe zumindest indirekt aus etwas, was 13,8 Milliarden Jahre alt ist?«

Sam nickte.

»Kenne ich den Typen, der die Zeit eingeschaltet hat, dann kenne ich doch Gott, oder nicht?«

»Man könnte es umgangssprachlich durchaus so formulieren.«

In Lucys Kopf tauchten plötzlich Bilder von der jungen Gazelle auf. »Es existiert also etwas, das dieses irrsinnige Spiel der Evolution eingeschaltet und vielleicht sogar erfunden hat. Wenn sich nur die Stärksten, Schönsten und Schnellsten fortpflanzen können und dabei alle Schwachen, Kranken und Langsamen auf der Strecke bleiben, wie es im Laufe der letzten Milliarden Jahre der Fall war, dann sehe ich darin nichts Gutes. Ist dieser Gott vielleicht völlig talentfrei in Sachen Empathie? Soll es denn wirklich sein, dass der Sinn des Lebens darin besteht, dass sich Lebewesen gegenseitig bei lebendigem Leibe zerfetzen, zerreißen und auffressen? Müssen wir Menschen nicht heilfroh darüber sein, dass Apfelbäume kein Antlitz mit süßen Augen besitzen, in die wir hineinschauen müssten, wenn wir ihnen ihre Babys aus dem Leibe reißen? Könnten wir uns noch wohlfühlen, wenn Getreidekörner quälende Laute von sich geben würden, wenn wir sie zerquetschen und zermahlen, um sie anschließend in unsere Münder zu stopfen? Spielt Gott ein böses Spiel mit uns? Haben wir deshalb diesen niedlichen Begriff *Natur* erfunden, damit wir verdrängen können, dass Gott ein mitleidloses und brutales Dasein erschaffen hat?«

Sam zog die Notbremse. Ihm war klar, wenn die Unterhaltung weiter in diese Richtung verlaufen würde, dann wäre Lucys Gefühlslage wieder in Gefahr, zu kippen. Er schlug daher vor: »Was hältst du davon, wenn wir langsam das Licht ausmachen und das Thema wechseln, meine Liebe?«

Lucy kapierte sofort. Obwohl sie Sam für sein Einfühlungsvermögen liebte, konnte sie sich dennoch eine kleine Spitze nicht verkneifen: »Keine Sorge, schöner Mann, ich halte meine Konzentration für diesen wunderbaren Moment aufrecht. Du musst nicht ständig für mich mitdenken. Ich habe längst beschlossen, dass ich das, was vorhin mit mir in meiner Wohnung passiert ist, nie wieder zulassen werde. Dennoch habe ich gerade das große Bedürfnis, diesem Typen im Himmel auf die Schliche zu kommen. Aber vielleicht hast du recht, es ist schon ziemlich spät geworden. Lass uns schlafen.«

Lucy und Sam räumten die Hinterlassenschaften ihrer Nahrungsaufnahme vom Bett, löschten alle Kerzen aus, und Lucy schob ihren Rücken zu Sam hinüber. Während sie es sich in seinen Armen gemütlich machte, sagte sie: »Sam, ich bekomme diesen Gott nicht mehr aus dem Kopf. Außerdem habe ich ein bisschen Angst, dass ich enttäuscht sein könnte, wenn ich ihn kennenlerne.«

Sam antwortete, während er sich noch etwas enger an Lucys Körper schmiegte: »Ich kann das gut verstehen, aber ich kann dir nur einen Rat geben: Wenn du annimmst, dass der Erfinder von Raum und Zeit gleichbedeutend ist mit einem Gott, musst du gleichzeitig im Hinterkopf behalten, dass für ihn selbst Raum und Zeit nicht existieren können. Damit ist er, zumindest aus menschlicher Perspektive, zu jeder Zeit an jedem Ort. Er ist nirgendwo und überall. In seiner Welt kann es also keine Vergangenheit, keine Gegenwart und keine Zukunft geben. Ebenso wenig einen bestimmten Aufenthaltsort. Kannst du dir das vorstellen?«

Lucy murmelte: »Schwierig – das liegt außerhalb meiner Vorstellungskraft. Du willst mir also sagen, dass ich mir von einem Gott selbst kein Bild machen darf, weil es ein sinnloses Unterfangen wäre? Aber wenn es nicht möglich ist, einen Gott zu verstehen, weil wir gezwungen sind, in Raum und Zeit zu denken – er hingegen nicht –, dann können wir doch auch nicht verstehen, was er erschaffen hat, oder?«

»Genau«, antwortete Sam mit müder Stimme.

Lucy drehte sich um, gab Sam einen Gutenachtkuss und sagte: »Ich wünsche dir süße Träume.«

Anstelle einer Antwort hörte Lucy nur noch ein regelmäßiges Atmen. Sie lag noch eine Weile wach und ließ den schönen Abend vor ihrem geistigen Auge vorbeiziehen. Der letzte Gedanke, bevor Lucy in den Schlaf fiel, war:

VERSUCHE NICHT, DIE WELT ZU VERSTEHEN!

Level 2 – Liebe

Als Lucy barfuß zu ihrer Wohnung hinunterlief, war es schon fast Mittag. Sie war gerade dabei, ihre Eingangstür aufzuschließen, als ihr die Ehefrau von Sam entgegenkam. »Hey, Lucy, das ging ja letzte Nacht ziemlich hoch her bei euch«, begrüßte sie Lucy.

»Oje, Bella, war ich denn sehr laut?«, fragte Lucy kleinlaut zurück – sich ihres gewaltigen Stimmvolumens sowie der Tatsache bewusst, dass Bella in diesem hellhörigen Haus direkt eine Etage unter Sam wohnte.

»Du weißt doch, ich höre dich gerne«, strahlte Bella Lucy an. »Und super siehst du aus. Das hat dir gutgetan. Ich hatte mir die letzten Wochen schon einige Sorgen gemacht. Es schien, als würde deine Stimmung von Tag zu Tag schlechter werden.«

»Magst du noch auf einen Kaffee reinkommen?«, fragte Lucy in der Hoffnung, dass Bella ihr ein bisschen Gesellschaft leisten könnte. Sie hatte Angst, allein in ihrer Wohnung wieder die Fassung zu verlieren.

Bella schüttelte den Kopf: »Schade, Lucy, gerne hätte ich mit dir noch einen Kaffee getrunken, allerdings muss ich dringend hoch, da ich gleich mit Clara zum Telefonieren verabredet bin.«

Lucys Enttäuschung über Bellas Antwort war augenscheinlich, deshalb reagierte Bella sofort: »Heute Abend ginge es aber, meine Liebe. Wäre das okay für dich?«

Lucy schaute Bella dankbar an und umarmte sie spontan: »Das wäre wirklich schön. Das würde mich freuen.«

»Ich komme gegen 20 Uhr zu dir runter.«

»Fein, dann koche ich was für uns«, erwiderte Lucy freudestrahlend. Schließlich befreite sich Bella sanft aus Lucys Umklammerung und verschwand im Treppenaufgang in Richtung vierte Etage.

Lucy betrat ihre Wohnung und ließ die Tür hinter sich zufallen. Etwas verloren stand sie in ihrem Flur, und sie wusste sofort, was nicht stimmte: Schon gestern hatte sie das Fehlen von Lunas freudiger Begrüßung kaum ertragen können. *Diese selbstlose Liebe, die nie weniger wurde, die nie durch irgendwelche Launen beeinträchtigt war, die immer authentisch wirkte, wird nie mehr auf dich warten.*

Lucy wollte gerade zur Ladestation ihres Smartphones laufen, als sie plötzlich stoppte und sich dachte: *Mensch, Lucy, auch das ist völliger Nonsens. Du bist online auf ganzer Linie lahmgelegt. Kapier das jetzt endlich mal und finde dich damit ab – keine Luna, keine Likes, keine freudigen Kommentare – nichts. Du bist allein!*

Einsamkeit dominierte jetzt wieder Lucys Gefühlslage. *Gott sei Dank besucht mich Bella nachher*, tröstete sie sich.

Während sie überlegte, was sie für Bella kochen könnte, stiegen wieder Erinnerungen hoch. Lucy dachte daran, wie sie damals Bella kennengelernt hatte. Bella war eine anerkannte Psychologin mit eigener Praxis, und kurz nach dem Selbstmord ihres Sohnes hatte Lucy eine Therapie bei ihr gemacht. Lucy hatte eine professionelle Trauerbegleitung gebraucht, um nicht wegen des Verlustes ihres Kindes den Verstand zu verlieren. Mithilfe von Bella schaffte sie es schließlich, zumindest den Tod ihres geliebten Sohnes zu ertragen, und das, ohne von Selbstmordgedanken gequält zu werden. Nachdem die Therapie bei Bella vorbei war, brach der Kontakt zu ihr jedoch nie ab. Nach und nach entstand eine tiefe Verbindung zwischen ihnen. Bella wurde zu einer wahren Freundin. Lucy schätzte Bellas authentische Art. Alles, was von Bella zu hören und zu sehen war, kam grundsätzlich von Herzen und war echt. Die Freundschaft zu Bella wurde zunehmend intensiver, bis kam, was kommen musste.

Lucy landete regelmäßig an dem Ort, an dem sie gerade letzte Nacht atemberaubende Stunden erlebt hatte. Sie erinnerte sich noch ziemlich genau daran, wie sie gerade mit Bella im Ehebett zugange gewesen war, als plötzlich ein groß gewachsener Mann sichtlich amüsiert im Türrahmen des Schlafzimmers gelehnt hatte.

Er trug seine schneeweißen Haare zu einem Zopf gebunden, was sein markantes Gesicht zum Hotspot seiner Erscheinung machte. Es war Sam, Bellas Ehemann. Damals wohnten sie noch zusammen, obwohl sie als Ehepaar schon längst getrennte Wege gegangen waren. Nachdem Lucy damals den grinsenden Herrn entdeckt hatte, tippte sie Bella an, die daraufhin unter der Bettdecke zum Vorschein kam. Bella drehte sich gelassen um, begrüßte ihren Noch-Ehemann freundlich und stellte ihm Lucy vor. Dann fragte sie Lucy, ob sie Sam etwas näher kennenlernen wolle. Lucy wollte, und so verbrachten sie einen wunderschönen Sonntagnachmittag zu dritt.

Kurze Zeit darauf lernte Bella ein zwanzig Jahre jüngeres ehemaliges Model kennen und zog mit ihr im selben Haus ein Stockwerk tiefer ein. Lucy wurde Bellas Nachfolgerin. Als eine weitere Wohnung in dem Zehn-Parteien-Haus frei wurde, zog auch Lucy dort ein, und es entstand eine ungewöhnliche, aber harmonische Hausgemeinschaft.

Während Lucy in ihren Erinnerungen schwelgte, lief sie ziellos in ihrer Wohnung umher. Dabei wurde sie wieder von einer seltsamen Stimmung erfasst. Sie dachte an den gestrigen Abend. Erst war sie zu Tode betrübt gewesen, und nur wenig später wurde sie von purer Lebensfreude geküsst. Als emanzipierte und unabhängige Frau wollte sie auf keinen Fall den Gedanken zulassen, dass sie nur ordentlich hergenommen werden müsste, um sich gut fühlen zu können. »So einfach kann das nicht sein«, sprach Lucy zu sich selbst.

Sie überlegte, wie sie ihre Zeit totschlagen könnte.

»Ich muss mich jetzt ablenken, sonst endet der Tag wieder in einer Katastrophe«, versuchte sie sich selbst zu therapieren. Sie nahm eine Visitenkarte in die Hand, die sie gestern erhalten hatte, als sie bei der Polizei Strafanzeige gegen unbekannt erstattet hatte. Schnell hatte sie den richtigen Beamten am Telefon und erkundigte sich bei ihm, ob es etwas Neues gebe. Das Gespräch war kurz und endete mit den Worten: »Wenn wir mehr wissen, dann melden wir uns bei Ihnen, Frau Doktor Schmitt.«

Lucy wusste sofort, was das für sie bedeutete. Kein Mensch würde ihr unter die Arme greifen, um ihr gewaltsam blockiertes Onlinebusiness zu retten.

Sollte sie die Idee mit der PR-Arbeit vielleicht doch vergessen und sich stattdessen einen neuen Onlineauftritt zulegen? Neue Social-Media-Kanäle könnte sie schnell und problemlos anlegen. Dazu wäre sie technisch ohne Weiteres in der Lage. Auch die derzeit blockierten Homepages durch nagelneue zu ersetzen, wäre für Lucy ebenso problemlos in wenigen Tagen machbar.

Nur wie bekomme ich in kurzer Zeit meine Fangemeinschaft zurück?, schoss es durch Lucys Kopf.

Sie erinnerte sich nur zu gut daran, wie sie über Jahre hinweg täglich am Rechner gesessen hatte und stundenlang Storys, neue Abonnenten, Klicks, Follower und Likes generierte. Dazu gehörte natürlich auch das Ertragen von Dickpics, Verrückten und Psychopathen. Nicht zu vergessen die Unmenge von naiven und weltfremden Männern, die glaubten, die Liebe ihres Lebens online finden zu können. Das alles kostete Lucy viel Kraft, Anstrengung und diplomatische Fähigkeiten. Machte man sich Feinde, drohte ein Shitstorm, der ohnehin täglich wie ein Damoklesschwert über dem Business hing.

Lucy setzte sich an ihren Küchentisch und fragte sich: *Habe ich noch genug Kraft, einen Neubeginn zu schaffen? Kann ich dieses Schauspiel noch abliefern?*

Ihre Gedanken machten sich wieder selbstständig. Sie hüpften wie von selbst von einem Thema zum anderen. *Oder sollte ich vielleicht Monika in Neuseeland anrufen? Nein, lieber doch nicht*, entschied sie sich gleich wieder um, *bei ihr wäre es mitten in der Nacht, und sie hat sicher Besseres zu tun, als sich meine lächerlichen Alltagssorgen anzuhören. Vielleicht sollte ich mir eher meine Verehrerliste zu Gemüte führen. Ein amüsanter Spofi würde mir jetzt sicher guttun.*

Als Spofi bezeichnete Lucy einen ganz bestimmten Typ Mann. Es war ihre Abkürzung für *Sportficker*. So titulierte Lucy auf Leistung getrimmte Wichtigtuer, die mit ihrer wettbewerbsorientierten männlichen Lebensphilosophie die Welt nur zweidimensional erfassen konnten. Spofis sahen Lucys Meinung nach alles unter dem Aspekt *Gewinnen oder Verlieren.* Es ging ihnen nie um das weibliche Wesen selbst, sondern einzig und allein um den Akt der Eroberung. Lucy sprach ihre Gedanken laut aus: »Ihr Spofis reißt euch beim Sex wenigstens den Arsch auf, und ihr seid bereit, über eure natürliche Leistungsgrenze hinauszugehen. Wenn ich euch das Gefühl gebe, ein toller Hirsch zu sein, dann verwöhnt ihr mich rundum. Ich muss lediglich darauf achten, dass ich aus eurer Sicht als eroberungswürdige Trophäe gelte, dann kann ich mir erlauben, was ich will.«

Lucy begann, die Liste ihrer Verehrer gedanklich durchzugehen. *Ein bisschen Prinzessin zu spielen, wäre wahrlich nicht schlecht. Und bezahlen tun die eh immer. So ein Trottel wäre für die nächsten Tage ideal, um mich abzulenken. Das wären dann zwar oberflächliche Stunden, aber Spofis sind schließlich auch Entertainer. Was durchaus amüsant sein kann, schließlich tun sie alles, um einen rumzukriegen*, dachte sich Lucy gerade, als sich plötzlich eine andere Seite ihrer Persönlichkeit zu Wort meldete: *Halt! Hör mit diesem asozialen Quatsch auf.*

Lucy versuchte, ihr Gehirn zu bändigen. Es gelang ihr jedoch nicht. Schnell tauchte wieder ein Bild ihrer Hündin auf. *Wie sehr wünsche ich mir, dass Luna jetzt bei mir wäre*, jammerte Lucy in Gedanken. Dazu gesellten sich weitere Bilder und Sehnsüchte und begannen, Lucys Geist zu quälen, und zu guter Letzt verlor sie erneut die Kontrolle über ihren Kopf. Er verselbstständigte sich und durfte wieder machen, was er wollte.

»Stopp!«, hallte es plötzlich laut durch Lucys Wohnung. Lucy erschrak, erkannte aber sogleich die rauchige und markante Stimme von Bella. Sie hob ihren Kopf und sah Bella direkt vor sich stehen. Bella musterte Lucy mit strengem Blick. Dieser Gesichtsausdruck erinnerte Lucy an die Zeit, als sie noch bei ihr in Therapie gewesen war.

»Aufwachen, meine Liebe!«, rief Bella. »Was ist los? Warst du mit deinem Kopf gerade in den unendlichen Weiten des Weltraums? Da deine Tür offen stand, war ich so frei, ungefragt einzutreten.«

»Wie? Es ist schon 20 Uhr?« Lucy war erschrocken. Noch immer saß sie in ihrem Bademantel herum. »Wie ist das möglich, eben war es doch noch Mittag. Offenbar bin ich in ein Zeitloch gefallen«, lächelte sie etwas verlegen. »Wir wollten kochen, nicht wahr?«

»Ich habe mir schon gedacht, dass das nicht klappt«, sagte Bella gelassen und hob einen mit Stickereien reich verzierten Leinenbeutel hoch. »Ich habe köstliche Nüsse, französischen Käse, eingelegte Oliven, getrocknete Tomaten, Weißbrot und einen leckeren Bordeaux Grand Cru dabei. Lass uns doch mal wieder einen schönen französischen Abend machen.« Bellas musternder Blick verwandelte sich in einen fragenden und etwas verliebten Gesichtsausdruck.

Lucy wusste sofort, was dieser Blick zu bedeuten hatte. Sie war sich darüber klar, dass Bella noch immer an ihr hing. Obwohl Lucy die Zeit ihrer Bisexualität inzwischen hinter sich gelassen hatte, fand sie den Vorschlag dennoch nicht uninteressant. »Das würde mich vielleicht etwas entspannen«, gab Lucy zu. »Aber ich habe Sam noch in mir«, sagte sie, wohl wissend, was sich gehörte.

»Das hat meine Nase bereits herausgefunden, aber mach dir keine Sorgen, ich habe Sam auch heute noch gern.« Bella öffnete sanft Lucys Bademantel. Lucy lehnte sich entspannt in ihre Stuhllehne zurück und ließ Bella gewähren. Nach wenigen Minuten war das Ziel erreicht.

Bella kam wieder zum Vorschein und nahm Lucy in ihre Arme. Lucy genoss diese körperliche Nähe und hauchte Bella ins Ohr: »Ich danke dir für deine Großzügigkeit.« Lucy sah in die schönen, großen schwarzen Augen einer lebenserfahrenen und selbstsicheren Frau. Ihr kam es manchmal so vor, als würde dieser fast sechzigjährige Engel mit seinen langen, hennaroten Haaren im Alter immer schöner werden.

Bella löste sanft die Umarmung und kam auf den Punkt: »Magst du mir erzählen, was los ist? Ich spüre deutlich tiefes Leid in dir.«

Lucy stand auf, und während sie zahlreiche Kerzen im Raum verteilte und liebevoll Bellas mitgebrachte Leckereien auf ihrem Couchtisch drapierte, erzählte sie alles.

Bella unterbrach sie nicht und lauschte aufmerksam. Am Ende fasste sie zusammen: »Könnte es sein, dass du ohne deine Hündin und ohne dein verdammtes Internet nicht mehr leben kannst?«

Lucy war sofort klar, dass Bella einen Volltreffer gelandet hatte.

Bella fuhr unbeeindruckt fort: »Natürlich ist es furchtbar, ein geliebtes Lebewesen zu verlieren – keine Frage –, und dann noch auf diese tragische Art. Es ist jedoch in keiner Weise normal, dass dich das derart aus der Bahn wirft. Vielleicht leidest du aber auch eher an Existenz- und Zukunftsängsten? Welche Einnahmen fallen denn weg, wenn dein Onlinebusiness blockiert ist?«

»Na ja«, antwortete Lucy kleinlaut, »es ging zuletzt etwas zurück.«

»Um wie viel? Spuck es aus, Lucy!«, forderte Bella, und Lucy nannte ihre Zahlen aus den letzten Monaten.

»Nach allen Abzügen?«, fragte Bella verwundert nach.

»Nein, natürlich nicht. Davon gehen noch alle Kosten, die Sozialversicherung und die Steuern ab.«

Bella war schockiert. »Und was ist mit deiner Altersvorsorge, der Reserve für Krankheit, Wirtschaftskrisen, Pandemien, Urlaub oder für solche Fälle wie jetzt gerade?«

»Habe ich nicht«, antwortete Lucy, immer kleinlauter werdend.

Bella, die als Bestsellerautorin und Inhaberin einer Praxis sehr gut Bescheid wusste, was Selbstständige zu beachten hatten, betrachtete Lucy mit hochgezogenen Augenbrauen. »Du hättest doch das Dreifache, wenn du deinem eigentlichen Beruf nachgehen würdest.«

»Ich habe dir doch erzählt, woher ich kam, bevor Luna ihr Leben verlor. Da habe ich seit langer Zeit mal wieder einen Auftrag angenommen, und schon geht das Ganze schief. Außerdem erschien mir die Perspektive für mein Onlinebusiness bedeutend lukrativer. Mein Ziel war immer, durch die Welt zu reisen und irgendwo am Strand in der Sonne und unter blauem Himmel mein Geld zu verdienen.«

»Und? War dieses Ziel jemals in greifbarer Nähe?«, provozierte Bella sie.

»Ich weiß«, gab Lucy zu, »natürlich nicht.«

Bella ließ nicht locker: »Ich kenne deine zahlreichen Accounts ziemlich gut. Da habe ich bisher stets eine Lucy gesehen, die eigentlich nur ihren sexy Körper ins rechte Licht rückte und irgendwelche Kosmetika in die Kamera hielt.«

»Jaaa, schooon«, fühlte Lucy sich ertappt, »das gehört halt zum Geschäft. Ich war aber immer darauf bedacht, dass intime Körperstellen tunlichst bedeckt waren! Aber im Prinzip hast du recht. Es ist natürlich unbestritten, dass, wenn man zumindest subtil zeigt, was man zu bieten hat, die Fangemeinde schneller anwächst. So ist das eben – Sex sells.«

Bellas Mimik verriet Lucy, dass sie ihr nichts vormachen konnte. »Okay Bella, ist ja schon gut. Ich gebe es zu. Wenn ich täglich höre, wie toll ich aussehe, dann ist das schon etwas, was ich durchaus genieße. Das hebt meine Stimmung, schließlich bin ich nicht mehr die Jüngste. Kannst du dich nicht mehr daran erinnern, unter welch großen Selbstzweifeln und Minderwertigkeitskomplexen ich gelitten habe? Seit ich mein Onlinebusiness habe, ist das viel, viel besser geworden.«

»Mit wie vielen Männern warst du denn seit unserer Therapie im Bett?«, schien Bella das Thema zu wechseln.

»Was soll denn diese Frage jetzt?«, zeigte sich Lucy etwas verlegen. Sie entschloss sich aber, ehrlich zu sein: »Ich weiß nicht mehr so genau. Ich denke, ungefähr zwanzig.«

»Wie bitte? In vier Jahren zwanzig verschiedene Männer? Also im Schnitt jeden zweiten Monat ein nagelneuer Mann? Und niemals ist daraus eine Beziehung entstanden?«

»Na ja, ich hatte es immer nur mit Spofis zu tun«, verteidigte sich Lucy halbherzig. »Der einzige Mann, zu dem ich mich in den letzten Jahren richtig hingezogen fühlte, war und ist dein Sam.«

»Und den hast du durch mich kennengelernt! Was sind eigentlich Spofis?«

»Ich bezeichne so Männer, die mich einseitig verwöhnen, alles für mich tun und sich ausreichend anstrengen. Spofi ist die Abkürzung für Sportficker«, entgegnete Lucy trotzig.

»Also, meine Liebe, berichtige mich bitte, wenn ich etwas falsch verstanden habe«, versuchte Bella, ein Resümee zu ziehen. »Du hast seit unseren Sitzungen deinen Alltag damit verbracht, eine Liebesbeziehung mit einem Hund zu führen, am Computer Herzchen und Blümchen einzusammeln, und abends hast du dich regelmäßig zum Essen einladen und dich danach durchficken lassen. Findest du nicht, dass du damit hundert Jahre Feminismus mit Füßen trittst?«

»Ich habe halt nur solche Typen angezogen«, klagte Lucy, während sie versuchte, ihre Tränen zu unterdrücken.

»Was heißt denn angezogen?«, fragte Bella sichtlich genervt.

»Na ja, ich bin nur von solchen Männern angesprochen worden«, antwortete Lucy.

»Und wie viele hast du angesprochen?«

»Ich glaube, keinen«, gab Lucy zögernd zu.

Bella verdrehte die Augen. Dennoch beschloss sie, jetzt keine feministische Standpauke zu halten. Stattdessen sagte sie: »Und nun ist dein Hund als Liebeslieferant ausgefallen, du bekommst keine Aufmerksamkeit mehr im Netz, und es müssten eigentlich deine Sportficker wieder einspringen, was aber nicht klappt, weil in deinem Kopf nur Sam herumspukt, der aber an einem konservativen Partnerschaftsmodell nicht interessiert ist. Könnte man das Ganze so auf den Punkt bringen?«

Lucy sank in sich zusammen und fing an zu weinen. Bella rutschte zu Lucy hinüber, nahm sie bedächtig in ihre Arme und strich über ihr blondes Haar. »Entschuldige bitte, vielleicht war es ein bisschen zu hart formuliert.« Bella beschloss, erst einmal nichts mehr zu sagen, stattdessen streichelte sie Lucys Rücken.

Lucy verlor aber nicht ihre Fassung, schließlich konnte sie sich noch an die vorherige Nacht erinnern, in der ihr bei Sam ein kleines Licht aufgegangen war. Nach wenigen Minuten hob sie ihren Kopf, schaute direkt in Bellas mitfühlende Augen und sagte: »Ach, Bella, ich wollte das alles nie wahrhaben. Ich habe mich schon länger gefragt, warum ich täglich viele Stunden meiner Zeit vor der Kiste verbringe. Aber verstehe bitte meine Situation: Das erste Mal in meinem Leben hatte ich das Gefühl, ein wenig prominent zu sein. So viele Menschen haben sich auf einmal für mich interessiert, und irgendwann werden diese positiven Onlinefeedbacks wichtiger und wichtiger. Dabei habe ich meine Sorgen um meine finanzielle Existenz vergessen können. Nur hat das jetzt alles ein jähes Ende genommen. Und die Scheißpolizei schert sich einen Dreck darum.«

Bella ließ nicht locker: »Ich weiß aber auch, dass du mit deiner PR-Arbeit nicht unerfolgreich gewesen bist.«

»Das stimmt, da hatte ich zumindest bessere Einnahmen. Aber es konnte mich nie zufriedenstellen. Ich wollte mich mehr verwirklichen.«

»Und davor? Da warst du doch beim ZOD beschäftigt und auf dem besten Weg, eine Beamtenkarriere hinzulegen. Das wäre doch eine super Perspektive gewesen. Sam hat sich mit seiner Beamtenlaufbahn sogar dieses Haus leisten können. Als Pensionärin wirst du heute mit Geld förmlich überschwemmt.«

»Der Job beim ZOD berührte mein Herz nicht. Ich empfand ihn als unerträglich. Diese perfide mediale Volkserziehung hat mich einfach zu sehr an unser Staatsfernsehen erinnert, als es noch die DDR gab. Wenn du als Journalistin nichts von dem bringen kannst, was wichtig ist, oder wenn du alles in Halbwahrheiten verpacken musst, dann macht dich das früher oder später kaputt.«

»Damals hattest du mir deine Situation aber etwas anders dargestellt. War nicht der Hauptgrund deiner Unzufriedenheit, dass du nicht genug Wertschätzung von deinen Vorgesetzten erhalten hattest?«

Lucy erinnerte sich. »Das habe ich dir während unserer Sitzungen erzählt, nicht wahr? Dieser Müller und dieser Meier waren einfach nur lächerliche Figuren. Ich konnte nicht ertragen, dass solche schmierigen Affen mir jeden Tag vorschreiben konnten, was ich zu tun oder zu lassen habe.«

Bella widersprach: »Ich denke, dass es dir damals besser ging als heute.«

»Da gab es ja auch noch meinen geliebten Miguel. Bis zu seinem schweren Autounfall hatten wir eine so schöne Zeit, das kannst du dir überhaupt nicht vorstellen«, sagte Lucy wehmütig.

»Und du hattest mit ihm deine Zwillinge«, ergänzte Bella, obwohl sie sich des Risikos bewusst war, Lucy damit an ihren toten Sohn zu erinnern.

»Ja, meine Kinder waren noch da«, sagte Lucy leise.

»Das heißt, du hattest es beim schlimmen ZOD ganz gut aushalten können, weil du ein wunderschönes Privatleben führen konntest? Was war denn aus heutiger Sicht das Schönste für dich?«, fragte Bella, die bereits in ihrem Therapeutenmodus angelangt war.

In Lucy tauchten plötzlich bestimmte Einsichten auf. Sie richtete sich auf und sagte: »Miguel hat mich unendlich geliebt, und mit meinem Sohn Michael hatte ich ein überaus vertrautes und liebevolles Verhältnis. Selbst als er schon ein junger Mann war, riss diese enge und wundervolle Verbindung nie ab.«

Bella sagte daraufhin: »Und mit seiner Schwester hattest du darüber hinaus noch eine gute Freundin.«

Lucy wurde jetzt immer konzentrierter. »Ich weiß, ich war nie eine typische Mutter. Insbesondere nach Monikas Pubertät sind wir oft zusammen, wie zwei Freundinnen, einkaufen gegangen. Und später, als Monika etwas älter war, haben wir sogar das Nachtleben zusammen aufgemischt. Diese Zeit war so schön. Aber jetzt, liebe Bella, dämmert es mir langsam.«

»Und?«, fragte Bella, gespannt auf die Antwort.

»Miguel, Michael und Monika waren damals nur meine Liebeslieferanten!«

»Und was fällt dir noch auf, wenn du deine letzten fünfundzwanzig Jahre Revue passieren lässt?«

Lucy senkte den Kopf und sagte zögerlich: »Ich renne schon mein halbes Leben lang herum, um Wertschätzung, Beachtung und Aufmerksamkeit zu bekommen. Zuerst von Miguel, dann von meinen Zwillingen. Und als sie nicht mehr zur Verfügung standen, habe ich mir einen Hund gekauft, mir im Internet ein applaudierendes Publikum zugelegt und mir von einer Horde von Männern täglich bestätigen lassen, was für eine tolle Frau ich bin.«

»Super, ich habe nichts hinzuzufügen«, freute sich Bella über Lucys einsichtige Worte.

Lucy war dankbar, dass sie mal wieder an ihr eigentliches Lebensproblem erinnert wurde, und sagte: »Ich bin darauf angewiesen, geliebt zu werden, weil es mir an Selbstliebe mangelt. Ich brauche für das eigene Überleben die Liebe anderer. Wie konnte ich so bescheuert sein, wieder in dieses alte Fahrwasser zu geraten?«

»Das allerdings frage ich mich auch gerade. Wir sind schon damals zu diesem Schluss gekommen. Deine tiefen Selbstzweifel sind das Problem, obwohl du, objektiv betrachtet, ein nahezu perfekter Mensch bist. Ich habe in meiner langen Laufbahn selten jemanden kennengelernt, der mehr emotionale, intellektuelle und körperliche Fähigkeiten vorweisen kann als du, aber dennoch unfähig ist, sich selbst dahingehend zu reflektieren.«

Lucy strahlte wie ein Honigkuchenpferd. Sie war gerührt, ein solches Kompliment zu hören, und das aus dem Munde einer Frau, die sie von Anfang an bewundert und verehrt hatte. Sie fiel Bella um den Hals. »Oooh, du wunderbarer Mensch, ich danke dir von Herzen für diese magischen Worte. Das tut so unendlich gut. So sehr wünsche ich mir, mich selbst endlich positiver einschätzen zu können.«

Lucy gestand sich ein, einmal mehr ihr Hauptproblem verdrängt zu haben. »Bella, wie du weißt, habe ich nach dir noch andere Therapeuten und Coaches konsultiert. Ich habe damals auch zig einschlägige Bücher gelesen und nächtelang in Onlinechats diskutiert, aber niemand konnte mir den Schlüssel zu mehr Selbstliebe geben. Ich befürchte zudem, dass sich Michael nur deshalb umgebracht hat, weil er das gleiche Problem hatte wie ich selbst. Obwohl ich alles – und glaube mir bitte –, wirklich alles getan habe, um aus unseren Zwillingen starke, authentische und empathische Persönlichkeiten zu machen, hat dies zwar bei Monika zu hundert Prozent funktioniert, aber bei Michael habe ich versagt.«

»Okay, Lucy«, sagte Bella ernst, »wenn du mir versprichst, dass das, was ich dir gleich offenbaren werde, niemals in die Öffentlichkeit gelangt, erkläre ich dir meine ureigene Sicht auf die Dinge.« Bella holte tief Luft, nahm einen großen Schluck Rotwein und begann ihre Rede: »Ich möchte jetzt der aktuellen akademischen Lehrmeinung widersprechen. Wenn sich das herumspricht, verliere ich für meine Praxis die Kassenzulassung. Also muss das, was ich jetzt von mir gebe, wirklich unter uns bleiben.«

Lucy nickte und sagte: »Selbstverständlich, Bella. Du kannst dich auf mich verlassen.«

»Als du bei mir in Therapie warst, bin ich zu der Überzeugung gelangt, dass du bei der Erziehung deiner Zwillinge alles richtig gemacht hast, schließlich bist du eine Perfektionistin. Wenn du etwas machst, dann machst du es nicht nur gut, sondern in der Regel perfekt. Es gibt jedoch einen kleinen Haken: Deine Erziehung baute auf eine ganz bestimmte Idee der Entwicklungspsychologie auf, an der du dich offenbar orientiert hast. Sie besagt, dass bereits in den ersten Lebensjahren die Weichen dafür gestellt werden, ob wir Urvertrauen entwickeln oder nicht. Dieses Konzept stammt übrigens aus den Fünfzigerjahren. Der Freudschüler und Kinderpsychologe Erik H. Erikson entwickelte damals das Konzept *Basic Trust* und schrieb darüber ein Buch. 1957 kam die deutsche Übersetzung heraus, und dort tauchte der Begriff Urvertrauen als Übersetzung von Basic Trust das erste Mal auf. Demnach entwickelt der Säugling im ersten Lebensjahr – nach Freud die orale Phase – ein Grundgefühl dafür, welchen Situationen und Menschen er vertrauen kann. Das Baby entwickelt eine bestimmte Gefühlsqualität im selbstvertrauenden Umgang mit der Welt. Weiterhin behauptete Erikson in seinem Stufenmodell, dass auch die weiteren Jahre maßgeblich dafür seien, ob das Kind ein solides Urvertrauen aufbauen kann oder nicht. Eine zu geringe Ausbildung des Urvertrauens würde später zu spezifischen Verhaltensauffälligkeiten führen, wie zum Beispiel mangelnder Selbstliebe.«

Bella holte nochmals tief Luft. »Um es nach Erikson profan zusammenzufassen: Erhält ein Mensch bereits im Kindesalter von seinen Eltern das Gefühl von Liebe und Geborgenheit in einem ausreichenden Maße, dann sei ausreichendes Urvertrauen die Folge. Dabei sei Urvertrauen die Grundvoraussetzung zur Entwicklung von Selbstliebe, was wiederum zur Fähigkeit führen würde, auch andere lieben zu können. Diese Philosophie der Entwicklungspsychologie nach Erikson leiern wir in der akademischen Psychologie schon seit über sechzig Jahren herunter. Wir bekommen das während unseres Studiums und in allen Fortbildungen eingebläut. Zudem beziehen sich nahezu alle einschlägigen Publikationen auf dieses Standardmodell nach Erikson. Wir Therapeuten plappern also schon seit Jahrzehnten etwas nach, und niemand interessiert sich dafür, ob das alles nicht längst überholt ist. Auch die Krankenversicherungen zwingen uns, nach diesem Modell für die Entwicklung von Urvertrauen vorzugehen. Die Entwicklungspsychologie nach Erikson wurde einfach zum weltweiten Standard erklärt. Mittlerweile können wir aber in der Rückschau recht einfach überprüfen, ob das, was wir jahrzehntelang in Sachen Kindererziehung gepredigt haben, auch tatsächlich funktioniert hat. Schließlich lebt mittlerweile schon die zweite Generation, die gemäß dem Erikson-Konzept erzogen und aufgewachsen ist. Und siehe da: Es gab noch nie so viele Jugendliche, aber auch Erwachsene, die über erhebliche Defizite in Sachen Selbstliebe klagen. Es sind heute sogar suchtartige Symptome nach mehr Anerkennung, Beachtung und Aufmerksamkeit zu beobachten, weil das Urvertrauen beziehungsweise die Selbstliebe vollkommen fehlen. Diese Tatsache jedoch hören weder die akademische Psychologie noch die Pädagogik gerne, weil es bedeuten würde, dass wir seit über sechzig Jahren falsch liegen. Wir bohren weiterhin in den Vergangenheiten unserer Klienten und Patienten herum und reden ihnen ein, dass es dort irgendein Problem gegeben haben muss. Eigentlich machen wir nichts anderes, als die Eltern unserer Patienten zu diffamieren, und vor allem setzen wir damit die aktuelle Elterngeneration massiv unter Druck. Wir machen ihnen tagtäglich Angst, dass, wenn sie ihre Kinder nicht ausreichend lieben und fördern würden, ihre Kinder verloren seien und alle zu kleinen Versagern mutieren würden. Und genau diese Problematik betrifft auch dich, liebe Lucy. Du hast mit deinen Zwillingen den klaren Beweis erbracht, dass mit der allgemeinen Annahme, wie Urvertrauen in der Kindheit entsteht, etwas nicht stimmen kann. Außerdem ist mir aus unseren Therapiesitzungen noch ziemlich gut in Erinnerung, dass deine Aussagen über deine Eltern und den Verlauf deiner Kindheit absolut stimmig waren. Mir wurde bereits damals klar, dass du eine perfekte Kindheit hattest. Du hast im Übermaß Geborgenheit und Liebe von deinen Eltern erfahren, und dennoch hast du massive Defizite in Sachen Urvertrauen entwickelt. Ich erinnere mich noch gut daran, wie ich damals fast verzweifelt bin, weil ich in deiner Vergangenheit einfach nichts Auffälliges entdecken konnte. Dies war im Übrigen auch der Anlass, dir schließlich vorzuschlagen, dass wir die Therapie beenden.«

»Ja, daran kann ich mich gut erinnern. Ich hatte mich damals gewundert, weil dein Vorschlag für mich wie aus heiterem Himmel kam.«

Bella sagte mit einem sichtlich schlechten Gewissen: »Ich möchte mich hier und jetzt bei dir offiziell entschuldigen, liebe Lucy. Ich habe dir bis heute keinen reinen Wein eingeschenkt. Ich hätte dir schon damals beichten müssen, dass zumindest für dich die Philosophie der Entwicklungspsychologie nach Erikson nicht zutrifft. Weder im Verhältnis zwischen dir und deinen Zwillingen noch im Verhältnis zwischen deinen Eltern und dir. Du musst mir glauben, du darfst dir keine Vorwürfe mehr machen. Du und dein Mann haben Michael und Monika nahezu optimal erzogen, gefördert und geliebt. Obwohl die beiden in ihrer Kindheit mit demselben Elternpaar konfrontiert waren, konnte Monika ausreichend Urvertrauen und Selbstliebe entwickeln und Michael eben nicht. Deine Zwillinge sind der Beweis dafür, dass psychische Defizite nicht immer etwas mit der Vergangenheit der Betroffenen oder mit dem Elternhaus zu tun haben müssen. Und soll ich dir noch etwas sagen, Lucy?«

Lucy ahnte bereits die Antwort und sagte: »Und bei dir hat Erikson auch nicht funktioniert, stimmt's?«

»Genauso ist es. Ich bereue aus heutiger Sicht, dass ich dem einen oder anderen Patienten fälschlicherweise eingeredet habe, für seine seelische Situation seien bestimmte Umstände in seiner Kindheit verantwortlich gewesen.«

»Und nun, Bella?«, fragte Lucy trocken. »Was machen wir jetzt? Nun stehen wir als Wissenschaftlerinnen doch ziemlich dumm da, ohne ein evidenzbasiertes Erklärungsmodell für Urvertrauen oder Selbstliebe. Was ist denn dein persönliches Geheimnis für Selbstliebe? Ich kenne niemanden, der so unabhängig ist und so wenig Anerkennung und Liebe braucht wie du. Ich habe bei dir noch nicht einmal einen Hauch von Selbstzweifel oder Minderwertigkeitskomplexen gespürt. Wie hast du ein solches Urvertrauen entwickeln können? Wie hast du das geschafft?«

»Okay, Lucy, ich verrate dir, wie es läuft. Ich zeige dir jetzt, wie Selbstliebe geht«, sagte Bella und sah Lucy vielsagend an.

»Oh ja! Dazu bist du in der Lage? Das wäre ja der Oberhammer. Aber es ist schon spät geworden. Wirst du denn nicht von Clara vermisst?«

Bella wiegelte ab: »Clara ist auf Geschäftsreise, und wir haben vorhin telefoniert. Sie weiß nicht nur, dass ich jetzt gerade bei dir bin, sondern ist zudem eine sehr tolerante und weise Frau. Sie leidet unter wenig Eitelkeiten, und wir vertrauen einander. Egal, was kommt, wir bleiben zusammen.«

Lucy fragte verwundert: »Und was war das vorhin? Geht das auch aus ihrer Sicht in Ordnung?«

»Ich habe sie am Telefon bereits gefragt, ob ich es tun darf. Ich fing mir zwar ein striktes Verbot ein, dich zu küssen, aber sie hat mir die Erlaubnis gegeben, ein einziges Mal einen Stock tiefer zu gehen.«

»Donnerwetter, ihr habt aber eine ziemlich hochwertige Beziehung. Das gönne ich euch von Herzen. Aber jetzt zur Selbstliebe: Wie geht die?«, drängelte Lucy aufgeregt.

»Okay, mein Schatz, bevor wir dazu kommen, müssen wir uns erst ein bisschen locker machen. Hast du eine Lieblingsmusik, zu der du gerne tanzt?«

»Oh ja, natürlich!«, rief Lucy.

»Dann schmeiß die Kiste an, wir tanzen jetzt eine Runde.«

Das ließ Lucy sich nicht zweimal sagen. Sie startete ihren Streamingdienst und drehte ihre Boxen ein bisschen lauter auf als üblich. Dann zog sie Bella lachend von der Couch hoch, und die beiden ließen ihren Körpern freien Lauf. Als *Happy* von Pharrell Williams zu Ende war, rief Bella begeistert: »Noch ein Stück, Lucy, noch eines!« Und so vergingen einige Minuten fröhlicher Ausgelassenheit. Lucy und Bella vergaßen alles um sich herum und genossen die Bewegung und ihre ungezügelte Freiheit. Schließlich stoppte Bella die Musik, ergriff Lucys Hand und sagte: »Und jetzt konzentriere dich schnell, Lucy. Okay? Bist du zentriert? Bist du bereit? Spürst du dich? Kannst du die Freiheit und die Lebenslust, die jetzt deinen Körper durchströmt, fühlen?«

»Oh ja, ich könnte gerade Bäume ausreißen und die ganze Welt umarmen!«

»Kannst du dir diese Stimmung merken? Präge dir intensiv ein, wie es dir jetzt geht.«

»Ja, ich hab's. Ich fühle es genau. Das vergesse ich bestimmt nicht«, sagte Lucy.

»So, und jetzt machen wir das Ganze noch einmal. Mit denselben drei Titeln, aber jetzt tanzen wir nackt. Zieh dich aus, Lucy! Los, runter mit deinem Bademantel!«, befahl Bella fröhlich.

Lucy konnte ihre Überraschung nicht verbergen. Dennoch flog bald darauf ihr Bademantel durchs Wohnzimmer, weil sie dachte: *Schließlich hat Bella meinen nackten Körper schon oft genug gesehen.*

Während bereits *Happy* anlief, flogen auch Bellas Kleidungsstücke in hohem Bogen durch die Luft, und zwei beschwingte und splitternackte Frauen fielen wieder in den Rhythmus der ausgelassenen Lebensfreude. Nachdem drei Lieder abgespielt waren, wiederholte Bella die Prozedur. Sie nahm Lucy wieder an die Hand, forderte sie auf, innezuhalten und sich ihrer aktuellen Gefühlslage sehr genau bewusst zu werden.

»So, Lucy«, sagte Bella danach, »und jetzt noch ein drittes Mal. Hast du Lust?«

»Aber ja doch!«, antwortete Lucy. »Selbstverständlich. Ich bin dabei! Ich könnte auf meine Lieblingsmusik die ganze Nacht durchtanzen.« Lucy hüpfte wieder an ihren Laptop, um die Repeattaste zu drücken. Währenddessen bemerkte sie, wie Bella an ihre Wohnungstür ging und sie weit öffnete. Danach zog eine fröhliche Bella auch noch alle Vorhänge vor Lucys riesiger Fensterfront auf. Es kamen nun die gegenüberliegenden Häuser mit ihren hell erleuchteten Wohnungen zum Vorschein. Hinter den Fenstern und auf den Balkonen waren Menschen zu sehen, die die lauwarme Sommernacht genossen. Da schaltete Bella sämtliche Lampen ein, sodass Lucys Wohnzimmer taghell erleuchtet war.

»Sollen wir uns nicht lieber etwas anziehen, Bella?«, fragte Lucy etwas ängstlich.

»Ach was, vergiss die Kerle von gegenüber. Und vergiss auch deine offene Tür. Um die Zeit besucht dich kein Mensch mehr. Los, Lucy, lass uns tanzen. Auf geht's!«, forderte Bella Lucy hartnäckig auf und zog sie sanft, aber bestimmt in die Mitte des Wohnzimmers. Sie musste ihre nackte blonde Freundin ein wenig anschubsen, bis sie im hell erleuchteten Raum wieder in Fahrt kam. Dann aber waren sie wieder im Rhythmus. Nach zwanzig Minuten war schließlich alles zu Ende, und die beiden ließen sich erschöpft, aber auch zufrieden wieder auf die Couch fallen. Lucy fiel entspannt in Bellas offene Arme und sagte: »Das war nicht nur ein Lockermachen, nicht wahr?«

»Richtig«, sagte Bella grinsend, »du hast jetzt drei Mal verschiedene emotionale Zustände gespürt. Versuche doch mal, dein Körpergefühl nach unserer ersten Tanzrunde zu beschreiben.«

»Da war unendlich viel Lebensfreude«, schwärmte Lucy. »Ich fühlte mich total sorgenfrei. Und ja, da war auch eine große Harmonie in mir – keine Selbstzweifel, einfach nur tiefer Frieden. Ein schönes und zauberhaftes Gefühl, dass alles gut ist.«

»Und wie war das bei der zweiten Tanzrunde?«, hakte Bella nach.

»Es war ähnlich, aber etwas weniger intensiv.«

»Könntest du das in Prozenten ausdrücken?«

»Ich würde sagen, es waren etwa achtzig Prozent der Lebensfreude, die ich bei der ersten Runde gespürt hatte«, schätzte Lucy. »Du weißt doch um meine Problemzonen, die ich nicht gerne zeige. Und die Gedanken daran blitzten in mir während des Tanzens immer mal wieder auf.«

Bella lachte laut auf: »Wie bitte? Im Ernst? Wie wunderschön du ausgesehen hast, während du nackt getanzt hast. Wie froh wäre ich in meinem Leben gewesen, wenn ich jemals einen vergleichbaren Körper gehabt hätte. Aber Schwamm drüber – das ist jetzt nicht wichtig. Allein deine Einschätzung ist maßgeblich. Kommen wir zur dritten Runde. Wie war da der Grad deiner Lebensfreude?«

Lucy dachte kurz nach und meinte dann: »Nach einigen Anlaufproblemen habe ich mich zwar in meiner Stimmung wieder hochgearbeitet, aber ich denke, es waren nur noch fünfzig Prozent der Lebensfreude aus der ersten Tanzrunde.«

»Hast du einen Verdacht, warum?«, hakte Bella nach.

»Keinen Verdacht, ganz im Gegenteil, ich weiß es sogar ziemlich genau! Ich konnte die offene Tür nicht vergessen. Wäre diese seltsame Frau Schulze von nebenan hereingekommen, hätte mir das überhaupt nicht gefallen. Aber abgesehen davon, weiß ich jetzt, was du mir zeigen wolltest.« Lucy sah direkt in Bellas große schwarze Augen. »Diese unendlich schöne Lebenslust – das ist die Liebe selbst, nicht wahr?«

Bella hüpfte innerlich vor Freude und klatschte in die Hände. »Wunderbar, dass du das so schnell erkannt hast. Wenn du angstfrei bist, produziert dein Körper Liebe. Dann lieben wir uns selbst. Dann lieben wir die Menschen. Dann lieben wir das ganze Leben. Ist es nicht faszinierend, wie einfach das geht?«

Lucy ging ein Licht auf. »Es hat sich tatsächlich genauso angefühlt, als wäre ich glücklich verliebt, und das ganz ohne Männer – nur mit Musik und Bewegung. Fantastisch! Da muss man erst einmal dahinterkommen.«

Bella machte eine Kunstpause, um die Bedeutung ihrer folgenden Worte zu unterstreichen. »Lucy, und jetzt pass bitte gut auf, was ich dir zu sagen habe: Exakt um dieses Lebensgefühl geht es. Danach sehnen sich alle Menschen. Alles, was der Homo sapiens tut oder unterlässt, sämtliche Lebenspläne, die er hat, aber auch jeder Lug und Trug dienen einzig und allein der Sehnsucht, Liebe in sich zu spüren. Und wir alle haben die Wahl: Entweder wir produzieren Liebe selbst in unseren Körpern, oder wir müssen sie uns von anderen holen. Die meisten Menschen stehen Tag für Tag auf und rennen wie wild durchs Leben, ohne sich darüber bewusst zu sein, worum es ihnen tatsächlich geht – wonach sie eigentlich suchen. Du jedoch, liebe Lucy, weißt jetzt sehr genau, worum es im Leben geht. Du bist dir über dieses wunderbare Lebensgefühl bewusst geworden. Du kennst nun die geheimnisvolle Essenz, für die Menschen alles tun, um von ihr kosten zu können.«

»In der Tat, Bella, das hat sich jetzt tief in meinen Schädel eingeprägt«, antwortete Lucy zunächst euphorisch, um kurz danach wieder nachdenklich zu werden: »Aber das würde doch bedeuten, dass das für uns von der Natur vorgesehene Körpergefühl die Liebe selbst wäre. Ich müsste nur sicherstellen, angstfrei durchs Leben wandeln zu können.«

»Theoretisch schon«, stimmte Bella zu, »jedoch bin ich zu der Überzeugung gelangt, dass es in unserer Wohlstandsgesellschaft geradezu umgekehrt ist. Es ist ein Paradoxon, dass genau diejenigen Menschen, die am sichersten ihr Leben fristen können, unter den meisten Ängsten leiden und dies ohne Hungersnot, ohne Kriege oder sonstige lebensgefährliche Umstände. Wir denken, dass unsere pathologische Daueranspannung normal sei, weil wir nicht nur verlernt haben, uns unserer Ängste bewusst zu werden, sondern auch, sie überwinden zu können.«

Lucy schlussfolgerte: »Man müsste im Prinzip nur einen Weg finden, unbegründete Ängste auf ein Minimum zu reduzieren. Das ist im Vergleich zu dem, was wir uns täglich antun, um mehr Anerkennung und Beachtung zu ergattern, ein geradezu lächerlich kleines Opfer.«

»Genau – die Betonung liegt auf dem Wort *unbegründet*, denn Ängste sind natürlich auch ein wichtiger Selbstschutzmechanismus unseres Körpers. Wenn Lebensgefahr droht, ist es meinem Körper so ziemlich scheißegal, ob ich mich selbst liebe. Da hat das nackte Überleben oberste Priorität. Wenn wir zum Beispiel vorhin so weitergemacht hätten, dann wären wir noch auf der Straße gelandet und nackt durchs Frankfurter Bahnhofsviertel getanzt. Allerdings hätte es dort für uns ziemlich gefährlich werden können, schließlich leben wir in einer Stadt mit einer der höchsten Mordraten. Die Evolution hat alle Lebewesen mit Ängsten ausgestattet, um besser ihr Überleben sichern zu können. Aber wenn Frau Schulze hereingekommen wäre, dann wäre dein Leben sicher nicht in Gefahr gewesen. Und als sich die drei Spanner auf dem Balkon gegenüber die Augen ausgeguckt haben, da war dein Leben ebenfalls niemals in Gefahr.«

»Du hast recht, die Leute haben sich mit der Zeit Ängste zugelegt, die aus evolutionärer Sicht überhaupt keinen Sinn mehr ergeben«, erkannte Lucy.

»Auch da liegst du richtig«, sagte Bella. »Je schwerer ich mich damit tue, Ängste zu überwinden, die völlig absurd sind, umso schlechter wird es mir gehen, umso mehr stelle ich mich und das Leben infrage, umso mehr quäle ich mich mit der Frage der Sinnhaftigkeit des Lebens. Denn eines steht außer Frage: Wer keine Liebe in sich spürt, wird kein Leben in sich spüren, und je weniger Leben wir in uns tragen, umso näher sind wir dem Tod. Das heißt, je weniger ich liebe, umso mehr sterbe ich – tagtäglich!«

»Dann wäre der Motor des Lebens tatsächlich die Liebe selbst, so wie es die Religionen seit Jahrtausenden propagieren, nicht wahr?«

»Unbedingt, wer nicht genug Liebe in sich spürt, wird sofort mit seinem inneren Sterbeprozess konfrontiert, umso mehr wird er von einer inneren Leere übermannt werden. Dann muss man entweder viel Gutes tun oder sich so verhalten, dass andere einen mit Liebe versorgen, um sich selbst überhaupt noch ertragen zu können.«

»Wenn es mir also nicht gut geht, obwohl ich körperlich gesund bin, dann leide ich unter zu vielen unbegründeten Ängsten. Daraus ergibt sich zu wenig Lebensenergie, und in der Folge brauche ich einen Vermieter, zu dem ich schnell hochrennen kann und der mir dann mein Gehirn aus dem Leibe fickt.«

Bella lachte auf und stellte amüsiert fest: »Im wortwörtlichen Sinne sogar: Denn ohne ein Gehirn kann es auch keine Ängste geben. Schließlich sind Ängste die Erwartungshaltung von Schmerzen. Damit sind Ängste in erster Linie kein emotionales, sondern vor allem ein Kopfproblem. Du musst dir eine potenzielle Gefahr zunächst einmal intellektuell vorstellen, um überhaupt Ängste entwickeln zu können. Das heißt, absurde Ängste sind Auswirkungen von absurden Gedankengängen in unseren Gehirnen.«

Lucy wurde immer aufgeregter. »Und wenn ich losgelöst tanze, dann tue ich im Prinzip das Richtige, ohne mir darüber bewusst zu sein. Ich zwinge praktisch meinen Kopf in die Gegenwart und halte ihn davon ab, zu sehr in die Zukunft abzudriften, schließlich sind Erwartungshaltungen nichts anderes als Gedanken an das Nachher.«

»Ganz genau! Angstfrei zu leben heißt, die Fähigkeit zu entwickeln, sich zu konzentrieren. Das Gros aller Angststörungen ist bei näherer Betrachtung auf eine Konzentrationsstörung zurückzuführen.«

Lucy nickte. »Wunderbar, Bella, jetzt ist mir alles sonnenklar. Ich bin also nicht nur ausgelassen durch mein Wohnzimmer getanzt, sondern habe vor allem damit begonnen, das Leben zu leben. Indem ich mich auf die Gegenwart konzentriere, taucht das Leben selbst vor meinen Augen auf. Wobei ich zugeben muss, dass mir das Glückslevel der dritten Tanzrunde völlig ausreichend erscheint.«

»Absolut, Lucy, da stimme ich dir voll und ganz zu. Es wäre naiv, zu glauben, wir könnten permanent ausgelassen durchs Leben tanzen. Manchmal freuen wir uns, und ein anderes Mal erleben wir nur ein Gefühl des inneren Friedens. Wichtig ist nur eines: Wenn du noch nicht einmal ein Minimum an Lebensfreude in dir spürst, dann müssen bei dir alle Alarmglocken angehen, denn in diesen Augenblicken macht sich dein Gehirn selbstständig und belästigt dich mit konfusen Ängsten. Dann muss es bei dir sofort Klick machen …«

Lucy unterbrach Bella, um den Satz fortzuführen: »… und mir muss sofort auffallen, dass mein Kopf gerade dabei ist, Gefahren zu erwarten, die bei näherer Betrachtung Unfug sind. Ich bräuchte also immer eine Bella an meiner Seite, die meinen Kopf beruhigt, wenn er geöffneten Vorhängen und Wohnungstüren unterstellt, sie würden mein Leben in Gefahr bringen. Damit sind wir wieder bei unserem Ausgangsthema: Was mache ich, wenn ich keine Bella griffbereit habe?«

Bella holte wieder etwas aus: »Bei mir verhält es sich wie bei dir. Auch ich durfte eine wundervolle Kindheit erleben. Ich wurde unendlich gefördert, ausreichend geliebt, und meine Eltern schenkten mir großes Vertrauen. Alles in allem wurden sämtliche Kriterien der Entwicklungspsychologie nach Erikson optimal erfüllt, sodass ich ausreichend Urvertrauen auch in meinem Erwachsenenleben hätte entwickeln können. Leider war dem nie so. Ich habe mich schon als Teenager mit tiefen Selbstzweifeln und mangelnder Selbstliebe herumgeplagt. Wurde ich von den richtigen Menschen geliebt, ging es mir gut. Fielen hingegen die Liebeslieferanten aus, ging es mir schlecht. Das ist mir als Psychologin natürlich auch selbst aufgefallen. Ich dachte, ich müsste mich mehr selbst verwirklichen, um mich besser fühlen zu können. Ich versuchte, meinem Leben mehr Sinn zu geben, aber auch damit konnte ich nur ein kleines Strohfeuer des inneren Friedens entfachen. Egal, was ich getan und gedacht habe, eigentlich habe ich mein ursprüngliches Problem nie lösen können. Und irgendwann ist mir ein Begriff aufgefallen, den man früher anstelle des Wortes Urvertrauen verwendete. Und da war mir sofort klar, wie ich mein Problem lösen konnte.«

Bella machte eine kleine Pause, Lucy hingegen konnte ihre Neugierde kaum mehr im Zaum halten: »Nun sag schon! Welchen Begriff meinst du?«

Bella schaute in Lucys hellblau strahlende Augen und sagte in einem liebevollen Ton: »Es war das Wort *Gottvertrauen*!«

Sofort dachte Lucy an den gestrigen Abend mit Sam. »Wie bitte? Schon wieder dieser Gott?«

Bella erwiderte: »Was meinst du mit *schon wieder dieser Gott*? Die mit Abstand glücklichsten Menschen, die ich je in meinem Leben kennengelernt habe, waren immer solche – und zwar ohne Ausnahme –, die einen tiefen Glauben in sich trugen. Ich bin mittlerweile zu der festen Überzeugung gelangt, dass der Glaube an einen Gott der Schlüssel zu einem glücklichen Leben ist. Obwohl ich keiner Konfession angehöre, weiß ich mittlerweile, dass ich mich auf eine höhere Instanz verlassen kann.«

Lucy klärte Bella auf: »Erst gestern habe ich mit Sam die halbe Nacht über Gott philosophiert, und jetzt kommst du auch noch mit diesem Thema. Das hieße ja, anstelle einer Bella bräuchte ich einen Gott, dem ich vertrauen kann. Diesen Typen im Himmel habe ich aber die letzten Tage ziemlich oft verflucht. Außerdem kennst du meine Vorbehalte. Ich tue mich unendlich schwer damit, wenn etwas nicht wissenschaftlich fundiert ist.«

»Ja, ich weiß, du brauchst immer Beweise – etwas schwarz auf weiß oder irgendwelche Quellen von anerkannten Koryphäen. Aber da müsste dir doch die Quantenphilosophie entgegenkommen, schließlich beschäftigt sie sich mit dem Spannungsbogen zwischen Wissenschaft und Gott. Hat dir Sam nichts davon erzählt?«

Lucy ließ die gestrigen Ausführungen von Sam innerlich Revue passieren. »Nicht direkt – aber Sams Ausführungen über den Urknall haben mich zum Nachdenken gebracht, um nicht zu sagen ziemlich irritiert. Seither schwirrt dieses Thema Gott in meinem Kopf herum.«

»Na, dann los – vielleicht gibt es einen wissenschaftlichen Zugang zu Gott.«

Lucy spürte einen starken Motivationsschub. »Ja, wenn ich ehrlich bin, habe ich mich innerlich schon entschieden. Vielleicht hilft mir die Physik tatsächlich weiter, damit auch ich Gottvertrauen als Grundlage für mehr Selbstliebe entwickeln kann.«

Bella überlegte kurz. »Wir haben doch in zwei Wochen diese berühmte Tagung hier in Frankfurt, bei der die weltweite Elite der Astro- und Quantenphysik zusammenkommt. Vielleicht hockt dieser Gott irgendwo im Weltall. Wer weiß?«

Lucy lachte. »Na, das ist doch ein Wink des Schicksals. Da besorge ich mir morgen gleich eine Akkreditierung als Wissenschaftsjournalistin. Und irgendeinen Lobbyisten werde ich schon finden, der mir ein bisschen Geld überweist.«

»Lucy, das ist doch eine wundervolle Fügung. Du machst dich auf die Suche nach Gott und gleichzeitig reaktivierst du deinen alten Job.« Bella war begeistert.

Die Stimmung erreichte ihren Höhepunkt. Je länger Lucy darüber nachdachte, umso sympathischer erschien ihr dieser neue Lebensplan. Sie hob ihr Weinglas in die Höhe, prostete Bella zu und sprach einen Trinkspruch aus: »Was interessiert mich ein alter Psychologengreis aus den Fünfzigerjahren. Das Urvertrauen ist tot. Es lebe das *Gottvertrauen*!«

Nachdem Lucy mit Bella angestoßen hatte, hob sie ihr Glas in Richtung Zimmerdecke. »Hey Gott, lass uns ein Geschäft machen: Ich rechne mit der Wahrscheinlichkeit, dass es dich geben könnte, und du greifst mir im Gegenzug ein bisschen unter die Arme, um dem Sinn des Lebens auf die Spur zu kommen. Okay?« Lucy lachte ausgelassen auf, während sie sich wieder Bella zuwandte. »Ach, Bella, wir haben einen so zauberhaften Abend zusammen. Das habe ich nur dir zu verdanken, mein Herz. Sollten wir nicht noch eine weitere Tanzrunde einlegen und ein bisschen Liebe produzieren?« Und damit sprang sie auf, zog Bella schwungvoll hoch und schmiss die Musik wieder an.

Der Abend entwickelte sich zu einem weiteren Wunder der Selbstliebe …

—

Am nächsten Tag unterbrach ein Klopfen Lucys tiefen Schlaf. Nach ein paar Sekunden wurde ihr bewusst, dass es ihre Wohnungstür war, die Geräusche von sich gab. Lucy schlug schlaftrunken die Augen auf, schleppte sich an die Tür und öffnete sie. Vor ihr stand eine fröhlich grinsende Bella: »Hey Lucy, du Schlafmütze, du rennst ja noch immer in deinem Bademantel herum!« Bella spazierte an Lucy vorbei und legte eine mit Croissants prall gefüllte Tüte auf den Küchentisch. »Hör mal, was hältst du davon, wieder einmal nach einer frisch geduschten Lucy zu duften?« Und schon schob sie die müde Lucy sanft in Richtung Bad. Danach machte sie sich daran, Kaffee zu kochen und den Terrassentisch auf Lucys großem Balkon herzurichten. Die Sonne hatte ihren Zenit bereits erreicht, und der Himmel strahlte in einem herrlichen Blau. *Ein idealer Tag, um unter dem Sonnenschirm ein verspätetes Frühstück zu genießen*, dachte Bella, während sie auf Lucys Rückkehr aus dem Badezimmer wartete.

Schließlich tauchte eine hellwache und frisch duftende Lucy auf.

»Ich war gestern Nacht noch lange wach«, sagte sie. »Das mit dem Physikerkongress ging mir nicht mehr aus dem Kopf. Und

soll ich dir was sagen? Ich habe gleich alles klargemacht. Die Presseakkreditierung für die Tagung konnte ich online erhalten, und zusätzlich habe ich eine Sammelmail an all meine alten Kontakte rausgejagt. Und siehe da, der Institutsleiter einer Genfer Forschungseinrichtung meldete sich sofort, obwohl es schon weit nach Mitternacht war. Er suche gerade verzweifelt Forschungsgelder beziehungsweise Drittmittel und brauche dringend ein paar redaktionelle Beiträge über die Tagung, die sein Institut wohlwollend darstellen.«

Bella freute sich sichtlich über Lucys Geschäftssinn. »Da ist wohl eine Forschungseinrichtung ziemlich in Geldnot.«

»Ich kenne diesen Professor noch aus meiner Zeit beim ZOD. Anscheinend steckt er tatsächlich in großen finanziellen Engpässen. Wir haben sofort alles dingfest gemacht, und soeben ist auch die Auftragsbestätigung auf meinem Handy eingetrudelt.«

»Und?«, fragte Bella gespannt. »Wie viel gibt's?«

Lucy nannte Bella eine großzügige vierstellige Summe und tauchte dabei grinsend ein Croissant in ihren Kaffee.

»Wie bitte? Und das für ein paar Texte und einige lächerliche Fotos? Von solchen Honoraren träumt doch deine ganze Branche.«

Lucy lachte. »Ja, das stimmt. Für echten Journalismus gibt es solche Honorare natürlich nicht. Entweder du arbeitest für öffentlich-rechtliche Rundfunkanstalten, die bekanntermaßen in Geld schwimmen, oder du musst halt Lobbyarbeit machen. Für unabhängigen oder investigativen Journalismus werden schon lange keine vernünftigen Honorare mehr bezahlt.«

»Das ist doch um Längen besser, als deinen Hintern ins Internet zu halten«, erwiderte Bella.

»Diesen Gedanken hatte ich letzte Nacht auch. Nun, da Luna im Hundehimmel ist, verfüge ich über die notwendige Mobilität, um wieder mehr als Wissenschaftsjournalistin unterwegs zu sein. Die dafür notwendigen Kontakte sind mir alle noch wohlgesinnt – schließlich war ich mit dem Gros der Typen auch im Bett«, grinste Lucy Bella verschmitzt an.

»Aha, darüber bin ich mittlerweile nicht mehr verwundert.«

»Bella, vielleicht sollte ich dir etwas beichten«, sagte Lucy nun ernster. »Ich habe schon gestern deinen Unmut gespürt, als ich dir von der Vielzahl meiner Bettgeschichten erzählte.«

»Nur zu, meine Liebe, ich bin ganz Ohr.«

»Ich denke, ich bin sapiosexuell. Dieser Begriff sagt dir als Psychologin sicher etwas.«

»Selbstverständlich. Du fühlst dich sexuell zu Männern hingezogen, die du als besonders intelligent empfindest.«

»Ja, so ungefähr. Wenn mir jemand rhetorisch überlegen ist, er mit seinem Wissen glänzt oder er ganz einfach eine anerkannte Koryphäe auf seinem Gebiet ist, werde ich schwach. Wenn sich dann solche Typen auch noch um mich bemühen, dann schmelze ich nur so dahin. Dann fühle ich mich genauso, wie ich mich gestern nach dem Tanzen gefühlt habe. Aber sag jetzt bitte nichts. Ich habe nun endgültig geschnallt, was mit mir los ist.«

»Da fällt mir ein Stein vom Herzen. Erlaubst du mir dennoch, einen Kommentar abzugeben?«

»Nur zu!«

»Zuvor müsste ich dir aber eine ziemlich persönliche Frage stellen. In Ordnung?«

Lucy nahm sich lachend ein zweites Croissant und sagte: »Nun schieß schon los!«

Bella fragte rundheraus: »Glaubst du, dass du ein bisschen doof bist?«

Lucy traf die Frage mitten ins Herz, und sofort schossen ihr die Tränen in die Augen. Bella stand auf, nahm Lucy in die Arme und strich ihr zärtlich übers Haar. Lucy fing sich wieder und beschloss, Bella reinen Wein einzuschenken: »Ich habe jeden Tag Angst davor, aufzufliegen. Ich habe Sorge, jemand könnte bemerken, dass ich nur eine Show abziehe. Du musst wissen, dass ich erst auf dem zweiten Bildungsweg mein Abitur machen konnte, bevor ich Biologie studierte. Zur Promotion habe ich mich nur entschlossen, um mit meinen Kommilitonen mithalten zu können.

Im Gegensatz zu ihnen kam ich nicht aus einer gebildeten Akademikerfamilie. Oberflächlich betrachtet, war ich zwar integriert, aber dennoch ließ man mich regelmäßig spüren, dass ich nicht dazugehörte. Zudem war ich eine der wenigen, die in ihrer Freizeit in der Kneipe arbeiten mussten, um das Studium finanzieren zu können. Alles in allem wurde ich regelmäßig daran erinnert, aus einer Familie zu stammen, in der der Vater ein Schichtarbeiter war und die Mutter in einem Lebensmitteldiscounter an der Kasse saß. Aber was mir bis heute unendlich leidtut, ist, dass ich blöde Kuh es tatsächlich übers Herz brachte, meine Eltern vor meinem Umfeld zu verstecken – vor allem vor gebildeten Männern. Meine liebevollen Eltern haben auf so vieles verzichtet, damit ich meinen Weg gehen konnte, das kannst du dir überhaupt nicht vorstellen. Ich werde mir niemals verzeihen, dass ich zu feige war, zu meiner Herkunft zu stehen.«

Lucy bekam einen Weinkrampf. Bella hielt sie fest in ihren Armen. Als Lucy ihre Stimme wiederfand, fragte sie: »Bella? Wie kamst du jetzt darauf? Damals in der Therapie hatten wir das Thema doch überhaupt nicht auf dem Tisch, oder?«

»Damals gab es ja auch noch keine unzähligen Männergeschichten«, erklärte Bella leise. »Gestern Abend aber schon. Ich musste dir nur zuhören. Ist dir nicht aufgefallen, dass du bei deinen Kerlen grundsätzlich erst einmal den Bildungsabschluss genannt hast, wie viele Fremdsprachen sie fließend sprechen konnten und welche berufliche Position sie innehatten? Offenbar mussten es immer Professoren, Ärzte, Intendanten, Bestsellerautoren, Theaterregisseure, Galeristen, Filmschauspieler oder sonstige Promis sein. Diese Zielgruppe eignet sich natürlich hervorragend, um sich geschmeichelt zu fühlen beziehungsweise tiefe Selbstzweifel vergessen zu lassen. Da wären wir wieder bei der mangelnden Selbstliebe. Aber was ist eigentlich mit Sam? Ein alter, weißhaariger Mann mit Zopf. Ein pensionierter Physiklehrer, dem nicht nur jegliches gesellschaftliche Leben zuwider ist, sondern der noch dazu als Künstler nicht gerade erfolgreich ist. Wie passt das zusammen?«

Lucy holte tief Luft. »Ich weiß es nicht. Ich kann dir nicht sagen, was das mit Sam ist. Er entspricht tatsächlich nur in wenigen Punkten meinen Vorstellungen, und dennoch komme ich nicht von ihm los.«

Bella äußerte nun eine Vermutung: »Wie du weißt, schätzt Sam die Gleichberechtigung der Geschlechter über alles. Deshalb ist er nicht bereit, sich nur als Schwanz-, Liebes- und Geldlieferant missbrauchen zu lassen. Er erwartet von Frauen, dass sie sich mit ihm auf Augenhöhe befinden und etwas mehr zu bieten haben, außer nur geboren zu sein. Oder um es etwas derber auszudrücken: Könnte es sein, dass es dich fasziniert, dass Sam sich von dir nicht zum Trottel machen lässt?«

»Natürlich ist das vorstellbar«, überlegte Lucy. »Immer, wenn ich mein so geliebtes Krönchen nicht absetzen wollte, hat er mich kurzerhand aus seiner Wohnung geschmissen. Zack – so einfach war das für ihn. Das war nicht nur neu für mich, das hat mich auch ziemlich beeindruckt. Wie oft habe ich mir geschworen, nie mehr die Treppen hochzulaufen. Aber es hat nie lange gedauert, da war ich wieder in meinem Bademantel zu ihm unterwegs. Dieses Hin und Her zog sich ja über zwei Jahre hin. Und irgendwann hatte ich keine Kraft mehr. Eines Tages bin ich dann hoch zu ihm und habe ihm mitgeteilt, dass mir jetzt alles scheißegal sei und er mit mir machen könne, was er wolle.«

Lucy machte eine kleine Pause, und ihre Augen begannen wieder, zu strahlen. »Und soll ich dir was sagen? Nur eine halbe Stunde später war das Bettlaken klatschnass. Und zwar nicht nur von Sam, sondern auch von mir. Da wurde mir klar, dass ich bis dato von Orgasmen keine Ahnung hatte. Im Prinzip war das Gleiche passiert wie gestern bei unserem Tanzen. Ich hatte meinen Kopf ausgeschaltet, mich einfach meinem Schicksal ergeben, und dann passierte mir etwas, was mich aus allen Wolken fallen ließ. Je länger ich mir über das alles Gedanken mache, umso schlüssiger wird deine Erklärung. Anscheinend geht es tatsächlich in allen Lebensbereichen nur um das eine: unbegründete Ängste zum Teufel zu jagen!«

Bella nickte. »Dann weißt du ja jetzt, was zu tun ist.«

»Ja, Gottvertrauen ist mein Thema. Dazu muss ich diesem Gott auf die Schliche kommen. Und solange ich ihn nicht gefunden habe, muss ich mich einfach überwinden, auch dann, wenn keine Bella anwesend ist. Ich bin mir sicher, dass ich dazu in der Lage bin. Ich werde das, was du mir gestern beigebracht hast, konsequent umsetzen. Und zwar ab heute. Ich werde mich selbst beobachten, und wenn es mir nicht gut geht, wird mir das auffallen. Dann weiß ich, dass mein Kopf gerade Blödsinn denkt und diffuse Ängste produziert. Dann werde ich mich überwinden und alles tun, um ihn in seine Schranken zu weisen. Punkt!«

Bella war begeistert von Lucys Dynamik. Sie stand auf, holte aus der Wohnung einen Textmarker und schrieb in großen Lettern auf die Glasscheibe der Balkontür:

ÜBERWINDE DICH UND ÜBE DICH IN MUT!

Lucy nutzte die Zeit bis zum Kongress, um sich online einen Überblick über den aktuellen Stand der Grundlagenphysik zu verschaffen. Nach einer gewissen Zeit fiel ihr etwas ganz Bestimmtes auf, und sie dachte bei sich: *Diese Quantenphysiker sind Gott wahrscheinlich am ehesten auf der Spur.* Immer wieder ließ sie sich verblüfft in ihren Schreibtischstuhl zurückfallen, wenn sie auf Forschungsergebnisse stieß, denen gegenüber Religionsbücher, esoterische Spinnereien oder Science-Fiction-Filme ihr wie langweilige Soße erschienen. Nach und nach wurde Lucy bewusst, worum es in ihrem Leben in nächster Zeit gehen könnte. Bis dahin wollte sie aber nicht auf das unbeschreiblich schöne Gefühl der Selbstliebe verzichten. Sie machte daher täglich ein paar Experimente, um bewusst Selbstliebe herbeizuführen. Dies ging ihr jedoch keineswegs einfach von der Hand. Wiederholt kam Lucy über kleinste Entscheidungsprozesse des Alltags ins Grübeln. Irgendwann aber gewöhnte sie sich das Wort *Scheißegal* an, wenn sie diffuse Anspannungen in sich bemerkte. Manchmal dachte sie: *Vielleicht ist das der wahre Grund, warum Religionen erfunden wurden – sozusagen als spirituelles Märchen. Wir tun uns bestimmt leichter, einer höheren Intelligenz zu vertrauen als uns selbst.*

Dennoch konnte Lucy sich nicht mit dem Gedanken anfreunden, irgendwelchen Religionen hinterherzurennen. Zu zahlreich erschienen ihr die Widersprüche. Zudem gab es genügend Belege dafür, dass viele religiöse Behauptungen einer wissenschaftlichen Beweisführung nicht standhalten konnten. Lucy blieb nichts anderes übrig, als einen physikalisch-wissenschaftlichen Weg einzuschlagen.

Einmal hob Lucy sogar den Kopf zur Zimmerdecke, als könne sie durch sie hindurch in Sams Wohnung blicken, und rief dann:

»Sam, mein Schatz, ich danke dir dafür. Je mehr ich mich in deine Physik einarbeite, umso mehr finde ich Gefallen daran. Damit kann ich was anfangen. Ich werde dem Sinn des Lebens endlich auf die Spur kommen. Da bin ich mir sicher!«

Die Tage vergingen wie im Fluge, und schneller als gedacht stand am nächsten Morgen der Kongress an. Lucy ging zeitig zu Bett, denn sie hatte sich vorgenommen, schon der ersten Podiumsdiskussion des Tages beizuwohnen.

—

Mit hochgestecktem Haar und in einem schlichten grauen Hosenanzug saß Lucy in der ersten Reihe vor dem Podium. Sie trug ihre schwarze Nerdbrille und folgte gespannt der Diskussion mit dem Titel *Weltformel – quo vadis?*. Obwohl sie sich während ihrer mehrtägigen Recherche einen guten fachlichen Überblick hatte verschaffen können und durchaus verstand, dass einige wissenschaftliche Konflikte zwischen der Relativitätstheorie, der Quantenmechanik und der Stringtheorie existierten, spürte sie doch recht schnell ihre Ohnmacht gegenüber dem Fachchinesisch. *Ich brauche dringend einen Übersetzer*, dachte Lucy nach einer Weile. Dennoch hielt sie tapfer durch.

Anschließend entdeckte sie eher zufällig eine Veranstaltung, die ihr Interesse weckte. Offenbar handelte es sich um ein Zusammentreffen von Metaphysikern. Als Lucy eintrat und den letzten Platz ergatterte, hatte ein Professor Dr. Dr. Hannes Phil mit seinem Vortrag bereits begonnen. Lucy schaute in die Presseunterlagen, die ihr am Eingang überreicht worden waren. Als sie über die Veranstaltung las, traf sie fast der Schlag. Es handelte sich um eine Art philosophisch interessierten Kreis hochkarätiger Physiker, Mathematiker, Theologen und Philosophen, und der Titel des Vortrags, den sie gerade hörte, lautete: *Gott und die Physik*. Lucy wurde ganz heiß. *Kann das jetzt wirklich wahr sein?*, schoss es ihr durch den Kopf. *Ich bin hier, um Gott zu finden, und jetzt spricht dieser Typ da vorne tatsächlich genau darüber! Unglaublich*! Lucy war vor Neugierde wie erstarrt. Zudem war sie heilfroh, dass der Redner die Güte besaß, weitestgehend auf Fachchinesisch zu verzichten.

Nach einer Weile zitierte er Passagen aus dem Buch *Das 1x1 des Universums* von John D. Barrow. Es ging um die siebenunddreißig Naturkonstanten. Diese Konstanten würden im Zentrum der Physik stehen und sämtliche Naturgesetze repräsentieren. Professor Phil sprach von der sogenannten *Starken Kraft,* die alle Atomkerne zusammenhalte. Danach ging er auf die *Elektromagnetische Kraft* ein, die unseren elektrischen Strom fließen lasse. Und im Anschluss nannte er als drittes Beispiel die *Gravitationskraft*, die dafür sorge, dass Materie eine Anziehungskraft ausübe. Dadurch würden zum Beispiel Menschen von der Masse der Erde angezogen werden, statt ins Weltall zu fallen. Schließlich erwähnte er die übrigen vierunddreißig Naturkonstanten, die unsere gesamte Welt eindeutig definierten. *Aha,* schlussfolgerte Lucy, *also hat jemand nicht nur Raum und Zeit eingeschaltet, sondern dabei auch noch bestimmte Naturgesetze geschaffen. Da wurde wohl ganze Arbeit geleistet.*

Plötzlich hörte sie den Physiker am Rednerpult sagen: »Wir existieren einzig und allein deshalb, weil alle siebenunddreißig Naturkonstanten unglaublich fein aufeinander abgestimmt sind. Wäre nur eine einzige Konstante geringfügig anders beschaffen, hätte unsere Welt so, wie wir sie kennen, niemals entstehen können. Wäre zum Beispiel die *Starke Kraft* nur um weniges stärker, hätte niemals Wasserstoff entstehen können, und alles wäre in kurzer Zeit zu Helium verschmolzen. Bei einem geringeren Wert hingegen hätten sich aber keine Atome bilden können. Ob minimal größer oder kleiner, in beiden Fällen wäre es niemals zur Entstehung von Sternen gekommen. Dadurch wäre auch die Kernfusion innerhalb von Sternen nicht möglich gewesen, kein Kohlenstoff hätte entstehen können, und in der Folge hätte der Grundstoff zur Entwicklung von Leben nicht zur Verfügung gestanden – es wäre nie Leben entstanden.«

Professor Phil machte eine kleine Pause, um danach weiter zu sinnieren: »Es scheint eine Idee hinter den Werten dieser siebenunddreißig Naturkonstanten zu stecken: Es kann sich nur um einen göttlichen Bauplan handeln, dessen Ziel es gewesen sein muss, uns Menschen entstehen zu lassen. Damit ist es der Urknall selbst gewesen, der das Leben ermöglicht hat.«

Wie bitte?, wunderte sich Lucy. *Das kommt doch einem wissenschaftlichen Beweis für eine übergeordnete Intelligenz gleich.* Sie hörte jedoch erst einmal weiter fasziniert zu, um keine voreiligen Schlüsse zu ziehen. Irgendwann war es schließlich so weit, und Lucy hörte etwas, das sie so schnell nicht mehr vergessen würde.

Professor Phil erklärte: »Natürlich kann ich gut verstehen, wenn das Gros der Wissenschaftler die Entstehung dieser einzigartigen Konstellation von siebenunddreißig Naturkonstanten nur einem Zufall zuschreiben möchte, schließlich geht es ja, wie wir alle wissen, auch immer um Karrieren, Budgets und öffentliche Forschungsgelder. Und natürlich habe ich auch größtes Verständnis dafür, dass daher niemand das Tabuwort *Gott* aussprechen möchte. Aber wir sind hier unter uns, liebe Kolleginnen und Kollegen, daher möchte ich an dieser Stelle gern auf den britischen Physiker Roger Penrose verweisen. Er errechnete für die Wahrscheinlichkeit, dass wir nur Ergebnis eines Zufalls sind, die unglaubliche Zahl von eins zu zehn hoch zehn hoch hundertdreiundzwanzig. Da dies eine ungeheuer große Zahl ist, möchte ich diesen Wert etwas fassbarer beschreiben, schließlich sind auch unsere Kollegen aus der geschätzten Theologie und Philosophie anwesend, zu deren Tagesgeschäft sicher nicht die Bewertung von Zahlenkolonnen zählt.«

Er sah kurz ins Publikum, ehe er fortfuhr. »Stellen Sie sich Folgendes vor: Wenn wir einen solchen Zufall zum Beispiel mit einem Würfelspiel erzeugen wollten, müssten wir zehn hoch zehn hoch hundertdreiundzwanzig Mal würfeln, bis sich schließlich rein zufällig diese spezielle Konstellation der siebenunddreißig Naturkonstanten ergeben würde. Würden wir jede Null dieser

gigantischen Zahl der erforderlichen Würfelversuche nur in der Größe eines Atoms ausschreiben, würde diese Zahlenkolonne von Nullen den Durchmesser des gesamten Universums übertreffen. Die Wahrscheinlichkeit, dass es sich also schlicht um einen Zufall handeln könnte, ist folglich mathematisch null. Man muss von einer mathematisch einwandfreien Beweisführung sprechen. Das bedeutet, hinter der Entstehung der Welt verbirgt sich eine höhere beziehungsweise intelligente Idee, meine Damen und Herren, und wir haben dafür einen eindeutigen wissenschaftlichen Beweis in unseren Händen. Ich bedanke mich für Ihre Aufmerksamkeit und verabschiede mich mit den weltberühmten Worten *Gott würfelt nicht.*«

Lucy war so begeistert, dass sie vergaß, wo sie war. Spontan begann sie, zu klatschten und animierte alle anderen Zuhörer dazu, das Gleiche zu tun. Der zurückhaltend wirkende Herr mit dem grau melierten Haar hinter dem Rednerpult erkannte, dass Lucy alle anderen mit ihrem Klatschen mitriss. Er richtete seinen Blick kurz auf sie und bedankte sich mit einem dezenten Nicken.

Lucy war perplex und tief beeindruckt. Sie konnte mit der Wahrscheinlichkeitsrechnung durchaus etwas anfangen. *Das ist in der Tat der wissenschaftliche Beweis für Gott. Seit so vielen Jahren habe ich mit der Wissenschaft unterschiedlichster Disziplinen zu tun, und erst jetzt höre ich davon. Das kann doch alles nicht wahr sein.*

Lucy blieb auf ihrem Platz sitzen und öffnete ihren Laptop. Als Medienprofi recherchierte sie online in Windeseile nach, was sie soeben gehört hatte, und fand weitere Quellen. Mehrere seriöse Spitzenwissenschaftler behaupteten exakt das Gleiche. Sogar dieser prominente Fernsehprofessor, den sie noch aus ihren Zeiten beim ZOD kannte, und der immer ein paar Zitate, Fremdwörter und lateinische Redewendungen in seine Präsentationen einstreute, um noch intelligenter zu wirken, bestätigte die Aussagen von diesem Professor Phil.

Hoch motiviert von dieser wegweisenden Erkenntnis machte sich Lucy auf, noch weitere Veranstaltungen im Rahmen dieser

Tagung zu besuchen. Obwohl sie sich oft von dem mathematisch-physikalischen Fachjargon erschlagen fühlte, spürte sie dennoch zielsicher, wann es interessant wurde und welche Themengebiete sie sich zur Weiterbearbeitung zu notieren hatte. In der Notiz-App ihres Smartphones waren bereits einige Schlagworte zusammengekommen, wie zum Beispiel die *Heisenbergsche Unschärferelation*, das *Doppelspaltexperiment* oder das *Leonard-Mandel-Experiment mit Photonenzwillingen.*

Irgendwann am späten Nachmittag war sie schließlich von dieser gewaltigen Informationsflut erschöpft. Sie ließ sich in der kleinen Cafébar nieder, die sich auf dem Kongressgelände befand. Während sie ihren tiefschwarzen Kaffee genoss und sich dazu drei Schokomuffins gönnte, kreiste unaufhörlich ein einziger Gedanke in ihr: *Die Existenz Gottes ist wissenschaftlich bewiesen – ich kann es nicht fassen.*

Plötzlich fiel ihr ein paar Tische weiter ein Mann auf, der ebenfalls seinen Kaffee genoss. Es war Professor Phil!

Während Lucy, überwältigt von diesem Zufall, gebannt auf den Physiker starrte, drehte dieser seinen Kopf plötzlich in ihre Richtung, und ihre Blicke trafen sich. Lucy erschrak. Es war ihr peinlich, dabei erwischt zu werden, wie sie den Mann förmlich fixierte. Professor Phil lächelte Lucy zu, um sich sofort wieder seinem Getränk zuzuwenden. Es schien, als hätte sich der Physiker an Lucy erinnert.

Das ist doch kein Zufall, dachte Lucy. *So gerne würde ich mich jetzt mit ihm unterhalten. Soll ich das erste Mal in meinem Leben einen völlig fremden Mann ansprechen?* Lucy erinnerte sich an ihren Vorsatz, jeden Tag eine kleine Angstüberwindungseinheit zu absolvieren – ganz nach dem Motto *Do one thing every day that scares you!*, das ursprünglich von Eleanor Roosevelt stammte.

Lucy nahm also ihren ganzen Mut zusammen, stand auf und lief festen Schrittes hinüber. Aber dann kam doch nur unsicher über ihre Lippen: »Entschuldigen Sie bitte, Professor Phil, dass ich Sie so einfach anspreche, aber Ihr Vortrag hat mich tief beeindruckt.«

»Wenn ich mich recht erinnere, saßen Sie in der ersten Reihe, rechts außen«, erwiderte der Physiker freundlich.

»Ja, richtig«, freute sich Lucy. »Darf ich mich vorstellen? Mein Name ist Lucy Schmitt, und ich nehme an dieser Tagung als Journalistin teil.«

»Oh, sehr interessant. Was kann ich für Sie tun, Frau Schmitt? Möchten Sie kurz Platz nehmen?«

Lucy war sehr erleichtert über sein Angebot, da sie mit weichen Knien und etwas unbeholfen vor ihm stand. Sie setzte sich und begann, zu reden: »Ich bin zwar als Journalistin akkreditiert, aber wenn ich ehrlich sein darf, bin ich eher auf der Suche nach dem Sinn des Lebens, und dabei befasse ich mich im ersten Schritt mit dem Begriff Gott. Dazu haben Sie mir heute Vormittag einen sehr wichtigen Punkt geliefert. Wäre es sehr unverschämt von mir, wenn ich Sie bitte, noch einmal kurz auf diese ominösen Naturkonstanten einzugehen?«

»Keineswegs, Frau Schmitt«, antwortete Professor Phil, »ich habe ohnehin noch ein paar Minuten Zeit, bis mein nächster Vortrag beginnt. Fangen wir doch gleich an: Sie kennen sicher noch aus dem Mathematikunterricht Ihrer Schulzeit die Kreiszahl Pi. Sie beschreibt das Verhältnis zwischen Umfang und Durchmesser eines Kreises. Das ist jetzt zwar keine physikalische, sondern nur eine mathematische Konstante, dennoch beschreibt sie das Grundprinzip von Konstanten sehr ansprechend. Die Zahl 3,14159 und so weiter ist eine feste Größe und verändert sich niemals. Will man den Umfang eines Kreises berechnen, benötigt man nur einen einzigen weiteren Wert: den des Radius. Und die feste Konstante Pi sorgt dafür, dass man den Umfang des Kreises immer exakt berechnen kann. Solche Konstanten bestimmen das Ergebnis zahlreicher mathematischer Grundgleichungen maßgeblich und kommen recht häufig vor, und dies gilt auch für die Physik. Sie brauchen zur Berechnung fast aller Naturgesetze bestimmte Konstanten. Dazu zählt zum Beispiel die Lichtgeschwindigkeit, die sicher die bekannteste Naturkonstante von allen ist. Sie ist Bestandteil der berühmten Gleichung $E = mc^2$ aus Einsteins Relativitätstheorie. Ausschließlich aus dem einzigen Grunde, weil die Lichtgeschwindigkeit eine unverrückbar feste Konstante ist, funktioniert überhaupt die gesamte Relativitätstheorie von Einstein. Und genauso verhält es sich mit allen anderen Naturgesetzen. Alles, was wir kennen, basiert nicht nur darauf, dass es unverrückbar feste Naturkonstanten gibt, sondern vor allem darauf, dass sie zueinander in einem ganz bestimmten Verhältnis stehen.«

Lucy warf schnell ein: »Und die Wahrscheinlichkeit, dass dies alles einem Zufall geschuldet sein könnte, ist eins zu zehn hoch zehn hoch hundertdreiundzwanzig, was in der Mathematik faktisch null bedeutet.«

»Kompliment, Frau Schmitt, das haben Sie sich präzise gemerkt. Offenbar haben Sie eine gewisse Affinität zur Wissenschaft. Darf ich Sie nach Ihrer Vorbildung fragen?«

»Ich bin promovierte Biologin. Dadurch bin ich es gewohnt, naturwissenschaftliche Denkmuster nachvollziehen zu können. Meine Liebe zur Metaphysik habe ich allerdings erst vor Kurzem entdeckt«, Lucy lächelte. »Ich sauge derzeit alle einschlägigen Informationen förmlich auf. Und ich muss gestehen, je tiefer ich in die Materie einsteige, umso faszinierter bin ich. Ich könnte mich ewig mit Ihnen unterhalten.«

Professor Phil wirkte geschmeichelt. »Wenn ich offen sein darf, Frau Doktor Schmitt, ich empfinde unser Gespräch ebenfalls als sehr erfrischend. Leider muss ich nun aber los. Mein nächster Auftritt wartet.«

Lucy begann sich zu ärgern: *Warum schlägst du mir dann nicht ein Treffen vor? Schließlich habe ich dir doch eben gerade mein Interesse mehr als deutlich signalisiert.* Ihr wurde bewusst, dass sie es nicht gewohnt war, die Initiative zu ergreifen. Wieder in Erinnerung an Bellas Ratschläge bezüglich der weiblichen Emanzipation, fasste sich Lucy ein Herz und fiel, weil ungeübt, gleich mit der Tür ins Haus: »Darf ich Ihnen einen kleinen Deal vorschlagen, Herr Professor Phil?«

»Selbstverständlich. Jetzt machen Sie mich aber neugierig.«

»Was halten Sie davon, wenn ich Sie nachher zum Essen einlade, und im Gegenzug darf ich Sie ein bisschen ausfragen über die *Heisenbergsche Unschärferelation*, das *Doppelspaltexperiment* und über das *Leonard-Mandel-Experiment mit den Photonenzwillingen.*«

Professor Phil staunte sichtlich über die ausgewählten Themen und antwortete: »Liebe Frau Doktor Schmitt, ich hatte bereits befürchtet, heute Abend allein essen zu müssen. Es wäre mir daher eine große Ehre, wenn Sie mir Gesellschaft leisten. Ich übernachte im Grandhotel, und das Restaurant auf dem Dach bietet japanische Küche. Wäre das in Ihrem Sinne?«

Lucy jubelte innerlich. »Wie schön, das ist eines meiner Lieblingsrestaurants. Ich liebe japanische Küche!«

»Fein, es freut mich sehr, dass es Ihren Geschmack trifft. Ich schlage vor, dass wir uns um 20 Uhr an der Rezeption treffen.« Professor Phil erhob sich, verabschiedete sich höflich und ließ eine himmelhoch jauchzende Lucy zurück.

Mensch, Lucy, das hast du suuuuper gemacht, klopfte sie sich gedanklich auf die Schulter. *Ich spreche nachher mit einem der bekanntesten Quantenphysiker Europas, und ich kann dabei noch japanische Köstlichkeiten in einem meiner Lieblingsrestaurants genießen.* Lucys freudige Überlegungen wurden jedoch plötzlich von einem unangenehmen Gedanken unterbrochen: *Das wird mich ein kleines Vermögen kosten, schließlich ist es das teuerste japanische Restaurant, das ich kenne.* Lucy erinnerte sich aber blitzschnell an ihr lieb gewonnenes Wort: *Scheißegal. Ich kassiere schließlich ein Spitzenhonorar. Das leiste ich mir jetzt einfach. Außerdem wird Bella stolz auf mich sein. Vielleicht sollte ich ihr zuliebe auch künftig die feministischen Fahnen etwas höher halten.*

Lucy war mit dem Ergebnis des heutigen Tages mehr als zufrieden und beschloss daher, auf den Besuch weiterer Vorträge zu verzichten. Stattdessen fuhr sie nach Hause, um sich auf den Abend vorzubereiten. Sie recherchierte online noch einige physikalische Grundlagen, um fachlich für das anstehende Gespräch gerüstet zu sein. Danach richtete sie sich in nahezu Lichtgeschwindigkeit optisch etwas her, und kurze Zeit später machte sie sich voller Vorfreude und beschwingten Schrittes auf den Weg.

Lucy und Professor Phil nahmen auf der Dachterrasse des Restaurants an einem mit Intarsien edel verzierten Tisch mit Blick auf den Messeturm Platz. Nachdem sie einige höfliche Floskeln ausgetauscht und zur Vorspeise Gyoza bestellt hatten, lenkte Lucy das Gespräch schnell auf das, was sie interessierte: »Wenn ich Sie mit den siebenunddreißig Naturkonstanten richtig verstanden habe, könnte ich mich doch mitten auf den Römerplatz stellen und selbstbewusst verkünden, dass es einen wissenschaftlichen Beweis für Gott gibt, oder nicht?«

»Aus meiner Sicht ja, liebe Frau Doktor Schmitt«, antwortete Professor Phil zögerlich, »jedoch gibt es in der Wissenschaft derzeit ein intensives Bestreben, dies infrage zu stellen. Einige anerkannte Physiker versuchen sogar umständlich, eine gegenteilige Beweisführungskette auf die Beine zu stellen. Das ist meiner Ansicht nach jedoch völlig an den Haaren herbeigezogen. Dennoch müssen Sie sich bewusst machen, dass uns Wissenschaftlern der Begriff Gott ziemlich schnell um die Ohren fliegen kann. Das Wort Gott ist nicht nur sehr unpopulär geworden, sondern man assoziiert damit auch die Religionslehren. Daher nutze ich diesen Begriff nur gelegentlich, wie zum Beispiel heute Morgen, wenn ich sicher sein kann, vor einem ausgewählten Kreis von Wissenden zu sprechen. Wenn wir uns für unser kleines Tischgespräch darauf einigen könnten, dass wir mit dem Begriff Gott keine Religionslehren verbinden, sondern lediglich eine höhere Intelligenz meinen, dann können wir gerne weiterhin diesen etwas sentimentalen, aber auch wunderschönen Begriff verwenden.«

»Gerne, obwohl ich mir vorgenommen habe, mir über einen Gott keine Vorstellungen zu machen«, entgegnete Lucy.

Jetzt war Professor Phil verblüfft: »Dieser Vorsatz spricht für Ihr Verständnis dieses Themas. Aus physikalischer Sicht gibt es für einen möglichen Gott tatsächlich keinen Ort und keine Zeit.«

»Auch das ist mir erst vor wenigen Tagen klar geworden. Da wir Menschen nur in der Lage sind, in Raum und Zeit zu denken, ist es tatsächlich ein sinnloses Unterfangen, uns etwas vorstellen zu wollen, was von Raum und Zeit unabhängig existiert. Aber ich kann mich durchaus für das Schöpfungsergebnis interessieren, nicht wahr?«

Professor Phil war sichtlich erfreut darüber, vor einer kompetenten Gesprächspartnerin zu sitzen. »Damit wären wir bereits beim ersten Thema, dem Doppelspaltexperiment.«

»Oh ja! Bei meiner Recherche wurde es wiederholt als Meilenstein in der Quantenphysik bezeichnet.«

»Dann schlage ich vor, dass wir ganz von vorne anfangen. Grundsätzlich ging es vor gut zweihundert Jahren um die Frage, ob Licht aus Teilchen besteht oder ob es eine Welle ist. Daher führte der englische Physiker Thomas Young im Jahr 1802 das sogenannte Doppelspaltexperiment durch. Damit wollte er der Beantwortung dieser entscheidenden Frage in der Physik näherkommen. Besteht Licht aus Materie, oder ist es eine Welle? Später dann, im Jahr 1961, wurde dieses Experiment nicht nur mit Licht, sondern auch mit Elektronen durchgeführt. Dem deutschen Physiker Claus Jönsson gelang es sogar, zu beweisen, dass die Ergebnisse des Doppelspaltexperiments auch für ganze Atome und Moleküle gelten. Grundsätzlich geht es also nicht nur um die Frage, wie sich Licht verhält, sondern wie sich Elementarteilchen grundsätzlich verhalten.«

Lucy unterbrach ihn: »Entschuldigen Sie – nur zum Verständnis: Moleküle bestehen aus Atomen, und Atome wieder aus Protonen, Neutronen und Elektronen. Und diese Protonen, Elektronen oder Neutronen sind wieder aus kleineren Teilchen zusammengesetzt – den Quanten. Stimmt das?«

»Im Prinzip ist diese Definition nicht falsch. Für das Verständnis der atomaren Grundstruktur unserer Welt ist diese vereinfachte Darstellung durchaus ausreichend. Kommen wir aber zurück zum Doppelspaltexperiment: Stellen Sie sich eine flache Platte vor, in die nebeneinander zwei schmale Schlitze eingebracht sind. Nun hat man Lichtteilchen auf diesen Versuchsaufbau geschossen. Als Laie können Sie sich das so vorstellen, als würden Sie eine Taschenlampe auf eine Pappschablone mit zwei Öffnungen halten. Das Licht dringt durch diese beiden schmalen Schlitze hindurch, und dahinter, auf dem Beobachtungsschirm, zeigt sich dann ein Interferenzmuster aus hellen und dunklen Streifen. Ein solches Lichtmuster kann sich jedoch nur unter einer ganz bestimmten Bedingung ergeben – wenn nämlich jedes einzelne Lichtteilchen nicht nur durch den linken oder rechten, sondern durch beide Schlitze gegangen ist, also zwei verschiedene Wege zur gleichen Zeit genommen hat. Das Licht überlagert sich praktisch mit sich selbst.«

»Wie bitte?« Lucy zog die Augenbrauen hoch. »Die Grundbausteine unserer Welt legten zwei verschiedene Wege gleichzeitig zurück?«

Professor Phil nickte. »Richtig, aber ich bitte um etwas Geduld, liebe Frau Doktor Schmitt, es wird gleich noch interessanter: Sobald man in den Weg des Lichts eine Messeinrichtung integriert, legt das Licht nicht mehr beide Wege gleichzeitig zurück, sondern geht entweder durch den rechten oder den linken Schlitz, und das Interferenzmuster, das durch die Überlagerung von zwei gleichzeitig zurückgelegten Wegen des Lichts entstanden ist, verschwindet. Das Licht hat sich nun nicht mehr wie eine Welle, sondern wie Teilchen – also wie Materie – verhalten. Oder anders ausgedrückt: Wenn wir Licht messen, agiert es wie Teilchen, und wenn wir unseren Blick nicht mehr darauf richten, verhält es sich wie eine Welle. Aber es wird noch spannender: Wenn wir das Licht am rechten Spalt messen, dann nimmt es auch den Weg durch diesen rechten Spalt. Entscheiden wir uns hingegen, den linken Spalt zu beobachten, dann nehmen die Teilchen auch diesen linken Weg. Der Beobachter bestimmt nicht nur, ob sich Licht wie eine Welle oder wie ein Teilchen verhält, sondern auch, welchen Weg es nimmt.«

Lucy bemerkte nicht, wie sie mit offenem Mund dasaß. Erst als ihr auffiel, wie ihr Gegenüber sie amüsiert anschaute, übernahm sie wieder die Kontrolle über ihre Mimik und fragte: »Das heißt, der Beobachter erschafft Materie allein mit seiner Beobachtung?«

»Über diese entscheidende Frage zerbrachen sich schon Tausende von Grundlagenphysikern den Kopf. Deshalb hat mich heute Nachmittag beeindruckt, dass Sie nicht nur nach dem Doppelspaltexperiment fragten, sondern sich im gleichen Atemzug nach dem *Leonard-Mandel-Experiment mit den Photonenzwillingen* erkundigten. Denn genau dieses Experiment trägt zur weiteren Klärung Ihrer Frage entscheidend bei.«

Während sie den dritten Vorspeisengang genossen, begann der Professor, das nächste grundlegende physikalische Experiment zu erläutern: »Leonard Mandel war ein britisch-US-amerikanischer Physiker und einer der Pioniere der Quantenoptik. Es wäre Ihnen gegenüber jetzt ziemlich unhöflich, en détail zu erläutern, wie der Versuchsaufbau dieses berühmten Experiments aussah. Das wäre ein Zuviel des Guten. Daher werde ich, Ihr Einverständnis vorausgesetzt, mich aufs Wesentliche beschränken: Es ging bei diesem Experiment erneut darum, welchen Weg das Licht wohl nehmen würde, wenn es gemessen wird. Mandel wählte einen komplizierteren Versuchsaufbau als beim Doppelspaltexperiment. Er verwendete mehrere halbdurchlässige Spiegel, sodass das Licht wieder die Wahl hatte, entweder als Teilchen den Weg eins oder den Weg zwei einzuschlagen oder aber als Welle beide Wege gleichzeitig zurückzulegen. Im ersten Schritt hatte der Versuchsaufbau keine Detektoren, das heißt keine Messgeräte. Das Licht wurde also nicht beobachtet und durchlief, wie Mandel erwartet hatte, als Welle alle Spiegel gleichzeitig. Es entstand das übliche Interferenzmuster, das wir schon aus dem Doppelspaltexperiment kennen. Danach integrierte man wieder Detektoren in den Versuchsaufbau, und auch da ergab sich das bereits bekannte Resultat. Das Licht änderte seinen Charakter und durchlief nun als Teilchen die Versuchsanordnung – entweder über den Weg eins oder den Weg

zwei, je nachdem welcher Weg mithilfe von Detektoren untersucht wurde. So weit, so gut. Diese Ergebnisse waren bereits aus dem Doppelspaltexperiment bekannt. Jetzt wird es aber höchst interessant: Mandel integrierte in die zwei Wege der Spiegelanordnung jeweils einen doppelbrechenden Kristall, und zwar derart intelligent angeordnet, dass man das Licht zwar noch messen konnte, aber der Beobachter nicht mehr wusste, ob das Licht letztendlich den Weg eins oder den Weg zwei eingeschlagen hatte. Obwohl eine grundsätzliche Beobachtung stattfand und man deshalb erwartete, dass das Licht sich wie Teilchen verhalten würde, war das Ergebnis verblüffend: Auf dem Beobachtungsbildschirm erschien ein Interferenzmuster! Das Licht hatte sich nicht wie erwartet aufgrund der Beobachtung wie Teilchen verhalten, sondern ist einfach eine Welle geblieben. Es entstand der Hong-Ou-Mandel-Effekt. Und jetzt kommen Sie! Wenn Sie daraus jetzt die richtige Schlussfolgerung ziehen, dann geht die Rechnung des Abends auf mich«, lächelte Professor Phil Lucy gut gelaunt an.

Lucy war seinen Ausführungen hoch konzentriert gefolgt. Sie war sich sicher, den entscheidenden Punkt entdeckt zu haben, und stellte fest: »Das Licht ließ sich nicht täuschen von den Detektoren, denn es wusste von der tatsächlichen Unwissenheit des Beobachters. Schlussendlich hat das Licht den gesamten Versuchsaufbau durchschaut, richtig?«

Der Professor sah fast erschrocken in Lucys große Pupillen, in denen sich mittlerweile das Kerzenlicht spiegelte. »Absolut richtig! Ich bin beeindruckt, Frau Doktor Schmitt, das ist wahrlich ein Volltreffer. Auf diese Schlussfolgerung kommen Laien in der Regel nicht, wenn man ihnen dieses Experiment zum ersten Mal beschreibt. Kompliment!«

»Vielen Dank für die Blumen. Unterschätzen Sie niemals Biologen«, scherzte Lucy.

»Ich denke eher, dass Sie über eine brillante Auffassungsgabe verfügen.« Dann fuhr er fort: »Dieses Leonard-Mandel-Experiment war der erste wissenschaftliche Beweis dafür, dass unsere

Elementarteilchen nicht nur wissen, ob Sie beobachtet werden oder nicht, sondern dass sie auch über Wissen bezüglich ihrer Umgebung verfügen. Das heißt, alles ist mit allem verbunden und tauscht Wissen aus.«

Lucy fühlte ihre innere Aufregung jetzt mehr als deutlich. »Es existiert tatsächlich ein wissenschaftlich fundierter Beweis dafür, dass es eine Quantenwelt gibt, die über uns Bescheid weiß, wir können diese aber niemals wahrnehmen, weil nur das vor unseren Augen auftaucht, was wir durch unsere eigene Beobachtung selbst erschaffen haben? Das würde doch bedeuten, dass alles, was ich um mich herum wahrnehme, ein Produkt meiner selbst ist, oder?«

»Wir Physiker verwenden lieber den Begriff Hologramm. Das ist eine im Raum schwebende Illusion.«

Lucy konnte kaum glauben, was sie da hörte. »Korrigieren Sie mich bitte, wenn ich falschliege: Die Quantenphysik hat bewiesen, dass wir alle in einem subjektiven individuellen Hologramm leben? Alles wäre folglich eine einzige Massenillusion? Dann wären wir doch alle nur Bestandteile eines globalen Videospiels, das von einer höheren Intelligenz nicht nur eingeschaltet, sondern auch programmiert wurde?«

»Ich denke, das ist ein wenig drastisch formuliert, obwohl Ihre Metapher einen gewissen Charme besitzt. Allerdings gebe ich gerne zu, dass in der Physik heute mehr Indizien für Ihre These als dagegen existieren. Ich möchte Ihnen auch nicht verschweigen, dass es derzeit in den USA Mathematiker gibt, die in der Stringtheorie mathematische Algorithmen entdeckt haben, die den Fehlerkorrekturverfahren in Computerprogrammen durchaus ähnlich sind.«

Lucy war perplex. »Wenn ich selbst Schöpferin meiner Realität bin, dann könnte ich doch alles Mögliche erschaffen – ich bräuchte mich nur gedanklich darauf fokussieren.«

Professor Phil jedoch erwiderte: »Darf ich Sie an das Mandel-Experiment erinnern? Dort wurde bewiesen, dass die Quanten den Versuchsaufbau durchschaut und von der Unwissenheit des

Beobachters schon im Vorfeld gewusst hatten. Das sagt doch nichts anderes aus, als dass die Quanten aus ihrer übergeordneten, also aus einer physikalischen Vogelperspektive agieren können. Daraus resultieren entscheidende philosophische Fragen, wie zum Beispiel, ob die Entscheidung, zu messen beziehungsweise diesen Versuchsaufbau zu wählen, tatsächlich von der verantwortlichen Person getroffen wurde oder ob es nicht umgekehrt war. Es wäre auch denkbar, dass der gesamte Versuchsaufbau in der Quantenwelt schon im Voraus feststand und der Beobachter lediglich annahm, dass es seine eigene Idee gewesen sei, dieses Experiment durchzuführen. Gemäß der Fragestellung: Wollen wir, was wir tun, oder tun wir, was wir wollen?«

»Oder anders ausgedrückt: Wünschen wir uns, was wir wollen, oder wollen wir, was wir uns wünschen? Ich habe selten eine Fragestellung gehört, die mir mehr Sorge bereiten würde. Was wäre, wenn unsere Idee vom freien Willen eine einzige Farce wäre? Haben Sie darauf eine zufriedenstellende Antwort, Herr Professor Phil?«

»Ich habe keinen blassen Schimmer«, platzte es aus dem Physiker heraus. Er lachte: »Wenn wir das hier und jetzt herausfinden würden, könnten wir uns wohl morgen den Nobelpreis abholen. Aber als kleine Herausforderung können wir diese interessante Fragestellung noch etwas weiter modifizieren: Wer darf sich überhaupt etwas wünschen und wer nicht?«

Lucy verstand nicht. »Dürfen? Wie meinen Sie das?«

»Es ist wissenschaftlich unbestritten, dass wir durch Beobachtung unsere eigene Realität erschaffen. Jetzt stellen Sie sich aber nur einmal vor, nur die Hälfte der acht Milliarden Menschen auf der Erde würde sich einen Pkw wünschen und könnte diesen Wunsch einfach mit Fokussierung realisieren. Dies würde den Tod der Erde bedeuten. Das heißt, wer hat die Wahl? Wer darf sich einen Pkw wünschen oder durch Beobachtung erschaffen und wer nicht? Denn es gibt anscheinend ein unsichtbares, übergeordnetes Auswahlverfahren.«

Jetzt verstand Lucy. »Diese Tatsache verschweigt die Esoterikszene ihren Anhängern aber, nicht wahr?«

Professor Phil nickte. »Oh ja. Da sprechen Sie ein schwerwiegendes Problem der heutigen Zeit an. Die Ergebnisse des Doppelspaltexperiments werden oft von Scharlatanen missbraucht. Es gibt eine Szene, die den Begriff *Manifestieren* etabliert hat. Man redet Leuten heute ein, sie müssten nur richtig denken, dann könnten sie sich jede gewünschte Realität manifestieren. Was glauben Sie, wie viele Menschen jeden Tag meditieren und sonst wie versuchen, ihre Träume allein durch Gedankenkraft zu verwirklichen? Im besten Fall werden solche Leute nur mit simplen Zufällen konfrontiert, im schlechtesten werden sie schwer krank.«

»Schwer krank?«, fragte Lucy nach.

Professor Phil wurde ernst: »Denken Sie nur an diesen berühmten Bestseller, der Millionen Menschen eingeredet hat, sie könnten ihre Wünsche ganz einfach beim Universum bestellen. Die Autorin, die selbst nach diesem Konzept gelebt hat, verstarb schon in jungen Jahren. Diese Liste können Sie beliebig fortsetzen. Denken Sie zum Beispiel auch an Osho, den berühmten Bhagwan aus den Siebziger- und Achtzigerjahren. Er ist alles andere als schmerzfrei oder friedlich gestorben, und das schon mit Mitte fünfzig. Und dennoch gibt es auch heute noch unendlich viele Beispiele von gefährlichen Leuten – besonders im Internet –, die den Menschen einreden, man könne alles im Leben erreichen, man müsse nur das Richtige tun, denken und fühlen. Mit dem Begriff *Manifestieren* wurden schon genug Menschen ins Unglück getrieben. Erinnern Sie sich wieder an das Mandel-Experiment: Die Quantenebene lässt sich von uns Menschen nicht manipulieren. Warum konnten die Quanten den Versuchsaufbau und die Unwissenheit des Beobachters durchschauen?«

»Sie meinen, wir können die Welt der Quanten nicht betrügen?«

»Das vermute ich, ja. Schließlich war das Mandel-Experiment nichts anderes als ein solcher Versuch, die Quantenwelt hinters

Licht zu führen – im wortwörtlichen Sinne. Es bleibt also bei der spannenden Frage, wem welche Wünsche erlaubt sind. Bevor Sie jedoch Ihre Energie dafür vergeuden, eine Frage beantworten zu wollen, auf die es wahrscheinlich niemals eine Antwort geben wird, sollten Sie stattdessen lieber eine Runde joggen gehen oder mit Ihrem Liebsten einen schönen Ausflug ins Grüne machen. Da haben Sie mehr für Ihre Zukunft getan.«

Lucy war begeistert. Sie liebte solche Gespräche. Im Verlauf des Abends stellte sie Professor Phil noch viele weitere Fragen, und es entwickelte sich eine der spannendsten Unterhaltungen, die sie je in ihrem Leben geführt hatte.

Irgendwann jedoch kam der Moment, der sie innehalten ließ. Sie spürte eine wachsende innere Anspannung und hatte zunehmend Mühe, gelassen zu bleiben. Während sie noch grübelte, warum ihr immer weniger einfiel, was sie Sinnvolles zur Unterhaltung beitragen könnte, wurde sie plötzlich aus ihren Gedanken gerissen. Sie hörte ihr Gegenüber sagen: »Ist das nicht ein wundervoller warmer Sommerabend? Und sehen Sie mal diesen wunderschönen Vollmond über dem Westend. – Aber mal etwas ganz anderes: Was machen Sie denn so, wenn Sie nicht auf der Suche nach dem Sinn sind?«

Offenbar hatte er Lucys Anspannung bemerkt. Lucy nahm diesen Schwenk ins Private dankbar an und begann, etwas mehr von sich preiszugeben. Dennoch wollte ihr Unwohlsein nicht verschwinden. Vergeblich versuchte sie, zu erforschen, warum sie ihre innere Gelassenheit verloren hatte, obwohl vor ihr ein sehr empathischer und integrer Mensch saß, der zudem für eine erfrischende und amüsante Plauderei sorgte.

Da fielen Lucy plötzlich Bellas Worte ein: *Wenn du dich nicht gut fühlst, dann hast du gerade Angst.* Bei Lucy machte es Klick. Augenblicklich wurde ihr ihre Sehnsucht bewusst. Sie dachte: *Mensch, Lucy, du willst mit diesem Physiker ins Bett. Das ist es. Du willst es dir nur nicht anmerken lassen. Deshalb hast du deine Authentizität verloren, und genau das kostet dich zu viel mentale Kraft.*

Um ihre Anspannung zu überwinden, begann sie sich gedanklich zu motivieren: *Scheißegal – hab keine Angst, Lucy. Fragen kostet nichts. Du musst nicht auf ewig einen superseriösen Eindruck hinterlassen. Selbst, wenn du einen Korb bekommen solltest, ist ja dein Leben nicht in Gefahr. Also los, mach deine Überwindungsübung. Nimm das Heft in die Hand!*

Lucy war fest entschlossen, ihre diffusen Ängste zu überwinden. Sie begann, nach einem günstigen Augenblick zu suchen, um ihre Sehnsucht aussprechen zu können. Allerdings tauchte da ein neuer nervenaufreibender Gedankenkreisel auf. Sie hatte zwar in den letzten Jahren genug Erfahrungen gesammelt, mit Männern aufs Hotelzimmer zu gehen, aber das waren stets Spofis gewesen. Die nahmen in der Regel alles in die Hand. Das eigene Engagement bestand lediglich darin, etwas abzunicken oder auch nicht. Jetzt hingegen saß Lucy vor einem zurückhaltenden Mann, und sie wusste nicht, wie sie sich verhalten sollte. *Wie reagieren solche sensiblen Typen? Verscheucht man sie, wenn man sie aus heiterem Himmel damit konfrontiert, dass man scharf auf sie ist? Oder mache ich mich vielleicht doch zum Affen, und er lacht sich nur kaputt über mich?* Ihr fiel ein Spitzname für ihre neu entdeckte, feinfühlige Männergattung ein. *Ich nenne euch jetzt alle Feinis*, entschied Lucy im Stillen. *Aber wie kriege ich euch rum? Dieses wohlerzogene, gebildete und zurückhaltende Exemplar hier würde niemals auf die Idee kommen, mich anzumachen.*

In Lucy wuchs der Wunsch, Professor Phil körperlich nahezukommen, um mit ihm danach im Bett weiterphilosophieren zu können. Dieser Kombination aus Erotik und Geist hatte sie noch nie widerstehen können.

»Werden Sie gerade etwas müde?«, hörte Lucy die Stimme des Professors. Ihre geistige Abwesenheit muss offensichtlich gewesen sein!

»Nein, um Gottes Willen, ganz im Gegenteil«, antwortete Lucy mit aufgesetztem Lächeln. Sie hielt kurz inne und beschloss dann plötzlich – ganz in Bellas Sinne –, volles Risiko zu gehen: »Lieber Herr Professor Phil, erlauben Sie mir, Ihnen eine vielleicht etwas taktlose Frage zu stellen?«

»Ja …«, antwortete der Professor zögerlich, »warum nicht?« Und auf einmal wirkte er etwas verunsichert.

Lucy sammelte ihren ganzen Mut zusammen und sagte: »Der Kellner war nun schon zum dritten Mal an unserem Tisch. Wir sind die letzten Gäste, und ich denke, die wollen hier langsam Feierabend machen. Was halten Sie davon, auf Ihr Hotelzimmer zu gehen, um uns im ersten Schritt körperlich näherzukommen und uns im zweiten Schritt noch ein bisschen über Heisenberg zu unterhalten?«

Professor Phils Überraschung über Lucys Vorschlag war nicht zu übersehen. Er benötigte eine gefühlte Ewigkeit, um Worte zu finden: »Liebe Frau Doktor Schmitt, Sie sind eine intelligente Dame, ganz zu schweigen von Ihrem bezaubernden Erscheinungsbild. Sie haben sicher zahlreiche Verehrer und grundsätzlich die freie Wahl. Es ist mehr als unwahrscheinlich, dass ausgerechnet eine solch begehrenswerte Person sich zu mir hingezogen fühlt. Was haben Sie denn vor? Wären Sie bitte so freundlich, mich über Ihre eigentlichen Absichten aufzuklären?«

Lucy war bestürzt. Mit dieser Reaktion hatte sie überhaupt nicht gerechnet. *Was haben wir nur aus unseren Männern gemacht?*, blitzte es in ihrem Geist auf. Gleichzeitig offenbarte sich in Lucys Innerem eine Erkenntnis, die neu für sie war. Schlagartig wurde ihr klar, dass nicht ihre sapiosexuelle Orientierung es war, die sie zu Professor Phil hinzog. Es war etwas ganz anderes. Und das sprach sie schließlich laut aus: »Ich sehe deine innere Schönheit. Menschen wie dich gibt es nicht oft.«

Der Professor senkte den Kopf, und Lucy konnte sehen, wie ein gestandener, gesellschaftlich anerkannter Mann um Fassung rang. Sie stand auf, trat zu ihm und strich ihm übers Haar. Dann gab sie ihm einen Kuss auf die Stirn. »Ich habe keine bösen Absichten – ehrlich. Ich möchte dich nicht reinlegen.«

Professor Phil nahm das subtile Angebot, zum Du zu wechseln, an und fragte: »Darf ich dir eine Geschichte erzählen?«

Lucy küsste ihn noch einmal, diesmal sanft auf die Schläfe, und kehrte zurück auf ihren Stuhl. »Lieber Hannes, ich bitte darum!«

Hannes sammelte sich und fing an zu erzählen: »Vor dreißig Jahren galt ich in Deutschland als eines der vielversprechendsten Talente auf dem Gebiet der Quantenmechanik. Ich erhielt schnell eine Professur an einer englischen Eliteuniversität und zusätzlich eine Anstellung am Karl-Werner-Institut für Astrophysik. Es war eine anspruchsvolle Forschungstätigkeit, und ich hatte zahlreiche Mitarbeiter unter mir. Zu ihnen gehörte eine hübsche Studentin, die bei uns gerade ihre Masterarbeit schrieb. Eines Tages waren wir beide die Letzten im Büro, und ich bot ihr an, sie nach Hause zu fahren, weil es schon dunkel geworden war. Während der Fahrt plauderten wir ein wenig, dann setzte ich sie bei sich zu Hause ab und machte mich selbst auf den Heimweg. Am nächsten Tag erschien sie in meinem Büro und eröffnete mir, dass sie Probleme mit der Fertigstellung ihrer Masterarbeit habe. Sie fragte mich durch die Blume, ob ich mich nicht darum kümmern könne. Nach langem Hin und Her warf ich sie schließlich aus meinem Büro mit dem Hinweis, sie solle sich selbst etwas einfallen lassen. Ich weiß, dass es von mir vielleicht ein Fehler war, ihr keine Hilfestellung zu geben. Aber davon abgesehen, saß genau diese Studentin am nächsten Morgen beim Institutsleiter und unterstellte mir sexuelle Belästigung. Ich hätte auf unserer gemeinsamen Heimfahrt gewaltsam versucht, ihr zwischen die Beine zu greifen. Nach vielen anstrengenden Diskussionen konnte ich schließlich eine Strafanzeige abwenden, aber ich verlor meinen Posten am Institut. Das Ganze machte schnell die Runde, sodass ich auch die Professur an der Uni verlor. Meine Karriere war in wenigen Wochen zerstört. Ich musste danach zehn Jahre sehr, sehr hart arbeiten, um meinen guten Ruf als Wissenschaftler wiederherzustellen.«

Lucy, anstatt etwas zu erwidern, rief den Kellner und sagte zu ihm: »Bringen Sie mir bitte ein Blatt Papier und einen Stift.«

Hannes beobachtete daraufhin verwundert, wie Lucy ihren Personalausweis zückte und begann, ein paar Zeilen zu schreiben. Schließlich schob sie das Papier über den Tisch, und Hannes las: »Ich, Lucy Schmitt, bestätige hiermit, dass ich Herrn Professor

Dr. Dr. Hannes Phil aufgefordert habe, mich in sein Hotelzimmer mitzunehmen. Meine Absichten sind eindeutig sexueller Natur. Falls es zu sexuellen Handlungen kommen sollte, versichere ich hiermit, dass dies nicht nur mit meinem uneingeschränkten Einverständnis geschieht, sondern von mir auch explizit gewünscht worden ist. Ich erteile hiermit Herrn Professor Dr. Dr. Hannes Phil ausdrücklich die Genehmigung, sexuell mit mir zu verkehren.«

Darunter hatte Lucy Ort, Hotelname, Datum und ihre Personalausweisnummer notiert und unterschrieben. Hannes schaute Lucy mit hochgezogenen Augenbrauen an und wusste augenscheinlich nicht, was er sagen sollte. Lucy hingegen freute sich, denn sie sah in ihrem Gegenüber wieder etwas mehr Männlichkeit aufblitzen. Sie stand auf und fragte forsch: »Könnten wir jetzt bitte gehen?«

Hannes, der seine Ausstrahlung zurückgewann, sah Lucy liebevoll an und bestellte eine Flasche Champagner zum Mitnehmen. Dann nahm er Lucy an die Hand, und gemeinsam verließen sie das Restaurant.

In Hannes' Suite angekommen, ließ Lucy ihn einfach stehen und ging wortlos ins Bad. Nach wenigen Minuten kam sie splitternackt wieder heraus und zeigte keinerlei Angst, etwas falsch zu machen. Zielsicher ging sie auf Hannes zu, der noch immer etwas verloren in der Mitte des Zimmers stand, und küsste ihn leidenschaftlich. Nachdem Lucy dafür gesorgt hatte, dass bei Hannes an den richtigen Körperstellen Bewegung einsetzte, ließ sie ihn erneut stehen und sich selbst auf den weichen Teppich sinken. Dann nahm sie die Innenseite ihrer Kniegelenke hinter ihre Ellenbogen, umfasste mit den Händen ihre Fußknöchel und fragte mit weicher Stimme, aber eindeutigem Blick: »Schöner Mann, wärst du jetzt bitte so freundlich?«

Begeistert von Lucys Vorarbeit und vor allem von ihrer Gelenkigkeit folgte Hannes ihren Anweisungen, und die Dinge nahmen ihren Lauf.

Nachdem Lucy und Hannes wieder als zwei einzelne Körper zu erkennen waren, fühlte Lucy sich darin bestätigt, dass – mit Ausnahme von Sam – der erste *Feini* ihres Lebens neben ihr auf dem Boden lag. *Solche Männer brauchen nach dem Sex kein Gespräch darüber, ob es gut war. Die spüren einfach, ob du Spaß hattest oder nicht. Feinis machen wahrscheinlich immer das Richtige, weil sie das nötige Einfühlungsvermögen besitzen. Und dieses Exemplar habe ich mir nicht nur selbst ausgesucht, sondern vor allem auch angesprochen*, lobte sich Lucy innerlich. *Das erste Mal, dass ich mich nicht habe aufreißen lassen, sondern selbst aufgerissen habe – das habe ich gut gemacht!*

Lucy hörte, wie der Korken aus der Champagnerflasche knallte. Hannes reichte ihr das kühle, prickelnde Getränk und stieß mit ihr an. Dann beschlossen sie, den riesengroßen Whirlpool dieser exklusiven Suite zu testen. Es dauerte nicht lange, da begannen sie im heißen, blubbernden Wasser wieder eine angenehme Plauderei.

Lucy begab sich zu Hannes auf die gegenüberliegende Seite des Whirlpools. Sie schmiegte sich an ihn und fragte: »Sag mal, Hannes, wäre es jetzt sehr unsensibel von mir, wenn ich dich bitte, dich noch ein bisschen mit mir über Heisenberg zu unterhalten?«

Hannes grinste entspannt und antwortete: »Aber nein, meine Liebe, ich bin wach, glücklich und zufrieden. Das sind doch optimale Rahmenbedingungen, wieder ein bisschen über das Leben zu philosophieren. Bedenke immer, dass die Quantenphilosophie eine Herzensangelegenheit von mir ist. Ich könnte Stunden damit verbringen, darüber zu sprechen. Sollen wir mit der Heisenbergschen Unschärferelation beginnen?«

»Ja, gerne!«, freute sich Lucy.

Hannes begann wieder, etwas auszuholen: »Die Heisenbergsche Unschärferelation wurde 1927 vom deutschen Physiker Werner Karl Heisenberg formuliert und stellt den heiligen Gral der Quantenphysik dar. Er war der Begründer der Quantenmechanik und wurde dafür im Jahr 1932 mit dem Nobelpreis für Physik ausgezeichnet. Wie der Name bereits vermuten lässt, sagt die Unschärferelation aus, dass, je näher wir der Welt der Quanten kommen, sie umso unschärfer für uns wird. Die Welt der kleinsten Teilchen schützt sich praktisch selbst vor Beobachtung. Aber was heißt das jetzt für uns Physiker? Wir haben alle in der Schule das Bohrsche Atommodell beigebracht bekommen. Demnach existiert ein positiv geladener Atomkern mit seinen Protonen und Neutronen, und um diesen Atomkern kreisen negativ geladene Elektronen. Diesen Aufbau kann man sich wie unser Sonnensystem vorstellen, in dem Planeten um eine Sonne kreisen. Für den Schulunterricht ist dieses Atommodell durchaus akzeptabel, es hat jedoch mit der Realität herzlich wenig zu tun. In Wahrheit wissen wir weder, was die Elektronen um den Atomkern machen, noch wissen wir, wo sie sind. Nehmen wir als Beispiel wieder den Lichtstrahl unserer Taschenlampe. Er besteht aus Photonen, also den Lichtquanten. Diese Teilchen verlassen aber nicht zielgerichtet die Taschenlampe, sondern diffundieren ungerichtet in den Raum. Warum das so ist, wissen wir nicht. In diesem speziellen Fall ist unser bisheriges wissenschaftliches Grundprinzip der Kausalität außer Kraft gesetzt. In der Quantenwelt gibt es keine Ursache und Wirkung. Das heißt für unseren Fall, die Lichtteilchen machen nicht nur, was sie wollen, sondern wir wissen auch nicht, wo sie sind. Wir nennen diesen sonderbaren Quanteneffekt die Nichtörtlichkeit von Quanten. Aber du wirst nun sicher fragen: Was hat das jetzt mit der Unschärferelation von Heisenberg zu tun?«

»Genau«, sagte Lucy, die gebannt lauschte.

»Heisenberg hat herausgefunden, dass wir uns entscheiden müssen, was wir messen möchten. Entweder beobachten wir den Aufenthaltsort der Teilchen, oder wir interessieren uns für deren Impuls – aber niemals können wir beides zugleich untersuchen. Um es mit anderen Worten zu beschreiben: Wir können entweder feststellen, wo sich ein Teilchen befindet, aber nicht, was es macht, oder wir interessieren uns dafür, was es macht, aber nicht dafür, wo es ist. Der britische Wissenschaftler Peter Atkins hat dieses Paradoxon einmal so formuliert: *Entweder weiß man, wo man ist, aber nicht, wohin man geht, oder man weiß, wohin man geht, aber nicht, wo man ist.*«

Lucy schaute gerade hinunter zu ihren etwas zu groß geratenen Brüsten, die nun schon seit einiger Zeit auf Kriegsfuß mit der Schwerkraft standen. Sie übergoss sie mit wohltuend wärmendem Wasser und sagte dabei: »Jetzt hatte ich mich schon damit abgefunden, dass wir alle in einer subjektiven Scheinwelt gefangen sind, und nun sagst du, dass selbst dort sich die Teilchen vor uns verbergen. Das wird doch immer seltsamer, oder?«

»Ja, irgendwie schon«, gab Hannes zu. »Wenn wir den Impuls eines Teilchens gemessen haben, kann es sich gleichzeitig irgendwo auf der Welt befinden – oder umgekehrt. Und genau deshalb ist diese Unschärferelation von Heisenberg so enorm wichtig für die Physik. Sie ist eine mathematische Formel, mit deren Hilfe wir zumindest die Wahrscheinlichkeit berechnen können, wo ein Teilchen sein oder was es gerade machen könnte.«

Lucy hakte nach: »Das heißt, der Erfinder unserer Welt – ich meine jetzt den Typen, der die Zeit einschaltete – hat schon wieder eine Sichtschutzmauer hochgezogen. Er verwehrt uns praktisch, noch tiefer in die Welt der kleinsten Teilchen einzutauchen. Je näher wir hinschauen, umso mehr müssen wir uns mit Wahrscheinlichkeitsangaben abspeisen lassen. Das hieße doch, dass das, was wir als Lichtstrahl sehen, nur die Summe aller Wahrscheinlichkeiten für jedes Teilchen darstellt. Wie soll das einer wirklich verstehen?«

Hannes nickte verständnisvoll. »Der US-amerikanische Physiker und Nobelpreisträger Richard Feynman hat es einmal so formuliert: *Wer glaubt, die Quantentheorie verstanden zu haben, hat sie nicht verstanden.* Und ich stimme ihm zu. Er trifft den Nagel auf den Kopf. Je näher wir der objektiven Wahrheit kommen möchten, umso klarer wird uns, dass sich alles außerhalb unseres Denkvermögens bewegt …«

Lucy ergänzte: »Zudem müssten wir uns außerhalb der Welt aufhalten, um sie objektiv vermessen zu können, was bekanntlich nur derjenige kann, der die Welt erschaffen hat.«

»Genau. Wir können eigentlich nur eines wissenschaftlich fundiert festhalten: Die Wirklichkeit, von der wir sprechen können, ist nie die Wirklichkeit an sich, sondern eine gewusste Wirklichkeit oder sogar in vielen Fällen eine von uns selbst gestaltete Wirklichkeit, wie es Heisenberg einmal ausdrückte.«

Lucy gönnte sich noch einen Schluck Champagner, schaute durch die verglaste Decke des Badezimmers und entdeckte den Vollmond, der jetzt am klaren Sternenhimmel intensiv leuchtete. »Ich habe im Internet gelesen, dass es zwischen Einstein und den Quantenphysikern immer großen Streit gab. Einstein widersprach wohl vehement den Quantenphysikern. Er habe spöttisch gefragt, ob der Mond nicht mehr da sei, wenn wir nicht mehr hinschauen würden. Diese Frage stelle ich mir auch gerade. Wenn meine Realität das Ergebnis meiner eigenen Wahrnehmung ist, dann müsstest du dich doch augenblicklich in Luft auflösen, wenn ich mich auf den Mond da draußen fokussiere.«

»Das stimmt. Einstein war lange Zeit ein großer Gegner der Quantenphysik. Jedoch musste auch er später eingestehen, dass sie richtig ist und tatsächlich die Wirklichkeit beschreibt. Aber um auf deine Frage zurückzukommen: Natürlich bin ich noch auf der Welt, wenn du aus dem Fenster blickst. Ebenso ist der Mond noch vorhanden, wenn du deinen Blick abwendest und zu mir herüberschaust. Denn der Mond ist nicht nur Ergebnis deiner, sondern auch meiner Wahrnehmung. Und vor allem auch der Wahrnehmung aller anderen Menschen dieser Welt. Aber das ist nicht der Hauptgrund: Alle Gesetze der Quantenmechanik gelten nicht nur für die Quanten, sondern auch für Elektronen, Atome und ganze Moleküle. Und das erklärt, warum alles auch dann noch da ist, wenn wir nicht hinschauen: Materieteilchen, Strahlung oder sonstige Energien unterliegen gegenseitigen Wechselwirkungen. Das heißt, jedes einzelne Elektron, jedes Atom und jedes Molekül stellen im Prinzip einen Messvorgang dar. Das bedeutet, die für uns sichtbare Materie vermisst und beobachtet sich gegenseitig, und deshalb erschafft sie sich auch wechselseitig selbst. Das heißt, deine eigene Wirklichkeit wird nicht nur von den Wirklichkeiten anderer Menschen, sondern auch von Materie und Strahlung beeinflusst, die dich permanent umgeben. Lange Rede, kurzer Sinn: Sekunde um Sekunde wird sichtbare Materie erschaffen – von dir selbst, von anderen und von der Welt insgesamt.«

Lucy fiel sofort ihre Tanzeinlage mit Bella ein. »Wenn ich also alleine zu Hause bin, ausgelassen tanze und ich dabei mich, andere oder einfach die ganze Welt liebe, dann tue ich mehr für die Erde als jeder Klimaaktivist oder Sozialarbeiter!«

»Das ist aus quantenphilosophischer Sicht richtig. Und es handelt sich um eine elementare Feststellung. Jeder buddhistische Mönch, der einsam und allein auf einem Berg in Tibet sitzt und sich dem liebevollen Gebet hingibt, tut sogar in einem erheblichen Maße mehr für die Erde als ein Umweltschützer, der frustriert ist oder sogar von ängstlichen Gedanken getragen wird. Würden wir es schaffen, dass eine bestimmte kritische Masse der Weltbevölkerung sich selbst oder ihr Leben mehr lieben würde, dann würden wir tatsächlich das Paradies auf Erden schaffen. Das heißt, der Mensch tut am meisten für andere, wenn er sich selbst glücklich macht.«

»Das bedeutet doch umgekehrt, dass sich jeder darüber im Klaren sein muss, dass er mit seinem eigenen Unglück nicht nur sich selbst, sondern auch der ganzen Erde schadet«, entgegnete Lucy.

»Das ist der Punkt. Unsere eigene Realität besteht aus den Einflüssen der Realitäten anderer Menschen. Führt ein Mensch ein unglückliches Leben, muss er sich darüber bewusst sein, dass er mit seinem Leid auch Unglück über andere bringt. Denke immer an das Mondbeispiel. Die Realität Mond ist das Zusammentreffen unendlich vieler anderer Realitäten. Man könnte auch sagen: Jeder sozial denkende Mensch ist förmlich verpflichtet, sich selbst glücklich zu machen, wenn er seinem eigenen Anspruch gerecht werden möchte.«

In Lucy stiegen plötzlich dunkle Bilder aus ihrer Vergangenheit auf. Sie wusste sofort, um wen und was es ging. Sie fragte Hannes: »Und wenn ein Mensch stirbt, der mir sehr nahesteht und für dessen Leben ich verantwortlich bin, dann ist dieses tragische Unglück nicht nur das Ergebnis meiner eigenen Wirklichkeit, sondern vor allem ein Zusammentreffen unendlich vieler Wirklichkeiten anderer Menschen, nicht wahr?«

»Ja, Lucy. Bedenke dabei bitte, dass das Prinzip der Kausalität in der Quantenwelt nicht gilt. Es gibt Auswirkungen, für die keine Ursachen existieren. Wer in Kausalitäten denkt, denkt noch in wissenschaftlichen Dimensionen vergangener Zeiten. Religiöse Menschen nutzen für diese Tatsache einen wunderschönen Begriff …«

»Gottes Wille!«, kam blitzschnell über Lucys Lippen.

»Stimmt! Ich denke, diese beiden Worte verdeutlichen am besten das Grundprinzip der Quantenphilosophie. Es sind nicht nur zu viele quantenmechanische Einflüsse, sondern vor allem solche, für die es keine Ursache gibt, mit denen jedes einzelne Leben täglich konfrontiert wird. Daher kann ein Mensch niemals allein verantwortlich sein für einen bestimmten Umstand in seiner Umwelt. Wir haben uns schlicht mit dem Zufall per se abzufinden.«

Wow, dachte sich Lucy, *Michaels Realität war von Anfang an von so unendlich vielen Realitäten anderer Menschen beeinflusst, dass es mir jetzt nahezu unmöglich erscheint, mir ganz allein die Schuld zu geben.*

Lucy sprach aus, was sie fühlte: »Hannes, ich spüre jetzt gerade sehr deutlich, dass sich die Bezeichnung *Gottes Wille* richtig für mich anfühlt …«

Plötzlich stockte Lucys Stimme, und sie brach in Tränen aus. Nie zuvor hatte sie nur ansatzweise mit der Möglichkeit gerechnet, nicht die alleinige Schuldige am Tod ihres Sohnes zu sein. In Lucy tauchte eine Erkenntnis auf und breitete sich nach und nach in ihrem ganzen Körper aus. Sie spürte sofort, dass dies etwas mit ihrer Erlösung zu tun hatte. Eine furchtbare innere Überzeugung begann sich aufzulösen. Mit tränenerfüllten Augen sah sie Hannes an und sagte zitternd: »Es gibt eine höhere Macht, die eine Welt erschaffen hat, in der Zufälle entstehen, gegen die niemand etwas machen kann. Es ist, wie es ist!«

Hannes hielt Lucy in seinen Armen. Er spürte deutlich, dass sie etwas beschäftigte, was ihn nichts anging. Lucy hingegen fühlte ein inneres Verlangen, ihre Geschichte zu erzählen. Sie wusste, dass Hannes der Richtige dafür war.

»Hannes, ich würde dir gerne etwas erzählen. Es ist furchtbar traurig, aber keine Sorge, ich finde gerade meinen inneren Abschluss damit. Ich möchte es aber ein letztes Mal jemandem anvertrauen, um mich danach dem Leben ohne jegliche Schuldgefühle stellen zu können. Wärst du so gut, mir zuzuhören, auch wenn es vielleicht die Stimmung dieser wunderschönen Vollmondnacht kaputtmacht?«

Hannes nickte verständnisvoll und sagte: »Gern, Lucy.«

Lucy begann, zu erzählen: »Ich bin Mutter von Zwillingen – Monika und Michael. Aus beiden wurden wunderbare junge Erwachsene. Sie waren immer gesund, entwickelten sehr viel Empathie und schlossen erfolgreich ihre Berufsausbildungen ab. Monikas Leben ist bis heute zauberhaft. Sie hat mittlerweile eine Familie gegründet und lebt in Neuseeland. Während Monika eher unabhängig und selbstbewusst geworden ist, war das bei Michael nie der Fall. Nach seiner Pubertät hatte er immer wieder Phasen, in denen er sehr unglücklich war. Stunden und Tage habe ich mit meinem Sohn verbracht, um mit ihm über sich und seine Probleme zu sprechen. Und wenn ich ehrlich bin, habe ich es nie richtig geschafft, ihm mit handfesten Lösungen zu helfen. Vielleicht war es auch von Nachteil, dass Michael ein bildhübscher junger Mann war. Er hatte blaue Augen wie ich, aber von seinem kubanischen Vater das südländische Aussehen. Er war groß und sportlich. Die Mädchen standen Schlange bei uns zu Hause. Aber immer hat er sich zu extrem selbstbewussten und manchmal auch ziemlich dominanten Mädchen hingezogen gefühlt, die anscheinend die Probleme, die er mit sich selbst hatte, nur noch weiter verstärkten. Eines Tages war er mit seiner damaligen Freundin auf Ibiza im Urlaub. Es muss zum Streit gekommen sein, und sie haben sich wohl spontan getrennt. Es muss ziemlich hoch hergegangen sein, und mein Sohn irrte den Erzählungen nach noch in derselben Nacht auf der Straße herum, um seine Freundin zu suchen. Leider entdeckte er sie in einem Auto mit einem anderen. Er sah mit an, wie seine Freundin Sex mit einem spanischen Barkeeper hatte. Daraufhin lief Michael in sein Hotelzimmer hinauf und stürzte sich vom Balkon in die Tiefe.«

Lucy musste eine Pause machen. Stille breitete sich im Badezimmer aus. Hannes war tief erschüttert.

Lucy fing sich wieder und fuhr fort: »Michael überlebte! Unten auf der Straße hatte ein Cabrio gestanden, und das Stoffdach hatte seinen Aufprall gedämpft. Aber nur vom Oberkörper. Seine Hüften und seine Beine waren auf der Windschutzscheibe und der Motorhaube aufgeschlagen. Michael verlor beide Beine und wurde querschnittsgelähmt. Es folgte eine furchtbare Leidenszeit mit zahlreichen Operationen. Nach zwei Jahren war dann alles einigermaßen verheilt, und es kam der Tag, an dem er zum ersten Mal in einem Rollstuhl Platz nehmen konnte. Mein Mann Miguel und ich waren damals dabei. Ich weiß noch genau, wie wir alle zusammen in der Rehaklinik waren, unendlich glücklich über diese neue Mobilität von Michael. Auch er schien es sehr zu genießen. Schließlich sagte er: ›Lasst mich mal ein paar Runden mit meinem neuen Fahrzeug drehen.‹ Aus mir bis heute unbegreiflichen Gründen fand er mit seinem Rollstuhl direkt den Weg hoch bis auf die Dachterrasse, wo sich ein kleines Café befand. Nach den Berichten von anwesenden Gästen nahm er mit seinem Rollstuhl gehörig Anlauf, überwand das Außengeländer und stürzte sich erneut in die Tiefe. Aber diesmal war er sofort tot.«

Tiefste Betroffenheit durchströmte Hannes. Es verschlug ihm förmlich die Sprache.

Es herrschte Stille.

Lucy begann, Hannes übers Haar zu streichen: »War es zu schlimm für dich?«, fragte sie besorgt.

»Ich denke eher darüber nach, wie schlimm es für dich gewesen sein muss. Dies ist eine der grausamsten Geschichten, die ich je gehört habe.«

»Du hast recht. Noch vor wenigen Tagen hätte ich das nicht erzählen können. Jetzt hingegen spüre ich zwar noch eine tiefe Trauer, aber ich merke gleichzeitig, dass eine schwere Last von mir abgefallen ist. Aus irgendeinem Grund fühle ich mich stabil – ja sogar befreit. Etwas in meinem Inneren hat sich gerade für immer aufgelöst. Es war *Gottes Wille*, und das habe ich nun dank der Quantenphysik kapiert. Fünf Jahre lang habe ich mich nahezu täglich selbst zerfleischt, um hinter das Warum zu kommen – ohne jegliches Ergebnis. Jetzt hingegen spüre ich, dass es vorbei ist. Ich hätte es nie verhindern können. Ich möchte dir aus tiefstem Herzen danken, dass ich mit deiner Hilfe einen Abschluss finden konnte.«

Liebevoll blickte sie Hannes an und küsste ihn.

»Hannes, glaube mir: Das ist ein wichtiger Moment in meinem Leben. Ich bin jetzt frei. Mir geht es so gut wie nie. Ich hätte nicht für möglich gehalten, dass sich etwas in Sekunden auflösen könnte. Komm, lass uns das feiern. Lass uns Liebe machen.«

Hannes zögerte. Er hatte noch Lucys traurige Geschichte im Kopf. Jedoch spürte er schnell, dass in Lucy tatsächlich eine Art Erlösung stattgefunden haben musste. Und so beschloss er, sich hinzugeben und alles Weitere geschehen zu lassen.

Eine halbe Stunde später knieten Lucy und Hannes auf dem Boden des Badezimmers. Mit vereinten Kräften versuchten sie, Herr über das übergelaufene Wasser zu werden. Hektisch wischten sie mit zahlreichen Handtüchern über den nassen Boden. »Schau mal, ob im Schrank noch mehr Handtücher sind«, rief Hannes sichtlich nervös. »Hoffentlich ist nichts ins Zimmer unter uns gelaufen. Wir hätten ins Bett wechseln sollen.«

Lucy hingegen konnte sich ein Lachen über die peinliche Situation nicht verkneifen. Nach wenigen Minuten hatten sie es aber

geschafft. Der Whirlpool war nun randvoll mit einem Berg tropfnasser Hand- und Badetücher. Sie hatten sogar die hoteleigenen Bademäntel eingesetzt, um die Fliesen zu trocknen.

Nach getaner Arbeit schauten Lucy und Hannes sich an, und dann platzte es plötzlich aus ihnen heraus. Sie krümmten sich vor Lachen. Draußen dämmerte es bereits. Lucy stellte fest, dass es wenig sinnvoll wäre, jetzt noch schlafen zu gehen, zumal der Flug von Hannes nur wenige Stunden später ging. »Komm, Hannes, lass uns schnell packen und uns fertig machen. Wir können zum Bahnhof hinüberlaufen, da sind schon die ersten Kaffeebuden offen.«

Gesagt, getan. Eine knappe Stunde später genossen sie an einem der Stehtische köstlichen, wach machenden Kaffee.

»Du wirkst traurig, Hannes«, stellte Lucy besorgt fest. »Was ist mit dir?«

»Der Flug in ein paar Stunden geht nach San Francisco«, war von Hannes leise zu hören. »Ich habe an der Stanford University eine zweijährige Professur angenommen, und die startet übermorgen.«

Lucy war im ersten Augenblick schockiert. Sie fing sich jedoch schnell wieder, weil sie gerade erst vor wenigen Stunden etwas Wichtiges über das Leben verstanden hatte. Sie fragte: »Hat das was mit dem Mond von Einstein zu tun?«

Hannes musste lachen. »Ja, so kann man das auch ausdrücken. Es gibt nun mal Dinge im Leben, die sich nicht ändern lassen. Offenbar sehen unsere beiden Illusionen der Realität keine Schnittmenge vor.«

»Gottes Wille?«, lachte Lucy Hannes an.

»Leider ist es so«, antwortete er. Seine Stimmung hellte sich aber deutlich auf.

»Du, ich sage dir jetzt mal was, liebster Hannes. Noch nie habe ich in meinem Leben einen Mann kennengelernt, mit dem ich in einer derart kurzen Zeit ein so vertrautes Verhältnis aufbauen konnte.« Lucy dachte kurz an Sam, bei dem es fast zwei Jahre gedauert hatte, bis sie sich öffnen konnte. »Und vor allem unterstelle nicht mehr jeder Frau, dass sie es mit dir nicht ehrlich meinen könnte. Hast du den Freifahrtschein noch, den ich dir gestern ausgestellt habe?«

Hannes zog den besagten Zettel aus der Innentasche seines Jacketts hervor und hielt ihn amüsiert hoch. »Darf ich den behalten – sozusagen als Andenken an diese zauberhafte Nacht mit dir?«

Lucy nickte und umarmte Hannes. Sie hielten sich noch eine ganze Weile fest, um danach endgültig Lebewohl zu sagen. Während Lucy sich schweren Herzens umdrehte, begutachtete sie ihre Gemütslage. *Noch vor wenigen Tagen hätte es mein Herz zerrissen, einen solch wunderbaren Mann gehen lassen zu müssen. Ich hätte über Wochen gegrübelt, warum ausgerechnet mir so etwas passiert. Doch es ist einfach so! Das ist die Nichtkausalität der Quantenwelt. Das ist Gottes Wille! Es ist traurig, keine Frage, aber ich werde an solchen Erlebnissen nicht mehr zugrunde gehen können.*

Kurz darauf fiel ihr ein Satz ein, den sie sich in ihr Smartphone schrieb:

AKZEPTIERE, WAS DU NICHT ÄNDERN KANNST!

Lucy lag gegen Mittag noch in ihrem Bett und war von der durchwachten Nacht ziemlich gerädert. Sie ließ die letzten vierundzwanzig Stunden Revue passieren und dachte sich: *So viele Lichter wie gestern sind mir noch nie in meinem Leben aufgegangen. Jetzt ist es aber Zeit, auch etwas ans Geldverdienen zu denken. Das Essen hat mich ein kleines Vermögen gekostet.* Lucy war stolz darauf, sich gestern doch noch durchgesetzt zu haben, obwohl Hannes ihr angeboten hatte, alles über seine Hotelrechnung laufen zu lassen. Sie setzte sich nun mit dem Laptop auf ihren Balkon unter den Sonnenschirm und sichtete alle Aufzeichnungen der letzten Tage. Schnell hatte sie drei redaktionelle Beiträge verfasst, die das Institut, von dem sie ihren Auftrag erhalten hatte, mehrmals positiv erwähnten. Im Anschluss ließ sie alles stehen und liegen, um sich ein Bad zu gönnen. Mit leichter Jazzmusik im Hintergrund und einem großen Pott Kaffee lag sie schließlich in der wohltuenden Wärme und ließ wieder ihren Gedanken freien Lauf. In ihrem Geiste lösten Bilder von Sam und von Hannes einander ab. *Interessant, dass Hannes einen so tiefen Eindruck bei mir hinterlassen hat,* dachte Lucy, während sie einen Kongressplan für das laufende Jahr durchblätterte, den Hannes ihr mitgegeben hatte. Da fiel ihr eine Tagung für Neurologen in München auf, die ein ihr wohlbekannter Pharmakonzern ausrichtete. Es ging um den aktuellen Stand der Gehirnforschung. Lucy überlegte: *Die müssten mich doch noch von früher kennen. Das wäre sicher leicht verdientes Geld. Da schreibe ich nachher gleich eine E-Mail.*

Es folgte eine produktive Woche. Lucy lieferte ihre Artikel sowie das mit ihrem Smartphone erstellte Bildmaterial bei ihrem Auftraggeber ab, und ein neuer Deal war schnell akquiriert. Der

Ansprechpartner bei dem Pharmariesen, der den Kongress in München ausrichtete, war hocherfreut, von Lucy zu hören. *Das ist das höchste Honorar, was ich je ausgehandelt habe*, freute sich Lucy, als sie in ihrem Postfach die Auftragsbestätigung entdeckte. *Also wenn das weiterhin so läuft, dann zeige ich diesen Internetkriminellen einfach nur den Vogel. Dann sollen sie mit meinem Onlinebusiness machen, was sie wollen.*

Die übrige Zeit nutzte sie, um sich mehr in die Quantenphysik einzuarbeiten. Sie konnte nicht mehr aufhören, sich damit zu beschäftigen. Dass es eine Art Gott gegeben haben musste, der Zeit und Raum eingeschaltet und praktisch in wenigen Minuten alle Voraussetzungen für die heutigen Naturgesetze erschaffen hatte, daran gab es aus ihrer Sicht keine Zweifel mehr. Die Wahrscheinlichkeit von eins zu zehn hoch zehn hoch hundertdreiundzwanzig war ihr ausreichend, um von einem wissenschaftlichen Beweis für Gott sprechen zu können. Auch die Tatsache, dass alle Menschen innerhalb eines Hologramms lebten, erwies sich aus wissenschaftlicher Sicht als unbestritten. *Jetzt geht es nur noch darum, herauszufinden, welchen Sinn das Ganze hat, was dieser Gott hinterlassen hat*, dachte Lucy. Zugleich spürte sie den Drang, sich über dieses Thema mit jemandem auszutauschen. Sofort war ihr auch klar, mit wem sie gerne sprechen würde. Sie schrieb eine SMS: »Hi mein Schatz, hast du nachher ein bisschen Zeit für mich?«

Es dauerte diesmal etwas länger, bis eine Antwort kam, dafür war sie umso erfreulicher: »Um 19 Uhr inklusive Erdung? Knutsch S.«

Lucy schrieb schnell zurück: »Sehr gerne erde ich mich für dich. Dann bis dann. Auch dicker Knutsch!«

Lucy nutzte die noch verbliebene Zeit für ein bisschen Hausarbeit, bevor sie schließlich die Treppe hochlief. Oben stand die Tür bereits offen. Sie trat ein, und Sam kam ihr entgegen, um sie herzlich zu begrüßen. »Magst du mal sehen?«, fragte Lucy und lächelte spitzbübisch, während sie sich sanft aus Sams Umarmung befreite, zu seinem Jugendstilschreibtisch ging, ihm den Rücken zuwandte, ihren Bademantel hochzog und dann ihre Unterarme parallel auf die Tischplatte legte. Sam sah auf etwas, was ihn sehr entzückte. »Ooh, wie elegant«, freute er sich über den Anblick, der sich ihm bot.

Daraufhin fragte Lucy: »Hättest du Lust, ein bisschen meinen Hintern zu verwöhnen?«

»Gerne, mein Schatz«, antwortete Sam grinsend und kümmerte sich, wie von Lucy gewünscht. Schließlich wechselten sie den Ort des Geschehens und landeten eine Etage höher in Sams großem Bett.

Nachdem eine gute Stunde vergangen war, lag Lucy in Sams Armen, und als ihre üblichen Glückstränen getrocknet waren, kam – wie immer – die Lust auf Nahrung.

Sam, mit Lucys üblichen Gelüsten nach dem Verkehr vertraut, hatte diesmal vorgesorgt. »Komm, Lucy, lass es uns unten gemütlich machen.«

Lucy schaute Sam an und wusste sofort, was dieser Gesichtsausdruck bei ihm bedeutete. »Du warst beim Japaner, stimmt's?«, rief Lucy begeistert. Schnell hüpften sie eine Etage tiefer. Vor dem geöffneten Kühlschrank quietschte Lucy: »Wow, das ist ja das komplette Programm! Ich liebe dich, du supertoller Mann.« Sie fiel Sam um den Hals und gab ihm einen dicken, deutlich hörbaren Kuss. Mit den Leckereien machten sie es sich auf Sams riesigem Sofa gemütlich, ihre nackten Körper in weiche Decken eingewickelt.

Nachdem Lucys erste Gier gestillt war, begann sie, vom Kongress und von Professor Hannes Phil zu berichten. Sam hörte aufmerksam zu, um irgendwann festzustellen: »Lucy, eines muss ich dir jetzt mal sagen: Du hast dich verändert! Und zwar extrem zum Positiven. Deine Ausstrahlung ist mit der, als wir uns das letzte Mal sahen, überhaupt nicht mehr zu vergleichen. Das ist mir vorhin im Bett schon aufgefallen. Offensichtlich ist es dir gut bekommen, einen wissenschaftlichen Beweis für die Existenz einer höheren Macht gefunden zu haben. Oder sind es die aufgelösten Gewissensbisse über den Tod deines Sohnes, die dich so erstrahlen lassen? Vielleicht hat dir aber auch einfach nur der Sex mit einem Spitzenphysiker gutgetan.«

»Nein, Sam, alles ganz falsch«, klärte Lucy ihn auf, »ich denke, in letzter Konsequenz waren es eher die Tipps von Bella und vor allem meine täglichen Überwindungsübungen, die mich wieder aufleben ließen. Ich merke selbst, dass ich mich nahezu täglich verändere. Es tut mir gut, mutig das Leben anzugehen.«

»Wenn ich mir überlege, in welchem besorgniserregenden seelischen Zustand du noch vor einigen Wochen warst, dann gleicht das schon einem kleinen Wunder.«

»Bella hat mir gezeigt, wie sich Selbstliebe anfühlt, und ab diesem Zeitpunkt habe ich alles begriffen. Das eine ergab dann das andere. Wie von Geisterhand bin ich auf alles gestoßen, was ich brauchte. Und ich gebe dir recht: Es ist noch nicht lange her, dass ich mir überlegte, meinem Leben ein Ende zu setzen. Und jetzt behandelt mich dieses Leben in einer Weise, wie ich es mir nie zu träumen gewagt hätte. Ich kann überhaupt nicht glauben, wie einfach alles geworden ist. Darüber hinaus haben mich natürlich auch einige Einsichten nach vorne gebracht.«

»Welche denn?«

»Erstens, die Welt nicht verstehen zu wollen, zweitens, mutig zu sein, und drittens, sich mit allem abzufinden, was man eh nicht mehr ändern kann. Besonders der Quantenphysik habe ich die Erkenntnis zu verdanken, dass jeder Mensch zwar in seinem eigenen Kokon lebt, diese Illusion jedoch von unendlich vielen Parametern im Außen beeinflusst wird.«

Sam wusste sofort, worauf Lucy hinauswollte: »Du meinst den Mond, der noch da ist, auch wenn wir nicht mehr hinschauen?«

Lucy glitt vor Erstaunen ein Sashimi aus der Hand. »Du kennst dieses Mondzitat?«

»Ja klar, es wird Einstein zugeschrieben«, antwortete Sam, »wobei ich mir nicht sicher bin, ob er es auch tatsächlich gesagt hat. Aber dennoch ist diese Aussage existenziell, denn sie erinnert alle Quantenphilosophen daran, dass wir nicht nur tagtäglich mit unserer ureigenen Realitätsblase konfrontiert sind, sondern diese obendrein von vielen Fremdeinflüssen überlagert ist. Da hast du echt ein riesengroßes Glück gehabt, dir genau diesen Professor ins Bett zu holen. Er ist bekannt dafür, den Hobbyphilosophen regelmäßig auf die Finger zu klopfen. Auch wenn wir uns mit unseren quantenphilosophischen Manifestierungsträumereien auf den Kopf stellen, einiges werden wir in unserem Leben niemals ändern können.«

Lucy nickte und sagte: »Ja, darüber haben wir auch gesprochen. Es scheint tatsächlich ein Widerspruch zu sein, dass sich alle das Gleiche wünschen können. Anscheinend tragen wir eine Art Bestimmung in uns, die für jeden Menschen unterschiedliche Wünsche vorsieht. Ich persönlich allerdings habe gerade das Gefühl, mir wünschen zu können, was ich will, und es wird zu meiner Realität. Ob das jetzt für mich vorgesehen ist oder nicht, dazu kann ich noch nicht viel sagen, da stehe ich noch am Anfang meiner Recherchen.«

Sam lächelte sie an. »Nichtsdestotrotz ist es aus quantenmechanischer Sicht Fakt, dass wir permanent neue Realitäten erschaffen. Wenn man sich das einmal näher vor Augen führt, dann bedeutet es, dass alle Menschen dieser Erde jede Sekunde, jeden Tag, jedes Jahr, und dies seit Jahrtausenden immer wieder, sichtbare Materie produzieren. Wenn die Religionen von Unsterblichkeit sprechen, dann meinen sie wahrscheinlich genau diesen Vorgang. Wenn wir sterben, bleibt alles, was wir in unserem Leben materialisiert haben, bestehen.«

Da traf Lucy ein Geistesblitz, und sie sagte: »Mal etwas ganz anderes, Sam: Bei meinen Gesprächspartnern, aber auch bei meinen Onlinerecherchen begegnete mir permanent die sogenannte Stringtheorie. Bist du in diesem Thema drin? Das Ganze habe ich nämlich überhaupt nicht verstanden.«

Sam musste lachen. »Zu deiner Beruhigung: Niemand hat bisher die Stringtheorie verstanden. Denn da gibt es auch nichts zu verstehen. Wie du selbst mittlerweile auch festgestellt hast, taucht in der Grundlagenphysik wiederholt dasselbe Problem auf: Wir Menschen können nur in Raum und Zeit denken. Wenn wir dem

Leben auf die Schliche kommen wollen, dürfen wir deshalb ab einem bestimmten Punkt nicht mehr den Anspruch haben, etwas verstehen zu wollen.«

»Schön, damit habe ich bereits meinen Frieden gemacht. Aber was ist jetzt mit dieser Stringtheorie?«

»Die Stringtheorie ist Teil der theoretischen Physik und ganz besonders ein Ergebnis der besagten Erkenntnis, dass wir unsere Vorstellungskraft nicht mehr zurate ziehen dürfen, wenn wir dem Leben mehr auf die Spur kommen wollen. Man wählte daher einen Weg, der ausschließlich auf den Gesetzen der Mathematik beruht. Die Stringtheorie ist damit keine echte physikalische, sondern eher eine mathematische These. Sie setzt voraus, dass Quanten nicht die kleinsten Einheiten unserer Welt darstellen, sondern aus noch etwas Kleinerem bestehen, und zwar aus eindimensionalen Teilchen. Wobei der Begriff Teilchen bereits irreführend ist, weil unser Gehirn nicht nachvollziehen kann, was das ist. Wir denken grundsätzlich in drei Dimensionen – in Höhe, Breite und Tiefe. Eventuell könnten wir uns noch zweidimensionale Dinge vorstellen, wie zum Beispiel ein superdünnes Blatt Papier, das nur aus einer Breite und Höhe besteht. Aber eindimensionale Objekte entziehen sich endgültig unserer Vorstellungskraft. Der Mitbegründer der Stringtheorie, der US-amerikanische Physiker Leonard Susskind, hat dieses eindimensionale Etwas String genannt – also eine Saite –, da er zusätzlich in seiner These vorausgesetzt hat, dass dieses eindimensionale Etwas schwingen kann.« Sam hielt kurz inne.

»Super interessant!«, feuerte Lucy Sam an.

»Man hat also diese eindimensional schwingenden Strings in geometrisch-mathematische Gleichungen eingesetzt und stoisch – also ohne etwas verstehen zu wollen – ausgerechnet. Und siehe da: Es ergaben sich zahlreiche Dimensionen, also mehrere Universen gleichzeitig. Die Strings selbst sind für unser Auge erst einmal unsichtbar, aber alles, was ist, besteht aus ihnen. Erst wenn die Strings in einer bestimmten Frequenz angeregt werden, tauchen sie als sichtbare Materie vor unseren Augen auf – je nachdem, in welcher Art und Weise sie zum Schwingen gebracht wurden. Alle anderen Strings, die nicht entsprechend schwingen, bleiben für uns weiterhin nicht wahrnehmbar. Um es etwas philosophischer auszudrücken: Wenn jemand an einem String zupft, dann taucht es in unserer Realität auf. Damit wäre unser sichtbares Leben nichts anderes als eine Sinfonie von gezupften Saiten.«

»Das ist aber ein schönes Bild. Hat denn die Wissenschaft einen Verdacht, wer es ist, der die Saiten in der richtigen Weise zupft?«

»Natürlich nicht«, betonte Sam, »dazu sind wir zu nahe an Gott dran. Viele Fachleute glauben jedoch – und ich möchte betonen, dass es in diesem Bereich sehr unterschiedliche Auffassungen gibt –, dass es wieder unsere eigene Beobachtung ist. Demnach würde die Stringtheorie auf wunderbare Weise die Quantenphysik ergänzen. Es bleibt dabei: Wir erschaffen selbst unsere Realität. Der einzige Unterschied zur Quantenmechanik wäre, dass wir nicht nur in einem einzigen Universum leben würden, sondern gleichzeitig in unzähligen weiteren.«

Lucy resümierte: »Das heißt, uns stehen frei formbare Saiten oder, besser gesagt, eine Art Basisenergie als Grundmaterial zur Verfügung, die wir durch unsere Sinne anregen beziehungsweise formen können – praktisch wie Knetmasse, aus der ich zum Beispiel ein kleines Häuschen baue. Fokussiere ich mich auf etwas, beginnen bestimmte Strings zu schwingen und tauchen als Objekt vor meinen Augen auf, und alles andere bleibt als potenziell formbare Knetmasse erst einmal unsichtbar. Oder um ein konkretes Alltagsbeispiel zu nennen: Wenn ich mich geistig auf einen Wunsch fokussieren würde, wie du zum Beispiel etwas Bestimmtes mit mir machst, müsste ich doch nur darauf warten, bis es geschieht, stimmt's?« Lucy grinste jetzt Sam mit einem forschen Blick an.

»Das ist die entscheidende Frage. Denn eigentlich beginnt das Problem bereits viel früher, da du ja nie weißt, woher dein Wunsch kommt, denn ich habe eben genau das Gleiche gedacht!«, antwortete Sam trocken.

Lucy erschrak, und es lief ihr ein Schauer über den Rücken: »Nein, das kann doch nicht wahr sein. Wie lange hattest du diese Vorstellung schon in deinem Kopf?«

»Ich weiß es nicht genau. Auf jeden Fall ist deine Sitzposition mit angewinkelten Beinen und hochgezogener Decke nicht gerade dafür geeignet, bestimmte Gedanken zu vermeiden«, sagte Sam grinsend.

Lucy war sich der Tragweite dieses Augenblicks durchaus bewusst. »Mensch, Sam, das heißt doch nichts anderes, als dass schon wieder dieses verdammte Thema auftaucht: Sind meine Sehnsüchte meine ureigenen, oder kommen die irgendwo anders her?«

Lucy fühlte sich nicht wohl bei der Vorstellung, dass ihre vielen geheimen Sehnsüchte nie ihre eigenen gewesen sein könnten. Gleichzeitig dachte sie an Hannes' Worte, dass es mehr als fraglich sei, ob wir überhaupt die Wahl haben, bestimmte Sehnsüchte mithilfe unseres Bewusstseins in unserer Realität manifestieren zu können.

Sam nahm Lucy in den Arm und sagte ernst: »Lucy, du hast den Nagel auf den Kopf getroffen. Das ist die entscheidende Frage, die sich alle Menschen stellen sollten: Denke ich, oder lasse ich denken? Sind meine Gedanken tatsächlich die meinen, oder habe ich sie nur von anderen übernommen? Gehören meine Wünsche zu mir, oder folge ich nur Wünschen, die ich irgendwo aufgeschnappt habe?«

Lucys Stimmung verschlechterte sich zusehends: »Das würde auch erklären, warum sich manche unserer Wünsche erfüllen und manche eben nicht. Folge ich meinen ureigenen Sehnsüchten, brauche ich nur zu warten, bis sie sich erfüllen. Folge ich hingegen fremdübernommenen Sehnsüchten, kann ich warten bis zum Sankt-Nimmerleins-Tag. Lebe ich *mein* Leben, läuft alles wie geschmiert. Lebe ich das Leben anderer, kann ich mich auf den Kopf stellen, aber ich werde nur ständig gegen die Wand laufen.«

»Das könnte durchaus stimmen.«

In Lucy stieg ein ungutes Gefühl auf. »Könnte es wirklich der Fall sein, dass ich nicht Herrin meines eigenen Kopfes und damit auch nicht meiner Wünsche bin? Liegt darin vielleicht der entscheidende Unterschied zwischen glücklichen und unglücklichen Menschen? Die einen sind selbstbestimmt und die anderen fremdbestimmt? Die Vorstellung, dass ich von außen manipuliert sein könnte, gefällt mir ganz und gar nicht. Muss ich tatsächlich mit der Möglichkeit rechnen, Meinungen und Ideen übernommen zu haben, ohne es je bemerkt zu haben? Das macht mir Angst, Sam.«

Sam nahm zwar deutlich Lucys schlechter werdende Stimmung wahr, beschloss jedoch, darauf keine Rücksicht zu nehmen. »Lucy, darf ich dich etwas Wichtiges fragen?«

»Klar, mein Schatz«, nickte Lucy, gespannt auf die Frage.

»Kann es vielleicht sein, dass du überhaupt nicht auf der Suche nach Sinn bist, sondern lediglich nach Instrumenten, um dein Leben zu kontrollieren?«

Lucy antwortete schnippisch: »Natürlich will ich wissen, wie das alles funktioniert. Ist das nicht menschlich?«

»Genau das ist es ja. Das ist sogar zutiefst menschlich. Sucht der Homo sapiens nicht nur deshalb nach Erkenntnis, weil er sich dadurch Vorteile verspricht? Und ist es nicht so, dass er vorgibt, neugierig zu sein, aber in Wahrheit opportunistische Absichten hegt? Du bist doch gerade dabei, unzählige Wissenschaftler kennenzulernen. Beobachte sie doch einmal näher. Stehen bei ihnen nicht die eigene Karriere und der Ruhm an erster Stelle? Konnte sich ein hochintelligenter Alfred Nobel, als er das Dynamit erfunden hatte, nicht der Tatsache bewusst sein, dass er damit den Krieg perfektionieren und den Tod von Millionen von Menschen in Kauf nehmen würde? Konnte das deutsche Physikgenie Otto Hahn, der für die Entdeckung der Kernspaltung im Jahr 1944 den Nobelpreis erhielt, nicht absehen, dass die logische Folge seiner Arbeit die beiden Atombomben auf Hiroshima und Nagasaki sein würden? Hätten die USA tatsächlich auf dem Mond landen können, wenn sie nicht einem Team deutscher Nationalsozialisten die komplette Führung der NASA übertragen hätten, wie zum Beispiel diesem Ungeheuer Wernher von Braun? Und war die dafür notwendige Saturn-5-Rakete nicht bloß eine Weiterentwicklung von Hitlers V2-Rakete? Und war die eigentliche Motivation für die Mondlandung nicht in erster Linie die Entwicklung von Interkontinentalraketen für einen möglichen Atomkrieg gegen die Russen? Nahezu alle Nobelpreisträger haben schlussendlich mehr oder weniger zum Unglück der Menschheit beigetragen, weil ihnen ihr Ruhm wichtiger war als die Gefahr, dass ihre Forschungsergebnisse von Machthabern und Großkonzernen missbraucht werden könnten. Die Geschichte der Menschheit hat gezeigt, dass es noch nie um wissenschaftliche Neugier oder um die Faszination am Fortschritt ging, sondern lediglich um Ruhm, Macht, Geld und vor allem um das erfolgreiche Führen von Kriegen.« Sam unterbrach etwas ärgerlich seine kleine Rede, um gleich noch draufzusetzen: »Also, Lucy, komm mir nicht mit dem Thema Neugierde oder damit, dass im Homo sapiens ein natürliches Streben nach Wissen angelegt sei. Dir geht es einzig und allein darum, mithilfe göttlicher Instrumente deine Zukunft in deinem Sinne manipulieren zu können. Und jetzt dämmert dir plötzlich, dass bereits deine Sehnsüchte das eigentliche Problem sein könnten. Das heißt, dir wird nach und nach bewusst, dass es vielleicht niemals in deinem Leben möglich sein wird, überhaupt irgendetwas kontrollieren zu können. Das ist es doch, was in dir gerade großen Unmut erzeugt, hab ich recht?«

In Lucys Augen blitzte Zorn auf. Wortlos stand sie auf, ging die Stufen hoch, um ihren Bademantel zu holen, und verließ verärgert Sams Wohnung. Wütend stapfte sie die Treppen hinunter, um, in ihrer Wohnung angelangt, die schwere Tür mit einem lauten Krachen hinter sich zuzuwerfen. Sie warf sich trotzig auf ihr Sofa, um ihren dunklen Gedanken wieder freien Lauf zu lassen: *Was bildet sich dieser Scheißkerl ein? Ich und opportunistisch? Eine, die nur das Leben kontrollieren will? Der spinnt wohl!*, fluchte Lucy innerlich und machte sich einen dreifachen Jack Daniel's.

Doch schon nach kurzer Zeit lösten klarere Überlegungen Lucys innere Schimpftiraden ab. Sie wurde ruhiger und dachte: *Warum hat dieser Klugscheißer immer recht? Natürlich will ich wissen, wie ich mein Leben glücklicher machen kann.* Lucy stockte plötzlich der Atem, und sie hielt kurz inne. Sie fragte sich: *Aber warum will ich das wissen? Ich muss zugeben, diese Frage ist nicht uninteressant.*

Nach einem Moment der Stille offenbarte sich eine Antwort: *Menschen wollen nur deshalb wissen, wie sie glücklicher werden können, weil sie unglücklich sind. Wäre ich vor Wochen nicht zu Tode betrübt gewesen, wären mir der Sinn des Lebens und vor allem dieser Gott scheißegal geblieben.*

Lucy setzte sich auf. Dabei entdeckte sie zufällig einen Zettel, der halb unter der Tischdecke hervorlugte. Sie hob ihn auf und las: »Vielen Dank für diese wunderschönen Stunden mit Dir – Kuss Bella.« Lucy ließ sich in die Couch zurückfallen. *Warum entdecke ich diesen Zettel erst jetzt? Er hat doch schon über Wochen hier gelegen.* Während sie noch tief berührt war von Bellas zauberhafter Botschaft, fiel ihr etwas Wichtiges ein: *Mensch, das ist es. Wie konntest du Bellas Worte schon wieder vergessen: Wenn es dir nicht gut geht, dann hast du gerade vor etwas Angst.*

Lucy wusste genau, was es war: *Ich will mein Leben nicht einem Schicksal überlassen, weil ich Angst vor einer Zukunft habe, die ich nicht kenne. In mir wohnt die tiefe Überzeugung, dass mein Schicksal es nicht gut mit mir meinen könnte.*

Sichtlich erleichtert über diese Selbsterkenntnis, schenkte sich Lucy einen weiteren dreifachen Whiskey ein. Spontan entschied sie, etwas für ihre Selbstliebe zu tun. Sie startete an ihrem Laptop *Happy* und drehte ihre Boxen voll auf. Dann feuerte sie ihren Bademantel in hohem Bogen in die Ecke, tauchte ihr Wohnzimmer in Festbeleuchtung, zog alle Vorhänge bis zum Anschlag auf und begann, zu tanzen.

Nach wenigen Minuten spürte sie wieder diese wundervolle Körperessenz der Lebenslust. Das Gefühl, geliebt zu werden, das Gefühl, zu lieben, und vor allem das Gefühl, zu leben. In dieser befreiten Stimmung öffnete Lucy ihre Wohnungstür, und dann tanzte sie im Hausflur drei Etagen höher. Sam öffnete ihr die Tür, und Lucy fiel ihm in die Arme. »Es tut mir leid, Sam«, flüsterte ihm Lucy kleinlaut ins Ohr. Sam küsste sie und sagte leise: »Irgendwann wirst du begreifen, dass dein Schicksal immer auf deiner Seite ist.« Lucy wurde liebevoll eine Etage höher getragen.

—

Am nächsten Morgen wachte Lucy neben Sam auf, und sie beschloss, den Tag mit einer Mutprobe zu beginnen. *Wenn du das schaffst, dann schaffst du alles in deinem Leben*, motivierte sich Lucy selbst. Sie ließ Sam weiterschlafen und verließ splitternackt seine Wohnung. Mit Herzrasen und in einem Höllentempo spurtete sie die Treppen hinunter. Während sie sich noch darauf konzentrierte, zwei Stufen auf einmal zu nehmen, öffnete sich plötzlich eine Wohnungstür und ein sichtlich verdutzter älterer Herr kam zum Vorschein. »Guten Morgen, Herr Maier. Ich wünsche Ihnen einen wunderschönen Tag«, kam es spontan über Lucys Lippen, während sie sich unbeirrt mit Höchstgeschwindigkeit weiter die Treppen hinunterarbeitete. Nachdem Lucy in ihrer Wohnung angekommen war und ihre Wohnungstür hinter sich im Rücken spürte, lachte sie ausgelassen auf. Sie freute sich des Lebens und war stolz darauf, diese Mutprobe erfolgreich gemeistert zu haben. »Ich bin die tollste Powerfrau der Welt!«, rief sie laut und außer sich vor Freude der ganzen Welt zu.

Im Laufe der Woche widmete sich Lucy den Vorbereitungen auf den nächsten Kongress. Irgendwann trudelten die Flugtickets und der Voucher für die Unterkunft ein. Lucy kannte das Hotel und dachte: *Wow! Sehr spendabel diese Jungs von der Pharmaindustrie. Es hat sich also nichts geändert. Die werfen noch immer mit Geld um sich, als gäbe es kein Morgen.*

Lucy gelang es die ganze Woche über, achtsam gegenüber ihrer Stimmungslage zu sein. Sie hatte sich geschworen, sich nie mehr einen Rückfall zu leisten. Vermisste sie das Gefühl der Lebensfreude, spürte sie die dafür verantwortliche Anspannung zielsicher auf, um sie anschließend zu eliminieren – entweder mithilfe ihrer Überwindungsübungen oder mit ihrer neuen Technik, mit allem ihren Frieden zu machen, was sie eh nicht ändern konnte. Und wenn alles nichts half, nutzte sie als Joker ihr neues Zauberwort *scheißegal*. Anscheinend war tatsächlich alles nur eine Frage des Trainings.

Auch ihre große Trauer über den Verlust von Luna schien sie überwunden zu haben. Was sie jedoch noch nicht verstanden hatte, war Sams Aussage, dass ihr Schicksal immer auf ihrer Seite stehen würde. Aber auch Hannes' These, dass Menschen nicht die freie Wahl hätten, sich vom Leben zu wünschen, was sie wollten, ließ sie nicht mehr los. *Renne auch ich Lebenskonzepten hinterher, die ich überhaupt nicht habe? Sind die Gedanken in meinem Kopf tatsächlich meine ureigenen?*

Je länger Lucy darüber sinnierte, umso kritischer wurde sie gegenüber ihren bisherigen Plänen und Sehnsüchten. *Könnte es tatsächlich sein, dass mein Schicksal Lebenskonzepte für mich bereithält, die mich glücklicher machen würden als diejenigen, die in meinem Kopf herumgeistern? Das muss ich unbedingt herausfinden. Bis dahin misstraue ich meinem Kopf. Mal sehen, was passiert!*

Lucy spürte plötzlich eine große innere Entschlossenheit, ab sofort wirklich alles geschehen zu lassen. Da fiel ihr Blick auf ihre Balkontür, an der noch die Zeilen von Bella zu lesen waren: *Überwinde Dich und übe Dich in Mut.* Lucy nahm den noch daliegenden Permanentmarker fest in ihre Hand und schrieb direkt darunter:

MISSTRAUE DEINEN LEBENSKONZEPTEN!

Level 5 – Herz

Die Tage bis zum Kongress vergingen schnell, und bevor Lucy sich versah, saß sie im Flugzeug nach München. Sie reiste bereits einen Tag früher an, um den Abend in Ruhe in dem renommierten Hotel ausklingen lassen zu können. Es hatte einen Spa-Bereich, der sich überregional großer Beliebtheit erfreute, und den wollte Lucy sich nicht entgehen lassen.

Angekommen im Hotel, ließ sie deshalb nicht viel Zeit verstreichen und begab sich in den Wellnessbereich. Nachdem sie sich ein wenig auf dem Laufband bewegt hatte, ließ sie sich auf Kosten ihres Auftraggebers vom Fachpersonal massieren, und danach machte sie es sich in der harmonisch gestalteten Saunalandschaft gemütlich. Heiß und verschwitzt stand Lucy schließlich vor einem dunkelblau schimmernden Kaltwasserbecken, umgeben von indirekt beleuchteten Wänden, die mit echtem Steinsalz ausgekleidet waren. Lucy wusste natürlich, dass der gesündeste Aspekt am Saunieren das anschließende Abschrecken mit kaltem Wasser war. Davor aber hatte sie sich in der Vergangenheit immer gedrückt. Diesmal war es anders. Sie entschied, sich zu überwinden. *Vielleicht ist der Prozess der Überwindung tatsächlich nur eine Frage der Konzentrationskraft und Mut nur eine Form der Willensstärke.*

Während Lucy noch über diese Frage nachdachte, stand sie bewegungslos vor dem eiskalten Wasser. Dann beschloss sie, es zu wagen. Hochkonzentriert betrat sie langsam die Stufen des Beckens, die sie immer tiefer in die bedrohlich und feindlich wirkende Kälte führten. Lucy fühlte mehr als deutlich, wie das Wasser begann, ihren Körper massiv zu belästigen. Wie die Leistungsfähigkeit eines Muskels nach einer Zeit hoher Anspannung schwindet, so nahm auch ihre Konzentrationsfähigkeit langsam ab. Dennoch tauchte Lucy vollständig in das schrecklich kalte Nass ein. Einige Sekunden konnte sie ihre Willensstärke aufrechterhalten, um ganz bewusst zu beobachten, wie sie lernte, die Eiseskälte zu ertragen. Lange hielt sie es jedoch nicht aus. Ihre Willenskraft brach plötzlich wie ein Kartenhaus zusammen. Lucys Körper begann sich selbstständig zu machen. Er fing an, unkontrolliert zu zappeln, und die Stimmbänder machten, was sie wollten. Ihr entwichen seltsame quietschende Laute, während sie fast panikartig aus dem Wasserbecken flüchtete.

Am rettenden Beckenrand, außerhalb des Wassers musste Lucy über sich selbst lachen. *Das muss ja komisch ausgesehen haben*, dachte sie sich. Und tatsächlich bemerkte sie im gegenüberliegenden Ruhebereich eine Frau mit langen schwarzen Haaren, die lächelte. Anscheinend hatte sie von ihrer Liege aus Lucys Mutprobe amüsiert beobachtet. Lucy erwiderte das Lächeln und ging in ihre Richtung. Sie schätzte die Frau auf Anfang vierzig, und je näher sie kam, umso deutlicher wurde ihre atemberaubende Schönheit.

»Das haben Sie sehr gut gemacht«, lobte die Frau Lucy. »Dazu habe ich mich noch nie überwinden können. Sie hingegen haben es trotz offensichtlicher Bedenken geschafft. Klasse!«

»Danke schön für das Kompliment«, antwortete Lucy und schaute auf ihren gut durchbluteten, rot schimmernden Körper hinab. »Ist die Liege neben Ihnen noch frei?«, fragte sie die grazile und recht groß gewachsene Frau.

»Aber ja! Nehmen Sie sich am besten noch ein paar Tücher mit. Die liegen dort drüben in der Ecke. Damit können sie sich schön warm einpacken. Die duften himmlisch.«

Lucy nahm die freie Liege in Beschlag, kuschelte sich von Kopf bis Fuß in zahlreiche weiße Hoteltücher ein und entspannte sich. Dabei lauschte sie einer meditativen Hintergrundmusik, die sich ein wenig wie Engelsgesang anhörte. Nach und nach verschwanden die übrigen Gäste, und die zwei Frauen lagen nun allein in tiefer Entspannung auf ihren bequemen Liegen. Irgendwann ergriff die

Schönheit neben Lucy das Wort und fragte: »Nehmen Sie morgen auch am Kongress teil?«

Lucy war über die Frage nicht verwundert. Ihr war durchaus bekannt, dass bei solchen Kongressen die Pharmakonzerne ganze Hotels buchten, um an einem Ort nicht nur großzügig die Reise- und Übernachtungskosten von teilnehmenden Ärzten zu übernehmen, sondern sie auch diskret von ihren Produkten zu überzeugen. »Ich nehme als Wissenschaftsjournalistin teil. Sie sind sicher Ärztin, nicht wahr?«, antwortete Lucy.

»Ja, im Prinzip schon«, erklärte die Frau, deren Stimme sehr sympathisch klang, »jedoch bin ich nicht am Kongress selbst interessiert, sondern auf der Suche nach Drittmitteln. Mir liegt gerade ein Forschungsprojekt sehr am Herzen, für das ich noch Investoren suche. Ich heiße übrigens Mara Frigand. Wir können uns gerne duzen.«

»Sehr gerne, Mara, mein Name ist Lucy Schmitt. Du machst mich neugierig. Was für ein Forschungsprojekt ist es denn, wenn ich fragen darf?«

»Kein Problem, das ist kein Geheimnis«, antwortete Mara. »Ich bin Magnetokardiologin und plane eine groß angelegte Studie, um evidenzbasierte Daten über die Auswirkungen magnetischer Strahlung auf den Menschen zu sammeln.«

Lucy, vertraut genug mit medizinischen Fachbegriffen und Gepflogenheiten, wusste, mit welcher Unterdisziplin der Medizin Mara sich beschäftigte. Sie sagte begeistert: »Das ist ja sehr interessant. Du erstellst also Magnetokardiogramme, um menschliche Herzen zu untersuchen.«

Mara erkannte in Lucy eine Gesprächspartnerin auf Augenhöhe und fragte: »Beschäftigst du dich auch mit diesem seltenen Fachbereich?«

Lucy entschloss sich mutig, etwas von ihrer persönlichen Geschichte sowie ihrer Suche nach Sinn auszuplaudern. Schnell entwickelte sich ein vertrautes und tiefgründiges Gespräch, und schließlich gelangte Lucy an den entscheidenden Punkt: »… und

aktuell mache ich mir große Sorgen, dass meine Gedanken und Gefühle, aber auch meine Sehnsüchte und Lebenskonzepte nicht meine eigenen sind, sondern von anderen Menschen stammen oder ich diese sonst wo aufgeschnappt habe. Ich befürchte, dass wir vielleicht fremdbestimmter sind, als wir wahrhaben möchten.«

Plötzlich richtete sich Mara auf und sah Lucy mit großen Augen an. »Du bist der erste Mensch seit Langem, den die gleiche Fragestellung quält wie mich. Ich schlage mich an meinem Institut schon seit Jahren mit spezifischen Messreihen herum, die weit über den Bereich der Magnetokardiologie hinausgehen. Ich habe nachweisen können, dass das Magnetfeld des Herzens in den Köpfen anderer Menschen Gehirnströme hervorruft. Und Gehirnströme erleben wir bekanntermaßen als Gedanken oder Gefühle.«

»Das ist ja erstaunlich. Das habe ich ja noch nie gehört.«

»Diese Erkenntnisse sind nicht sonderlich neu. Schon der Neurowissenschaftler Michael Persinger von der kanadischen Laurentian University in Ontario konnte mit Magnetstimulationen sogenannte emotionale Erlebnisse nachweislich von außen erzeugen. Mehr als tausend Versuchspersonen hat er im Verlauf von zwanzig Jahren mithilfe eines umgebauten Motorradhelms Magnetfeldern ausgesetzt. Er konnte mit EEG-Messungen wissenschaftlich nachweisen, dass komplexe Denkmuster tatsächlich von außen her ausgelöst werden können. Die Versuchspersonen waren den Magnetfeldern dreißig Minuten und länger ausgesetzt. Rund achtzig Prozent von ihnen berichteten von einer Art spirituellen Empfindung. Bei den Probanden kamen lebhafte Erinnerungen hoch, und sie glaubten sogar, innere Stimmen oder Instruktionen zu vernehmen. Manche gaben an, eine andere Person leibhaftig zu spüren, was sie zum Beispiel als einen Kontakt zu Gott oder zu Schutzengeln deuteten. Je nach Magnetfeldmuster konnten auch andere Empfindungen ausgelöst werden, etwa Entspannungs-, aber auch Angstzustände.«

Lucy war hin- und hergerissen. Auf der einen Seite war sie völlig hingerissen von der Tatsache, wieder einmal wie zufällig auf die richtige Person getroffen zu sein, auf der anderen Seite sah es gerade so aus, als würden sich ihre schlimmsten Befürchtungen bewahrheiten. Sie entschied aber, keine voreiligen Schlüsse zu ziehen, und hörte erst einmal Maras Ausführungen zu.

»Es gibt jedoch ein erhebliches technisches Problem: Ich kann diesen messtechnischen Nachweis, dass bestimmte Denkmuster bei Personen von außen initiiert werden können, nur auf die Entfernung weniger Meter erbringen. Das bedeutet, wenn Personen mehr als zwei Meter voneinander entfernt stehen, sind keine induzierten Gehirnströme beim Gegenüber mehr nachweisbar. Dies ist auch der Grund dafür, warum ich auf diesem Kongress Investoren suche. Ich vermute, dass ich für mein Labor höherwertige Messeinrichtungen benötige, um beweisen zu können, dass auch über größere Distanzen Gehirnströme von außen induziert werden können.«

Lucy fielen ihre mittlerweile erworbenen quantenphysikalischen Grundkenntnisse ein und bemerkte: »Vergiss das mit den feineren Messaufbauten. Die Größenordnungen, die dich interessieren, sind derart klein, dass du das niemals messen werden kannst. Je tiefer wir messtechnisch in die Realität eintauchen wollen, umso unschärfer wird alles vor unseren forschenden Augen.«

»Das höre ich nicht zum ersten Mal. Mein Mann zum Beispiel rät mir davon ab, mich in immer genaueren Messungen zu verstricken. Es sei nicht möglich, auf herkömmliche Art und Weise zu messen, was ich suche. Es sei bereits ausreichend, qualitativ festgestellt zu haben, dass das natürliche Magnetfeld des Homo sapiens die Gehirne anderer Menschen maßgeblich beeinflussen kann. Alles Weitere würde sich dann quantitativ auf der Quantenebene abspielen.«

Durch Lucys Körper ging ein Ruck: »Sag bloß, dein Mann ist Quantenphysiker?«

»Ja, ein ziemlich erfolgreicher sogar. Zudem ist er ein philosophisch interessierter Mensch. Obwohl unsere Ehe ziemlich kaputt ist, schätze ich ihn sehr, denn ich habe viel von ihm gelernt. Er beschwor mich förmlich, dass der reale Abstand zwischen zwei Personen keine Rolle spiele, da in der Quantenwelt alles mit allem verbunden sei. Dabei sei es völlig unerheblich, wie weit diese Menschen voneinander entfernt seien.«

»Das habe ich ebenfalls von Physikern lernen müssen.«

Mara fragte nach: »Du würdest nach deinen eigenen wissenschaftlichen Recherchen also auch meinen, dass es egal ist, wie weit die jeweiligen Personen voneinander entfernt sind? Ihre Herzmagnetfelder würden auch noch am anderen Ende der Welt ihren Einfluss auf Gehirne ausüben? Damit würde sich meine Investorensuche ziemlich erübrigen.«

Lucy relativierte ihre Aussage: »Aus Sicht der Quantenphysik schon, aus Sicht der Medizin jedoch auf keinen Fall. Wir haben es hier mit zwei völlig unterschiedlichen wissenschaftlichen Weltbildern zu tun. Die Medizin, die Biologie, aber auch die Psychologie beschäftigen sich ausschließlich mit der Messung einer subjektiv erlebten Realität. Im Prinzip untersuchen dort die Wissenschaftler nur eine Illusion unserer Sinneswahrnehmungen. Die Quantenphysik hingegen geht auf die tatsächlich objektiv existierende Welt ein, unabhängig davon, ob unsere Sinne sie erfassen oder wir sie verstehen können. Man könnte auch salopp sagen: Die Physik möchte die Welt und das Leben verstehen, die Medizin hingegen nur die menschlichen Sinnesorgane. Und da sich beide Fachbereiche untereinander nur selten austauschen, werden sich Ärzte, Biologen und Psychologen auch weiterhin nicht mit dem Sein, sondern lediglich mit dem Schein auseinandersetzen. Kurzum: Deine Zielgruppe akzeptiert nur altertümliche Weltbilder. Alles andere wird als esoterische Spinnerei abgetan, und die könnte für deine Karriere das schnelle Aus bedeuten. Du kannst Medizinern nicht erzählen, dass ihre Forschungsarbeiten nur die subjektive Realität der Forschenden selbst sind und keine objektiven validen Fakten hervorbringen können. Wenn du dich da auf einen wissenschaftlichen Diskurs einlassen würdest, wäre es nicht nur vorbei mit der Einladung in schöne Wellnesshotels, sondern auch mit deiner Investorensuche.«

»Ich weiß, was du meinst. Über diese subjektive Scheinwelt habe ich unzählige Stunden mit meinem Mann diskutiert. Aber keine Sorge, ich bin mir wohl bewusst, dass sich die medizinische Wissenschaft nicht dafür interessiert. Ich muss mal sehen, wie ich es mache. Vielleicht schnappe ich mir doch in den nächsten Tagen ein paar Investoren, schließlich wissen die oft nicht, wohin mit ihrem ganzen Geld – trotz Krise. Und wenn ich dann die Summe aufgetrieben habe, kann ich mir ja noch später überlegen, was ich damit anfangen möchte.«

Lucy, die gern noch auf einen interessanten Punkt zurückkommen wollte, fragte Mara: »Könntest du vielleicht ein paar Worte darüber verlieren, wie das mit den Herzmagnetfeldern im Detail funktioniert?«

»Gerne, Lucy. Es liegt in der Natur des Elektromagnetismus, dass die stärkeren Magnetfelder die schwächeren dominieren. Das bedeutet für dich: Falls dein Herzmagnetfeld stärker als das deines Gegenübers ist, dann bist du es, die Gedanken oder Gefühle beim anderen hervorruft. Verhält es sich jedoch umgekehrt, dann bist du die Empfängerin, und die andere Person sendet. Oder anders ausgedrückt: Je stärker dein Herz ist, umso weniger bist du von anderen beeinflussbar – umso mehr kannst du dir sicher sein, zu denen zu gehören, die selbst denken und fühlen.«

»Schön, das ist nachvollziehbar, aber was ist mit unserer Gedankenkraft?«, wunderte sich Lucy.

Mara erwiderte: »Das Magnetfeld deines Kopfes ist völlig unerheblich – im Vergleich zum menschlichen Herzen ist das elektromagnetische Feld unseres Gehirns viel zu schwach, als dass es eine größere Rolle spielen könnte. Das Herz hat ein über fünftausendmal stärkeres Magnetfeld als dein Gehirn.«

Wow!, Lucy war beeindruckt. »Mara, erkläre mir doch bitte, wie es sein kann, dass ein Wunsch in meinem Kopf auftaucht, und mein Liebster mir im selben Moment offenbart, dass er gerade das Gleiche gedacht hat. Wie geht das, wenn die Gehirne keinen direkten Einfluss aufeinander ausüben können?«

Mara wusste, was Lucy meinte, und klärte sie auf: »Na, das ist recht einfach: Du hast die Gedanken seines Herzens empfangen.«

Lucy war verwirrt. »Gedanken des Herzens?«

»Ja klar, Lucy. Dein Herz ist ein kleines Gehirn. Wir nennen es Herzgehirn. Es besteht aus einem vom Kopfgehirn unabhängigen, also einem eigenständigen neuronalen System mit etwa vierzigtausend Nervenzellen. Das wird mittlerweile auch in höchsten Fachkreisen nicht mehr bestritten. Daher darf man unser Herz heute auch als Sinnesorgan betiteln. Was die Wissenschaft jedoch noch nicht richtig verstanden hat, ist, wie die Übertragung der Herzgedanken über das Herzmagnetfeld vonstattengeht. Man vermutet, dass es sich so verhält wie bei einem Radiosender. Zur Übertragung einer Radiosendung wird zunächst eine elektromagnetische Welle als Trägerwelle eingesetzt, um diese dann mit einer zweiten Welle, die die eigentlichen Informationen enthält, zu überlagern. Dieses Wellen- und Informationspaket ist dann fähig, gesendet und empfangen zu werden. Und so stellen wir uns das derzeit auch vor: dass das Herzmagnetfeld mit den Gedanken des Herzgehirns überlagert ist und beide zusammen ein elektromagnetisches Informationspaket bilden, das vom Gegenüber in dessen Kopf empfangen werden kann.«

»Wir haben tatsächlich ein Herzgehirn, das selbstständig agieren kann?« Lucy war sofort klar, dass sie genau die Spezialistin vor sich hatte, die die Antwort auf ihre aktuelle Hauptfrage wissen musste. Sie bohrte deshalb weiter nach: »Das bedeutet doch, dass, wenn ich in meinem Kopfgehirn irgendwelche Sehnsüchte habe, die zufällig mit den Sehnsüchten meines Herzgehirns zusammenpassen, diese auch in den Köpfen anderer Menschen auftauchen würden. Habe ich hingegen Wünsche in meinem Kopf, die nicht mit meinem Herzgehirn korrelieren, dann wäre eine Übertragung der Sehnsüchte meines Kopfes schon allein aus physikalischer Sicht nicht möglich.«

Mara runzelte die Stirn: »Im Prinzip ist diese Aussage richtig. Man nennt diesen Effekt der Gleichschaltung auch die Gehirn-

Herz-Kohärenz. Allerdings birgt diese These eine große Gefahr. Denn meiner Meinung nach stellt sich überhaupt nicht die Frage, ob Kopf und Herz die gleichen Wünsche haben. Das Hauptproblem ist ein ganz anderes – es stellt sich nur eine einzige Frage: Ist dein Herz gesund? Vielleicht hast du schon einmal ein Bild gesehen, das das Magnetfeld um unsere Erde grafisch darstellt. Darauf erkennst du, wie unser Planet von einem magnetischen Schutzschirm umhüllt ist. Es hätte sich auf der Erde niemals Leben entwickeln können, wenn es dieses Erdmagnetfeld nicht geben würde. Es schützt uns vor gefährlicher Weltraumstrahlung. Ohne diesen magnetischen Schutzschild würde jedes Leben sofort vernichtet. Nicht zu Unrecht ist das Geschlecht des Wortes *Erde* weiblich. Es ist *die Mutter Erde*, die uns vor gefährlichen Einflüssen von außen schützt. Und genauso musst du dir das Magnetfeld des Herzens vorstellen. Es schützt dich vor gefährlichen Einflüssen – in unserem Fall vor der Fremdbestimmung durch Herzmagnetfelder anderer Menschen.«

Lucy wurde ein wenig nervös, weil sie sich an Sams Vorwurf erinnerte, sie suche nicht nach Sinn oder Gott, sondern lediglich nach Kontrolltechniken. *Recht hast du gehabt, mein Lieber*, dachte sie, *ich spüre in mir wieder eine Enttäuschung, weil sich meine Hoffnung, nur richtig denken zu müssen, um alles im Griff zu haben, gerade mal wieder in Luft auflöst.*

Lucy wandte sich wieder Mara zu, um die entscheidende Frage zu stellen: »Aber wann ist mein Herz gesund genug, damit es mich vor dem Einfluss anderer schützen kann?«

Mara wirkte plötzlich etwas nachdenklich: »Wir haben uns in meinem Institut lange Zeit den Kopf darüber zerbrochen, warum manche Probanden praktisch immun gegenüber dem Einfluss anderer sind, andere Probanden hingegen hilflos ausgeliefert wirken. Wir sind erst dann auf die Lösung gekommen, als wir Herzen mit einem sogenannten Broken-Heart-Syndrom – auch Tako-Tsubo-Kardiomyopathie genannt – untersuchten. Es ist eine Funktionsstörung des Herzmuskels. Bei einem leichten Verlauf ist diese Herzerkrankung leider nur mit teuren und komplizierten

Messverfahren zu diagnostizieren. Das heißt, die Dunkelziffer könnte exorbitant hoch sein. Auf jeden Fall sterben etwa drei Prozent aller erkannten Fälle mit einem Broken-Heart-Syndrom. Von außen sieht es aus, als wäre jemand an einem Herzinfarkt gestorben. Daher vermute ich persönlich, dass so mancher Herzstillstand eher durch großen Kummer oder tiefes Leid ausgelöst wurde. Insbesondere, wenn Menschen von ihrem Leben tief enttäuscht sind, brauchst du kein Magnetokardiogramm anfertigen, da weißt du schon so, dass es schlecht bestellt ist um das Herzmagnetfeld.«

Lucy erschrak. »Es gibt tatsächlich Menschen, deren Herzen aufhören, zu schlagen, weil sie Kummer oder Stress haben?«

»Definitiv. Aber so weit muss es überhaupt nicht kommen. Das Problem beginnt ja sehr viel früher. Besonders andauernde emotionale Enttäuschungen belasten den Herzmuskel massiv. Als wir das herausgefunden haben, wurde uns allen klar, warum manche ein starkes, also ein gesundes Herzmagnetfeld ihr Eigen nennen konnten und manche nicht.«

Lucy spürte wieder Gänsehaut. »Na klar! Das Wort *Ent-Täuschung* erklärt ja auch schon alles. Nur dann, wenn ich mich im Vorfeld habe *täuschen* lassen, kann ich im Nachhinein *ent-täuscht* sein. Wenn ich mich in meinen Vorstellungen über mein Leben täusche und ich infolgedessen Sehnsüchten hinterherrenne, die meinem Naturell gar nicht entsprechen, werde ich notgedrungen schwere *Ent-Täuschungen* erleben müssen.«

Mara sah sie nur vielsagend an.

»Ich verstehe, was du mir sagen willst, Mara. Wenn ich Wünschen, die noch nie zu meinem wahren Leben gehörten, hinterherrenne und dadurch Enttäuschungen erlebe, reduziert sich meine Herzgesundheit wesentlich. Ein folglich schwächeres Herz ist noch anfälliger für Fremdbestimmungen, was zu einer weiteren Schwächung des Herzmagnetfeldes führt. Es entsteht ein Teufelskreis von Beeinflussung und Enttäuschung, der mich nach und nach immer tiefer ins Unglück stürzen lässt.«

»Das hast du wunderbar zusammengefasst, Lucy! Und soll ich dir etwas sagen? Ich erkenne mittlerweile schon drei Meter gegen den Wind, wenn jemand ein gesundes und starkes Herz besitzt. Solche Leute fallen durch Authentizität und Zentriertheit auf. Es sind Persönlichkeiten, wie du zum Beispiel eine bist. Was würde ich für deine Ausstrahlung und Herzgesundheit geben! Du bist einfach beneidenswert.«

Lucy war gerührt. Sie bekam glasige Augen, senkte den Kopf und dachte sofort an Bella. *Mensch, Bella, wie unendlich dankbar bin ich dir. Jetzt bemerken es schon Fremde, dass ich eine andere geworden bin. Offenbar waren deine Tanzrunden die wichtigste Lektion meines Lebens.*

Lucy blickte wieder Mara an und ließ sie an ihren Gedanken teilhaben. »Ich habe vor einiger Zeit gelernt, dass Angstfreiheit unsere Körper Selbstliebe produzieren lässt. Zudem habe ich viele meiner Sorgen zum Teufel gejagt, indem ich alles akzeptiere, was ich eh nicht ändern kann. Vielleicht habe ich dadurch mein Herz gestärkt. Ich bemerke selbst diese Veränderung an mir. Ich fühle mich deutlich gesünder, und mein Körpergefühl ist ein anderes als noch vor Wochen. Besonders nach dem, was du gerade gesagt hast, denke ich, dass Angstfreiheit unser Herzmagnetfeld kräftigt, nicht wahr?«

Mara klatschte begeistert in die Hände. »Genau. Schon in der Mythologie stand das Herz immer für den Ort des Mutes und der Liebe. Und jetzt können wir genau diese Tatsache sogar wissenschaftlich nachweisen. Ist das nicht wunderbar? Wusstest du eigentlich, dass zum Beispiel in vielen Regionen Südamerikas oder Afrikas der Herzinfarkt gänzlich unbekannt ist? Ich habe in den Favelas von Rio de Janeiro oder in anderen verarmten Regionen der Dritten Welt mehr glückliche Menschen gesehen, als du dir vorstellen kannst. Selbst in Kriegsgebieten gibt es mehr Liebe in den Herzen als bei uns. Herzprobleme sind typische Symptome einer westlichen Wohlstandsgesellschaft geworden. Wahrscheinlich sind wir alle im Übermaß verängstigt. Und ich muss dir gestehen, ich bin da keine Ausnahme. Ich habe jeden Tag kranke Herzen vor meiner Nase, aber ich selbst habe es noch nie geschafft, mein Herz mit Liebe und Mut zu füllen. Seit ich denken kann, bin ich enttäuscht und unglücklich. Ich muss schon seit Jahren meinen Ehemann betrügen, weil ich ohne meine zahlreichen Liebhaber verwelken würde wie eine Glashausblume, der die Pflege des Gärtners fehlt.«

Bei dieser unerwarteten Wendung ihrer Unterhaltung stand Lucy schnell auf, schob ihre Liege an die von Mara heran und nahm sie in die Arme. Lucy war entschlossen, diese grazile Schönheit nicht allein ihrer Traurigkeit zu überlassen. »Mara, soll ich dir was sagen? Es ist noch nicht lange her, da war mir das Gefühl des Lebensglücks genauso fremd. Aber erinnere dich an mich eben vor dem Kaltwasserbecken. Das war einer meiner kleinen täglichen Tricks, um Liebe zu produzieren.«

Aus Maras Gesicht verschwand augenblicklich die Traurigkeit. Neugierde und Überraschung wurden stattdessen sichtbar. »Wie bitte? Was hat das denn mit Liebe zu tun?«

»Das war ein Beispiel für meine vielen kleinen Selbstüberwindungsübungen. Wenn du noch kein Gottvertrauen hast, musst du dich deiner Ängste durch Überwindung entledigen, und das geht nur mit einer ausgeprägten Konzentrationsfähigkeit. Denn nur mit Konzentration kannst du deine Gedanken zwingen, in der Gegenwart zu bleiben. Ängste sind schließlich nur eine Erwartungshaltung deines Gehirns, das Schmerzen befürchtet – also im Prinzip intellektuelle Prozesse, die die Zukunft betreffen. Und das steht im Widerspruch zur Liebe, denn Liebe kann dein Körper nur in einem angstfreien Zustand produzieren. Und so verbringe ich meine Tage mit meinen vielen kleinen Trainingseinheiten, die Mut und Konzentrationsfähigkeit steigern und damit auch die Liebesfähigkeit meines Körpers fördern.«

Mara war fasziniert. »Das heißt, du bist nicht der Auffassung, dass mangelndes Urvertrauen von unserer Kindheit herrührt?«

»Ich kann da nur für mich sprechen: Ich habe für mich erkannt, dass die Thesen der Entwicklungspsychologie nach Erikson für

mich nicht gelten. Ich habe daher aufgehört, meine Verantwortung an meine Vergangenheit zu delegieren, und lerne gerade, dass die Entwicklung von Urvertrauen und Selbstliebe kein Thema meiner Kindheit oder der Erziehung meiner Eltern ist, sondern einzig und allein von mir abhängt und davon, wie ich die Gegenwart bewältige. Und dank dir weiß ich jetzt auch, dass es mein Herz ist, das in mir diese Liebe für das Leben beziehungsweise dieses wunderbare Gefühl der Selbstliebe auslöst. Das war mir so nicht klar.«

Lucy beschloss nun, schnell das Thema zu wechseln, um Maras besser gewordene Stimmung nicht zu gefährden. »Und jetzt würde ich gern erfahren, woher du diesen bezaubernden Körper hast!«

Mara lächelte zaghaft. »Meine Urgroßmutter war eine Massai, die sich im vorletzten Jahrhundert, in Kenia, in einen österreichischen Entwicklungshelfer verliebte.«

»Jetzt kann ich auch nachvollziehen, woher deine unendlich langen Beine und deine beneidenswerte Haut kommen. Kenianische Gene kennen keine Cellulite oder Konfektionsgrößen über sechsunddreißig, oder?«

Mara lachte geschmeichelt, und es schien, als könne sie den kurzen Moment ihrer Traurigkeit vergessen. Lucy nahm das zum Anlass, ihr einen Vorschlag zu machen: »Mara, ich glaube, wir müssen langsam von hier verschwinden. Dort drüben sind schon die Lichter aus. Was hältst du davon, wenn wir gemeinsam eine kleine Mini-Mutübung absolvieren? Wir gehen jetzt schnell in unsere Zimmer hoch, machen uns aber nicht großartig fertig und setzen uns völlig ungestylt in die Schickimicki-Hotelbar. Wir werfen uns nur etwas Bequemes über und lassen Schminke Schminke sein.«

Mara freute sich über den ungewöhnlichen Vorschlag, und sie machten sich sofort auf den Weg in ihre Zimmer.

Schon eine halbe Stunde später saßen sie an der Theke der elegant eingerichteten Hotelbar. Sie bestellten unorthodox zwei Bier und futterten sich mit Nüssen, Oliven und Käsestückchen durch, die sie an der Bar ergattern konnten. Obwohl Lucy und Mara aufgrund ihrer eher legeren Outfits schon allein optisch nicht in die Gesellschaft hineinpassten, stieg in ihnen kein Unbehagen auf. Auch der Verzicht auf eine künstliche Verschönerung ihrer Antlitze belastete sie recht wenig. Sie hatten dank ihres kurzweiligen und tiefgründigen Gesprächs einfach zu viel Spaß miteinander. Das Geschehen um sie herum juckte sie überhaupt nicht.

Irgendwann kam Lucy noch einmal auf ihre Unterhaltung im Spa zurück: »Mara, ich habe da noch eine wichtige Frage. Wir waren uns doch vorhin einig darüber, dass ich mir nie sicher sein kann, ob meine Gedanken, Gefühle oder Lebenskonzepte tatsächlich meine ureigenen sind. Dann muss ich mich doch mehr mit meinem Herzen und weniger mit meinem Kopf beschäftigen, oder nicht?«

Mara schaute etwas besorgt und formulierte dann eine Bitte, die Lucy regelmäßig zu hören bekam, wenn sie mit renommierten Wissenschaftlern sprach: »Bevor ich dir antworte, musst du mir versprechen, dass du dich mit mir als Freundin unterhältst und nicht als Journalistin. Es wäre für meine berufliche Karriere nicht vorteilhaft, wenn ich dir aus dem wissenschaftlichen Nähkästchen erzähle und du mich damit online oder in der Presse zitieren würdest.«

Lucy hob ihre Hand, die Innenseite Mara zugewandt, und sprach mit einer tiefen Stimme: »Großes Indianerehrenwort mit Spucke, Frau Doktor Frigand.« Daraufhin leckte sie ihre Handfläche betont langsam ab und hielt sie wieder Mara hin. Mara tat das Gleiche, und sie klatschten sich ab, um sogleich in albernes Gelächter auszubrechen. Der Barkeeper hinter der Theke quittierte die etwas kindisch anmutende Ausgelassenheit der beiden Frauen mit hochgezogenen Augenbrauen. Er schien die beiden mit Argwohn zu beobachten. Lucy konnte ihre Albernheit jedoch nicht zügeln, machte einen ironisch finsteren Gesichtsausdruck und sagte zu Mara: »Uuuh, wir müssen höllisch aufpassen, sonst machen wir uns noch unbeliebt bei der Münchner Schickeria.«

Mara gefiel Lucys Sarkasmus und konnte sich vor Lachen nicht mehr einrenken. »Ja, Lucy, wir müssen uns mehr benehmen, sonst fliegen wir hier noch raus«, sprach sie in einem ebenso ironischen Ton. Dabei schenkte sie dem Barkeeper, der gerade Gläser auf Hochglanz polierte, einen aufgesetzt unschuldigen Blick. Der Mann zwang sich zu einem verkrampften Lächeln, wohl wissend, dass heute das ganze Hotel mit hochkarätigen Gästen vollgestopft war, die zudem von einem wichtigen Großkunden als eingeladen galten.

Als Mara ihr Kichern im Griff hatte, antwortete sie auf Lucys Frage: »Ja, du liegst richtig. Wir müssten uns tatsächlich mehr mit unseren Herzmagnetfeldern beschäftigen. Aber wie willst du das im Alltag bewerkstelligen? Allein das Nachdenken ist doch bereits ein intellektueller Vorgang deines Kopfes. Du kannst dir über dein Herzgehirn keine Gedanken machen, weil es ein Widerspruch in sich wäre. Alternativ könntest du dich auf das Erfühlen deines Herzens konzentrieren, aber auch da erinnere ich an die Experimente des Neurowissenschaftlers Michael Persinger, der bei Probanden Gefühle eindeutig durch externe Magnetfelder initiieren konnte. Das heißt, wir haben zwar den wissenschaftlichen Beweis dafür, dass unser Herzmagnetfeld in unserem Leben der Chef im Ring ist, aber ich kann dir nicht sagen, wie wir herausbekommen sollen, ob das, was wir von uns selbst bewusst wahrnehmen, etwas mit unserem eigenen Herzen zu tun hat. Selbst ich kann dahingehend für mein eigenes Leben nichts konkretisieren. Immer wenn ich dachte, jetzt wüsste ich, was mein Herz will oder wer ich bin, ergaben sich Umstände, die wieder alles infrage stellten. Ich befürchte mittlerweile, dass wir unseren Herzen – zumindest bewusst – niemals eindeutig auf die Schliche kommen können. Sicher spielt dabei eine große Rolle, dass die Neurologie noch nicht versteht, wie aus Gehirnströmen letztendlich das resultiert, was wir als Gedanken und Gefühle bezeichnen. Es existiert derzeit noch nicht einmal eine einheitliche wissenschaftliche Definition dafür, was Gedanken oder Gefühle überhaupt sind. Wir können zwar unsere Gehirne, Körper oder Herzen präzise vermessen und untersuchen, aber immer nur quantitativ, niemals qualitativ.«

»Ich weiß, was du meinst. Das ist vergleichbar mit der Problematik in der Schlafforschung. Dort kann man zwar mithilfe eines EEGs beurteilen, ob der Proband gerade träumt, aber mehr auch nicht. Will man wissen, was konkret geträumt wurde, ist man gezwungen, den Probanden aufzuwecken, um ihn zu befragen.«

»Genau das ist der Knackpunkt«, erwiderte Mara. »Wir können mit EEG oder MRT das Gehirn nahezu perfekt untersuchen und bis aufs Kleinste erforschen, wenn wir jedoch wissen wollen, welche unserer Messdaten welchen konkreten Gedanken oder Emotionen entsprechen, dann sind wir leider auf die Beobachtung oder die Befragung der Testpersonen angewiesen. Und genau an dieser Stelle schleicht sich der Fehlerteufel ein, weil objektive Messdaten auf die subjektive Selbsteinschätzung von Menschen treffen. Hinzu kommt die Problematik, dass auch diejenigen, die die Studienbedingungen festlegen, natürlich ebenso von vorgefassten Meinungen oder Zielsetzungen beeinflusst sind. Ganz zu schweigen davon, dass allein schon die Art und Weise einer Fragestellung großen Einfluss auf das Antwortverhalten hat. Führst du zehn Studien durch, die auf Befragung und Beobachtung basieren, wirst du wahrscheinlich zehn unterschiedliche Ergebnisse erhalten. Dies ist auch der Grund, warum es besonders in der Medizin und in der Psychologie so viele sich widersprechende Studienergebnisse gibt. In keiner anderen Wissenschaftsdisziplin gibt es so viel Streit unter den Experten wie in Medizin und Psychologie.«

Lucy fiel plötzlich etwas ein: »Wenn uns einerseits die Psychologen und Gehirnforscher nicht weiterhelfen und wir andererseits unseren eigenen Köpfen nicht trauen können, dann bleibt doch nur noch das Außen übrig, um objektive Messergebnisse über uns zu erhalten, oder?«

Mara verstand Lucy nicht und fragte verwundert: »Wie kommst du denn jetzt auf diese Idee?«

»Ganz einfach«, entgegnete Lucy und holte aus: »Wenn wir annehmen, dass wir tatsächlich quantenphysikalisch selbst unsere subjektive Realität erschaffen und dabei das Herzmagnetfeld unter allen Körpermagnetfeldern den Löwenanteil ausmacht, wenn es um die Beeinflussung unserer Umwelt geht, dann muss doch alles um uns herum eine direkte Auswirkung unserer Herztätigkeit sein. Damit bräuchten wir doch nur entspannt unsere Umwelt anzuschauen, um Rückschlüsse auf unsere Herzenswünsche ziehen zu können.«

Mara wirkte aufgeregt, denn sie begann zu verstehen. »Natürlich, Lucy, das stimmt! Warum bin ich nicht schon früher daraufgekommen?«

Lucy philosophierte weiter: »Alles, was um uns herum ist, wäre damit ein objektiver Spiegel der Schaffenskraft unserer Herzmagnetfelder. Ich müsste nur lernen, zu unterscheiden, was von meinem eigenen Herzen erschaffen wurde und was von den Herzen anderer Leute kommt.«

»Das dürfte einfach sein: Alles, was mich berührt, gehört zu mir, und alles, was mich kalt lässt, hat mit mir nichts zu tun.«

Lucy meinte daraufhin nachdenklich: »Das könnte man berücksichtigen, aber was ist, wenn ich etwas sehe oder erlebe und es erinnert mich an etwas Emotionales aus meiner Vergangenheit? Dann bin ich zwar berührt von etwas, allerdings geschieht dies aufgrund einer Gedächtnisleistung meines Kopfes und hat mit meinem Herzgehirn selbst überhaupt nichts zu tun. Du hast ja selbst gesagt, dass du dich oft hast täuschen lassen. Was im Übrigen auch meiner eigenen Erfahrung entspricht. Die Wahrscheinlichkeit, dass ich wieder beginne, mich im Kreis zu drehen, wenn ich meine diffusen Gefühle erforschen will, ist mehr als hoch. Nimm doch das simple Beispiel eines Musikstücks, das dich berührt. Es ist ein Stück Realität, das von einem Künstler und nicht von dir kreiert wurde. Dich aber kann es zu Tränen rühren, obwohl es nicht von deinem Herzen erschaffen wurde. Wir benötigen also ein objektiveres Kriterium, als nur berührt zu sein.«

»Dann gehe ich von deinen Gefühlen weg und ersetze den Begriff Berührung durch Auffälligkeit. Was mir auffällt, egal, ob es mich berührt oder nicht, muss mit mir zusammenhängen.«

Da wurde Lucy ganz aufgeregt: »Mensch, Mara, das ist es doch: Aber ich würde sagen, nicht einfach wenn es dir auffällt, sondern vor allem wenn es mit dir *zusammenhängt*. Wenn du mit etwas *verbunden* bist!«

Plötzlich hörten Mara und Lucy eine männliche Stimme direkt neben sich sagen: »Meine Damen, schön, dass ich Sie hier antreffe!« Lucy drehte ihren Kopf in Richtung der Stimme und traute ihren Augen nicht. *Eine deutsche Version von Tom Cruise – nur in groß*, schoss es ihr durch den Kopf. *Gibt es Menschen, die doppelt so viele Zähne besitzen wie üblich?* Und innerlich frotzelte Lucy: *Muss ich jetzt schnell meine Sonnenbrille zücken, um von so viel Weiß nicht zu erblinden?*

»Darf ich dir Frau Doktor Schmitt vorstellen?«, ergriff Mara als Erste das Wort. »Sie ist Journalistin und nimmt ebenfalls am Kongress teil.«

»Es freut mich, eine solch bezaubernde Schönheit kennenzulernen«, erwiderte der braun gebrannte Sonnyboy charmant, ohne dass sein breites Lächeln auch nur einen Millimeter einbüßte. Lucy wusste bereits aus Maras Erzählungen, dass vor ihr der Chefarzt einer renommierten Münchner Schönheitsklinik stand – Maras Freund.

Ohne eine Reaktion von Lucy abzuwarten, redete der Schönling einfach weiter: »Als Chirurg nehme ich an einem solchen Kongress natürlich nicht teil, aber als waschechter Münchner nutze ich derlei Anlässe gern, um Kollegen zu treffen.« Der Mann, der einen grauen Anzug inklusive passender Weste und ein schneeweißes Hemd trug, richtete seinen Blick nun endlich auch auf Mara. »Mara, entschuldigst du mich bitte kurz, ich sehe dort drüben am Tisch einen Bekannten, den ich schnell begrüßen möchte.«

Während Mara nickte, blickte der Schickeria-Arzt Lucy noch einmal besonders tief in die Augen, und dann verschwand er. Lucy kannte solche eindeutigen Blicke. In Anwesenheit von Mara empfand sie sie als Unverschämtheit. Erschüttert wandte sie sich Mara zu. »Was war denn das?«

»Das ist der Mann, von dem ich dir vorhin erzählt habe. Wir werden ihn so schnell nicht mehr sehen, weil er nun seine vielen kleinen Schwätzchen halten muss. Alle kennen und mögen ihn.«

Lucy dachte schockiert: *Fällt Mara tatsächlich nicht auf, dass sie auf einen klassischen Spofi reingefallen ist? Was mache ich denn jetzt? Soll ich ihr meine ehrliche Meinung sagen?* Lucy wusste nicht, wie sie sich verhalten sollte.

Mara verlor ihre gute Stimmung, weil ihr Lucys Reaktion nicht entging. Sie sagte: »Ich weiß, Lucy, du denkst jetzt an die vielen privaten Aufenthaltsräume in Kliniken, wo sich die Krankenschwestern die Klinke in die Hand geben. Du hast wahrscheinlich auch recht, ich bin nur eine von vielen. Aber ich komme von ihm nicht los. Ich habe mich damit abgefunden: Wenn er ruft, stehe ich bereit, und wenn er sich mit einer anderen trifft, warte ich eben, bis er wieder Zeit hat.«

»Mara, das geht nicht! Daaas geeeeht nicht, hörst du?« Lucys Augen funkelten zornig. »Das hat ein so wunderbarer Mensch, wie du es bist, nicht verdient!« Lucy sah Mara tief in die Augen. »Was hältst du davon, wenn wir unsere bisherigen Erkenntnisse anwenden – und zwar sofort, hier und jetzt? Warum ist dieser Schönling Teil deiner Realität? Warum hat sich dein Herz diesen Mann gewünscht?«

Mara schüttelte vehement den Kopf und sagte: »Verstehe doch, Lucy, es ist nicht der Wunsch *meines* Herzens, sondern ich bin der Hampelmann *seines* Herzens.«

Lucy rang nach den richtigen Worten, Mara kam ihr jedoch zuvor: »Das ist doch genau das, was ich dir zu erklären versuchte. Wenn zu viel Kummer auf deinem Herzen lastet, dann geht's dir nicht gut. Dann ist dein Herz nicht gesund. Dann hast du kein starkes Herzmagnetfeld. Da kannst du noch so viel über die Quantenwelt philosophieren, du bleibst nur ein lächerlicher Spielball. Du wirst ruckzuck abhängig von den Herzmagnetfeldern anderer.

Ich bin ein Produkt *seiner* Realität. Ich selbst kann keine Realitäten erschaffen, weil mein Herz zu schwach ist. Damit bin ich der Sklave starker Herzen anderer Leute.«

Lucy widersprach: »Das ist im Prinzip richtig. Wenn unsere Herzen zu sehr mit Ängsten belastet sind, dann fühlen wir außerdem keine Liebe in uns und brauchen folglich die Liebe anderer. Wir holen uns dann von außen Streicheleinheiten für unser Ego, um uns überhaupt ertragen zu können. Aber dabei sollten wir eines nicht vergessen: Wir haben doch gerade eben gemeinsam festgestellt, dass alles, was mit dir *zusammenhängt,* ein Produkt deines Herzens sein muss.«

Mara zuckte mit den Schultern. »Das verstehe ich nicht, Lucy. Wenn ich nur ein Bestandteil einer Realität bin, die von ihm und eben nicht von mir erschaffen wurde, was hat das dann mit meinem eigenen Herzen zu tun?«

»Mara, es ist doch völlig unerheblich, um welches eurer beiden Herzen es geht. Ob deine Verbundenheit durch dich oder durch ihn initiiert wurde, spielt doch speziell für unsere Fragestellung überhaupt keine Rolle. Dann bist du eben der Spiegel *seines* Herzens. Aber diese Tatsache bedeutet doch gleichzeitig auch, dass du ein Stück Persönlichkeit von *ihm* in dir tragen musst, damit du ihn überhaupt spiegeln kannst. Verstehst du?«

Mara überlegte einen Moment, bevor sie sagte: »Du meinst, weil ich eine miese Fremdgängerin bin, bin ich mit einem miesen Fremdgänger in Resonanz geraten?«

»Das hast du jetzt gesagt. Es steht mir nicht zu, über deine Persönlichkeit zu urteilen. Dieser Arzt muss aber auf jeden Fall etwas an sich haben, was du bist oder gerne wärst.«

Da verstand Mara plötzlich: »Du hast recht! Natürlich muss es sich so verhalten. Und Liebesbeziehungen sind nahezu eine Idealkonstellation, da sie am eindeutigsten die *Verbundenheit* repräsentieren. Ist es das, was du meinst?«

»Absolut. Theoretisch könnten wir auch dieses Hotel oder diesen Kongress als Untersuchungsobjekte wählen, aber da wäre es sicher etwas schwieriger, zu durchschauen, was mit uns tatsächlich zusammenhängt und was nicht. So eine Liebesbeziehung eignet sich tatsächlich hervorragend, um sich selbst objektiv auf die Schliche zu kommen. Es stellt sich die Frage, welcher Anteil der Persönlichkeit deines Münchner Tom Cruise auch bei dir zu finden ist. Fangen wir doch bei unserer Detektivarbeit mit deiner ersten Vermutung an: Weiß dein Ehemann, dass es bei dir einen anderen gibt?«

Mara entgegnete gelassen: »Ja, wir haben ein sehr offenes Verhältnis. Er weiß alles.«

»Dann ist das aber kein Fremdgehen im Sinne von Betrug. Es hätte mich auch sehr gewundert, wenn du eine notorische Lügnerin wärst. Das heißt, der Hang zum Betrügen kann nicht der Bestandteil sein, den du ihm spiegelst. Das können wir schon einmal ausschließen. Trägst du vielleicht insgeheim den Wunsch in dir, intelligenter oder erfolgreicher zu sein? Das ist zum Beispiel bei mir der Fall. Ich habe jahrelang nur mit solchen Typen etwas angefangen, die in ihrem Fachgebiet sehr erfolgreich sind. Bis mir aufgefallen ist, dass ich mich selbst nach Erfolg sehne. Könnte das bei dir auch der Fall sein?«

»Nein, definitiv nicht. Das passt überhaupt nicht: Wenn ich mich in irgendeinem Lebensbereich überlegen fühle – auch gegenüber Thomas –, dann sind es mein Intellekt, meine Bildung und mein Erfolg als Medizinerin. Da kann ich einen Schönheitschirurgen, der sich um die Titten der Münchner Bussigesellschaft kümmert, nur müde belächeln.«

Lucy musste sich zusammenreißen, schmunzelte aber innerlich. *Jetzt heißt dieser Kerl auch noch Thomas – ich lach' mich kaputt.* Sie versuchte, sich nichts anmerken zu lassen, und setzte ihr Ratespiel fort: »Hättest du gern mehr Geld?«

»Interessiert mich nicht. Ich komme glücklicherweise aus einem wohlhabenden Elternhaus. Da würde ein Anruf genügen, und ich würde in Geld schwimmen«, antwortete Mara ziemlich überzeugend.

Lucy fragte weiter: »Schönheit und Attraktivität? Macht dich das an? Bist du eine Trophäensammlerin, die ihren Thomas überall herumzeigen möchte? Schließlich ist er ein gutaussehendes Schnittchen. Aber warte – ich denke nicht, dass das auf dich zutreffen könnte. Wenn du bei deinem Aussehen gern noch schöner wärst, dann fresse ich einen Besen.«

Mara sagte etwas verlegen: »Ja, da habe ich tatsächlich Glück gehabt. Ich schaue mich sehr gerne an und bin meinen afrikanischen Vorfahren auch sehr dankbar. Die reine Optik bei Männern interessiert mich nicht.«

»Sex?«, tippte Lucy weiter.

»Sex klappt gut. Ich bin sehr froh darüber, dass Thomas ohne Ausnahme immer kann. Das war bei meinem Ehemann nie der Fall. Und das war auch der Grund, warum ich früh anfing fremdzugehen.«

Lucy sah in Maras Mimik etwas aufblitzen, das sie stutzen ließ. Sie nahm ihr diese Antwort nicht ab. »Mara, sag mir bitte, was wirklich los ist!«

Mara senkte ihren Kopf. Sie schien mit sich zu ringen. Schließlich beichtete sie traurig: »Ich hatte noch nie einen Orgasmus.«

Lucy spürte sofort, dass sie einen schmerzhaften Punkt getroffen hatte. Dennoch war sie fest entschlossen, tiefer zu bohren: »Mara, bist du denn gesund?«

»Ja, ich habe alles schon x-mal abklären lassen. Mein gesamter Unterleib ist laut Aussage der Ärzte kerngesund. Hab keine Scheu, frag nur weiter. Ich habe das Gefühl, dass du die Richtige bist, mit der ich darüber sprechen kann.«

»Okay, auf deine Verantwortung. Ich werde mich nicht zurückhalten und sehr direkt sein. Darf ich das?«

»Los, Lucy. Keine Sorge. Ich schaffe das schon.«

»Wollen wir einen kleinen Exkurs einschieben, bevor wir wegen deines Herzens weiter Detektiv spielen? Dein Problem werden wir hier an der Theke zwar nicht lösen können, aber wir können uns schnell ein paar Grundlagen erarbeiten. Was hältst du davon?«

»Gute Idee«, antwortete Mara sichtlich neugierig.

»Wirst du feucht, wenn du es dir selbst machst?«

»Ja, da habe ich keine Probleme.«

»Du bekommst also problemlos eine Erektion, es darf nur kein Mann in der Nähe sein. Könnte man es so formulieren?«

»Erektion? Was meinst du damit?«

Lucy fühlte sich in ihrer Vermutung bestätigt, dass selbst Mara als Ärztin über keine ausreichenden anatomischen Grundkenntnisse ihrer Sexualorgane verfügte. »Du hast doch dein Smartphone dabei. Google mal den Begriff *Große Klitoris*. Dann haben wir schon mal ein Bild.«

Mara tat wie geheißen, und sie schauten gemeinsam auf die Suchergebnisse. Lucy tippte auf ein passendes Bild und hob es Mara vor die Augen: »Wie sieht dieses Ding aus? Woran erinnert es dich?«

»Eigentlich an einen kleinen Penis. Zumindest an die männliche Eichel.«

»Mara, deine Klitoris ist auch eine Art Penis, zumindest hat sie einen ziemlich ähnlichen anatomischen Aufbau wie ein männliches Glied und funktioniert im Prinzip auch so. Der einzige Unterschied liegt darin, dass bei uns Frauen neunzig Prozent im Verborgenen liegen. Der männliche Penis besteht ja grundsätzlich aus der Eichel und den Schwellkörpern. Deine Klitoris ist genauso aufgebaut, nur eben spiegelverkehrt. Sie besteht aus der Eichel, die du gerade auf deinem Smartphone siehst, und den zwei Schwellkörpern, die jedoch innerhalb deines Körpers liegen. Sie umschließen deine Vagina wie ein Hufeisen. Wenn du erregt bist, schießt Blut in deine Klitoris, ihre Spitze hebt sich wie bei einem erigierten Penis auch, und deine Schwellkörper bilden einen nach innen gewölbten erigierten Ring um deine Vagina. Bei der Penetration werden die hufeisenförmigen Schwellkörper der Frau rhythmisch nach außen gedrückt, sodass sie die mit ihnen verbundene Eichel deiner Klitoris entsprechend rein- und rausziehen. Es entsteht genau das gleiche Auf und Ab wie beim männlichen

Gegenstück, nur eben umgekehrt. Das bedeutet: Hat nicht nur der Mann eine Erektion, sondern auch du, sind zumindest die anatomischen Grundvoraussetzungen für einen Orgasmus erfüllt. Allein dieses Auf und Ab der Eichel deiner Klitoris bewirkt meist schon einen Orgasmus. Ähnlich wie beim Mann, bei dem nur die simple Hoch- und Runterbewegung zumindest einen Standardorgasmus auslösen kann. Lange Rede, kurzer Sinn: Was heißt das für dich? Du müsstest im allerersten Schritt sicherstellen, dass dein Geschlechtsorgan überhaupt funktionsfähig ist. Das Tragische für uns Frauen ist ja leider, dass es keinen sonderlichen Handlungsdruck gibt, weil der Akt selbst – zumindest rein mechanisch gesehen – auch dann möglich ist, wenn nur der Mann eine Erektion bekommt. Frauen sind in der Lage, Sex zu haben, obwohl ihr Geschlechtsorgan währenddessen völlig inaktiv ist.«

Mara saß verblüfft da. Dann fragte sie: »Wie bekomme ich denn diese Erektion?«

»Na, da musst du mal Männer fragen. Die kapieren schnell, dass ihr Ding nicht auf Kommando funktioniert. Dass sie von ihrem Penis im Stich gelassen werden, wenn sie nicht in der Lage sind, ihren Kopf abzuschalten. Die Frage, die du dir stellen solltest, wäre also: Warum lässt du nicht los? Warum hast du Angst, die Kontrolle abzugeben? Oder bist du währenddessen damit beschäftigt, den Akt zu beobachten, um selbst einen guten Eindruck zu hinterlassen? Warum willst du einem Mann deine Seele nicht zeigen?«

Mara schien, trotz der vielen neuen Informationen, sehr erleichtert, dieses Thema mit einer offenbar kompetenten Frau besprechen zu können. »Aber wie gehe ich dieses Problem an? Es wäre sehr wichtig für mich, eine Lösung zu finden.«

Lucy wusste nur zu gut, dass diese Frage aus dem Handgelenk nicht so leicht zu beantworten war. »Liebe Mara, wir werden das heute sicher nicht lösen können. Grundsätzlich kannst du einen Orgasmus willentlich nicht einfach herbeizaubern. Lass einfach los, schließlich gibt es wichtigere Themen im Leben, als sich über einen Orgasmus den Kopf zu zerbrechen. Du wirst irgendwann einmal einen Mann kennenlernen, bei dem du bereit sein wirst, deine Maske beim Sex fallen zu lassen.«

Nachdem Mara einen Moment innegehalten hatte, um das Gehörte zu verdauen, entschloss sie sich zu einer Frage, die sie schon lange beschäftigte: »Lucy, sag mal, ist es wahr, dass Frauen beim Orgasmus ejakulieren?«

Lucy wollte Mara auf keinen Fall unter Erfolgsdruck setzen, dennoch antwortete sie ehrlich: »Ja, meine Liebe. Wie gesagt, das weibliche Sexualorgan funktioniert nach dem identischen Grundprinzip wie das männliche. An der Stelle, wo beim Mann die Prostata sitzt, gibt es bei uns die sogenannte Skene-Drüse. Wenn du einen richtigen Orgasmus hast, dann ejakulierst du natürlich – so wie es Männer auch tun.«

»Schade, vielleicht muss ich geduldig sein. Aber ich harre nun schon so lange aus, das muss doch irgendwann einmal ein Ende haben.«

»Vielleicht habe ich doch einen ganz kleinen Tipp«, gab Lucy nach. »Was mir selbst ganz am Anfang geholfen hatte, war ein Mann, der mich förmlich dazu zwang, ihm währenddessen in die Augen zu schauen. Ich fand das am Anfang viel zu intim, aber mit der Zeit war ich so fasziniert von dem, was ich da zu sehen bekam, dass ich mich mehr und mehr selbst vergessen konnte. Und darauf kommt es schließlich an beim Sex.«

»Ich habe beim Sex noch nie einem Mann großartig in die Augen geschaut. Das probiere ich nachher gleich aus.«

»Ja, teste es mal aus. Wenn es um Liebe geht, ist es oft etwas leichter, sich beim Sex in die Augen zu schauen.«

»Und wenn ich aber keine Augen sehen will, stattdessen insgeheim böse Sachen mag?«, fragte Mara zaghaft.

Lucy musste laut lachen: »Na, davon kann ich selbst ein Lied singen. Ich mag Dinge, von denen unsere Großmütter immer behaupteten, es gebe sie nicht. Wenn du einen erfahrenen Mann an deiner Seite hast, der wirklich weiß, was er tut, dann kannst du ihn auch mal bitten, mit dir die bösen Sachen zu machen. Das ist alles kein Problem. Ich finde alle Sexualpraktiken in Ordnung, sofern sie von beiden Seiten gewünscht und nicht gesundheitsgefährdend sind. Aber, davon mal ganz abgesehen, denke ich nicht, dass du mit deinem Thomas aus sexuellen Gründen zusammen bist. Oder täusche ich mich da?«

»Nein, Lucy, da täuschst du dich nicht. Dennoch ist der Sex mit ihm für mich sehr entspannend, weil er mir keine Sorgen bereitet. Wie oft habe ich mir selbst Vorwürfe gemacht, weil Männer bei mir keine Erektion bekamen. Zig Jahre habe ich mich förmlich selbst zerfleischt mit der Frage, ob es vielleicht doch an mir liegt und ich im Bett eine Niete bin. Bis heute habe ich keine Antwort gefunden. Bei Thomas werde ich zumindest nicht daran erinnert, weil er immer kann und ich dahingehend anscheinend keine Rolle spiele. Es tut mir zwar meistens etwas weh, aber das ist für mich noch lange nicht so tragisch, wie wenn ich mich ständig selbst infrage stelle.«

Lucy schüttelte innerlich den Kopf, entschied jedoch, nicht weiter darauf einzugehen. Stattdessen wollte sie mit ihrer Detektivarbeit fortfahren und herausfinden, aus welchem Grund Mara ein Spiegel von Thomas war. In diesem Moment fiel ihr auf, dass Maras Freund mittlerweile schon am fünften Tisch Platz genommen hatte, um alte Bekannte zu begrüßen. »Kennt dein Thomas eigentlich alle Hotelgäste hier?«

Mara antwortete in einem verständnisvollen Ton: »Alle mögen ihn. Egal, wohin wir kommen, überall hat er Freunde, die ihn auf das Herzlichste begrüßen. Ist das nicht beneidenswert?« Mara sah ganz verliebt aus. Mit sehnsüchtigem, fast schmachtendem Blick sah sie ihrem Freund beim Plaudern zu.

Lucy hingegen fiel auf, dass die jeweiligen Gesprächspartner nur gute Miene zum bösen Spiel machten. *Du bist so einfühlsam wie eine Betonbrücke, mein Lieber. Du bekommst doch überhaupt nicht mit, dass alle froh sind, wenn du wieder weg bist. Wahrscheinlich kriegst du auch nur deshalb einen hoch, weil du nicht spürst, dass dein Mädchen überhaupt nicht mitmacht.*

»Sag mal, Mara«, fragte Lucy daraufhin, »wenn ich jetzt nicht hier bei dir sitzen würde, was wäre dann?«

»Ich würde hier alleine sitzen, alle Flirtversuche abwehren und einen Korb nach dem anderen vergeben. Thomas hat so viel Freude, mit anderen Menschen zu sprechen. Das gönne ich ihm!«

»Ich weiß nicht. Findest du nicht, dass es dir gegenüber ziemlich unverfroren ist – um nicht zu sagen furchtbar rücksichtslos?«

»Ach, Lucy. Natürlich ist das manchmal nervig, aber was soll ich denn machen?«

»Wie viele Freundinnen hast du denn?«, fragte Lucy unvermittelt.

»Eigentlich keine«, gestand Mara. »Wenn ich nicht arbeite, bin ich mit Thomas zusammen.«

»… inklusive *seiner* Freunde, stimmt's?«

»Ja, warum nicht?«, entgegnete Mara.

»Weil ich vermute, dass dein Herz mehr gesellschaftliche Integration wünscht. Was meinst du?«

Mara überlegte. Nach einer kleinen Weile nickte sie. »Ich muss gestehen, dass ich das Beisammensein mit dir unendlich genieße. Noch nie konnte ich mich mit einer Frau derart tiefgründig austauschen. Ich hatte schon als junges Mädchen große Probleme, Freundinnen zu finden. Sie mieden oder bekämpften mich, weil sie mich wahrscheinlich als Konkurrenz einstuften. Und männliche Freunde waren auch nicht möglich, weil sie sich grundsätzlich in mich verliebten oder nur mit mir ins Bett wollten. Ich hatte daher noch nie einen Freundeskreis.«

»Und genau deshalb kommst du wahrscheinlich von diesem Selbstdarsteller nicht weg. Merkst du nicht, wie du deinen Thomas förmlich dafür anhimmelst, dass er so viele Leute kennt und aus deiner Sicht sehr beliebt ist?«

Mara war der Aha-Effekt förmlich anzusehen: »Lucy! Ich glaube, das ist es. Je länger ich darüber nachdenke, umso klarer wird es mir. Ich habe Thomas schon immer um seine vielen Freunde beneidet. Egal, wo wir sind, immer werden wir schnell umringt von Menschen, mit denen ich mich unterhalten kann.« Mara war so begeistert über diese spontane Selbsterkenntnis, dass sie mit einem breiten Lächeln ihre Hand in die Höhe hielt. Lucy verstand sofort und gab ihr die gewünschten High Five.

Kaum waren ihre beiden Hände in der Luft geräuschvoll aufeinandergeklatscht, bekamen Lucy und Mara umgehend einen Anpfiff vom Barkeeper: »Meine Damen, ich darf Sie doch bitten, wir sind hier nicht auf dem Fußballplatz.« Dabei fiel sein strenger Blick auf Maras Smartphone, das auf dem Tresen lag und auf dem noch das Bild der Klitoris zu sehen war. Als sie die Peinlichkeit entdeckten, konnten die beiden Frauen ihre kichernde Ausgelassenheit erst recht nicht mehr bändigen. Um den Barkeeper nicht weiter zu verärgern, sagte Lucy: »Entschuldigen Sie bitte, mein Herr, aber wir haben heute einen so schönen Abend, das müssen Sie einfach verstehen. Wir versprechen Ihnen, uns jetzt wie zwei wohlerzogene Damen zu benehmen. Und unartige Bilder suchen wir ab sofort auch nicht mehr im Internet.«

Der Barkeeper zwang sich wieder zu einem verkrampften Lächeln. Dabei bemerkte er einen Gast, der direkt neben Lucy stand und offensichtlich etwas bestellen wollte. Es war Thomas. Er hatte seine fast einstündige Begrüßungsrunde beendet und sprach nun zuerst Lucy an: »Darf ich Sie zu einem Glas Champagner einladen?«

Lucy war wieder darüber irritiert, dass er nicht Mara zuerst ansprach. Sie nahm die Einladung jedoch an und fragte dann demonstrativ Mara: »Du auch? Trinkst du ein Glas mit?« Mara nickte, und der Barkeeper machte seinen Job. Als die Flasche geöffnet und die Gläser gefüllt waren, stieß Maras Freund zuerst mit Lucy an und warf ihr den gleichen eindeutigen Blick zu wie schon beim ersten Aufeinandertreffen.

Während des sich anschließenden Small Talks wurde Lucy eines glasklar: Thomas machte sie massiv an, und das direkt vor den Augen Maras. Er machte selbst vor Körperkontakt nicht halt. Zuerst spürte Lucy ab und an seine Hand auf ihrem Rücken, danach – wie zufällig – an ihrer Taille, und schließlich lag sie auf ihrem Knie.

Lucy schob seine Hand unauffällig beiseite, während ihre Stimmung zu kippen begann. Sie wusste nicht, wie sie mit dieser peinlichen Situation umgehen sollte. Hilfesuchend sah sie zu Mara hinüber, aber die wich Lucys Blicken aus. Mara wusste offenbar selbst nicht, wie sie sich verhalten sollte.

Lucy dachte: *Der Typ redet auf mich ein, lässt seine schmierigen Hände nicht bei sich, ich werde immer abweisender, aber seine Laune wird dagegen minütlich besser. Dieser »Tom Cruise« war sicher krankgemeldet, als Gott die Empathie an die Menschen verteilte.* Lucys Blicke trafen schließlich auch den Barkeeper, der die brenzlige Situation zu beobachten schien. Er gab Lucy wortlos zu verstehen, dass er durchaus wusste, was gerade lief. Als er bemerkte, wie wieder eine Hand an Lucys Knie auftauchte, schritt er beherzt ein: »Entschuldigen Sie bitte, mein Herr«, sprach er Thomas an, »ich glaube, Ihre Anwesenheit wird gewünscht.« Dabei zeigte er diffus in denjenigen Bereich der Hotelbar, in dem die Tische standen. Thomas suchte sofort den Gästebereich ab, und zufällig drehte sich tatsächlich gerade jemand um, den er kannte. Nichts ahnend von dem Trick des Barkeepers, stand er sofort auf, um zu diesem Bekannten zu gehen. Lucy beobachtete erleichtert, wie er dort in ein Gespräch verwickelt wurde und schließlich Platz nahm. Nachdem sie sich mit einem vielsagenden Blick beim Barkeeper bedankt hatte, fragte sie Mara: »Was soll ich nur mit dir machen? Du bist so fasziniert von diesem Typen, dass du bereit bist, dich auf ganzer Linie aufzugeben.«

Mara sah Lucy traurig an: »Ich weiß, Lucy, es ist nicht schön, dass er dich in aller Öffentlichkeit berührt. Es tut mir leid.«

»Mara, jetzt mal ganz ehrlich. Willst du dich wirklich mit Gewalt unglücklich machen? Denkst du nicht, dass du in einer furchtbaren Sackgasse steckst?«

Mara aber entgegnete: »Mach dir bitte keine Sorgen. Ich habe verstanden, was mit mir los ist. Ich glaube, ich benötige eine ganze Mannschaft von Freundinnen. Insbesondere möchte ich einen Menschen wie dich in meinem Umfeld haben. Wie konnte ich so viele Jahre auf Gespräche von Frau zu Frau verzichten?

Das ist mir jetzt klar geworden. Wie du so treffend gesagt hast: Was Thomas in seinem Leben schon hat, möchte ich bei mir auch haben. Genau das ist der Punkt. Dennoch bin ich ein wenig traurig darüber, dass ich nur eine Marionette von Realitäten anderer bin. Wie gerne hätte ich ein so starkes Herz wie du. Dann wäre alles ein Spiegel *meines* Herzens und nicht ich der Spiegel *anderer* Herzen.«

Urplötzlich kam Lucys gute Stimmung zurück: »Mensch, Mara! Wir haben gerade alle Antworten gefunden! Du musst nicht traurig sein. Auch du hältst jetzt einen wichtigen Schlüssel für dein weiteres Leben in deinen Händen.«

Mara glaubte zu wissen, was Lucy ihr mitteilen wollte: »Willst du mir jetzt sagen, dass es egal ist, ob ich etwas positiv oder negativ erlebe? Solange es mit mir zusammenhängt, zeigt es immer einen Teil meiner Herzenswünsche auf – entweder direkt oder indirekt?«

»Na klar! Thomas ist aus deiner Sicht etwas Heiliges. Durch ihn hast du etwas über dich herausgefunden, das dir bis dato noch nicht bewusst war. Dein Herz hat sich von diesem Typen nur deshalb beeinflussen lassen, weil es dir vorführen möchte, was du selbst in deinem Leben wünschst, aber noch nicht hast. Dein Thomas ist somit eine Art *heiliges Arschloch*. Vielleicht brauchen wir manchmal solche dunklen Engel. Du weißt doch selbst, dass Thomas eine Sackgasse für dein weiteres Leben darstellt, aber er ist dennoch wichtig für dich. Damit kann auch jedem leidvollen Kontakt etwas Positives abgewonnen werden. Merkst du nicht, was für ein Wahnsinn das ist? Egal, wie schwach dein Herz ist, es stößt dich immer auf etwas, das dich erkennen lässt, wer du bist. Endlich können wir unbekümmert denken und fühlen, was wir wollen, denn im Außen steht uns zur Not immer ein objektives Feedback zur Verfügung. Endlich kann das Zweifeln aufhören. Wir denken und fühlen, wie es uns beliebt, und schauen uns danach seelenruhig unsere Umwelt an. Läuft es gut, dann sind wir auf dem richtigen Weg, läuft es schlecht, erhalten wir zumindest *heiliges Wissen* über etwas, was uns bis dahin noch nicht bewusst war.«

»Und weil es bei dir gerade supergut läuft, bedeutet es, dass dein Kopf zufällig die gleichen Wünsche hat wie dein Herz. Du gehst deinen Herzensweg!«

»Genau. Ich bin auf der Suche nach Gott gewesen, und jetzt sitze ich direkt vor einer Frau, die mir hilft, dabei mit Riesenschritten voranzukommen. Das beweist eindeutig, dass meine Suche nach Gott keine fixe oder fremdübernommene Idee meines Kopfes ist, sondern tatsächlich ein Teil meines *eigenen* Lebensweges. Ich bin im Fluss mit dem Leben, das sich mein eigenes Herz wünscht. Das alles wird noch viel schlüssiger, wenn ich es in der Rückschau betrachte: Ich hatte zuerst eine Wahnsinnsnacht mit einem tollen Mann. Der wiederum gab mir ganz beiläufig einen Folder mit allen Kongressen für das gesamte Jahr. Beim Stöbern darin habe ich mir genau diesen morgigen Kongress ausgesucht, und zugleich hat sich ein Sponsor aufgetan, der mich mit Geld förmlich überschüttet. Nun bin ich Hunderte von Kilometern geflogen, und die erste Person, mit der ich ins Gespräch komme, ist genau diejenige, die mir die Antwort liefert, nach der ich zurzeit suche. Das ist doch der nackte Wahnsinn!«

Lucy stand überglücklich auf, umarmte Mara und gab ihr einen dicken Kuss auf die Wange: »Oh, Mara, ich bin sooooo glücklich, endlich die Lösung gefunden zu haben: Das Außen ist grundsätzlich der Spiegel von uns selbst.«

Mara konnte Lucys Begeisterung noch nicht uneingeschränkt teilen. »Und was ist mit mir? Thomas ist klar. Er ist für mich eine geschlossene Tür. Da er aber ein heiliges Arschloch ist, muss ich auf dem Türschild nur ablesen, dass sich mein eigenes Herz Freunde oder mehr gesellschaftliche Integration wünscht. Verstanden. Aber wofür stehst du? Du scheinst eindeutig eine offene Tür für mich zu sein. Du bist keine Sackgasse und natürlich auch kein heiliges Arschloch. Damit musst du ein solcher Bestandteil eines meiner Herzenswünsche sein, der mir schon jetzt bewusst ist und der zu meinem weiteren Lebensweg maßgeblich beitragen wird. Was ist das? Warum habe ich dich in der Sauna angesprochen?«

»Ich weiß es nicht, Mara. Ich kenne dein Schicksal nicht. Vielleicht stellt sich erst im Nachhinein heraus, wofür ich gut bin. Wichtig ist jetzt nur eines: Läufst du durch offene Türen, dann ist das ein wichtiger Wink deines Herzens, auf dem richtigen Lebensweg zu sein. Wenn du allerdings gegen eine Wand donnerst oder in einer Sackgasse landest, ist das zwar tragisch, aber es ist zumindest ein Hinweis darauf, über welchen Lebensweg du dir aktuell noch nicht bewusst geworden bist. Egal, was ist, dein Herz lenkt dich immer in die richtige Richtung. Entweder du kommst in den Fluss, dann ist alles gut, oder du gerätst in eine Sackgasse, dann musst du etwas ändern. Du musst nur ein bisschen die Augen offen halten. Unser Herzmagnetfeld kann uns von allen intellektuellen Fehleinschätzungen befreien. Ist das nicht geradezu göttlich?«

Lucy beendete gerade begeistert ihre kleine Rede, da bemerkte sie, dass das Grauen wieder auf sie zukam. Sie sah Mara liebevoll an und sagte: »Dein Thomas ist wieder in Anmarsch. Sei mir bitte, bitte nicht böse, aber ich kann nicht die ganze Zeit blöd lächeln und gute Miene zum bösen Spiel machen. Der langt mir noch an die Titten, wenn das so weitergeht. Ich breche ab und gehe schlafen.« Lucy nahm Mara in die Arme und flüsterte ihr ins Ohr: »Mara, denke jetzt bitte daran: Die Liebe ist ein liebevoller Trick deines Herzens, dich im Spiegel betrachten zu müssen. Unabhängig davon war es ein so wunderschöner Abend mit dir. Ich danke dir von Herzen. Ich bin noch zwei Tage da. Hier ist meine Zimmernummer. Ich glaube, das ist auch gleichzeitig die Telefonnummer. Bitte melde dich, du wunderschönes Massai-Mädchen.«

Mara nickte etwas enttäuscht, aber verständnisvoll. Sie drückte Lucy lange und herzlich, ließ sie aber rechtzeitig los, bevor ihr Freund die Theke erreichte. Thomas keines Blickes würdigend, verschwand Lucy schnell in Richtung der Fahrstühle. Oben in ihrem Zimmer angekommen, nahm sie den Schreibblock von ihrem Nachttisch. Sie spürte einen intensiven Drang, sich etwas zu notieren:

ERKENNE DEINE UMWELT ALS EINEN SPIEGEL DEINER SELBST!

Level 6 – Bauch

Lucy war am nächsten Morgen früh auf den Beinen. Sie wollte vom Kongress so viel wie möglich mitnehmen. Auf ihrer To-do-Liste standen ausgewählte Vorträge, Interviews mit Neurologen und die Teilnahme an Diskussionsforen. Diesmal fühlte sie sich wie bei einem Heimspiel. Die Medizinerszene war ihr vertraut, schließlich hatte sie in früheren Zeiten ausschließlich auf medizinischen und pharmazeutischen Kongressen ihren Job gemacht.

Im Laufe des Vormittags wuchs jedoch ihre Enttäuschung. Sie kam nicht weiter mit ihrer Recherche. Sie musste oft an Maras Aussage denken, dass die neurologische Forschung sich mehr als uneins ist, wenn es um die Entstehung von Gefühlen und Gedanken geht.

Zudem spürte sie deutlicher denn je, dass der Veranstalter ein Pharmakonzern war. Der Großteil der Kongressteilnehmer beschäftigte sich mit der Anpreisung von Medikamenten, Impfstoffen und medizinischen Hilfsmitteln. Gegen Mittag stand Lucy schließlich frustriert an einem Stehtisch in der Kongresshalle. *Ich will wieder zu meinen Physikern zurück*, jammerte sie innerlich. *Die geben wenigstens zu, wenn sie etwas nicht wissen oder verstehen. Oder geben mir nachvollziehbare Thesen und Modelle an die Hand. Hier interessiert sich anscheinend niemand für die Grundlagenforschung. Die messen Gehirnströme, die Durchblutung, elektrische Felder oder fummeln endlos mit MRT-Bildern herum, ohne einen blassen Schimmer zu haben, welche konkreten Gedanken oder Emotionen sich dahinter verbergen. Der eine Redner vermutet, dass dieser Teil des Gehirns für jenes zuständig sei, und der andere behauptet das Gegenteil.*

Lucy grübelte, ohne ein Ende zu finden: *Was bringt es mir, zu wissen, dass für meine moralischen Werte der präfrontale Cortex zuständig ist, aber keiner davon spricht, wie es zu diesen Moralvorstellungen überhaupt kommt und warum sie bei allen Menschen völlig unterschiedlich ausfallen können? Wie unterscheidet sich mein Gehirn von anderen, wenn ich zum Beispiel Moralvorstellungen in mir trage, die sich von denen anderer Frauen in meinem Alter deutlich unterscheiden?*

Lucy holte sich lustlos einen Kaffee und drei Muffins, um sich weiter ihrem Frust hinzugeben. *Und wenn sie nicht weiterwissen, dann kommen sie immer mit dem Joker des Unbewussten. Wenn wir eh nur fünf Prozent der Abläufe in unseren Gehirnen bewusst wahrnehmen können, warum beschäftigen wir uns dann überhaupt mit unserem Kopf? Dann könnte ich auch würfeln gehen. Vielleicht hat Mara recht – die wissen hier nichts! Ich will einfach nur weg!*

Schließlich brach Lucy ihren Aufenthalt auf dem Kongress ab. Die für ihren PR-Auftrag notwendigen Fotos, Interviews und sonstigen Informationen hatte sie bereits in der Tasche, und so fuhr sie beruhigt mit dem Taxi zurück ins Hotel. Dort angekommen, hielt sie ihr geliebtes Mittagsschläfchen ab. *Sollen die ruhig weiter ihre süßen MRT-Bildchen machen und so tun, als hätten sie das Leben kapiert. Ich werde mich wieder der Physik zuwenden*, ging es Lucy durch den Kopf, bevor ihr die Augen zufielen.

Nach knapp drei Stunden erwachte sie und war überrascht über die verstrichene Zeit. »Offenbar hatte mein Körper noch Schlaf nachzuholen«, murmelte sie vor sich hin, während in ihr ein wohlbekanntes Gefühl aufstieg: Hunger. *Es ist zwar erst später Nachmittag, aber früh essen zu gehen soll ja gut für die Figur sein*, dachte sie sich. Motiviert von der Aussicht, ihren Kohldampf stillen zu können, sprang sie ins Bad und machte sich schnell frisch. Sie entschied sich für ein elegantes schwarzes Kostüm, steckte ihre Haare hoch, und in Windeseile stand sie am Pult des Restauranteingangs im Erdgeschoss des Hotels.

Nachdem sie ihre Zimmernummer angegeben hatte, hörte sie schlechte Nachrichten vom Platzanweiser: »Es tut mir leid, Frau Doktor Schmitt, aber aufgrund des Kongresses haben wir auch zu dieser frühen Uhrzeit schon keinen Platz mehr frei. Möchten Sie solange an der Hotelbar – natürlich auf Kosten des Hauses – einen Aperitif zu sich nehmen und ein wenig abwarten? Wir würden Ihnen dann Bescheid geben, wenn ein Platz frei wird.«

Lucy passte das überhaupt nicht. Dennoch war sie einsichtig, weil ihr gerade etwas auffiel: *Aha, eine geschlossene Tür! Anscheinend möchte mein Herz nicht, dass ich hier esse.* Dabei starrte sie ziellos in das überfüllte Restaurant. Plötzlich traf ihr Blick auf eine Frau mit ultrakurzen schwarzen Haaren. Sie hatte wohl bemerkt, dass Lucy keinen Platz fand, nickte ihr von Weitem freundlich zu und gab ihr zu verstehen, dass an ihrem Tisch noch ein Platz frei sei. Das war Lucy gerade recht. Sie klärte den Mann am Pult auf, dass sich das Platzproblem gerade von selbst gelöst habe, und steuerte direkt auf den Tisch der charismatischen Dame zu. Die tiefschwarz gekleidete Frau erhob sich, begrüßte Lucy zuvorkommend und erklärte: »Nachher ist hier im Hotel ein Festakt, deshalb essen alle ziemlich früh zu Abend. Darf ich mich vorstellen? Ich heiße Andrea. Ich würde mich freuen, wenn Sie an unserem Tisch Platz nehmen. Mein Begleiter wird auch gleich zu uns stoßen.«

»Vielen Dank für Ihr Angebot«, freute sich Lucy, »das ist äußerst aufmerksam von Ihnen. Ich bin Lucy Schmitt.«

Lucy setzte sich zu ihrer neuen Tischnachbarin, die sie etwa zehn Jahre jünger als sich selbst einschätzte. Sie erfüllte komplett das Klischee eines Vollblutweibes. Ihr Lippenstift, ihre High Heels, die Ohrringe und die gefährlich langen Fingernägel wie auch ihre Handtasche waren von einem identischen Knallrot. Ihre Augen hingegen waren tiefschwarz wie ihr kurzes Haar und ihre Kleidung.

Offenbar bemerkte die junge Dame, dass Lucy von ihrer etwas gefährlich wirkenden Ausstrahlung mehr als beeindruckt war. »Lassen Sie sich von meinem Äußeren nicht abschrecken. Die meisten Menschen haben im ersten Moment etwas Angst vor mir, dieser Style ist aber nur zu meinem Schutz. Wenn ich mich in einen Stall voller selbstverliebter Narzissten begebe, dann wähle ich ein dominantes Outfit.«

Lucy musste lachen. »Das ist eine gute Idee. Das muss ich mir merken, denn ich kann sehr gut nachvollziehen, was Sie meinen. Die Medizinerszene stellt wirklich ein eigenes Völkchen dar. An dem Bild der Götter in Weiß ist etwas dran, nicht wahr?«

Andrea lächelte warm und herzerfrischend. »Entspannen Sie sich erst einmal. Darf ich für Sie einen Aperitif bestellen? Sicher waren Sie heute auch auf dem Kongress unterwegs.«

»Oje«, offenbarte Lucy, »ich hatte einen furchtbaren Tag. Ich nehme hier teil als Journalistin. Aber es war alles sehr enttäuschend für mich. Den Vogel abgeschossen hatte ein Redner, der über das Thema Depressionen sprach. Er behauptete, dass neben dem Schlafentzug Elektroschocks die höchsten Heilungsaussichten versprechen würden. Das war dann doch zu viel für mich.«

»Verstehe.«

Lucy fragte interessiert: »Und Sie? Sind Sie Neurologin?«

»Nein, aber mein Begleiter ist ein führender Wissenschaftler in einem verwandten Fachbereich. Es wäre mir übrigens eine Ehre, wenn Sie mich duzen würden.«

Lucy begrüßte den Vorschlag, und schnell entwickelte sich ein von Etiketten befreites Gespräch. Die beiden Frauen fanden Vertrauen zueinander und tauschten alsbald einige Anekdoten aus ihrem Privatleben aus. Plötzlich stand ein Mann mit auffällig eingefallenen Wangen und in einem schwarzen Armani-Anzug vor ihrem Tisch. Lucy sah zu dem kahlköpfigen Herrn auf. Sein markantes Gesicht wirkte wie von einem langen und intensiven Leben gezeichnet. Tiefe Furchen zerteilten sein Antlitz. Und dennoch strahlte es eine gewisse Attraktivität aus. *Obwohl der Altersunterschied zwischen den beiden mehr als auffällig ist, passen sie irgendwie zusammen. Zwei charismatische Persönlichkeiten,* dachte sich Lucy sofort.

»Hi Enzo, darf ich dir Frau Schmitt vorstellen? Sie nimmt als Journalistin am Kongress teil.«

Der Mann schaute freundlich zu Lucy hinunter, ergriff – ganz Gentleman alter Schule – ihre Hand und sagte: »Ich bin sehr erfreut, Sie an unserem Tisch begrüßen zu dürfen. Darf ich mich vorstellen? Mein Name ist Enzo Mancini.«

Nachdem der Herr zunächst seine Begleiterin liebevoll in den Arm genommen hatte, bot auch er Lucy das Du an. Ein persönliches und kurzweiliges Gespräch zu dritt war die Folge, bei dem Lucy ab und zu förmlich darüber erschrak, wie selbstverständlich dieses interessante Paar Privates offenbarte. *Die beiden scheinen keinerlei Bedenken zu haben, einer wildfremden Frau selbst intime Geheimnisse anzuvertrauen.* Daher wagte sie einen Versuch, ihrer Neugierde etwas mehr Luft zu verschaffen: »Seid ihr schon lange zusammen?«, fragte sie, um dem auffälligen Altersunterschied des Paares auf den Grund zu gehen.

Enzo schien hellseherische Fähigkeiten zu besitzen: »Ich vermute, liebe Lucy, dass du dich für unser Alter interessierst – da würde ich lieber das Wort an Andrea geben.«

Andrea klärte Lucy auf: »Enzo ist seit über zehn Jahren ein Stammkunde von mir. Ich begleite ihn, wenn es um gesellschaftliche Verpflichtungen geht. Ich bin nicht Enzos Frau, sondern Unternehmerin im Bereich Begleitservice. Mittlerweile haben wir uns beide aber schon so liebgewonnen, dass ich unsere Geschäftsbeziehung als durchaus wertvoll und inspirierend für mich empfinde. Nicht nur für meinen Geldbeutel – keine Frage –, sondern vor allem auch für meine Seele. Ich habe Enzo bezüglich meiner Persönlichkeitsentwicklung viel zu verdanken. Er tut mir gut, und ich genieße die Zeit mit ihm sehr. Trotz meiner anderen beruflichen Verpflichtungen fühle ich mich sehr zu Enzo hingezogen. Außerdem schätze ich grundsätzlich die Lebenserfahrung alter weiser Männer …«, Andrea warf Enzo schnell einen charmanten und entschuldigenden Blick zu, »… sie sind für mich so wertvoll wie Bücher. Man erreicht schnell einen Vorsprung in Sachen Lebensweisheit. So kann man sich manchen Irrweg im Leben ersparen. Enzo ist eine deutliche Abkürzung – das ist wunderbar.« Andrea gab dem gepflegten und nach einem teuren Parfum riechenden Gentleman einen liebevollen Kuss auf die

Wange. Es schien Lucy so, als würde sich diese etwas dominant wirkende Frau tatsächlich stark zu dem alten Mann hingezogen fühlen.

»Und ich alter Greis«, warf Enzo ironisch ein, »darf mit Mitte siebzig für ein paar Stunden eine schöne Frau anschauen und mich mit ihr schmücken. Ich weiß, dass das fast niemand versteht, aber ich hatte schon immer große Freude daran, weibliche Schönheit zu betrachten. Ich habe in meinem Leben viele bezaubernde Frauen geliebt. Ich liebte sie für ihre Eleganz, für ihren weiblichen Stolz, für ihren Scharfsinn, für ihre feminine Kraft, für ihre zarten Bewegungen und natürlich auch für ihre atemberaubenden Körper. Ich habe sie verwöhnt, für sie gesorgt und alles dafür getan, dass es ihnen gut ging. Das war ein wichtiger Part in meinem gesamten Leben. Ich war so fasziniert von der Weiblichkeit, dass ich nie eine Partnerschaft eingegangen bin. Atemberaubende Frauen waren mir immer zu schade, um sie mit einem trivialen Beziehungsalltag zu belästigen. Unabhängig davon habe ich mich aber auch nie als Teil der Gesellschaft gefühlt. Schon in der Mitte meines Lebens spürte ich sehr deutlich meine Passion für den menschlichen Geist. Ich wollte ihn erforschen. Und vor allem habe ich irgendwann einmal entdeckt, dass sich meine glücklichsten Momente im Alleinsein verbargen. So schwankte mein Alltag zwischen meiner Leidenschaft für wunderschöne weibliche Wesen und der Zeit meiner lieb gewonnenen Einsamkeit. Aber schon mit Mitte Fünfzig beschloss ich, Frauen nicht mehr mit meiner schlaffen Haut, meinem unförmigen Körper und meiner schwindenden Potenz zu behelligen. Also fasste ich den Entschluss, keine Frauen mehr anzusprechen oder Liebesbeziehungen einzugehen. Und das Schöne daran war, es fehlte mir nichts. Ich hatte das Thema Frauen mehr als ausgereizt. Es kam mir niemals der Gedanke, etwas verpasst zu haben. Eine Lebensphase ging sozusagen zu Ende. Jedoch tauchte ein Problem auf, das ich nicht im Visier hatte: Ich vergaß, dass wir in einer paarfixierten Gesellschaft leben. Schon bei meinen Urlaubsbuchungen erinnerten mich die

Preisgestaltung und die Angebotskonzepte stets unangenehm an meinen Singlestatus. Das Hauptproblem war allerdings, dass die Gesellschaft von einem erfolgreichen Wissenschaftler eine Ehefrau, ein großzügiges Haus, die üblichen Alltagsprobleme und natürlich auch all die dazugehörigen Statussymbole erwartete. Mir wurde schnell bewusst, dass ich zumindest zum Schein gesellschaftliche Normen zu erfüllen hatte, sonst hätte meine Karriere als Neurogastroenterologe auf dem Spiel gestanden. Man hätte mich als einsamen Spinner abgestempelt. Da hilft es wenig, wenn du regelmäßig erklärst, dass du an einer Mainstreamexistenz nicht interessiert bist. Die Schafherde lebt nach dem Motto: *Lieber eine schlechte Partnerschaft als keine*. Es stellte sich also für mich die Frage, wie ich dieses kleine optische Anpassungsproblem geschickt lösen könnte. Und da bin ich irgendwann einmal auf Andrea gestoßen. Seitdem ist sie meine Pseudo-Ehefrau, wenn ich gesellschaftlichen Verpflichtungen nachkommen und so tun muss, als wäre ich ebenso Bestandteil dieser elitären Schafherde.«

Wieder verblüfft über diese gnadenlose Ehrlichkeit, sagte Lucy zu Enzo: »Herzlichen Dank für diese offenen Worte. Ich kann das alles sehr gut nachvollziehen. Ich selbst lebe schon seit fünf Jahren polyamourös und werde ebenfalls nahezu täglich mit den Anforderungen einer paarversessenen Gesellschaft konfrontiert. Aber jetzt einmal etwas ganz anderes: Du bist Neurogastroenterologe? Das ist ja höchst interessant.«

Andrea schaltete sich ein: »Sogar ein sehr erfolgreicher. Schau mal auf das Programm.«

Lucy schlug einen der Folder auf, die auf allen Tischen herumlagen, und tatsächlich, das Hauptevent des Kongresses schien ein Festakt zu sein, bei dem ein Dr. Enzo Mancini aus Südtirol für sein wissenschaftliches Lebenswerk geehrt werden sollte.

»Oh, du scheinst hier der Hauptdarsteller zu sein. Deine Rede beginnt ja schon in drei Stunden«, sagte Lucy erstaunt.

»Ja, da werde ich der Crème de la Crème der weltweiten Gehirnforschung mal gehörig den Kopf waschen.«

»Na, da wirst du aber das nächste Mal nicht mehr in dieses schöne Hotel eingeladen«, entgegnete Lucy lachend.

»Ich sehe«, sagte Enzo, »du weißt, wie der Hase läuft. Aber soll ich dir etwas verraten? Sie werden heute Abend alle brav zuhören und anschließend klatschen, wie es sich gehört. Keiner wird einen Festakt infrage stellen, der von einem Konzern ausgerichtet wird, der die eigene finanzielle Situation maßgeblich beeinflusst.«

Enzo grinste spitzbübisch. Lucy wusste sofort, was dieser Gesichtsausdruck zu bedeuten hatte: »Du hast dich eingekauft, nicht wahr?«

Enzo antwortete fröhlich: »Während viele der Leute, die gerade um uns herumsitzen, sich kaufen ließen, habe ich mir erlaubt, den umgekehrten Weg einzuschlagen. Die Ehrung hat mich eine sechsstellige Summe gekostet!«

Lucy war nicht überrascht. Sie hatte schon früh gelernt, dass bei vielen Preisverleihungen und Ehrungen eine Menge Geld im Spiel war. Sie erwiderte: »Ich muss zugeben, ich kann mir diese angenehme Unterbringung auch nur deshalb leisten, weil ich mich ebenso kaufen ließ. Ich mache unter dem Deckmäntelchen Journalismus letzten Endes PR für den Veranstalter.«

»Du brauchst kein schlechtes Gewissen zu haben, Lucy. Ich spüre, dass du damit noch keinen Frieden gemacht hast. Aber einen Tod muss man immer sterben. Alles hat seinen Preis. Wenn du etwas bewirken willst, kannst du aus dem System nicht komplett aussteigen. Nur wer noch Teil des Systems ist, kann etwas daran ändern. Wenn du erst einmal komplett draußen bist, hört dir kein Mensch mehr zu. Ich selbst hatte das große Glück, mein Vermögen in einer Zeit erwirtschaften zu können, in der der Vermögensaufbau für einen erfolgreichen Akademiker durch simples Arbeiten aus dem Handgelenk zu meistern war. In dieser komfortablen Situation sind meine jungen Kollegen heute leider nicht mehr.«

Lucy fühlte sich pudelwohl an diesem Tisch. Es gefiel ihr, einen Idealisten vor sich zu haben, der zudem noch liquide genug war, seinen Idealismus finanzieren zu können. »Enzo, ich gönne dir von Herzen, dass du in dieser wunderbaren Lebenssituation bist. Wahrheiten verbreiten zu können, ohne die eigene Existenz gefährden zu müssen, ist heute vielleicht das größte Luxusgut, das man sich vorstellen kann. Ich wünsche mir inständig, dass ich dahin auch einmal komme.«

»Darf dir ein alter weiser Italiener ungefragt einen Rat geben?«

»Ich bitte darum«, strahlte Lucy Enzo an.

»Hüte dich vor Wünschen, denn es könnten möglicherweise nicht deine eigenen sein.« Bei diesen eher väterlichen Worten von Enzo lief Lucy ein Schauer über den Rücken. Sie saß mal wieder genau vor dem richtigen Gesprächspartner. Gleichzeitig ärgerte sie sich über das, was sie soeben gesagt hatte. Schließlich war es keine vierundzwanzig Stunden her, dass sie eines Besseren belehrt worden war. Um ihren kleinen Fauxpas zu revidieren, ergänzte sie Enzos Worte: »Man könnte auch sagen: Hüte dich vor deinen Gedanken, denn es könnten nicht deine eigenen sein!«

Enzo und Andrea sahen einander verblüfft an, um anschließend gemeinsam Lucy zu mustern. Andrea ergriff als Erste das Wort: »Du weißt, wie es läuft?«

»Ja, ich denke schon, dass ich Bescheid weiß. Viele Menschen rennen Lebenskonzepten hinterher, die wir Medienleute ihnen einpflanzen. Ich war nicht umsonst viele Jahre beim ZOD tätig.«

»Oh, du warst beim Staatsfernsehen«, stellte Andrea süffisant fest. »Dann weißt du ja Bescheid, wie Framing funktioniert.«

»Leider ja. Ich war als Bild- und Textredakteurin sogar darauf spezialisiert. Könnt ihr euch noch an den Terroranschlag im Januar 2015 auf die Redaktion der französischen Satirezeitschrift *Charlie Hebdo* in Paris erinnern? Schon damals drohte die Europäische Union wegen der Finanzkrise und vor allem wegen der Griechenlandrettung auseinanderzufallen. Da kam uns beim ZOD der Anschlag auf Charlie Hebdo gerade recht. Nahezu alle europäischen Politiker trafen sich damals in einer Seitenstraße in Paris, nahmen sich gegenseitig an die Hand und positionierten sich so, als wären sie die breite Spitze eines gigantischen gemeinsamen Trauerzugs. Wir filmten das Ganze aus einer solchen Perspektive, dass der Zuschauer nicht erkennen konnte, dass hinter der vierten, fünften Reihe von Politikern niemand mehr kam. Von vorne betrachtet, wirkte es aber so, als befänden sich ganze Menschenmassen hinter Merkel und ihren ausländischen Amtskollegen. In den Tagesnachrichten berichteten wir dann von einem Traueraufmarsch für Charlie Hebdo, der tatsächlich stattgefunden hatte, zeigten aber die gestellten Aufnahmen von Merkel, Hollande und den anderen Politikern. So wirkte es für den Zuschauer, als bildeten unsere europäischen Staatsoberhäupter vereint und Hand in Hand die Spitze eines Aufmarschs von anderthalb Millionen Trauernden. Dieses Bild wurde schon als Bild des Jahres gehandelt. Jedoch haben dann die britische *The Independent* sowie weitere britische und französische Medien unser Framing enttarnt.«

»Das war aber eine sehr präzise und intelligente PR-Leistung in Sachen Volkserziehung«, schmunzelte Andrea.

»Ja, leider«, sagte Lucy, »das Perfide am Framing ist, dass du faktisch nie die Unwahrheit sagst. Du bist nie angreifbar. Denn Merkel und Co. waren schließlich da. Die trauernden Demonstranten ebenso. Und wir hatten im Kommentar niemals davon gesprochen, dass sich alle an einem Ort befanden. Wenn wir damit konfrontiert wurden, dass wir Unwahrheiten verbreiten würden, konnten wir mit einem Faktencheck leicht beweisen, dass wir nie gelogen hatten. Und wenn uns jemand unterstellte, wir würden dennoch einen falschen Eindruck erwecken wollen, dann konnten wir sie alle leicht als Verschwörungstheoretiker denunzieren.«

Enzo erwiderte lachend: »Es freut mich irrsinnig, mit jemandem zusammenzusitzen, der weiß, wie Massenhypnose in den Medien eingesetzt wird. Denn dagegen ist kein Kraut gewachsen. Man kann sich dem nur sehr schwer entziehen. Staatsregierungen mit eigenen Medienkanälen waren schon immer sehr gefährlich. Und wenn man diese, wie bei euch in Deutschland, auch noch mit einem fünfstelligen Milliardenbetrag mehr als großzügig finanziell ausstattet, dann kann man ziemlich viel auf die Beine stellen. Kein Fernseh- oder Radiosender der Welt verfügt über eine solch gewaltige Kapitalkraft. Da habt ihr Deutschen in puncto Volkserziehung mal wieder eine Spitzenposition inne. Deshalb geht ihr ja auch alle fleißig und brav arbeiten und akzeptiert dabei auch noch die höchste Steuer- und Abgabenlast der Welt. Dass zum Beispiel eure Facharbeiter in der Industrie und sogar auch einige gelernte Krankenschwestern hinnehmen, dass sie, wenn sie nicht verheiratet sind, schon mit dem Spitzensteuersatz belastet werden, das ist weltweit einzigartig. Mit euch Deutschen konnten Machthaber aber schon immer machen, was sie wollten. So schwimmt der deutsche Staat in Geld wie keine andere Nation, während die eigene Bevölkerung in den Großstädten nicht mehr weiß, wie sie ihre Lebenshaltungskosten decken soll. Das nenne ich hochprofessionelle Medienarbeit – oder auch Volksverdummung.«

»Du würdest das Ganze also als Massenhypnose bezeichnen?«, fragte Lucy. »Ich bin mir nicht sicher, ob *Hypnose* der treffende Ausdruck ist.«

Andrea aber sagte: »Durchaus! Hypnose ist die Kunst, jemanden in eine alternative Wirklichkeit zu führen, die mit seiner eigenen Wirklichkeit nicht identisch ist. Ich empfehle dir das Standardwerk von Werner Meinhold, *Das große Handbuch der Hypnose*, zu lesen. Dort steht, dass selbst das Schauen einer Nachrichtensendung eine Form der Hypnose darstellt, vorausgesetzt, der Zuschauer unterstellt diesem Medium, die Wahrheit zu verbreiten. Und bei uns haben die öffentlich-rechtlichen Rundfunkanstalten die höchsten Glaubwürdigkeitswerte von allen. Was in den Tagesnachrichten gesendet wird, erhält das Siegel einer unverrückbaren Wahrheit. Mit diesem Vertrauensbonus von Staatsmedien haben schon die Nazis mit ihren Volksempfängern erfolgreich gearbeitet. Wenn du von der Bevölkerung zum Beispiel die Zustimmung für einem kriegerischen Überfall erhalten möchtest, dann zeigst du Bilder von geschundenen Frauen oder leidenden Kindern, die es zu erlösen gilt. Willst du genau das Gegenteil bewirken, dann bringst du schockierende Aufnahmen vom Grauen des Krieges. Das Phänomen der Massensuggestion durch Medien ist damit eine klassische Form der Hypnose. Oder nimm doch das Beispiel Smartphone: Unser gesunder Menschenverstand müsste uns eigentlich davor warnen, freiwillig eine Wanze am Körper zu tragen, deren Speicher-, Mikrofon- und Kamerafunktion von Fremden jederzeit aktivierbar ist und missbraucht werden kann, und sagen: *Das finde ich nicht gut.* Wenn dir jedoch in den Medien jeden Tag vor Augen geführt wird, dass alle um dich herum freiwillig eine solche Wanze an ihren Körpern tragen und dass die Digitalisierung unsere Zukunft ist, dann tauscht dein Kopf eine alte Wahrheit gegen eine neue aus, gemäß dem Motto: Ich höre und sehe es jeden Tag, also muss es richtig sein. Damit endet die Massenmanipulation aber noch nicht, denn dir wird auch gleich noch eine Argumentationshilfe mitgeliefert, wie zum Beispiel: *Ich habe ja nichts zu verbergen.* Dies ist im Übrigen auch ein typisches Indiz für einen hypnotisierten Menschen. Er liefert dir Argumente, die du auch permanent in den Medien oder überall um dich herum hörst. Dann weißt du, dass vor dir jemand sitzt, der nicht mehr aus sich selbst heraus sprechen kann.«

Daraufhin sagte Enzo: »Vor allem kopfgesteuerte Menschen sind besonders anfällig für Suggestionen. Denn sie verlassen sich meist ausschließlich auf ihren Intellekt. Aber genau der ist es, der am leichtesten zu manipulieren ist. Einem bodenständigen Handwerker oder einem erfolgreichen Geschäftsmann, die es gewohnt sind, auf ihren Instinkt zu hören, kannst du keine Geschichten vom Pferd erzählen. Die spüren sofort, ob etwas stimmig ist oder nicht. Leute, die noch Kontakt zu ihrem Bauchgefühl haben, brauchen keine externen Beweise, etablierten Experten oder sonstigen Zweitmeinungen.«

»So wie bei dem berühmten Beispiel mit der wissenschaftlichen Studie *Schokolade macht schlank*«, sagte Lucy.

Augenblicklich brachen alle drei in schallendes Gelächter aus. Enzo rief: »Oh, Lucy, es ist so wunderbar, dass du informiert bist.

Das ist wirklich ein tolles Beispiel dafür, wie simpel eine sogenannte Faktenlage geschaffen werden kann, die aber bei näherer Betrachtung völliger Nonsens ist. Die beiden Journalisten Paul Onneken und Diana Löbl hatten im Jahr 2015 den Mediengläubigen eine böse Lektion erteilt.«

Nachdem alle ihren Lachanfall in den Griff bekommen hatten, ergriff Lucy das Wort: »Jetzt verstehe ich auch eure Frage, ob ich wisse, wie es läuft. Beabsichtige ich, Menschen zu manipulieren, muss ich ihnen zunächst einmal gehörig Angst einjagen. Damit stimuliere ich in erster Linie das Denken der Menschen, da Angst eine intellektuelle Erwartungshaltung des Kopfes ist. Bin ich dann schließlich völlig verkopft, verliere ich den Bezug zu meinem Körper, was schließlich mit dem Verlust des gesunden Menschenverstandes einhergeht.«

»Genauso ist es«, sagte Andrea. »Als Politiker oder Medienprofi musst du nur Terrorgefahr ausrufen, den möglichen Verlust von Arbeitsplätzen propagieren, die Bedrohung durch Pandemien ankündigen oder den Weltuntergang durch eine Klimakatastrophe prophezeien, dann machen die Leute, was du willst. Nur verängstigte Menschen sind leichte Beute für Seelenfänger. Dieses Prinzip wird ziemlich deutlich bei der Show-Hypnose. Die Herausforderung, die sich für den Hypnotiseur stellt, besteht nicht etwa in seiner fachlichen Qualifikation, jemanden hypnotisieren zu können, sondern allein darin, ob er in der Lage ist, die richtigen Kandidaten auszuwählen. Erfolgreiche Hypnotiseure unterscheiden sich von den weniger erfolgreichen in der Fähigkeit, zielsicher die ängstlichsten Leute im Zuschauerraum zu entdecken.«

Lucy entschied, Andrea und Enzo in ihre Erkenntnisse des gestrigen Abends einzuweihen. Rege tauschten sie sich daraufhin über die Themen Eigen- und Fremdbestimmung aus. Nach einer Weile stellte Lucy fest: »Ich habe nun begriffen, dass meine Umwelt ein Spiegel meiner selbst ist. Sozusagen ein optimales Instrument, mit dem ich objektivere Informationen über mich erhalten kann, als wenn ich nur über mich nachdenke oder in mich hineinfühle.

Außerdem bin ich mir mittlerweile ziemlich sicher, allein durch Beobachtung meiner Umwelt die offenen und geschlossenen Türen eindeutig identifizieren zu können. Das heißt, meine Gegenwart ist das Ergebnis davon, wie ich in der Vergangenheit dachte und fühlte. Was ich allerdings noch nicht verstehe, ist, wie ich schon vorher geschlossene Türen vermeiden kann. Ich möchte mit meinem Denken und Fühlen nicht immer nur würfeln müssen, um dann im Nachhinein festzustellen, was gut oder nicht gut für mich ist. Und wenn ich mir euch so anhöre, dann wäre ein gesunder Menschenverstand der Schlüssel, um schon im Voraus den richtigen Weg entdecken zu können. Habe ich das so richtig verstanden?«

Enzo antwortete: »Du kannst den gesunden Menschenverstand auch als dein Bauchgefühl bezeichnen, und das wird bekanntlich von unserem Bauchgehirn erzeugt. Dabei können dir die neuesten Erkenntnisse aus der Neurogastroenterologie sehr behilflich sein.«

Lucy dachte sofort an Maras Worte über das Herzgehirn. *Und jetzt soll es noch ein drittes Gehirn geben?*, fragte Lucy sich augenblicklich und unterbrach Enzo schnell: »Bauchgehirn? Ich dachte, bei euch geht es um den Magen-Darm-Trakt.«

»Sicher, aber die Neurogastroenterologie geht noch einen Schritt weiter. Wir beschäftigen uns hauptsächlich mit dem *enterischen Nervensystem*, das im Englischen treffenderweise auch als *Second Brain* bezeichnet wird. Daher kommt auch der Ausdruck Bauchgehirn, weil es tatsächlich ein zweites Gehirn ist. Dieses enterische Nervensystem wurde vor vielen Jahren erstmals von dem US-amerikanischen Zellbiologen Dr. Michael D. Gershon entdeckt. Es besteht aus einem komplexen Geflecht von Nervenzellen, das sich von der Speiseröhre über Magen und Dünndarm bis hin zum Enddarm erstreckt – sozusagen über unseren gesamten Rumpf. Es umfasst nahezu fünfhundert Millionen Neuronen und arbeitet autonom. Das Bauchgehirn steht zwar unter dem Einfluss von Sympathikus und Parasympathikus, jedoch werden nur zehn Prozent aller Nervenimpulse von oben nach unten gefunkt. Das heißt, neunzig

Prozent aller Informationen des enterischen Nervensystems entstehen völlig selbstständig und werden dem Kopf zur weiteren Verarbeitung zur Verfügung gestellt. Dein Bauchgehirn versorgt also dein Kopfgehirn mit Informationen, und nicht umgekehrt. Das ist eine der entscheidendsten Erkenntnisse der modernen Neurogastroenterologie. Denn damit ändert sich alles!«

»Hat unser Gehirn also nur eine Empfängerfunktion?«, hakte Lucy erstaunt nach.

»Ja«, sagte Enzo, »wenn es um die Bewertung von Umwelteinflüssen geht, ist das enterische Nervensystem der Chef im Ring in deinem Körper. Dein Bauch denkt für dich mit!«

Lucy spürte genau, dass es jetzt sehr wichtig für sie werden könnte. »Unser Bauch denkt? Wie kann ich mir das vorstellen?«

»Darf ich dir zunächst eine Gegenfrage stellen?«, fragte Enzo, um direkt fortzufahren: »Wie konnte es geschehen, dass wir hier so schön zusammentrafen? Wie ist es dazu gekommen, dass du Andrea gefunden hast?«

Lucy blickte auf Andrea und sagte: »Du hast mir von Weitem zu verstehen gegeben, dass der Platz noch frei sei, und dann habe mich zu dir gesetzt.«

»Wie hast du Andrea denn überhaupt entdecken können?«, fragte Enzo nach.

»Ich stand beim Platzanweiser am Eingang, und unsere Blicke haben sich zufällig getroffen«, antwortete Lucy, ohne zu verstehen, worauf Enzo hinauswollte.

»Lucy, ich schätze, dass in diesem Raum sicherlich zweihundert Menschen sitzen. Wer von ihnen ist dir außer Andrea noch aufgefallen?«

»Niemand, ich habe einfach gedankenlos in den Raum gestarrt, und irgendwie ist es dann passiert«, sagte Lucy.

Enzo fuhr fort: »Sicher ist dir bewusst, dass du eine Erscheinung bist, die von anderen Menschen sofort bemerkt wird, wenn sie einen Raum betritt. Glaubst du, dass dich in diesem Moment noch andere Menschen angeschaut haben?«

»Bestimmt, das ist mir aber nicht aufgefallen«, erinnerte sich Lucy und fühlte sich von Enzos Kompliment geschmeichelt.

»Also liegt die eigentliche Ursache für deinen Kontakt zu Andrea nicht darin, dass sie *dich* entdeckt hat, sondern du sie, denn es standen ja genug Menschen zur Verfügung, die dich ebenso angeschaut hatten. Und jetzt kommt die entscheidende Frage: Was war es, das nicht nur deinen Kopf, sondern auch deine Augen genau in Andreas Richtung lenkte? Dazu benötigt es unendlich viele Nervenimpulse. Zudem sind Muskelkontraktionen eine hochkomplexe Angelegenheit. War das ein bewusster Vorgang?«

Lucy wurde nun klar, worauf Enzo hinauswollte: »Nein, es ist einfach passiert. Ich hatte nur ein Problem: Hunger, aber keinen Platz!«

»Und welches Anliegen hattest du noch? Hattest du vorhin nicht erwähnt, dass du auf der Suche nach Informationen darüber bist, wie Gedanken und Gefühle entstehen, und dass du dahingehend auf dem Kongress nicht richtig weitergekommen bist?«

»Das stimmt! Ich habe einen Platz gefunden, meinen Hunger gestillt, und obendrein spreche ich mit dem Hauptdarsteller des Kongresses, der auch noch Neurogastroenterologe ist.«

»Und jetzt weißt du, wie dein Bauch funktioniert«, schloss Enzo. »Er hat dich wahrscheinlich oben in deinem Hotelzimmer zum richtigen Zeitpunkt geweckt, dir dann gesagt, dass du lieber im Hotel als anderswo etwas essen möchtest, und dafür gesorgt, dass du dich zu einer wildfremden Frau gesetzt hast. Und dann kommt zu allem Überfluss ein Kerl hinzu, der sein halbes Leben lang das Thema Bauchgefühl erforscht. Mal angenommen, du hättest das alles mit deinem Kopf bewusst planen wollen, glaubst du, dass dein Intellekt dazu in der Lage gewesen wäre?«

»Nein, das ist unmöglich.«

Enzo nickte und sagte: »Ich denke auch! Denkst du, dass es ein simpler Zufall gewesen sein könnte?«

Lucy überlegte kurz und entgegnete: »Nein, auch das ist nicht möglich, dazu wurden einfach zu viele Parameter meiner Wünsche nahezu perfekt erfüllt.«

»Das, was die meisten leichtfertig als Zufall abtun, ist in Wahrheit eine exakte Datenlage, die dein Bauchgehirn an deinen Kopf sendet. Um deine Bedürfnisse zu erfüllen, hat dich dein enterisches Nervensystem zum richtigen Zeitpunkt an den richtigen Ort zu den richtigen Menschen gebracht. Die Psychologie, aber auch die Medizin kennen dieses Phänomen. Da sie solche körperlichen Vorgänge jedoch nicht verstehen, haben sie dafür bestimmte diffuse Begriffe erfunden, wie zum Beispiel *Reflex* oder *Unterbewusstsein.*«

Lucy saß vor lauter Anspannung kerzengerade auf ihrem Stuhl. »Ist das vergleichbar mit dem Rückziehreflex, wenn ich aus Versehen eine heiße Platte berühre?«

Enzo freute sich augenscheinlich über Lucys Frage. »Dieses Beispiel beweist sehr anschaulich, warum es für uns sogar existenziell notwendig ist, dass unser Körper unabhängig von unserem Kopf selbstständig denken kann. Dieses Beispiel mit der heißen Platte ist zwar nicht optimal dafür geeignet, das enterische Nervensystem selbst zu erklären, aber es zeigt deutlich, dass nicht nur in deinem Kopf, sondern in deinem ganzen Körper Denkprozesse stattfinden. Lass uns einmal näher betrachten, was bei diesem Reflex in deinem Körper tatsächlich passiert: Die Nerven an deinen Fingerspitzen müssen als Erstes die Hitze der Herdplatte messen. Wenn die Information vorliegt, dass es für deine Haut zu heiß ist, muss als nächstes die Entscheidung zu einer Handlung gefällt werden, und zwar in Millisekunden. Denn würde der Rückziehreflex länger andauern, wäre ein dramatischer Zelluntergang an deinen Fingerspitzen die Folge. Wenn also entschieden wurde: *schnell weg mit den Pfoten, weil zu heiß*, muss eine weitere Entscheidung getroffen werden. Und jetzt folgt der Beweis, warum der Begriff *Reflex* irreführend ist. Würde deine Hand jetzt lediglich durch ein ungerichtetes Muskelzucken bewegt werden, bestünde die Gefahr, noch näher an die Hitzequelle zu geraten. Dein Körper bewertet also nicht nur die räumliche Position der heißen Platte, sondern auch die deiner Finger. Dann berechnet er alle notwendigen

Muskelkontraktionen, damit sich deine Hand von der Gefahrenquelle wegbewegt. Das alles sind bei näherer Betrachtung hochkomplexe intellektuelle Prozesse, angefangen mit der Entdeckung einer Gefahr über die anschließende Analyse der Situation bis hin zur abschließenden Berechnung der besten Handlungsstrategie. Nur haben wir da ein kleines Problem …«

Lucy vervollständigte Enzos Satz: »… denn die Stromleitgeschwindigkeit der Nervenbahnen ist zu langsam. Sie beträgt zwischen 0,2 und hundert Meter pro Sekunde je nach Nervenstrang. Weil wir unterschiedliche Arten von Nervensträngen haben, geht die Neurologie von einer durchschnittlichen Geschwindigkeit von ein bis zwei Metern pro Sekunde aus. Das würde bedeuten, dass die Information *Achtung, heiße Platte!* schon allein eine halbe Sekunde benötigen würde, um von den Fingern die Kopfregion zu erreichen. Und nach der dortigen Verarbeitung der Datenlage müssten die Handlungsaufforderungen des Gehirns an die Finger auch noch zurück übertragen werden. In dieser Zeit wäre die Fingerkuppe längst verbrannt.« Lucy grinste Enzo an.

»Genau das ist der entscheidende Punkt. Dieser Rückziehreflex ist zwar nur ein einfaches Beispiel, aber er macht deutlich, dass unser ganzer Körper für uns mitdenkt, ohne dass dabei unser Gehirn beteiligt ist. Und rechne mal hoch, wie viele intellektuelle Prozesse in deinem Körper stattgefunden haben müssen, als sich deine Augen genau auf diejenige Person richteten, die gleich drei deiner Probleme auf einmal löst: erstens Hunger, zweitens Sitzplatz und drittens Informationen für dein weiteres Leben.«

Während Lucy kurz über das Gesagte nachdachte, fiel ihr Blick noch einmal auf das Programm. Völlig perplex sagte sie: »Enzo, ich lese gerade, dass deine Rede den Titel trägt *Alle Kopfprobleme beginnen im Bauch*. Du sprichst nachher genau über unser jetziges Thema?«

Enzo nickte und erklärte: »Wir haben herausgefunden, dass die Krankheiten Alzheimer, Demenz oder Multiple Sklerose, die spezifische Schädigungen der neuronalen Netzwerke im Gehirn auslösen, zuerst im enterischen Nervensystem auftreten. Wir haben beweisen können, dass dort exakt die gleichen neuronalen Schädigungen zu finden sind – und zwar bevor sie im Kopf diagnostiziert werden können. Das heißt, bestimmte neurologische Krankheiten im Kopfgehirn könnten frühzeitig vorhergesagt werden, wenn wir einen Fokus auf unseren Bauchraum legen würden. Oder etwas banal ausgedrückt: Hast du Magen- und Darmprobleme, kannst du die Uhr danach stellen, dass du ein paar Jahre später ein Kopfproblem bekommen wirst. Dies beweist im Übrigen auch, dass die nervliche Datenübertragung vom Bauch in Richtung Kopf geht und nicht umgekehrt. Das Bauchgehirn ist dem Kopfgehirn praktisch vorgeschaltet, daher treten auch bestimmte Nervenerkrankungen des Gehirns zeitlich gesehen zuerst im Bauchraum auf.«

Lucy erschien das durchaus plausibel, denn sie erinnerte sich an ihre eigene Erfahrung. »Zumindest in meinem Fall stimmt das zu hundert Prozent. Vor meinem Burnout litt ich viele Jahre permanent an Verdauungsproblemen und zahlreichen Nahrungsmittelunverträglichkeiten. Das würde bedeuten, dass ich viel zu lange mein Bauchgehirn missachtet habe. Aber ist das nicht auch gut zu verstehen? Ich stelle es mir unglaublich schwierig vor, alle inneren Gefühle richtig interpretieren zu können.«

Nun schaltete sich Andrea ein: »Es ist kein Gefühl, sondern konkretes Wissen, daher ist der Begriff Bauchgefühl mehr als unglücklich gewählt. Oder hast du, bis du an unseren Tisch gelangt bist, besondere Gefühle gespürt, die dich in deinem Verhalten beeinflusst haben?«

»Nein, ich habe einfach nur gehandelt: Ich bin aufgewacht, habe mich geduscht, mich angezogen, bin mit dem Fahrstuhl runtergefahren und stand schließlich am Restauranteingang. Tatsächlich! Alles ging irgendwie automatisch vonstatten – ohne langes Grübeln und ohne großartige Gefühle.«

Andrea lächelte: »Das habe ich selbst auch erst durch meinen lieben Enzo begriffen: Dein Bauch generiert konkrete Informationen über deine Umwelt und leitet diese als Handlungsempfehlung an deinen Kopf weiter. Daher ist der Begriff Intuition eine bedeutend treffendere Bezeichnung für die Aktivitäten deines Bauchgehirns. Intuition stellt kein klassisches Gefühl dar, sondern bietet einen klaren Kenntnisstand. Diese Informationen kommen sofort und eindeutig in deinem Kopf an. Ich habe dazu viel recherchiert, weil mich Freundinnen regelmäßig aufgefordert hatten, mich in etwas hineinzufühlen. Ich habe dadurch aber keine besseren Entscheidungen treffen können – ganz im Gegenteil: Ich habe begriffen, dass das mit dem Hineinfühlen gar kein echtes Fühlen ist, sondern wieder lediglich ein intellektueller Prozess meines Kopfgehirns. Insbesondere als ich mir die Testreihen des Heidelberger Psychologen Henning Plessner angeschaut habe, ist mir ein Licht aufgegangen. Er hatte in einem seiner zahlreichen Experimente Probanden Kursverläufe von Aktien intuitiv bewerten lassen. Und dabei wurden die bestnotierten Papiere zielsicher ausgesucht. Aber auch der Psychologe Gerd Gigerenzer konnte valide nachweisen, dass rein intuitive Entscheidungen eine höhere Trefferquote aufweisen als kopfgesteuerte. Bei allen wissenschaftlichen Recherchen zum Thema Intuition ist mir ein ganz bestimmter Punkt wiederholt aufgefallen: Die besten Trefferquoten ergaben sich immer dann, wenn spontan und ohne größeres Nachdenken gehandelt wurde. In dem Moment, in dem den Probanden die Möglichkeit eingeräumt wurde, ihre Entscheidungen gründlich zu überdenken oder dahingehend sogar ihre Gefühle zu erforschen, stieg die Fehlerquote ziemlich massiv an. Es existiert also auch in der Wissenschaft eine belastbare und evidenzbasierte Datenlage zum Thema Bauchgefühl.«

»Das ist in der Tat richtig«, sagte Enzo. »Ich selbst habe dazu eine große Studie durchgeführt. Dabei sollten Probanden die berufliche Tätigkeit von unbekannten Personen erraten. Sie hatten die Auswahl zwischen drei Berufen, die sie ankreuzen konnten. Die eine Gruppe hatte nur drei Sekunden Zeit, sich zu entscheiden, und der anderen Gruppe wurde nicht nur eine ganze Minute Zeit eingeräumt, sondern die Teilnehmer konnten sich auch noch mit ihrem jeweiligen Gegenüber unterhalten. Diejenigen, die aus dem Bauch heraus nach drei Sekunden entschieden hatten, wiesen eine signifikant höhere Trefferquote auf als diejenigen, die genug Zeit hatten, alles zu besprechen und zu überdenken. Darüber hinaus haben wir herausgefunden, dass das Bedürfnis, alles gründlich zu überdenken, steigt, je nachteiliger die Auswirkung einer falschen Entscheidung bewertet wurde. Was wiederum zu einer weiteren deutlichen Verschlechterung der Trefferquote führte.«

»Was absolut nachvollziehbar ist«, meinte Lucy. »Natürlich mache ich mir umso mehr Sorgen, das Falsche zu tun, je größer die Auswirkungen auf mein weiteres Leben sein könnten. Damit wären wir wieder bei unserem vorherigen Thema, der Angst, angekommen: Ängste torpedieren unsere Intuition und lassen uns deshalb Situationen falsch bewerten. Ängste lassen mich Wahrheiten nicht mehr erkennen, und wenn ich Wahrheiten nicht mehr erkennen kann, dann befinde ich mich in einer Art hypnotisiertem Zustand!«

Andrea sagte: »Angst macht alles kaputt. Sie macht uns krank. Wir werden manipulierbar, und vor allem lässt sie uns die falschen Entscheidungen treffen. Das deckt sich auch mit meinen Beobachtungen in meinem Kundenkreis: Die erfolgreichen Geschäftsleute unterscheiden sich von den eher weniger erfolgreichen immer durch eine ganz bestimmte Fähigkeit: Sie sind grundsätzlich in der Lage, sofort zu entscheiden. So funktioniert meiner Meinung nach Intuition.«

»Es geht also wieder um das berühmte Gottvertrauen«, stellte Lucy nüchtern fest. »Mein Bauch könnte mir eine sorgenfreie Zukunft bescheren, wenn ich mutig genug wäre, meiner Zukunft zu vertrauen.«

Enzo griff jetzt ein: »Lucy, ist das wirklich dein Ernst? Ich bin mir mehr als sicher, dass du mutiger bist als all diese Mainstream-Affen, die gerade um uns an ihren Tischen sitzen.«

»Ich weiß, Enzo – eigentlich hast du recht.« Lucy dachte an ein ähnliches Feedback, das sie in den letzten Wochen erhalten hatte. »Mir fällt schon ein Weilchen auf, dass ich mein Licht viel zu oft unter den Scheffel stelle. Aber davon ganz abgesehen, hat sich heute Vormittag vieles von dem bestätigt, was wir hier gerade besprechen. Die meisten meiner Interviewpartner sprachen davon, dass über fünfundneunzig Prozent unserer Denkprozesse unbewusst ablaufen. Das heißt, es wäre schon aus diesem Grund völliger Blödsinn, sich großartig den Kopf über bestimmte Entscheidungen zu zerbrechen. Wenn ich mir über mehr als fünfundneunzig Prozent der Datenlage eh nicht bewusst bin, dann kann das Grübeln über bestimmte Entscheidungen keinen echten Vorteil in Sachen Treffgenauigkeit bieten.«

»Ganz richtig«, bestätigte Enzo grinsend.

»Was soll dann dieser ganze Quatsch mit der Gehirnforschung? Dann kann ich doch gleich aufhören, zu denken«, sagte Lucy ärgerlich.

Enzo holte gerade Luft, um Lucy zu antworten, als sie vom Kellner unterbrochen wurden. Er war bereits mehrmals an ihrem Tisch erschienen, und Lucy war schon aufgefallen, dass er ein Auge auf Andrea geworfen hatte. Lucy hatte ihn längst als Spofi identifiziert. Diesmal handelte es sich um ein besonders gewieftes Exemplar. Unter dem Deckmäntelchen von Höflichkeit, kleinen Späßchen und einem übertrieben aufmerksamen Tischservice versuchte er, die Gunst von Andrea zu gewinnen – obwohl für jedermann offensichtlich war, dass Andrea und ihr Begleiter zusammengehörten. Dem Kellner schien das egal zu sein. Sein Blick, die Körperhaltung, Gestik und Mimik waren eindeutig. Enzo war so höflich, das Ganze zu überspielen, indem er gute Miene zum bösen Spiel machte. Auch ihm war natürlich aufgefallen, dass dieser Kerl vom Service seine Anwesenheit nicht respektierte.

Für Andrea jedoch schien das Maß nun voll zu sein. Plötzlich sagte sie mit sehr ruhiger und gefasster Stimme zu dem Kellner: »Junger Mann, ich habe den Eindruck, dass Sie trotz der Anwesenheit meines Mannes mit mir flirten, anstatt Ihren Job zu machen. Wenn Sie nicht sofort damit aufhören und sich Ihrer guten Kinderstube erinnern, wird etwas von diesem Tisch durch meine Hände direkt in Ihre Richtung fliegen!«

Stille breitete sich aus.

Lucy sah den messerscharfen Blick, den Andrea auf den Kellner richtete. Ihre tiefschwarzen Augen hatten sich in eine tödliche Waffe verwandelt und waren gerade dabei, die Pupillen ihres verdutzten Gegenübers zu erdolchen.

Wow, so etwas habe ich in meinem ganzen Leben noch nicht gesehen, erschauerte Lucy.

»Junger Mann, wenn Sie begriffen haben, was ich Ihnen gerade gesagt habe, dürfen Sie mit einem simplen *Ja, ich habe verstanden* antworten«, betonte Andrea noch einmal ihre Ansage sehr ruhig, aber bestimmt, ohne dabei jedoch ihren furchterregenden Blick auch nur einen Millimeter vom Kellner abzuwenden.

Der junge Mann war wie erstarrt. Wenige Sekunden, die sich wie eine kleine Ewigkeit anfühlten, verstrichen, bevor er sich von seinem Schock erholte und von ihm zu hören war: »Ja, ich habe verstanden.« Er drehte sich um, und mit unsicheren Schritten entfernte er sich vom Tisch.

Andreas Mimik nahm wieder ihren gewohnt liebenswerten Ausdruck an. »Entschuldigt die Störung. Wo waren wir stehen geblieben?«, wandte sie sich in einem fast übertrieben belanglosen Ton an Lucy und Enzo – anscheinend unberührt von dem, was gerade passiert war.

Enzo schaute Lucy mit großen Augen an und sagte: »Weißt du jetzt, warum ich diese Frau so liebe? Sie würde für Anstand, gute Manieren und Werte töten.« Daraufhin nahm Enzo zärtlich Andreas Hand und küsste sie. »Du bist ein so wunderbarer Mensch, meine Liebste. Danke schön, dass du mich nach all den Jahren noch immer begleitest und ich mich auf dich verlassen kann.«

Lucy fand keine Worte, weil sie tief beeindruckt war. Ihr fiel die gestrige Situation mit Maras *heiligem Arschloch* ein. Wie sehr wünschte sie sich, sie hätte gestern an der Hotelbar auch eine solche Durchsetzungskraft an den Tag legen können. Zu genau erinnerte sie sich daran, wie sie nur blöd gegrinst, sich zu höflichen Antworten gezwungen und ein gewisses Unwohlsein einfach hingenommen hatte. Und dieses Supergirl mit seinen knallroten, Schwertern gleichenden Fingernägeln hatte in kürzester Zeit dieses Problem aus der Welt geschafft. *Genau das ist es!*, dachte sie. *Das ist die völlige Angstfreiheit im Alltag.* Erst jetzt verstand sie vollumfänglich Bellas Tanzlektionen. *Das ist es, was Bella tatsächlich meinte: Ein solch angstfreier Zustand ist der Schlüssel für alles. Und genau das hat mir gerade eine Frau vor Augen geführt, die mindestens zehn Jahre jünger ist als ich. Wow – ein Traum! Nur dasitzen und sich sicher fühlen, ohne sich mit Gedanken darüber zu malträtieren, was andere wohl über mich denken könnten.*

Andrea bemerkte Lucys Erstaunen und sagte zu ihr: »Lucy, was ich schätze, das schütze ich mit allem, was ich habe! Das ist mein Lebensmotto, und ich bin damit immer sehr gut gefahren. Da Enzo insbesondere vom Mainstream der Macht beraubt wurde, diesem Clown eine zu schmieren, ohne öffentlich als gewalttätiger Prolet verunglimpft zu werden, trage ich nun die Verantwortung für ihn. Wir sind stark genug, Lucy! Wir haben es in der Hand, welcher Männerschlag sich in Zukunft durchsetzen wird. Wenn wir solchen Trotteln mit ihren perfiden Anmachtouren keinen Einhalt gebieten, dann sind wir selbst schuld, wenn Männer wie Enzo ins Hintertreffen geraten.«

Lucy traf direkt ins Herz, was Andrea sagte, und sie wiederholte noch einmal in Gedanken: *Was ich schätze, das schütze ich mit allem, was ich habe. Diesen Satz merke ich mir!* Sie erhob ihr Glas und sagte: »Zum Wohl! Es lebe die totale Angstfreiheit.« Andrea und Enzo stießen lachend mit Lucy an, und die kleine Unterbrechung war schnell vergessen.

Enzo knüpfte an Lucys Trinkspruch an: »Ich freue mich, mit zwei so bezaubernden Damen zusammensitzen zu dürfen, die zudem über perfekt funktionstüchtige Bauchgehirne verfügen.«

»Im Prinzip bräuchten wir überhaupt kein Gottvertrauen«, sagte Lucy. »Wir bräuchten lediglich ein Bauchvertrauen, denn unser privater Schutzengel ist praktisch schon ein Bestandteil unseres eigenen Körpers.«

Enzo nickte. »Und wenn man sich vor Augen führt, welche physiologische Funktion unser Bauch erfüllt, dann wird auch klar, wofür das enterische Nervensystem in erster Linie gut ist.«

»Aufnahme und Verdauung von externen Stoffen?«, fragte Lucy.

»Exakt«, antwortete Enzo, »unser Bauch ist das Tor zu unserer Umwelt. Alle Nahrungsmittel sind ein Symbol für die äußere Welt. Wir haben das Äußere einzuschätzen, aufzunehmen und schließlich zu verdauen. Und weil der Bauch auch Hauptsitz unseres enterischen Nervensystems ist, ist Intuition nichts anderes als eine Bewertungsfunktion unseres Körpers für externe Umwelteinflüsse.«

Lucy fügte hinzu: »Das Ganze könnte man mit diesem bekannten Gedankenspiel über eine Massenkarambolage auf der Autobahn umschreiben, die sich nur ein paar Kilometer hinter dir ereignet. Wenn du im Auto sitzt und im Verkehrsfunk hörst, dass du nur wenige Minuten zuvor genau diese Stelle der Autobahn entlanggefahren bist, dann wird einiges klar: Wärst du nur einen kurzen Moment später von der Autobahnraststätte losgefahren, hätte es dich wahrscheinlich auch erwischt.«

»Oder wenn an der Kasse der Raststätte nur zwei Menschen mehr vor dir gestanden hätten«, warf Andrea ein.

»Wunderbar«, Enzo war begeistert, »das sind treffende Beispiele. Deine Intuition schützt dich, ohne dass es dir bewusst ist. Im Prinzip weißt du nie genau, wie vielen Katastrophen du tagtäglich schon entgangen bist, nur weil dein Bauchgefühl dich permanent mit Ideen oder Handlungsaufforderungen versorgt und dich prophylaktisch vor falschen Entscheidungen geschützt hat.«

Lucy hakte nach: »Dann wäre jedes Unfallopfer eine Folge von einem nicht funktionierenden Bauchgehirn?«

»Ich würde es etwas anders formulieren«, antwortete Enzo. »Im Prinzip ist jeder Unfall, den du erleidest, eine Art Konzentrationsstörung, schließlich wirst du sekündlich mit Informationen deines Bauchs versorgt. Bist du mit deinem Kopf zentriert in der Gegen-

wart, dann kommen alle Warnhinweise beziehungsweise Handlungsaufforderungen deines Bauches problemlos bei dir oben an. Du tust das Richtige, ohne es zu wissen. Bist du hingegen mit deinem Kopf ganz woanders, kommen zwar die Warnhinweise weiterhin bei dir an, aber du übersiehst sie, weil du schlicht geistesabwesend bist.«

»Nicht bei der Sache zu sein, könnte also lebensgefährlich sein, nicht wahr?«, fragte Lucy.

»Durchaus, Tagträumer sollten lieber zu Hause bleiben, als sich ins Auto zu setzen.«

»Jetzt verstehe ich auch, warum du für deine Rede so viel Geld auf den Tisch blättern musst. Eine solche Philosophie möchte die weltweite Elite der Gehirnforscher natürlich nicht hören.«

»Das betrifft nicht nur diese Zielgruppe. Niemand will hören, dass das Leben nur unbewusst optimal zu bewältigen ist. Im Prinzip ist es schon etwas schizophren: Auf der einen Seite tragen wir mit unserer unbewussten Intuition die größte Macht in uns, die man sich vorstellen kann, auf der anderen Seite macht uns Menschen nichts mehr Angst, als etwas nicht genau zu wissen. Sich vertrauensvoll einer Art Schicksal hinzugeben, das ist die eigentliche Herausforderung des Lebens. Nur diejenigen, die diesen Mut aufbringen können, verfügen über den Schlüssel zu einem sicheren und glücklichen Leben.«

Andrea, ganz Enzos Meinung, beschloss, Lucy noch etwas über sich zu verraten: »Ich selbst hatte früh in meinem Leben das Glück, mit viel Mut gesegnet zu sein. Ich war immer bereit für Abenteuer und wurde nie enttäuscht. Ich hatte nie das Gefühl, einen Irrweg zu gehen. Mir war schon direkt nach der Pubertät klar, dass mein Lebensweg der einer Liebesdienerin sein würde. Zusätzlich spürte ich in mir eine höhere Macht. Anfänglich dachte ich, es wäre Gott selbst. Daher habe ich auch Theologie studiert und mich danach fast zwei Jahre lang in ein Kloster begeben. Erst dort erkannte ich in der Rückschau einen eindeutigen roten Faden in meinem bisherigen Leben. Ich erinnerte mich daran, dass ich schon als Kleinkind davon gesprochen hatte, einen Schutzengel zu haben. Erst heute weiß ich: Es gab keinen übermächtigen Gott irgendwo im Himmel, es gab auch keine unsichtbaren Schutzengel, sondern das alles war ich selbst. Ich folgte einfach nur – ohne es damals zu wissen – dem Unbewussten. So musste ich in meinem Leben nie leidvolle Phasen durchleben. Ich war selten krank. Ich brauchte keine Ärzte, keine Krankenhäuser und keine Therapeuten. Allein meiner Intuition habe ich es zu verdanken, dass ich mich immer zur richtigen Zeit am richtigen Ort befand. Das bedeutet, die Menschheit braucht keine Gurus, keine Religionslehren oder sonstigen Glaubensgemeinschaften, denn wir haben uns selbst. Und das Schöne daran ist, dass heute genug wissenschaftliche Daten vorliegen, die bestätigen, dass Intuition funktioniert. Auch über das enterische Nervensystem herrscht in der Wissenschaft heute nahezu Einigkeit.«

»Und wenn jemand seinem enterischen Nervensystem – trotz wissenschaftlicher Beweise – dennoch nicht vertrauen kann, was ist dann?«, wollte Lucy wissen.

»Wenn sich jemand mit der Intuition oder mit dem Unbewussten nicht wissenschaftlich auseinandersetzen möchte, dann ist es für ihn in der Tat gesünder, der Glaubensgemeinschaft einer klassischen Weltreligion beizutreten. Lieber an irgendeinen Gott glauben als an überhaupt nichts. Einem sentimentalen Märchen zu folgen, macht weitaus erfolgreicher, ist gesünder und macht bedeutend glücklicher, als ein Opfer der Ängste seines Kopfes zu werden. Ein Leben ohne jeglichen Glauben führt meiner Ansicht nach direkt in ein fremdbestimmtes Dasein, was unweigerlich ins Leid führt. Der Glaube an sich oder an einen Gott ist das Gegenmittel für die Gefahr, dass sich unser Kopf hypnotisieren lassen könnte.«

Lucy resümierte: »Wir sitzen also in einer Art Rollstuhl, der uns durch unser Leben fährt und unseren Sinnen sekündlich aufzeigt, was gut für uns ist.«

»Genau«, sagte nun Enzo, »und wenn dich dein Rollstuhl vor eine riesengroße Kinoleinwand fährt, dann müsste auch deinen Sinnen klar werden: *Aha – mir fällt direkt vor meiner Nase etwas Großes auf. Vielleicht ist es sinnvoll, etwas genauer hinzuschauen.* Für deinen Fall heißt das: Deine Intuition war es, die dich unbewusst an den Eingang dieses Restaurants gebracht hat, und dein Bewusstsein musste nur noch eine konkrete Information wahrnehmen: *Da sitzt eine Frau – ich sehe sie.* Das heißt, wie oder warum du zu Andrea gelangt bist, das konntest du nicht bewusst herbeiführen. Aber dir kann bewusst auffallen, wenn das Schicksal dir gerade die Hände reicht. Natürlich ist das enterische Nervensystem auch dazu da, dich vor bestimmten Umweltbedingungen, zum Beispiel Unfällen, zu schützen, aber in der Hauptsache geht es um Menschen. Wenn wir über das Leben philosophieren, meinen wir in der Regel nicht das Leben per se, sondern eigentlich unsere Mitmenschen. Alles, was uns widerfährt, hat direkt oder zumindest indirekt mit anderen zu tun. Wenn du deine letzten Wochen einmal analysieren würdest, dann könntest du erkennen, dass dich deine Intuition immer zu denjenigen Personen geführt hat, die dich weitergebracht haben.«

Lucy dachte sofort an Sam, Bella, Hannes und Mara. Sie sagte: »Stimmt, jetzt, wo du es sagst. Wenn wir über das Leben sprechen, meinen wir eigentlich die Menschen, die darin vorkommen.«

»Schön, liebe Lucy«, erwiderte Enzo, »aber kommen wir langsam zu dem unangenehmen Punkt unserer bezaubernden Unterhaltung. Ich muss zugeben, ich habe selten in einer derart kurzen Zeit so viel Tiefsinn und Offenheit in einem Gespräch erlebt wie mit dir. Ich muss mich nun aber schweren Herzens vom Acker machen, weil meine Rede naht und ich mich noch ein wenig vorbereiten muss.«

Enzo schaute zunächst Andrea an, die ihm zu verstehen gab, noch bleiben zu wollen, um sich dann von Lucy mit drei Wangenküssen zu verabschieden.

Während der kahlköpfige Gentleman sich mit jugendlich leichten Schritten in Richtung Ausgang bewegte, notierte Lucy sich noch schnell etwas auf ihrem Smartphone:

HÖRE MENSCHEN ZU, DIE DEINEN WEG KREUZEN!

Lucy und Andrea wandten sich nun leichteren Gesprächsthemen zu. Sie spürten eine große Verbundenheit miteinander, und sie unterhielten sich, wie es normalerweise nur langjährige Freundinnen zu tun pflegen. Plötzlich zeigte Andrea in Richtung Restauranteingang und meinte: »Schau dir diese Frau an, Lucy. Genauso standest du vorhin da – mit dem gleichen Gesichtsausdruck zwischen Verärgerung und Hilflosigkeit.«

Lucy drehte sich um und traute ihren Augen nicht: Es war Mara! Sie stand neben dem Platzanweiser und schaute ihr direkt in die Augen. Lucy strahlte sofort über das ganze Gesicht und winkte Mara mit heftigen Handbewegungen herbei. Mara war offensichtlich ebenso erfreut und machte sich zügig auf den Weg. Als sie am Tisch ankam, sprang Lucy von ihrem Platz auf und umarmte Mara stürmisch. Die große Freude über diesen schönen Zufall war Lucy ins Gesicht geschrieben.

»Darf ich dir Mara vorstellen?«, sagte Lucy zu Andrea.

»Herzlich willkommen, Mara. Möchten Sie sich zu uns setzen?«, fragte Andrea.

»Wenn es Ihnen wirklich nichts ausmacht, sehr gerne sogar. Ich hätte nicht erwartet, dass es hier so brechend voll ist«, stöhnte Mara.

»Mensch, Mara, wie schön, dich zu sehen«, begrüßte Lucy Mara noch einmal euphorisch. Sie beugte sich zu ihr hinüber, umarmte sie ein zweites Mal innig und drückte ihr einen dicken Kuss auf die Wange. »Wie ist es dir gestern Abend noch ergangen? Ist es noch gut gelaufen mit Tom Cruise?«

Mara war diese Frage unangenehm, weil eine ihr noch fremde Frau dabei war. Andrea bemerkte es und reagierte sofort: »Ich glaube, es ist besser, wenn ich euch zwei Süßen mal allein lasse.«

Aber Mara winkte schnell ab: »Nein, nein, bleiben Sie bitte. Das ist nicht nötig. Ich denke, wenn Lucy mit Ihnen zusammensitzt, dann gibt es für mich keinen Anlass, nicht offen zu sein. Aber dennoch herzlichen Dank für Ihre empathische Höflichkeit.«

»Das freut mich, Mara«, sagte Lucy. »Du kannst Andrea vertrauen. Wir führten gerade ein tolles Gespräch über Intuition und das Bauchgehirn. Da gibt es viele neue Erkenntnisse, die ich mit dir teilen möchte.« Lucy warf Andrea einen fragenden Blick zu.

Andrea verstand und sagte, an Mara gewandt: »Ich würde mich freuen, wenn Sie mich ebenfalls duzen würden. Beruflich betreibe ich einen Escortservice, und deshalb begleite ich gerade einen Herrn, der hier am Kongress teilnimmt.«

Mehr noch als Lucy war Mara verblüfft über Andreas unverblümte Offenheit. Mara fiel sofort Lucys Ratschlag vom gestrigen Abend ein, öfter mal ihre emotionale Schutzmauer einzureißen, und sie beschloss, gleich aufs Ganze zu gehen und ebenfalls mit der Tür ins Haus zu fallen: »Sehr gern können wir uns duzen, Andrea. Ich bin Mara, wie du gerade gehört hast, und ich habe auch gestern Nacht wieder keinen Orgasmus gehabt.«

Lucy und Andrea brachen in lautes Gelächter aus, womit sie natürlich prompt böse Blicke der Nachbartische auf sich zogen. Mara konnte nicht anders, als in die spontane Fröhlichkeit mit einzustimmen, und meinte ausgelassen zu Andrea: »Das geht ja gut los. Bereits gestern bin ich mit Lucy an der Hotelbar negativ aufgefallen, weil wir mehr Spaß miteinander gehabt hatten, als es anscheinend in einem renommierten Hotel erlaubt ist.«

Das Eis war gebrochen, und Mara gab daraufhin weitere Intimitäten preis. Nachdem Andrea aufmerksam zugehört hatte, fragte sie: »Warum bezeichnest du deinen Freund eigentlich als *heiliges Arschloch*?«

Mara und Lucy weihten Andrea in ihre Erkenntnisse des gestrigen Abends ein, worauf Andrea sagte: »Ich kann das nur bestätigen, auch ich bekomme über mein wahres Wesen objektivere Informationen, wenn ich mir meine Umwelt anschaue, als wenn ich mir Gedanken über mich selbst mache. Das sind intelligente Schlussfolgerungen, die ihr beide da aufgestellt habt.«

Schließlich konnte Lucy ihre Neugier nicht mehr zurückhalten: »Mara, jetzt erzähl schon, wie war es mit ihm im Bett?«

Und Mara berichtete: »Nachdem du nach oben gegangen bist, hat sich Thomas zu mir an die Theke gesetzt, und er begann auch mich in aller Öffentlichkeit zu begrapschen. Er hatte einfach einige Gläser zu viel intus. Ich habe ihn dann aufs Zimmer gebracht, was nicht schwer war, denn Thomas macht, was man ihm sagt, wenn er getrunken hat. Oben angekommen, ging es gleich los, und da habe ich mich dann auch an deine Worte erinnert. Ich forderte ihn auf, nachdem wir schon einige Minuten zugange waren, er solle mir direkt in die Augen schauen. Das hat er auch getan. Es hat tatsächlich eine ganze Weile gedauert, bis ich mich auf diese neue Intimität einlassen konnte. Da Thomas immer ziemlich lange braucht, wenn er zu viel Alkohol im Blut hat, hatte ich also genug Zeit. Und irgendwann ist dann tatsächlich etwas Seltsames passiert.«

»Seine Augen haben sich verändert, stimmt's?«, fragte Lucy.

»Ja, genau. Nicht nur seine Augen, sondern auch sein ganzes Wesen. Ich sah plötzlich einen völlig anderen Mann mit einer gänzlich anderen Ausstrahlung …«

»… wie von einem kleinen Jungen«, ergänzte Lucy Maras Satz.

»… der seine Mama sucht!«, fügte Andrea hinzu.

Mara saß erstaunt und mit hochgezogenen Augenbrauen da und sagte: »Anscheinend bin ich in dieser Runde die Einzige, die von Sex keine Ahnung hat.«

Lucy sagte amüsiert: »Ich habe doch gestern deinen Schwarm aller Schwiegermütter live erlebt. Der Typ ist wie ein hyperaktives kleines Kind von Tisch zu Tisch gehüpft und hat überall um Aufmerksamkeit gebettelt. Der kann doch keine Sekunde allein sein, ohne irgendjemanden daran erinnern zu müssen, dass er noch auf der Welt ist.«

»Schwamm drüber«, erwiderte Mara. »Auf jeden Fall habe ich heute Morgen Schluss machen müssen. Ich habe diese süßen, verletzlichen Jungenaugen nicht mehr aus meinem Kopf bekommen. Ich konnte Thomas nicht mehr als Erwachsenen anerkennen. Und Kinder sind nicht meine bevorzugten Liebeskandidaten.«

»Bravo! Heute wäre doch eh eine andere dran gewesen, oder?«, provozierte Lucy Mara, die in ihrer Abendgarderobe heute noch atemberaubender wirkte.

»Ja, du hast recht. Ich bin wirklich erleichtert, dass ich so schnell und easy aus dieser Nummer herausgekommen bin. Es war so, als hätte sich ein Schalter umgelegt.«

»Soll ich dir für heute Nacht einen Profi besorgen?«, fragte Andrea wie aus heiterem Himmel.

Mara und Lucy verschlug es die Sprache. Am Tisch war es mucksmäuschenstill. Ein wenig schockiert und Hilfe suchend schaute Mara Lucy an.

Lucy war ebenso verblüfft, fing sich aber recht schnell wieder und begann zu grinsen. »Vielleicht ist das keine sooo schlechte Idee, liebe Mara. Mit einem völlig fremden Kerl ist es manchmal einfacher, seine andere Seite zu zeigen.«

Andrea schaltete sich ein: »Mara, wir kennen uns erst ein paar Minuten, darf ich trotzdem direkt zu dir sein?«

Mara nickte und Andrea sagte: »Hast du eigentlich bemerkt, wie die Leute ihre Gespräche unterbrachen und es im Restaurant ziemlich ruhig wurde, als du dich zu unserem Tisch bewegtest?«

Mara schüttelte verwundert den Kopf, und Andrea sprach weiter: »Mara, ist dir wirklich nicht bewusst, dass wir beide neben dir plötzlich zu Luft geworden sind? Du wirst von allen hier – sowohl von den Frauen als auch von den Männern – die ganze Zeit beobachtet. Ich habe selten eine solche körperliche und optische Perfektion erlebt, wie es bei dir der Fall ist. Damit hast du ein ziemlich großes Problem!«

Lucys Verblüffung wuchs. Sie fragte: »Das ist doch nicht dein Ernst, Andrea. Ich würde für die Optik von Mara zehn Jahre meines Lebens geben. Welches Problem soll sie denn haben?«

»Die Schönheitskrankheit!«

Mara und Lucy saßen mit offenem Mund da. »Die Schönheitskrankheit?«, fragte Lucy. »Was ist *das* denn jetzt?«

Andrea klärte die beiden auf: »Der Großteil meiner Kunden hat bildschöne und intelligente Frauen als Partnerinnen. Trotzdem rennen die Männer regelmäßig zu mir. Die meisten Typen sind mit ihren Hübschen zu Hause todunglücklich. Der Hund liegt darin begraben, dass besonders attraktive Frauen in der Männerwelt derart gefragt sind, dass sie praktisch niemals gezwungen sind, bestimmte Eitelkeiten abzulegen. Zudem gibt es auch keinen großartigen Handlungsdruck, bestimmte emotionale Risiken einzugehen. In der Summe wird es ihnen dadurch sehr einfach gemacht, sich schmerzhaften Prozessen der Persönlichkeitsentwicklung zu entziehen. Während weniger gefragte Persönlichkeiten schon recht früh erkennen müssen, dass das Leben auch aus einigen Kompromissen besteht, müssen sich attraktive und gefragte Menschen dieser Einsicht weniger stellen. Wenn du dich mal bei den Münchner Therapeuten umschaust, dann fällt dir auf, dass ehemalige Schönheiten von psychischen Problemen besonders stark betroffen sind. Sie müssen im hohen Alter all das nachholen, was hässliche Entlein bereits in jungen Jahren erledigt haben. Das betrifft zum Beispiel Egozentrik, falsch verstandenen Stolz oder die Überwindung von Ängsten. Und da du, liebe Mara, eines der schönsten und anmutigsten Wesen bist, die ich je gesehen habe, wird dieses ganze Thema wahrscheinlich auch dich betreffen. Es ist also mehr als wahrscheinlich, dass für dich jetzt die Zeit gekommen ist, in Sachen Sex diejenigen Schritte deiner Persönlichkeitsentwicklung nachzuholen, die du schon seit Jahren vor dir herschiebst. Das wird allerdings einen hohen Preis haben, und ich rede dabei nicht von Geld.«

»Und der wäre?«, fragte Mara verunsichert. Ihr bronzen schillernder Teint hatte sich inzwischen in eine nordeuropäische Blässe verwandelt.

»Du müsstest dich für einen begrenzten Zeitraum fremden Händen anvertrauen – und zwar mit Haut und Haaren. Man sagt dir, was du zu denken hast, man sagt dir, was du zu fühlen hast, und man sagt dir, was du zu tun hast. Du musst also entscheiden, ob jemand dir dein Krönchen wegnehmen darf.«

»Diese Vorstellung behagt mir nicht. Warum sollte ich das tun?«, fragte Mara ängstlich.

Andrea beugte sich näher zu Mara hinüber und flüsterte: »Weil es das Schönste sein würde, was du je erlebt hast.«

Lucy bekam eine Gänsehaut. Auch Mara lief ein Schauer über den Rücken. Sie drehte sich zu Lucy und sah sie fragend an. Lucy sagte mit gedämpfter Stimme: »Mach's, Mara! Wenn du willst, bleibe ich währenddessen bei dir. Ich vertraue Andrea, und ich denke, du kannst das auch.«

Maras hilflos wirkender Gesichtsausdruck veränderte sich. Plötzlich kam eine gewisse Entschlossenheit zum Vorschein. Schließlich antwortete Mara selbstbewusst: »Weißt du, Andrea, das ganze Thema belastet mich schon mein Leben lang. Schlimmer kann es nicht kommen. Ich habe nichts zu verlieren. Vielleicht ist jetzt tatsächlich die Zeit gekommen, ein schlimmes Problem von mir zu lösen. Mein Herz hat mich zu Lucy und an euren Tisch geführt, und ich spüre deutlich, dass vor mir eine weit geöffnete Tür aufgetaucht ist. Ich werde nicht den Fehler begehen, nicht hindurchzuschreiten. Schon zu viele offene Türen habe ich in meinem Leben ignoriert. Ich werde also meinen Kopf senken und meinen Körper an mein Schicksal verschenken. Ich mache das jetzt! Egal, was ein Profi mich kosten wird.«

»Ich lade dich ein, Mara, vorausgesetzt, ich darf dich zuvor massieren. Ich glaube, ich habe einen solchen Körper, wie du ihn hast, noch nie berührt«, sagte Andrea.

Lucy schaltete sich sofort ein und bettelte lachend: »Dann will ich aber auch!«

Maras Stimmung hob sich deutlich, und fröhlich sagte sie: »Na suuuper! Das ist doch ein gutes Geschäft. Was will ich mehr? Gerne lasse ich mich von euch beiden massieren, solange ich danach einen echten Mann und keinen kleinen Jungen abbekomme.«

Andrea kramte daraufhin in ihrer knallroten Handtasche nach ihrem Smartphone und verließ kurz den Tisch. Nach ein paar kurzen Telefonaten kehrte sie zurück: »Enzo hat uns sein Okay für seine Präsidentensuite gegeben. Solange wir alle bis Mitternacht wieder angezogen sind, können wir dort machen, was wir wollen. Und mein Kollege Sascha hat auch Zeit. Er wird in einer Stunde da sein.«

»Zahlen!«, rief Mara sofort dem Kellner zu und konnte sich nicht erklären, warum der Mann einen so verunsicherten Eindruck machte. »Ich gebe einen aus!«, rief sie fröhlich in die Runde und fragte dann die anderen beiden: »Aber was ist denn mit diesem Kellner los? Der will überhaupt nicht richtig an unseren Tisch kommen.«

Lucy und Andrea kicherten sich zu, sagten aber nichts.

»Schreiben Sie bitte alles auf meine Hotelrechnung«, wies Mara den Kellner an, der nun zögerlich erschienen war. Gleichzeitig zückte Andrea einen Zweihundert-Euro-Schein und hielt ihn dem jungen Mann entgegen: »Vielen Dank für Ihre Einsicht«, sagte sie trocken. Wortlos und irritiert nahm der Kellner das mehr als großzügige Trinkgeld an. Lucy, Andrea und Mara verließen beschwingten Schrittes das Restaurant.

Als sie die Tür zu Enzos Suite öffneten, breitete sich ein riesiger Raum vor ihnen aus. Sprachlos und tief beeindruckt von diesem Ambiente schlichen Lucy und Mara durch alle Zimmer. Die gesamte Suite umfasste neben einem riesengroßen Hauptraum inklusive eleganter Bar noch drei Schlafzimmer, einen Arbeitsbereich sowie zwei riesige Badezimmer. Alles war in Weiß gehalten. Zusätzlich schufen indirektes Licht, zahlreiche Skulpturen, gemütliche Sitzgarnituren und geschmackvoll ausgewählte Kunstgemälde eine ansprechende Atmosphäre.

Nachdem Andrea für ein paar Gläser Champagner und chillige Hintergrundmusik gesorgt hatte, kam sie gleich zur Sache: »So, meine liebe Mara. Ich schlage vor, dass du jetzt zwei Gläser auf ex trinkst, dann ziehen wir dich gemeinsam aus und bringen dich ins zweite Schlafzimmer. Das Bett dort ist mit seinen vier schönen Eckpfosten optimal geeignet.«

Mara wollte soeben einige Vorbehalte äußern, da wurde sie von Andrea auch schon unterbrochen: »Sag mir jetzt, ob du einwilligst, dass wir mit dir machen können, was wir wollen.«

Mara wusste sehr gut, dass es jetzt um Hingabe und Vertrauen ging, und beschloss, das Wagnis einzugehen: »Ja, schon gut. Das geht in Ordnung.«

Andrea ließ diese Antwort nicht gelten und forderte streng: »Sag es richtig, Mara!«

»Ihr könnt mit mir machen, was ihr wollt.«

Andrea aber ließ immer noch nicht locker: »Sag es bitte so, dass wir dir das glauben können. Ich möchte am Klang deiner Stimme erkennen können, dass du dich bewusst entschieden hast, dein Ego für ein paar Stunden aufzugeben.«

Mara spürte, dass sie Andrea nicht hinters Licht führen konnte. Ihr wurde plötzlich glasklar, dass es an der Zeit war, die Hosen herunterzulassen – ohne Wenn und Aber. Sie war sich sicher, dass Andrea den Abend sofort abbrechen würde, wenn sie ihre Distanz und Reserviertheit nicht sofort aufgab. Gleichzeitig bemerkte sie, wie tief sitzende Ängste versuchten, ihre Absicht zur Hingabe zu torpedieren. Plötzlich erinnerte sich Mara an die blonde Frau, die ängstlich vor einem Kaltwasserbecken stand und sich dennoch überwinden konnte, in die Eiseskälte hinabzusteigen. Mara schaute daraufhin Andrea und Lucy mit festem Blick an. In einem unmissverständlichen Tonfall sagte sie: »Macht mit mir, was ihr wollt. Ich gehöre jetzt euch!«

Andrea und Lucy wussten sofort, dass jetzt eine andere Mara vor ihnen stand. Eine Frau, die entschlossen war, ein seelisches Problem zu lösen, das sie schon seit zig Jahren quälte. Eine Frau, die ihren gesamten Mut aufbrachte, um tatsächlich loszulassen. Um sich auf ein Experiment einzulassen, dessen Ausgang sie nicht absehen konnte. Die einzige Sicherheit, die sie hatte, war das Vertrauen in Lucy.

Nachdem Mara zwei volle Champagnergläser auf ex getrunken hatte, wurde sie von Lucy und Andrea langsam und liebevoll ausgezogen. Anschließend führten sie Mara ins Schlafzimmer, um sie dort zu massieren. Mara erwies sich eine ganze Weile als harte Nuss, aber nach einer Stunde war es so weit. Lucy und Andrea spürten, dass Mara bereit war. Andrea beugte sich über Maras Gesicht, küsste sie zärtlich auf die Stirn und schaute ihr in die Augen. »Meine liebe Mara, willst du jetzt einen Mann haben?«

Mara nickte.

»Sag es!«, forderte Andrea. »Sag mir, was er mit dir machen soll.«

»Er soll mit mir Liebe machen«, kam deutlich, aber noch etwas zögerlich über Maras Lippen.

Andrea befahl Mara: »Sag es lauter! Sag endlich, was du willst! Wir verstehen dich noch nicht!«

Da schrie Mara plötzlich in das Schlafzimmer hinein: »Ich will jetzt durchgefickt werden, verdammt noch mal!«

Andrea nickte zufrieden, stand gelassen auf, nahm Lucy an die Hand und verließ mit ihr das Schlafzimmer. Mittlerweile saß an der Bar ein junger Mann mit auffällig breiten Schultern und halblangen, lockigen Haaren. Er sah Andrea mit seinen großen braunen Augen fragend an. Sie nickte ihm zu und sagte: »Der Engel ist so weit. Viel Glück, Sascha.«

Er stand wortlos auf, ging lässig an Lucy und Andrea vorbei und verschwand im Schlafzimmer. Da Lucy Mara versprochen hatte, auf sie aufzupassen, wies sie den Profi an, die Schlafzimmertür weit offen stehen zu lassen, damit Mara spüren konnte, dass zwei Frauen in ihrer Nähe waren.

Lucy war fasziniert von dieser prickelnden Atmosphäre, gab nur eines zu bedenken: »Ist der nicht ein bisschen zu jung?«

Andrea lachte. »Keine Sorge, er ist sehr einfühlsam und sehr erfahren. Er weiß, was zu tun ist. Mit seinen achtunddreißig Jahren hat er sicher mehr auf dem Kasten als neunzig Prozent aller über Fünfzigjährigen. Anscheinend hast du auch eine Schwäche für die alten einsamen Wölfe.«

Lucy fühlte sich ertappt: »Ja, wenn sie mich dann auch noch mit ihrem Intellekt und ihrer Weisheit beeindrucken, dann werde ich schwach.«

»Also hat es dir Enzo auch angetan?«, fragte Andrea amüsiert.

Lucy war es peinlich, sich zu einem Mann hingezogen zu fühlen, dessen Begleiterin gerade vor ihr saß. Sie wich daher etwas aus: »Na ja, ich weiß nicht. Was soll ich dazu sagen?«

»Mach dir keinen Kopf. Das ist kein Problem für mich«, entgegnete Andrea.

»Das ist lieb, aber ich denke, ich kann mich ja auch mal zusammenreißen«, erklärte Lucy, während sie aus dem nur wenige Meter entfernten Schlafzimmer eine offenbar zufriedene Mara hörte. Die Geräusche zeugten von einer Frau, um die man sich keine Sorgen machen musste. »Ich denke, es gefällt ihr. Das hört sich ziemlich vielversprechend an. Dieser Sascha scheint eine gute Wahl gewesen zu sein. Gut gemacht, Andrea!«

Andrea lauschte ebenfalls und wollte gerade antworten, als es plötzlich still wurde. Ein nackter Sascha spazierte daraufhin aus dem Schlafzimmer und grinste Lucy und Andrea freundlich an. »Keine Sorge, ich vermute, ich muss heute noch öfter unterbrechen. Aber das kriegen wir schon hin. Darf ich mir an der Bar einen Drink nehmen?«, fragte er höflich nach. Lucy war von seinem Körper sichtlich beeindruckt. Auf Andreas Nicken hin schenkte Sascha sich etwas ein und verweilte so lange an der Bar, bis er schließlich Mara rufen hörte. Er stand auf und verschwand wortlos wieder im Schlafzimmer.

Andrea schmunzelte: »Ich glaube, er bekommt das hin.«

Lucy war begeistert: »Wenn das klappt, dann verneige ich mich aber zutiefst vor deinem Kollegen. Normalerweise brauchen Frauen Jahre, um sich vollständig öffnen zu können.«

»Ja, ich weiß, aber Sascha ist ein Naturtalent. Er ist auf solche Fälle spezialisiert. Er kann schnell das Vertrauen des weiblichen Unterleibs gewinnen. Ich denke, es ist keine Frage der Technik, sondern wie viel Liebe du in dir trägst.«

Lucy dachte sofort an Sam. »Ich glaube, ich weiß, was du meinst. Wenn mich zum Beispiel mein Liebster nur mit seinen Händen berührt, dann geht es bei mir unten schon los. Wenn wir uns dann innig umarmen, ist es endgültig um mich geschehen. So etwas kann man nicht erlernen. Es gibt Männer, die haben das einfach an sich.«

»Das gilt nicht nur für Männer«, ergänzte Andrea. »Dasselbe sagen meine Kunden über mich. Ich denke, das alles hat etwas mit Gesundheit zu tun. Wenn du einen Menschen umarmst, fühlst du, ob er gesund ist.«

»Gesundheit? Das habe ich ja noch nie gehört, dass jemand in diesem Zusammenhang von Gesundheit spricht«, meinte Lucy, während sie schon wieder Sascha erblickte, der hinter ihr vorbei zur Theke marschierte. Es dauerte jedoch nicht lange, da hörten sie wieder Maras Stimme – diesmal allerdings in einem deutlich ungeduldigeren Tonfall als zuvor. Andrea grinste Lucy wissend an und sagte: »Mal sehen, wie lange das noch so geht. Anscheinend will Mara ihren Kopf noch nicht vollständig aufgeben. Letzten Endes geht es um das Thema, das wir unten im Restaurant besprochen haben. Wenn du noch unter der Kontrollsucht deines Kopfes leidest, wird natürlich auch deine Intuition getrübt. Du überhörst deinen Bauch, wie er versucht, dir zu sagen: *Mach dir keine Sorgen, alles ist gut, es besteht keine Gefahr.* Dieses Problem löst Sascha gerade, indem er Maras Kopf mehr als deutlich macht, dass er nichts mehr zu melden hat.«

»Verstehe! Sascha sucht momentan noch den Ausschaltknopf von Maras Kopf, Mara hingegen denkt, es ginge um Sex.«

»Nicht nur das. Wenn er Maras Kopf bezwungen hat, dann folgt gleich die nächste Herausforderung. Er hat darauf zu achten, dass sie nicht in irgendwelche Fantasiewelten abdriftet. Denn dann wäre der Akt nichts anderes als nur eine Masturbation mit einem lebenden Körper. Sascha muss es also auch noch hinbekommen, dass Mara sich mit ihm vereinigt und er nicht als fleischgewordener Dildo missbraucht wird.«

Lucy nickte wissend: »Ich kenne das. Es ist ein großer Unterschied, wenn du auf einmal spürst, wie die weibliche und die männliche Energie zusammenfinden. Dann ist eins plus eins nicht mehr zwei, sondern plötzlich drei.«

»Ja, wenn die Polarität verschwindet, dann erlebst du die wahre Natur der Zusammenkunft. Aber so weit sind wir ja noch nicht. Für Mara geht es jetzt erst mal darum, ihre geistigen Vorstellungen über Sex zum Teufel zu jagen. Das ist wie im richtigen Leben. Wenn Menschen aus ihren Hypnosen erwachen, erleben sie etwas, was sie sich zuvor überhaupt nicht vorstellen konnten. Dann kommt ihr wahres Naturell zum Vorschein. Der Körper kommt in seine Harmonie und beginnt wieder so zu funktionieren, wie es von der Natur vorgesehen ist. Der Mensch erlangt seine wahre Gesundheit zurück und beginnt wieder zu leuchten. Das fühlst du natürlich. Nicht nur bei dir selbst, sondern auch bei anderen. So wie du es fühlst, wenn dich dein Schatz berührt. Das ist nichts anderes als die körperliche Auswirkung von Authentizität. Und ein authentischer Mensch wird immer gesünder sein als jemand, bei dem die ganze Lebensenergie krankhaft im Kopf feststeckt. Und genau das ist es, was dich dahinschmelzen lässt.«

Lucy fiel ihr biologisches Grundwissen in Sachen Evolution ein. »Je länger ich darüber nachdenke, umso sinnvoller ist es, das Ganze Gesundheit zu nennen, schließlich ist die Evolution darauf erpicht, ausschließlich Gene gesunder Menschen zu reproduzieren. Damit müsste die sexuelle Anziehungskraft tatsächlich mit der Gesundheit zusammenhängen, denn nur so ist sichergestellt, dass nur die Gesündesten den größten Fortpflanzungserfolg erzielen. Das heißt, lebe ich weitestgehend angstfrei, weil ich mir selbst oder Gott oder sonst wem vertraue, löse ich auch gleichzeitig alle gesundheitlichen Konflikte in meinem Körper auf. Er beginnt aufzuleben, und ich entwickle eine Ausstrahlung, die auf andere Menschen anziehend wirkt.«

»Ja, ich denke schon. Die Überwindung von Ängsten stellt immer eine Entlastung unseres Körpers dar und verbessert unsere

Gesundheit. Schau dir doch mal kleine Kinder an, die von der Gesellschaft oder von den Medien noch nicht hypnotisiert sind. Sie leiden unter keinen diffusen Ängsten, weil sie ihr Leben noch nicht mit Fremdkonzepten belasten. Kinder können stundenlang spielen und toben. Sie brauchen keinen Sinn. Sie können ewig lange quietschend oder kreischend sinnlose Dinge tun, ohne je ihren Spaß daran zu verlieren. Da steht unbegrenzte Lebensenergie zur Verfügung. Das ist Gesundheit! Oder denke an die vielen kleinen Jungs, die in der Lage sind, einen ganzen Nachmittag lang ein riesiges Fußballfeld hoch- und runterzurennen, ohne irgendwelche Ermüdungserscheinungen zu zeigen. Die brauchen dazu kein großartiges Training. Das ist Angstfreiheit, das ist Liebe, das ist Leben, das ist Energie, das ist die Abwesenheit von Krankheit!«

Lucy wollte Andrea gerade antworten, als mal wieder Sascha hinter ihnen vorbeistolzierte, um seine Runde durch die Präsidentensuite zu drehen. Diesmal hörten Lucy und Andrea aber eine ganz andere Mara aus dem Schlafzimmer rufen. Sie erschraken förmlich von der Lautstärke und dem Tonfall. Konsterniert hörten sie Mara schreien: »Nein, nein! Geh nicht schon wieder weg, ich war kurz davor. Das gibt es doch nicht! Fick mich endlich zu Ende, du elender Scheißkerl! Komm sofort zurück, du beschissener Blödmann! Fick mich endlich bis zum Schluss, verdammt noch mal!«

Sascha schaute entspannt Lucy und Andrea an, die völlig verdutzt waren. »Ich glaube, sie ist bereit, loszulassen. Ihre andere Seite kommt langsam zum Vorschein«, sagte er trocken und verschwand wenige Minuten später wieder in seinem *Arbeitszimmer*.

Andrea sah Lucy siegessicher an. »Es klappt, Lucy! Es klappt tatsächlich – ihre Maske fällt. Wäre das für diesen zauberhaften Engel nicht wunderbar?« Lucy war komplett aus dem Häuschen und verstand sofort, welches Wunder der menschlichen Sexualität auf Mara wartete. Die Geräuschkulisse aus dem Schlafzimmer wurde immer eindeutiger, dann hörten sie die Stimme einer völlig losgelösten Frau. Es vergingen nur wenige Minuten, die Lucy innehielt, um schließlich Andrea zuzurufen: »Das war er!«

»Ja! Ja! Das war er! Eindeutig!«, jubelte Andrea, während sie auf ihrem mit weißem Wildleder bezogenen Sessel freudig hin und her rutschte.

Jetzt lag absolute Stille über der Suite. Nichts war mehr zu hören. Mucksmäuschenstill harrten Andrea und Lucy nun der Dinge, die da kommen würden.

Lucy machte sich nach einer Weile Sorgen und sagte: »Komm, Andrea, wir müssen schauen, ob alles in Ordnung ist.« Lucy nahm Andrea an die Hand und zog sie an die offen stehende Tür des Schlafzimmers. Da bot sich ihnen ein herzzerreißendes Bild: Mara lag weinend in Saschas Armen, der sanft ihr Haar streichelte. Es schien, als hätte Mara einen Weinkrampf, der nicht mehr aufhören wollte.

»Das innere Leid der letzten Jahre kommt jetzt auf einmal hoch«, flüsterte Andrea Lucy zu, während sie noch am Türrahmen standen. »Komm, Lucy, lass uns gehen. Mach dir keine Sorgen. Sascha macht das schon. Unsere Süße befindet sich in guten Händen.«

Lucy und Andrea schlossen gerade bedächtig die Schlafzimmertür, um sich auf Zehenspitzen vom Geschehen zu entfernen, als auf einmal ein fröhlicher Enzo in die Suite hineinmarschierte.

Andrea schaute verwundert auf die Uhr und stellte fest, dass schon vier Stunden verstrichen waren. Enzo bemerkte ihren entschuldigenden Blick, kam ihr aber zuvor und sagte ausgelassen: »Seid ihr mit eurer Aktion noch nicht fertig? Da habt ihr aber einen schweren Fall erwischt.« Anscheinend juckte Enzo dieser zeitliche Verzug wenig, denn es wirkte nicht so, als würde sich seine gute Laune auch nur im Geringsten reduzieren.

Lucy freute sich, den alten Gentleman zu sehen, und begrüßte ihn mit einem breiten Lächeln: »Guten Abend, lieber Enzo. Wie ist es denn gelaufen?«

»Einwandfrei«, erwiderte Enzo, »alle haben meiner Rede artig zugehört, obwohl ich allen richtig eingeschenkt habe – zumindest wissenschaftlich. Im Anschluss sprachen mich sogar einige renommierte Neurologen an und zollten mir ihre Dankbarkeit, weil sie schon lange mit ihrer These, dass nur unser Kopfgehirn den Menschen ausmache, nicht weiterkämen. Ich konnte fundierte und hochanspruchsvolle Diskussionen mit neugierigen Spitzenwissenschaftlern führen, was mich immer sehr, sehr glücklich macht.«

»Wie man sieht«, freute sich Andrea über Enzos gute Laune. »Es könnte aber noch ein bisschen dauern, bis das Schlafzimmer frei wird.« Andrea bereitete Enzo zaghaft darauf vor, dass jederzeit zwei nackte Menschen aus einem seiner Schlafzimmer herausspazieren könnten.

»Ach, meine Liebe, das ist doch kein Problem«, sagte Enzo, der sichtlich aufgekratzt war. »Wenn die zwei ein paar schöne Stunden zusammen haben, dann ist das doch wunderbar!«

Andrea korrigierte Enzo: »Gehabt haben – Sascha und Mara haben es schon vollbracht. Bei Mara kamen aber ganz offensichtlich noch einige angestaute Gefühle der letzten Jahre hoch.«

Enzo erwiderte sichtlich erfreut: »Oh, Sascha ist da und kümmert sich? Das ist ja großartig, da müssen wir uns ja wirklich keine Sorgen machen. Das gönne ich der Dame, eine so feinfühlige und kompetente Betreuung zu haben. Dann sollten wir ihnen auch so viel Zeit einräumen, wie sie benötigen. Zu weinen ist einer der gesündesten Heilungsprozesse, sagen manche Psychologen. Mir hat mal ein Freund gesagt: Tränen sind die Waschmaschinen unserer Augen, damit wir wieder richtig sehen können und aufhören, blind durch die Welt zu rennen. – Abgesehen davon bemerke ich, dass ihr mit Getränken zwar gut versorgt seid, aber ich hätte noch ein bisschen Appetit. Wie sieht es bei euch aus? Wollt ihr auch noch etwas essen? Ich werde mal die Rezeption anrufen.« Da bemerkte Enzo eine gewisse Unruhe bei Lucy und schloss daraus, dass sie etwas zurückhielt. »Na los, Lucy, sprich es aus. Worauf hast du denn Lust?«

Lucy war sich ein wenig unsicher, ob es nicht unverschämt wäre, die ganze Gruppe mit ihren kulinarischen Vorlieben zu belästigen.

Enzo spürte das und bat Lucy nochmals, nicht so schüchtern zu sein: »Auf, Lucy! Was magst du gerne essen?«

»Sushi«, antwortete Lucy kleinlaut. Enzo schaute zu Andrea, die zustimmend nickte, und griff nach dem Hoteltelefon. Freundlich teilte er der Rezeption mit, sie solle sich Gedanken machen, wo sie um diese Zeit noch japanisches Essen herbekommen könnte. Nachdem er aufgelegt hatte, sagte er: »Ich denke, die schaffen das.«

Es verging keine Stunde, bis Lucy, Andrea und Enzo vor einem Berg ausgewählter japanischer Köstlichkeiten saßen. Schließlich öffnete sich auch die Schlafzimmertür, und Sascha kam Hand in Hand mit Mara herausstolziert – beide trugen weiße Hotelbademäntel. Und tatsächlich, Lucy sah eine völlig veränderte Mara. Sie spürte sofort die bisher vermisste innere Schönheit. Maras neue Ausstrahlung ließ den gesamten Raum leuchten.

»Frau Doktor Frigand? Sie hier? Das ist doch jetzt mal eine tolle Überraschung!«, rief Enzo aus. »Herzlich willkommen in meiner Suite. Kommen Sie, setzen Sie sich zu uns und stärken Sie sich ein wenig.«

Mara schien die Situation im ersten Augenblick etwas peinlich zu sein, aber ihre neue Lebensfreude konnte offensichtlich alles kompensieren. Sie war sogar zum Scherzen aufgelegt: »Wer hätte gedacht, dass ich mal in Ihrem Schlafzimmer landen würde, Herr Doktor Mancini.«

Die Runde begann, einstimmig zu lachen, und schnell war die unangenehme Situation überwunden. Mara schlug Enzo vor: »Lieber Herr Doktor Mancini, da wir beide Ärzte sind, könnten wir gemeinsam vereinbaren, dass wir den heutigen Abend unter den Schutzschirm unserer medizinischen Schweigepflicht stellen. Wären Sie damit einverstanden?«

»Das ist ein sehr guter Vorschlag, liebe Frau Doktor Frigand. Einverstanden! Nichts aus diesem Raum wird je nach außen dringen. Dann tun Sie mir aber bitte den Gefallen und nennen mich Enzo.«

Mara stimmte zu, und Enzo begrüßte jetzt auch ihren Begleiter: »Schön, dich mal wiederzusehen. Hast du noch weitere Termine?«

»Jetzt nicht mehr. Meinen Folgetermin habe ich bereits verpasst«, antwortete der junge Mann in seiner typisch trockenen Art.

»Komm, Sascha, dann setz dich her, und wir machen uns alle einen schönen Abend«, schlug Enzo vor.

Es vergingen keine zehn Minuten, da stand Mara plötzlich von ihrem Barhocker auf – allem Anschein nach konnte sie sich eines bestimmten Verlangens nicht erwehren. Sie nahm Lucy in ihre Arme und drückte sie, so fest sie konnte. Nach ein paar Sekunden wandte sich Mara Andrea zu, um sie ebenso intensiv zu umarmen. Mara begann zu weinen, und Andrea hörte sie leise sagen: »Oh, Andrea, ich danke dir so sehr. Es war ein unglaublich schönes Erlebnis – so, wie du es vorhergesagt hast. Du kannst dir gar nicht vorstellen, welch ein Stein mir vom Herzen gefallen ist. Jetzt endlich weiß ich, dass ich nicht frigide bin.«

Während Mara noch eine Weile weinend in Andreas Armen lag, wurde der einfühlsamen Runde bewusst, dass diese wunderschöne und hochgebildete Frau doch mehr an ihrem vermeintlichen Problem gelitten hatte, als sie alle vermuten konnten. Lucy, Enzo und Sascha wollten gerade von ihren Plätzen aufstehen, um die beiden Frauen allein zu lassen, als Mara schluchzend sagte: »Bleibt bitte alle sitzen, ich will nicht mehr heulen. Ganz im Gegenteil – ich will jetzt feiern. Stoßt ihr mit mir an?« Ein strahlendes Lachen eroberte nun Maras Gesicht, und alle erhoben begeistert ihre Gläser. Mara sprach lauter, als man es von ihr gewohnt war: »Es lebe das Wunderwerk des weiblichen Körpers!«

Als die Gläser klirrten, wandte Mara sich Sascha zu, um ihm liebevoll zu sagen: »Und dir, mein allerliebster Scheißkerl, danke ich natürlich ebenso – besonders für deine unendliche Geduld mit mir.« Alle stimmten in Maras neue Fröhlichkeit mit ein, und die Theke wurde zum Mittelpunkt einer kleinen spontanen Feier.

Es verging eine ganze Weile, da wurde Mara wieder etwas nachdenklicher. Sie war noch zu sehr von ihrem heutigen Erlebnis berührt. Sie schaute Lucy an und fragte: »Jetzt weiß ich, wie sich ein Körper anfühlt, in dem Gefühle frei zirkulieren können. Ist es das, was du meintest, als du mir von den Tanzübungen mit deiner Freundin erzählt hast?«

Lucy nickte etwas abwesend, weil ihre ganze Konzentration auf dem Essen lag. Mit einem etwas zu großen Futo-Maki im Mund antwortete sie: »Genau, mein Schatz. Funktionieren alle Organe deines Körpers so, wie sie sollen, dann spürst du eben, wie sich Leben anfühlt. Man könnte es auch schlicht Gesundheit nennen, habe ich vor ein paar Minuten von Andrea gelernt.«

Mara beobachtete Lucy schmunzelnd dabei, wie sie genüsslich ein Nigiri in ihren Mund schob, und sagte: »Auf jeden Fall spüre ich, dass eine große Last von mir abgefallen ist. Ich denke, mein Herzmagnetfeld ist so stark wie noch nie. Jetzt kann ich aus eigener Erfahrung beschreiben, wie sich Herzgesundheit tatsächlich anfühlt.«

Da fragte Enzo sie: »Hättest du vielleicht Lust, dir in Erinnerung zu rufen, was im Vorfeld, bis zu deiner finalen Problemlösung, geschehen ist?«

Mara blickte auf Lucy, während sie Enzo antwortete: »Wenn ich es mir recht überlege, war der Anlass eine Frau, die ich vor einem Kaltwasserbecken beobachtete, nachdem sie aus der Sauna gekommen war. Ich habe sie angesprochen. Wir haben uns kennengelernt, und durch sie bin ich auf Andrea gestoßen. Andrea wiederum hat mich mit Sascha bekannt gemacht. Und er entwickelte sich schließlich zum finalen Problemlöser.«

Mara beugte sich zu Sascha hinüber und gab ihm einen dicken Kuss: »Danke noch einmal, du wundervoller Mann.«

Nun schaltete sich Andrea ein: »Hättest du das alles im Voraus planen können?«

»Nie und nimmer«, Mara schüttelte den Kopf. »So viele glückliche Fügungen bewusst herbeizuführen, das ist undenkbar.«

»Aber was war denn diesmal anders?«, fragte Sascha. »Schließlich hast du dein Problem schon jahrelang mit dir herumgeschleppt.«

Mara wusste genau die Antwort: »Im Gegensatz zu früher bin ich diesmal volles Risiko gegangen. Ich habe nicht nur eine wildfremde Frau grundlos angesprochen, sondern zudem viel Privates von mir offenbart, was normalerweise nicht meine Art ist. Beim Zusammentreffen mit Andrea verhielt es sich ähnlich: Sie wusste bereits nach fünf Minuten, was eine Nacht zuvor in meinem Bett passiert war. Und schließlich musste ich große Ängste überwinden, als Andrea mein Einverständnis verlangte, dass sie mit mir machen könne, was sie wolle. Und dann gab es natürlich noch einen unbekannten Mann, dem ich die Erlaubnis gab, das Schlafzimmer zu betreten, obwohl ich splitternackt und bewegungsunfähig wie auf dem Präsentierteller dalag.«

»Hattest du bei deinen Entscheidungen immer eine Wahl?«, wollte Sascha wissen.

»Wenn ich es mir recht überlege: ja, sicher. Nicht nur Andrea und Lucy, sondern besonders auch du habt mir regelmäßig mehr als deutlich gemacht, dass ich nur einen Mucks von mir geben müsse, dann wäre sofort mit allem Schluss.«

»Und was deine Offenheit in den Gesprächen angeht, hattest du da das Gefühl, keine Wahl zu haben?«

Mara konzentrierte sich kurz und stellte fest: »Nein, es gab nie die Situation, in der ich den Eindruck hatte, jemand würde mich bedrängen oder mich ausfragen.«

Sascha bohrte weiter: »Und als ich im Bett keine Rücksicht auf deine Wünsche genommen habe, ist dir da etwas Unangenehmes aufgefallen?«

Mara lachte: »Auf jeden Fall! Das war für mich anfangs sogar sehr unangenehm. Leider wurde ich gleichzeitig immer schärfer auf dich. Dadurch befand ich mich schnell in einem inneren Konflikt. Auf der einen Seite wollte ich auf keinen Fall riskieren, dass du aufhörst, auf der anderen Seite spürte ich eine große innere Verärgerung darüber, dass es nicht nach meinem Kopf ging.«

Lucy, die sich gerade über ein Te-Maki hermachen wollte und offensichtlich in dem schwierigen Entscheidungsprozess steckte, welche Soße wohl dazu passen könnte, ließ plötzlich vom Essen ab und hob den Kopf. Alle anderen horchten ebenfalls auf. Die ganze Runde grinste, und alle Augen waren auf Mara gerichtet. Mara stockte der Atem, und sie wiederholte ihren letzten Satz sehr langsam: »… d a s s   e s   n i c h t   n a c h   m e i n e m   K o p f   g i n g !« Mara holte tief Luft. »Wow!«

Enzo beugte sich zu Mara hinüber und streichelte über ihren Arm. »Meine liebe Mara, ich kann dir eines bestätigen: Exakt ab dem Zeitpunkt, da ich diesen Irrsinn aufgab, zu meinen, dass alles nach meinem Kopf zu gehen hätte, exakt ab diesem Punkt wurde ich vom Wunder des Lebens geküsst. So, wie du jetzt auch.«

Mara schossen wieder Tränen in die Augen. Sie fühlte, dass dies ein Wendepunkt in ihrem Leben war. Sascha befürchtete sofort, dass ein neuer Weinkrampf bevorstehen könnte, stand schnell auf und nahm Mara fest in seine Arme. Sie nahm sein einfühlsames Angebot an und weinte sich an seiner Schulter aus.

Andrea wartete, bis sich der emotionale Zustand von Mara wieder beruhigt hatte, und hob ihr Glas empor: »Lasst uns diese intensiven und schönen Stunden nie wieder vergessen!«

Alle waren von diesem Trinkspruch angetan und stießen voller Freude miteinander an.

Während Enzo sich ans Telefon begab, um bei der Rezeption mehr Champagner zu ordern, prostete Mara ein zweites Mal Andrea zu und sagte: »Ich verstehe jetzt auch, was du vorhin damit gemeint hattest, als du sagtest, ich würde an der Schönheitskrankheit leiden. Ich denke, ich habe es begriffen. Du hast recht, ich hatte dank meines Aussehens, meiner Bildung und meiner Intelligenz mehr Möglichkeiten, meinen Kopf durchzusetzen, als andere. Seit ein paar Stunden ist mir jedoch klar, dass dies mein Leben lang nie zum Vorteil war.«

Enzo, wieder bei ihnen, sagte daraufhin: »Und jetzt weißt du, wie ein Bauchgehirn funktioniert. Deine Intuition hat dich in der Sauna Lucy ansprechen lassen, denn dein Bauch wusste sehr wohl, dass Lucy ein Problemlöser für dich ist. Du hast agiert, obwohl dein Kopf völlig ahnungslos war. Dein enterisches Nervensystem hingegen weiß immer, was gut für dich ist. Das ist die unendliche Macht und große Magie unseres Unterbewusstseins.«

Lucys Aufmerksamkeit galt zwar jetzt wieder einem großen Futo-Maki, dennoch war von ihr zu hören: »Mara, wir hatten also gestern einen Denkfehler in unseren Überlegungen. Leider hast du vorhin noch nicht bei uns gesessen, als wir das Ganze besprochen haben. Kannst du dich erinnern, wie du gestern befürchtet hast, dass ich beziehungsweise mein Herzmagnetfeld es war, das dich dazu verleitet hat, mich in der Sauna anzusprechen? Du hattest Sorge, dass du grundsätzlich nur eine Marionette stärkerer Herzen sein könntest. Jetzt müsste dir klar geworden sein, dass wir falsch lagen. Nicht mein Herzmagnetfeld, sondern dein eigenes Bauchgehirn hat dich ermutigt, mit mir in Kontakt zu treten. Das enterische Nervensystem ist offenbar direkt mit unserem Herzen verbunden. Unser Bauchgehirn dient unserem Herzgehirn. Wahrscheinlich versucht unser Bauch fortwährend, unser Herz von schweren Steinen zu befreien, damit es keine heiligen Arschlöcher mehr vor unseren Augen braucht, die unsere wahren Sehnsüchte spiegeln. Unser Bauch führt uns durch die Realität, unser Herz erschafft unsere Realität, und unser Kopf bewältigt schließlich die Realität. Jetzt ist auch nachvollziehbar, warum die Evolution so riesengroße Kopfgehirne hervorgebracht hat. Unser Kopf hat nämlich das komplette Tagesgeschäft zu bewältigen. Bei ihm läuft alles zusammen. Er muss alle Informationen sammeln, verarbeiten und umsetzen. Er hat den gesamten Alltag im Hier und Jetzt zu meistern. Und nun ist auch deine gestrige Frage geklärt, warum ich als eine offene Tür vor dir aufgetaucht bin. Dein Bauch erkannte mich schon gestern als eine für dich offen stehende Tür, obwohl dein Ego noch keinen blassen Schimmer haben konnte, welch magischer Moment dich am folgenden Tag erwarten würde. Der Bauch erlöst unser Herz, damit dieses die magnetische Kraft zur Erschaffung von Realitäten wiedererlangen kann. Damit ist eigentlich der Bauch und nicht das Herz unser göttlicher Helfer für all unsere zukünftigen Sehnsüchte.«

Andrea ergänzte Lucys Worte: »Im Prinzip steht die menschliche Sexualität stellvertretend für alle göttlichen Prinzipien unseres Daseins. Leben und Glück stehen in der gleichen Relation wie Sex und Orgasmus. Erst wenn ich mich dem Leben hingegeben habe, werde ich den absoluten Glücksmoment erfahren, und nicht umgekehrt. Unsere Hingabefähigkeit und nicht die Pläne unserer Köpfe führen uns zu unserem finalen Lebenshöhepunkt. Dies zu begreifen, ist besonders für Frauen sehr schwierig. Sie sind da von der Natur einfach benachteiligt. Da haben es Männer einfacher.«

Enzo runzelte die Stirn. »Jetzt machst du mich aber neugierig, meine Liebe. Warum sollten es Männer leichter als Frauen haben, sich hinzugeben?«

»Nun«, entgegnete Andrea, »weil Hingabe immer einen Kontrollverlust darstellt – also ein emotionales Risiko. Du brauchst also eine gehörige Portion Mut. Die Funktion unserer Geschlechtsteile ist ein gutes Beispiel für dieses Lebensprinzip. Sie entziehen sich zu hundert Prozent unserer bewussten Einflussnahme. Der Unterleib des menschlichen Körpers ist damit ein Symbol für die Aufgabe von Kontrolle. Und genau da haben es Männer viel einfacher, das erst einmal zu verstehen. Sie erlernen schon als kleine Jungen, dass sich Risikobereitschaft lohnt. Männer haben den großen Vorteil, dass sie schon rein optisch erkennen können, ob ihre Hingabefähigkeit funktioniert oder nicht. Bereits in ihrer Pubertät zeigt ihnen ihr Ding an, ob sie verkrampft sind, sich nichts zutrauen oder nicht loslassen können, wenn sie nackt vor einem Mädchen stehen. Das heißt, sie lernen schon in ihrer frühesten Jugend, das Risiko einzugehen, sich in intime und ungeschützte Situationen zu begeben. Sie brauchen nur an sich hinunterzusehen, um darüber Bescheid zu wissen, ob sie ausreichend losgelassen haben oder nicht. Junge Mädchen hingegen haben diesen optischen Vorteil leider nicht. Und damit haben sie es viel schwerer, sich selbst auf die Schliche zu kommen, weil alles im Verborgenen abläuft. Jungen werden also aufgrund der deutlichen Sichtbarkeit ihres Geschlechtsteils viel früher in ihrem Leben damit konfrontiert, dass bestimmte Dinge ohne entsprechende Hingabe nicht funktionieren. Von diesem zeitlichen Entwicklungsvorsprung profitieren sie ihr Leben lang.«

Sascha war überrascht. »Das erklärt wirklich gut, warum Jungs in Sachen Mutentwicklung Vorteile gegenüber Mädchen haben. Als junger Mensch hast du noch nicht das Körpergefühl eines Erwachsenen. Da ist es enorm hilfreich, schon allein optisch feststellen zu können, ob du die Kontrollsucht deines Egos zum Teufel gejagt hast oder nicht.«

Mara, die amüsiert zusah, wie Lucy ein weiteres Nigiri in ihrem Rachen verschwinden ließ, klinkte sich auch wieder in das Gespräch ein: »Mir ist auf jeden Fall klar geworden, dass ich mich jahrelang von Vorstellungen, wie sich eine intelligente Powerfrau im Bett zu verhalten habe, täuschen ließ. Fremdübernommene Ideen von Sex haben mir viel zu viele unglückliche Jahre beschert. Ich habe das Gefühl, erst jetzt mit dem wirklichen Leben beginnen zu können.«

Lucy verriet: »Das kann ich absolut nachvollziehen. Auch ich habe in meinem Leben noch nie so viele wunderbare Tage verbracht wie in den letzten Wochen. Es fühlt sich an wie eine Art Erwachensprozess. Oder anders ausgedrückt: Wir erwachen aus zahlreichen Hypnosen, in die wir uns im Laufe unseres Lebens mithilfe von Medien, Umfeld und Gesellschaft begeben haben.«

»Jetzt drängt sich nur eine weitere Frage auf«, sagte Enzo: »Warum konnte sich Maras kleines Lebensproblem nicht schon früher auflösen?«

Mara kannte die Antwort: »Ich denke, weil erst jetzt die Zeit dafür reif war. Ich habe in meiner Vergangenheit nie so viele glückliche Fügungen erlebt.«

»Bist du dir da sicher?«, fragte Enzo. »Kannst du dich nicht mehr daran erinnern, wie wir vor fünf Jahren – ebenfalls im Rahmen einer Preisverleihung – zusammengesessen haben? Damals war es dein Ehemann, der geehrt wurde. Und zwei Wochen später war ich bei euch auf eine Gartenparty eingeladen.«

»Stimmt, du hast recht!«, erinnerte sich Mara. »Das ist mir tatsächlich entfallen. Du wurdest doch von so einer Supertussi begleitet, die mit ihrem heißen, rückenfreien Minikleid und ihren 15er High Heels alle Männer verrückt gemacht hat.«

Enzo überhörte gentlemanlike diesen kleinen Seitenhieb und fuhr fort: »Mir wurde auf der Party schnell klar, dass nahezu alle Gäste bereits darüber Bescheid wussten, dass eure Ehe schon seit Jahren kaputt war und ihr beiden einige Affären am Laufen hattet. Zu später Stunde saßen wir, du und ich, schließlich auf eurer Terrasse und haben uns unter vier Augen unterhalten.«

»Stimmt, auch daran kann ich mich jetzt wieder erinnern.«

Andrea sagte: »Und in diesem Gespräch hattest du dich sicher nicht wohlgefühlt, denn Enzo kennt in der Regel keine Distanz und versucht grundsätzlich, eine persönliche und tiefgründige Unterhaltung zu führen. So etwas mögen viele nicht.«

Mara überlegte kurz. »Du hast recht. Ich war ziemlich angespannt, weil ich das Gefühl hatte, dass Enzo mir zu nahe kam und sich mit mir über Themen unterhalten wollte, die ihn nichts angingen. Ich war der Meinung, dass mein Gesprächspartner gerade dabei war, übergriffig zu werden.«

»Bist du nicht auf die Idee gekommen, dass Enzo nur versuchte, langweiligen Small Talk zu vermeiden?«, fragte Andrea.

Verwundert erwiderte Mara: »Auf diese Idee bin ich nicht gekommen. Aber ich weiß, dass sich tatsächlich eine ungewöhnliche Situation ergeben hatte. Denn wir saßen plötzlich – obwohl wir uns noch nicht richtig kannten – etwas abseits alleine zusammen. Mein Gatte war nicht auffindbar, und Enzos Begleiterin war anderweitig im Gespräch. Es entstand eine gewisse Intimität, aus der ich schnellstmöglich flüchten wollte.«

Da sagte Lucy, an Andrea und Enzo gewandt: »Ich muss gestehen, dass auch mich im Restaurant eure Offenheit und Direktheit im ersten Moment etwas erschreckte. Aber wahrscheinlich ist es genau diese Art, zu kommunizieren, die euch beide ausmacht. Das Ergebnis gibt euch auf jeden Fall recht. Selten habe ich erlebt,

dass eine Begegnung in so kurzer Zeit zu einer derartig geistreichen und authentischen Verbindung führte.«

»Danke für das schöne Kompliment«, sagte Enzo. »Ich gebe es gerne an dich zurück. Aber im Prinzip geht es Andrea um etwas ganz anderes. – Sie hatte übrigens an dem erwähnten Tag keine Zeit gehabt und mir eine Vertreterin organisiert, die mich auf die Gartenparty von Mara begleitete. Auch Sascha hatte ich vor fünf Jahren bereits gekannt. – Hätte Mara ihre vornehme Reserviertheit damals schon fallen lassen und wäre unsere Unterhaltung ein wenig offener verlaufen, dann hätte Maras Problem sich möglicherweise bereits vor fünf Jahren lösen können.«

Lucy spürte plötzlich wieder ihre Gänsehaut. »Unabhängig davon, dass wir wieder bei dem Thema angelangt sind, Personen zuzuhören, die scheinbar zufällig unseren Weg kreuzen, weiß ich, worauf du hinauswillst: Du sagst, dass wir tagtäglich von Umständen umgeben sind, die alle unsere Probleme lösen, Wünsche erfüllen oder Fragestellungen augenblicklich beantworten könnten. Wir müssten nur richtig auf das schauen, was unsere Intuition unserem Kopf aufzeigen will.«

Enzo sagte: »Intuition ist immer da! Unsere neuronalen Netzwerke sind letztendlich Generatoren für Nervenimpulse. Das heißt, auch unser enterisches Nervensystem sendet permanent und unermüdlich Stromstöße ab, die uns mitteilen, was zu tun oder zu unterlassen ist. Um es mit einem Beispiel zu verdeutlichen: Stell dir vor, du sitzt in einem hochmodernen selbstfahrenden Auto. Das Navigationssystem kennt die Straßenführung sowie das Ziel, und die Steuerung übernimmt den Rest. Du müsstest nur dasitzen und beobachten, wie dein Auto fährt. Manchmal biegt es automatisiert ab, und ein anderes Mal erkennst du eine Beschleunigung oder einen Bremsvorgang. Schließlich erreichst du ausgeruht dein gewünschtes Ziel. So weit, so gut. Jetzt hast du aber einen schlechten Tag und beginnst zu zweifeln. Du traust der Blackbox deines Autos nicht mehr und beschließt, in das Geschehen einzugreifen. Dann trittst du auf die Bremse, während der Motor Gas gibt. Du fuchtelst am Lenkrad herum, obwohl dein Auto geradeaus fahren möchte, und schließlich gibst du Gas, obwohl die Steuerung deines Autos befiehlt, stehen zu bleiben. Keine Technik aber ist unendlich belastbar. Wenn du permanent auf dem Gas stehst, aber die Steuerung deines Autos gleichzeitig die Bremse betätigt, wird entweder der Motor oder die Bremse schnell ihren Geist aufgeben. Wenn du immerfort am Lenkrad herumzerrst, obwohl der Wagen geradeaus fahren möchte, wird sich früher oder später das Lenkgestänge verbiegen. Verstehst du, was ich meine, Lucy?«

»Ja, ich kann nicht ewig mein Bauchgefühl missachten. Wenn ich es zu lange tue, dann geht die Technik kaputt – das heißt mein Körper. Wenn ich krank werde, könnte der Grund dafür sein, dass ich meiner Intuition schon zu lange nicht mehr gefolgt bin. Gesundheit ist mein objektiver Maßstab, der mir zeigt, ob ich mich noch auf meinem Lebensweg befinde oder ob ich schon in den Leitplanken hänge.«

Mara war begeistert von Enzos Beispiel. »Der Umkehrschluss würde dann aber auch gelten: Wenn ich leide, ich aber dennoch gesund bin, dann gehört dieses Leid zu meinem Weg, obwohl ich es in diesem Moment noch nicht verstehen kann, weil mein Bauch es besser weiß als mein Kopf.«

»Genau«, sagte Sascha, »dann tauchen Scheißkerle in deinem Bett auf, die du am liebsten auf den Mond schießen würdest, weil es nicht nach deinem Kopf geht und du vermeintlich gequält wirst. Aber schließlich erkennst du im Nachhinein doch, dass in jedem Unglück immer ein kleines Stückchen Glück verborgen ist.«

Lucy und Mara brachen in schallendes Gelächter aus und riefen im Gleichklang: »Heilige Arschlöcher!«

Dann sah Mara wieder Enzo an. »Warum habe ich damals auf der Terrasse den Wink mit dem Zaunpfahl nicht bemerkt?«

»Darf ich dir zunächst ein paar persönliche Fragen stellen? Ich bin mir sicher, dass wir das schnell herausfinden werden.« Mara nickte, und Enzo begann: »Unter welchen Krankheitssymptomen leidest du gerade?«

Mara schaute etwas unsicher in die Runde und vergewisserte sich noch einmal: »Schweigepflicht?«

Alle am Tisch wiederholten gleichzeitig das Wort: »Schweigepflicht!«

»Ich habe bereits einen Bandscheibenvorfall hinter mir. Zudem leide ich unter chronischen Rückenverspannungen, zahlreichen Nahrungsmittelunverträglichkeiten und regelmäßigen Migräneanfällen.«

Ohne eine Miene zu verziehen, fuhr Enzo fort: »Als du deinen Ehemann kennenlerntest, wie war da der Sex?«

Mara stockte ein paar Sekunden. »Wir hatten nur im ersten halben Jahr Sex, danach nie mehr.«

»Liebe Mara, jetzt versuche, dich zu erinnern: Hattest du damals den Eindruck, dass mit dir etwas nicht stimmte oder dass es ein Fehler war, diesen Mann zu heiraten? Wurden euch in eurer Beziehung viele Steine in den Weg gelegt? War alles etwas holprig?«

»Ganz im Gegenteil, ich war zwar sehr jung, aber ich weiß noch sehr gut, dass ich von Anfang an das Gefühl hatte, dass dieser ungemein feinfühlige und hochintelligente Mensch der Mann meines Lebens ist. Jedoch hatten mich viele gute Freundinnen geradezu beschworen, mir Liebhaber zu suchen, um mich sexuell ausleben zu können. Mit einem impotenten Mann verheiratet zu sein, wäre für mich nicht gesund, sagten sie immer. Ich habe aber niemals jemanden kennengelernt, mit dem ich mich sexuell tatsächlich hätte befreien können. Mein Mann gewährte mir dennoch freie Fahrt, weil er sich wahrscheinlich selbst schwere Vorwürfe machte. So führten wir weiterhin eine Ehe, die zwar sehr harmonisch, aber auch zutiefst heuchlerisch war. Das absolut Tragische ist jedoch, dass meine zahlreichen Männerbekanntschaften mich weiter und weiter ins seelische Unglück trieben.«

Enzo erkannte, dass er darauf nicht weiter eingehen brauchte. Er stellte eine andere Frage: »Wie läuft es mit deinem Institut?«

Mara bekam jetzt glasige Augen und gab zögerlich zu: »Furchtbar!

Es ist mittlerweile ein einziger Kampf geworden – tagtäglich, und das schon seit Monaten.«

»Ist es nur anstrengend, oder bist du mit echten Konflikten konfrontiert?«

»Ich kenne den Unterschied zwischen einer gesunden Anstrengung und einer ungesunden Kampfkonstellation. Es war zu Anfang sehr anstrengend, was mir durchaus gutgetan hat, schließlich habe ich dadurch meine internationale Reputation in der Fachwelt erlangt. Ohne Kraftanstrengung erreichst du nichts im Leben. Aber mittlerweile hat sich das zum Negativen hin verändert. Ich wollte immer ohne Drittmittel oder staatliche Fördergelder arbeiten können, um in meiner Forschung unabhängig zu bleiben. Erst jetzt habe ich den Kopf gesenkt und beschlossen, mir Investoren zu suchen.«

Enzo hakte nach: »Wann war das?«

»Letzte Woche.«

»Und? Was machen seitdem die Rückenschmerzen und die Migräne?«

»Die sind weg!«, erkannte Mara plötzlich. »Stimmt – das ist mir noch gar nicht aufgefallen.« Mara wurde nachdenklich, dann wiederholte sie ihre Worte noch einmal sehr langsam: »I c h h a b e m e i n e n K o p f g e s e n k t. – Führt uns unser Kopf immer wieder hinters Licht? Ist es wirklich so einfach, Enzo? Kann sich unser Schicksal in Sekunden zum Guten wenden? Und dies jederzeit, wenn wir nur ein bisschen achtsamer und mutiger werden und uns von den Ängsten unserer Egos nicht regelmäßig verarschen lassen würden? Ist das Leben wirklich so einfach?«

Lucy kam Enzo zuvor: »Es kann alles blitzschnell gehen. Wenn du dich auf die offenen Türen konzentrierst und du gleichzeitig von den geschlossenen konsequent ablässt, kannst du sofort ins Fließen kommen. Je länger wir darüber sprechen, umso klarer wird mir alles. Es stimmt eindeutig! Alle Lösungen und Hinweise, die wir brauchen, warten permanent darauf, von uns entdeckt zu werden. Wir müssen nur hinschauen.«

Mara erwiderte: »Das Beispiel mit Enzo auf unserer Gartenparty macht doch vieles auf tragische Weise deutlich. Enzo passte einfach nicht in mein damaliges Lebenskonzept. Ich sah in ihm keine potenzielle Affäre, im wissenschaftlichen Bereich beschäftigte er sich mit etwas völlig anderem, mich zum Lachen bringen wollte er auch nicht, und seine Tussi konnte ich eh nicht leiden. Hätte ich mich stattdessen nur zwanzig Minuten wert- und urteilsfrei auf das Gespräch eingelassen, hätte ich mir wahrscheinlich fünf Jahre Leid ersparen können. Hätte ich diese offene Tür erkannt, hätte ich sicherlich anders reagiert, denn schließlich fiel mir schon damals auf, dass die Situation mit Enzo mehr als ungewöhnlich war.«

Andrea sagte daraufhin: »Und die Wahrscheinlichkeit, dass du schon seit Jahrzehnten an solchen geöffneten Türen zielsicher vorbeiläufst, ist mehr als hoch.«

»Aber warum war ich ausgerechnet heute so clever, mich wertfrei und neutral auf eine mir völlig unbekannte Situation einzulassen?«

»Weil es Lucy gab!«, antwortete Andrea. »Du hast nicht mir, nicht Sascha und schon überhaupt nicht dir selbst vertraut. Du bist in diesem Schlafzimmer gelandet, weil Lucy unten im Restaurant zu dir gesagt hat: *Mach's, Mara!*«

Als Lucy das hörte, dachte sie sofort an Bella. Ihr fiel auf, dass es ihr ähnlich ergangen war. Nur weil sie Bella vertraute, konnte sie sich so mutig der dritten Tanzrunde hingeben. Ohne Bella hätte sie sich niemals überwinden können, bei Festbeleuchtung, weit aufgezogenen Vorhängen und einer weit offen stehenden Eingangstür nackt zu tanzen. Lucy sagte daraufhin zu Mara: »Auch ich brauchte diesen Anstoß von einer anderen Frau. Inzwischen habe ich zwar die Erfahrung gemacht, dass es auch ohne sie geht, aber zunächst brauchte ich jemanden, der mich massiv anschob. Seither empfinde ich Tag für Tag mehr Sicherheit. Ich bin mir mittlerweile gewiss, dass ich auf meinen Schutzengel in meinem Bauch vertrauen kann. Daraus schließe ich, dass dieses

Gottvertrauen nichts anderes ist, als sich auf das Unbewusste zu verlassen, und das wiederum ist nur eine Frage des täglichen Trainings. Hat man erst einmal den Mut gefunden, sich auf sich selbst zu verlassen, stellt man blitzschnell fest, dass dies ein gutes Geschäft ist.«

Mara entschloss sich zu einem Fazit: »Jetzt habe ich physiologisch und anatomisch den menschlichen Körper endgültig verstanden. Das Mosaiksteinchen, das mir jahrelang in meiner Forschungsarbeit über das Herzmagnetfeld gefehlt hatte, halte ich nun in den Händen. Unser Bauchgehirn beziehungsweise unsere Intuition weiß, was unser Herz sich wünscht, und führt uns geradewegs in die richtige Richtung. Unsere eigentlichen Wünsche werden erfüllt, das Herz selbst wird von den falschen Vorstellungen unseres Egos entlastet und kann folglich ordnungsgemäß arbeiten. Und ab diesem Zeitpunkt entwickelt es wieder das notwendige starke Magnetfeld, um sich nicht nur vor Fremdeinflüssen schützen, sondern auch selbst eigene Realität erschaffen zu können. Ganz im Sinne der Quantenphilosophie.«

Andrea war entzückt von dieser Erkenntnis: »Und folgen wir nicht unserer Intuition, dann beginnt dieses ganze körperliche Wunderwerk nach und nach zusammenzubrechen. Unsere fünf Sinne erkennen die Türen nicht mehr, die für uns sperrangelweit offen stehen, unser Herz verliert seine Kraft, und unser Bauch führt Tag für Tag einen aussichtslosen Überlebenskampf. Und so verlieren wir nicht nur unser Wohlbefinden, sondern auch unsere Gesundheit. Der Prozess des langsamen Sterbens auf Raten beginnt.«

Enzo resümierte nun ebenfalls: »Im Prinzip müssen wir uns nur abgewöhnen, zu urteilen. Wir laufen tagtäglich durchs Leben und lassen unseren Kopf alles und jeden beurteilen und bewerten. Permanent vergleichen wir Umstände und Personen mit unseren Lebenskonzepten. Das ist es, was uns blind macht. Würden wir das lassen und wären wir in der Lage, nur wenige Augenblicke wert- und urteilsfrei unsere Umwelt zu beobachten, würde uns jegliche Fügung wie ein Blitz treffen. Die urteilsfreie Achtsamkeit ist der Schlüssel zum Glück. Im Prinzip besteht die Kunst des Lebens lediglich darin, die geöffneten Türen zu erkennen und an den geschlossenen nicht mehr zu rütteln.«

Lucy war begeistert: »Das muss ich mir gleich notieren. Wenn wir die von uns selbst auferlegte Blindheit durch eine urteilsfreie Zentriertheit auf die Gegenwart ersetzen, dann bräuchten wir uns nie mehr Sorgen machen, dass wir die ausgestreckten Hände unseres Schicksals übersehen könnten.«

Andrea ergänzte: »Durch die Konzentration auf das Jetzt erfahren wir Gott!«

»Oh, wie schön, Andrea. Durch die Konzentration aufs Jetzt erfahren wir Gott – das ist wahrlich eine zauberhafte Weisheit«, freute sich Lucy.

»Apropos Jetzt und Gott«, meldete sich plötzlich Mara zu Wort und blickte auf Sascha. »Jetzt, in diesem Augenblick höre ich den göttlichen Ruf nach einer zweiten Runde.«

Alle mussten lachen und schauten gespannt auf Sascha. Er wirkte unentschlossen. Da Andrea vermutete, den Grund seiner Zurückhaltung zu kennen, klärte sie Mara auf: »Liebe Mara, ich denke, das könnte ein Finanzierungsproblem werden.«

An Sascha gewandt, fragte Mara: »Was kostet denn ein Zauberer?«

Andrea kam Sascha zuvor, nahm einen Stift und schrieb seinen Stundensatz auf das Verpackungsmaterial des japanischen Essens, das auf der Theke herumlag. Alle schauten auf eine vierstellige Summe. Und während Lucys Kinnlade herunterfiel und sie Schwierigkeiten hatte, Nahrung in ihren weit offen stehenden Mund zu befördern, stand Mara auf, ging an ihre Handtasche und holte einen Briefumschlag heraus. Süffisant sprach sie in die Runde: »Glaubt ihr, meine Lieben, ich gehe auf einen Kongress der Pharmaindustrie, ohne genügend Bargeld in neutralen Kuverts mit mir herumzutragen? Schließlich suche ich Investoren.«

Während die Runde noch über Maras Geschäftssinn staunte, sagte Sascha: »Liebe Mara, Geld ist nicht der Grund meines

Zögerns. Wir sind uns vorhin ziemlich nahegekommen. Ich denke, ich bin der Jüngste in dieser Runde, aber eines habe ich in meinem Leben gelernt: Wenn man einem Menschen begegnet, der die eigene Seele berührt, sollte man nicht an das Geschäft denken. Ich würde sehr gerne noch einmal mit dir ins Schlafzimmer gehen.« Sascha nahm das Kuvert, steckte es in Maras Tasche zurück, nahm sie liebevoll an die Hand und ging mit ihr in Richtung Schlafzimmer.

Die anderen hörten, wie Mara Sascha fragte: »Darf ich dann wieder böse Sachen sagen?«

Sascha lachte: »Ja, Mara, du darfst wieder böse Sachen sagen«, worauf Mara erwiderte: »Und du? Kannst du auch zu *mir* böse Sachen sagen?«

»Ja, Mara, auch das. Aber erst, wenn die Tür hinter uns zu ist.«

Nachdem Mara und Sascha im Schlafzimmer verschwunden waren, bemerkte Andrea an Lucy eine gewisse Unruhe. Sie suchte Augenkontakt mit ihr und gab Lucy zu verstehen, dass es kein Problem sei. Lucy schenkte Andrea einen dankbaren Blick und gab sich einen Ruck. Mutig sagte sie: »Mein lieber Enzo, ich wäre jetzt auch gern in einem Schlafzimmer. Und Andrea erlaubte mir vorhin, dich darauf anzusprechen.«

Enzo senkte den Blick und hielt ein paar Sekunden inne. Dann schaute er Lucy an und sagte: »Liebe Lucy, glaube mir, ich fühle mich zutiefst geschmeichelt, aber ich denke, ich würde dich enttäuschen. Meine Zeiten sind längst vorbei, und ich möchte dich mit meinem greisen Körper nicht belästigen.«

Lucy ließ jedoch nicht locker, schließlich saß ihr Fetisch vor ihr. »Trägst du eine Brille?«

»Nein, aber ich brauche eine Lesebrille.«

»Wie viele Zähne kannst du noch dein Eigen nennen?«, fragte Lucy frech.

Enzo lachte amüsiert, da ihm solche Fragen noch nie von einer Frau gestellt worden waren. »Ungefähr die Hälfte.«

»Und kannst du noch normal Wasser lassen?«

Enzo konnte seinen Spaß an den Fragen nicht verbergen: »Ja, Lucy, meine Prostata ist auch noch kerngesund!«

Lucy antwortete daraufhin: »Ich habe vorhin von Andrea gelernt, dass das, was mich bei Männern anmacht, letztendlich ihre Gesundheit ist. Ich fühle das ganz deutlich bei dir. Erlaubst du mir, dass ich meinen Händen freien Lauf lasse? Nur kurz! Bitte!«

Enzo nickte neugierig, und Lucys rechte Hand wanderte zu ihm hinüber. Lächelnd sagte sie: »Das macht doch einen ziemlich gesunden Eindruck, findest du nicht auch?«

Enzo stand sofort auf und nahm Lucy an die Hand. Bevor er sie in eines der anderen Schlafzimmer führen konnte, bekam Lucy gerade noch Andreas Hand zu fassen, um sie mitzuziehen.

Der Wohnraum der Präsidentensuite war nun still und menschenleer. Auf der Theke lag Lucys Smartphone. Darauf war ihre letzte Notiz zu lesen:

URTEILE NICHT VORSCHNELL UND ACHTE AUF OFFENE TÜREN!

Level 8 – Freiheit

Lucy lief lässig die Treppen im Hausflur hinunter. Nachdem sie entspannt ihre Wohnung erreicht und die Tür hinter sich geschlossen hatte, zog sie sich etwas an und beschloss, in Zukunft nur noch bekleidet Sams Wohnung zu verlassen. Zwei Wochen waren vergangen, seit sie diese atemberaubende Zeit mit Mara, Enzo, Andrea und Sascha verlebt hatte.

Trotz all der vielen neuen Erkenntnisse hatte sie nie ihre täglichen Selbstüberwindungsübungen vernachlässigt. Jetzt erkannte sie, dass es sinnlos geworden war, nackt die Treppen hinunterzulaufen.

Diese Mutprobe hat ausgedient. Sie stellt keine größere Herausforderung mehr dar. Anscheinend lösen sich die meisten Ängste schneller auf als gedacht, sofern man erst einmal begonnen hat, sie zu überwinden, ging es Lucy durch den Kopf. *Beim ersten Mal fühlte ich die nackte Panik, beim zweiten Mal hatte ich nur noch die üblichen Ängste, und mit jedem weiteren Mal lösten sich alle Sorgen, nackt gesehen zu werden, mehr und mehr auf. Heute habe ich zum Beispiel überhaupt kein Unwohlsein mehr empfunden. Ich bin gänzlich angstfrei splitternackt die Treppen hinabstolziert. Ich werde ab sofort meine armen Nachbarn nicht mehr mit meinen schlechten Manieren belästigen müssen. Das Prinzip der selbst auferlegten Konfrontationstherapie funktioniert einfach hervorragend. Auch Gottvertrauen konnte ich mehr und mehr entwickeln. Am Anfang brauchte ich noch Bella, dann habe ich es selbst versucht, und je öfter ich übte, mich auf mein Schicksal zu verlassen, umso sicherer wurde ich. Desto mehr wurde mir bewusst, dass mir dieses Gottvertrauen ein besseres Leben bescheren wird, als ich es je zuvor hatte.*

Lucy trat mit einem wohlduftenden Cappuccino auf ihren Balkon hinaus und setzte sich unter den Sonnenschirm auf ihren Lieblingsstuhl. Während sie in ihrem Geiste die letzte Nacht vorüberziehen ließ, fing plötzlich ihr Smartphone an zu brummen. Sie beugte sich vor und las auf dem Display einen Namen, den sie kannte.

Der liebe Hannes! Wer hätte das gedacht, freute sich Lucy über den überraschenden Anruf. Sie nahm ab und hörte die vertraute Stimme: »Hey Lucy, schön, dass ich dich gleich erreiche. Ich bin gerade in Frankfurt gelandet und habe für zwei Stunden einen Zwischenaufenthalt. Hast du Zeit?«

Lucy war vom Klang ihrer eigenen Stimme überrascht, die wie von selbst voller Euphorie antwortete: »Oh, Hannes, natürlich! Für dich doch immer. Wo bist du denn genau?«

»Sollen wir uns an der Rezeption des Flughafenhotels treffen?«, fragte Hannes.

Lucy hatte längst ihre Sitzposition verlassen und war schon auf dem Sprung: »Ich bin in einer halben Stunde bei dir!«

»Super – dann bis gleich!«, hörte sie Hannes am anderen Ende der Leitung.

Lucy tauschte schnell Leggings und T-Shirt gegen ein blumiges Sommerkleid aus und raste hinunter in die Tiefgarage zu ihrem uralten Jaguar. »Jetzt spring bloß an, meine geliebte englische Katze«, versuchte Lucy ihr klappriges Gefährt zu motivieren. Nach ein paar bedrohlich wirkenden Umdrehungen des Anlassers sprang der Wagen endlich an, und dreißig Minuten später stand Lucy an der Rezeption des Flughafenhotels. Sie traf auf einen breit grinsenden Hannes, der einen riesengroßen Strauß roter Rosen in seinen Händen hielt.

Lucy sprang Hannes förmlich an und fiel ihm um den Hals. Nachdem sie die innige und herzliche Begrüßung ausgekostet hatte, überreichte Hannes ihr fünfzig Rosen und sagte: »Du hast meine Ehe gerettet, liebste Lucy. Ich danke dir von Herzen. Mara hat mir alles erzählt.«

Lucy war wie vom Blitz getroffen. Sie nahm irritiert die Rosen entgegen und wankte sichtlich verwirrt zu einer der nahen Sitzgruppen. Dort ließ sie sich in einen Sessel fallen und sagte: »Jetzt

bin ich aber baff! Mara? Das kann ich nicht glauben. Sie ist deine Ehefrau?«

»Ja, Doktor Marianne Frigand-Phil, die bekannte Magnetokardiologin aus München. Sie verzichtet grundsätzlich darauf, den Doppelnamen zu nennen, und stellt sich meist nur als Mara Frigand vor.«

Lucy war sprachlos. Noch eine ganze Weile fehlten ihr die Worte. Schließlich sagte sie: »Das ist doch unglaublich. Was ist das denn für ein Zufall? Erzähl mir, was passiert ist.«

»Mara kam spontan nach San Francisco und stand plötzlich vor mir in der Uni. Ich ließ alles stehen und liegen, und wir gingen in ein Café. Dann erzählte sie mir die ganze Geschichte. Ich weiß alles – das mit dir, mit Andrea, mit Doktor Mancini, den ich im Übrigen schon seit Jahren persönlich kenne, und auch über die Stunden mit diesem Sascha.«

»Wow«, Lucy holte tief Luft. »Da hat sie dir ja mehr als reinen Wein eingeschenkt. Wie war das für dich? Hast du das wegstecken können? So viel Wahrheit auf einen Schlag ist schließlich nicht jedermanns Sache.«

»Wegstecken? Du bist gut. Mara hat mich am gleichen Tag noch abgeschleppt, und wir hatten nach vielen, vielen Jahren das erste Mal wieder Sex. Ich hatte eine völlig veränderte Ehefrau vor mir. Ich wusste überhaupt nicht, wie mir geschah. Und meine tief sitzenden Schuldgefühle, dass ich es meiner eigenen Frau nie richtig besorgen konnte, haben sich in Luft aufgelöst. Wir fühlten uns wie zwei frisch verliebte Teenager.«

Lucy war gerührt und sagte: »Mensch, Hannes, das ist sooo schön, was du da erzählst. Wie geht es nun weiter mit euch beiden?«

»Nachher fliege ich zu ihr nach München. Auf eurem Kongress hat sie einen Tag später noch einen großen US-amerikanischen Investor kennengelernt, der mit ihr in Los Angeles ein Institut für Psychokardiologie aus dem Boden stampfen möchte. Er suchte jemanden, der das Phänomen des Broken-Heart-Syndroms professionell weiter erforschen möchte. Wenn Mara beschließen würde, nach L.A. auszuwandern, bekäme sie sogar eine Greencard. Dann könnten wir wieder zusammenziehen. – Aber lass uns doch mal über dich sprechen. Du leuchtest förmlich und wirkst wie ein junges Mädchen. Bestimmt hast du Gott gefunden.«

Lucy freute sich über das schöne Kompliment von Hannes. Schon öfter hatte sie in den letzten Tagen Ähnliches gehört. »Ach, Hannes, es ist alles so wunderbar. Ich glaube noch nicht einmal, dass ich Gott selbst gefunden habe, der versteckt sich schließlich ziemlich professionell. Aber ich habe seine Spielregeln, die er uns hinterlassen hat, verstanden. Langsam komme ich dahinter, was der Sinn des Lebens sein könnte. Seit ich mich von meinem Kopf nicht mehr hinters Licht führen lasse, habe ich das Gefühl, erwacht zu sein. Ich mache mir keine Gedanken mehr über etwas, was ich nicht ändern kann. Wenn ich Fragen über mich selbst habe, schaue ich mir urteilsfrei meine Umwelt an, und meinen Kopf setze ich nur noch dafür ein, die Alltagsaufgaben zu bewältigen. Und wenn es um meine Zukunft geht, verlasse ich mich einfach auf mein Unterbewusstsein, das mir immer rechtzeitig alle offenen Türen aufzeigt.«

Hannes grinste, so sehr freute er sich über das, was er da zu hören bekam. »Ich hätte da eine weitere offene Tür für dich. Was hältst du davon, der Welt mitzuteilen, was die göttlichen Spielregeln sind?«

Lucy war von dem Vorschlag nicht überrascht, denn auch darauf war sie inzwischen schon mehrmals angesprochen worden. »Jetzt sag bloß, du empfiehlst mir auch, ein Buch zu veröffentlichen?«

Hannes lachte: »Nicht nur das, ich habe sogar einen Verlagsvertrag für dich mitgebracht.« Er griff in seinen Aktenkoffer und präsentierte Lucy das Schriftstück. »Nimm den Vertrag mit nach Hause und überlege es dir in Ruhe. Mein Verleger hatte mich gefragt, ob ich eine Expertin kenne, die einen Ratgeber über Wissenschaftsphilosophie verfassen möchte.«

»Hm. Meine Stoffsammlung ist ziemlich komplett, und ich könnte aus dem Handgelenk eine Gliederung aus dem Hut zaubern. Aber warum einen Ratgeber? Ich habe eigentlich geplant, meine eigene Geschichte zu erzählen.«

»Das habe ich meinem Verleger auch empfohlen. Aber da schlug er nur die Hände über dem Kopf zusammen und meinte, dass derzeit Tausende Frauen auf die Idee kämen, ihre eigene Geschichte aufzuschreiben. Er verstehe diese Massenbewegung nicht. Der Markt sei längst übersättigt. Aber für Ratgeber oder Sachbücher gebe es noch gute Chancen auf einen Erfolg, besonders für Autorinnen.«

»Warum besonders für Frauen?«

»Keine Ahnung, wahrscheinlich ist das gerade der Zeitgeist. Als ich ihm vorschlug, dass ich selbst diesen Ratgeber runterschreibe, winkte er nur ab. Er will eine Frau haben. Warum auch immer. Überlege es dir einfach. Ich habe den Vertrag übrigens durchgelesen. Du musst dir keine Sorgen machen, die Konditionen und alles andere sind in Ordnung.«

Lucy nahm den Vertrag und steckte ihn in ihren Rucksack. »Hannes, ich hätte noch eine Bitte. Du könntest mir gleich eine Frage beantworten, wo du schon mal da bist. Erinnerst du dich, dass wir zusammen festgestellt haben, dass gemäß der Quantenphysik die Menschen ihre Realität selbst erschaffen? Was mir dabei noch unklar ist, sind die Schnittmengen in unserem tagtäglichen Leben. Welchen Teil der Realität erschaffe ich selbst, und was stammt von anderen Leuten?«

Hannes wollte gerade antworten, da sagte Lucy schnell: »Lass mich zuerst noch eine kleine Geschichte erzählen. Es geht darin nicht direkt um Physik, sondern um die Neurologie, denn dort gibt es ähnliche Rückschlüsse wie in der Quantenphilosophie.« Lucy holte tief Luft und begann zu erzählen: »Ich habe auf dem Kongress einen der weltweit führenden Gehirnforscher interviewt. Kurz zuvor hatte ich seinen Vortrag angehört, in dem er sagte, dass der Aufbau und die Funktionsweise eines jeden Gehirns so individuell seien wie die Menschen selbst. Wie wir uns äußerlich unterscheiden, so würden wir uns auch innerlich unterscheiden. Jedes Organ sehe ein kleines bisschen anders aus und weise eine gewisse Individualität auf. Als ich ihn interviewte, stand vor uns auf dem Tisch ein leeres Wasserglas. Auffällig war sein goldener Rand. Ich fragte ihn, wenn dieses Wasserglas nur eine Illusion unserer Gehirne sei, weil wir im Prinzip nur dessen elektromagnetische Strahlung sehen und das Ganze erst in unserem Kopf zu einem Glas zusammengesetzt wird und wir daher nicht wissen können, wie es tatsächlich aussieht, warum wir dann aber alle das Gleiche sehen. Denn dies könnte vor dem Hintergrund, dass jedes Gehirn etwas anders funktioniert, im Prinzip ja nicht sein. Jeder Besucher dieses Kongresses aber würde, auf das Glas hingewiesen, dasselbe sehen. Dann jedoch ist der Goldrand kein Ergebnis unserer subjektiven, sondern einer objektiven Wahrnehmung. Was in der Folge heißt, dass alle Gehirne dieser Welt synchronisiert sein müssten, zumindest, wenn es um den Goldrand eines Wasserglases geht.«

Hannes fragte neugierig: »Und? Was hat der Gehirnforscher geantwortet?«

»Nichts! Er hat mich einfach stehen lassen und ist wortlos fortgegangen.«

Hannes lachte laut auf und klatschte in die Hände. »Lucy, du bist genial.« Er erinnerte sich an die gemeinsame Nacht mit ihr und stellte fest: »Du bist noch an dem gleichen Punkt, der dich beschäftigte, als wir zusammen im Whirlpool lagen und du dir den Mond durchs Fenster angeschaut hast.«

Lucy schmunzelte, weil sie sich noch gut daran erinnerte, wie sie beide danach auf den Fliesen knieten, um dem übergelaufenen Badewasser Herr zu werden.

»Liebe Lucy, dir wird das Ganze etwas klarer, wenn du einige Begrifflichkeiten überdenkst. Es stimmt durchaus, dass wir zumindest aus quantenmechanischer Sicht individuelle Realitäten erschaffen, die nichts anderes sind als subjektive Illusionen – also Hologramme. Wie das jedoch im Alltag funktioniert, wird verständlicher, wenn du zwischen den Begriffen *Beobachtung* und

Messung unterscheidest. Du erinnerst dich doch an das Doppelspaltexperiment, bei dem es auf die zwei Spalten ankam, durch die die Teilchen flogen. Diese zwei Spalten sind die Messung selbst. Erst wenn etwas aus Materie oder eine bestimmte Strahlung auf die Quanten trifft, erst dann ergeben sich Reaktionen. Was will ich damit sagen? Du kannst neben dem Versuchsaufbau stehen und die Quanten beobachten, bis du schwarz wirst, sie werden aber auf deine bewussten Sinne nicht reagieren. Du kannst also durch simples Hinschauen oder durch bloße Konzentration nichts beeinflussen. Erst wenn du in den Versuchsaufbau mithilfe einer Platte mit zwei Schlitzen oder mit Detektoren konkret eingreifst, ergibt sich dieses bekannte Paradoxon. Du darfst also den Begriff *Beobachtung* nicht mit dem Wort *Hinschauen* verwechseln. Wenn die Physiker von Beobachtung sprechen, meinen sie eigentlich eine konkrete Messung, das heißt einen materiellen Eingriff in den Versuchsaufbau.«

Lucy verstand, was Hannes damit sagen wollte. »Das ist mir schon klar. Das habe ich übrigens auch mithilfe deiner Frau ziemlich gut konkretisieren können. Es ist die elektromagnetische Strahlung unseres Körpers, es sind nicht unsere bewussten Sinne, die unsere subjektive Realität erschaffen. Unsere Körper sind es also und nicht unsere Köpfe, die unsere Hologramme entstehen lassen. Ebenso habe ich erkannt, dass, je mehr ein Umstand oder eine Person mit mir verbunden ist, es umso wahrscheinlicher ist, dass sie Produkte meiner selbst sind und nicht die von anderen. Aber wie verhält es sich mit dem Goldrand eines Glases? Schließlich hängt ein solches Glas nicht sonderlich mit meinem Leben zusammen. Erkennen meine Sinne nur deshalb denselben Goldrand wie alle anderen, weil es mir beigebracht wurde?«

»Ich denke schon«, sagte Hannes. »Mal angenommen, Babys könnten schon kurz nach der Geburt sprechen, und du würdest ihnen dieses Glas mit Goldrand vor die Augen halten, dann würden sie zwar bemerken, dass da etwas ist vor ihren Augen, jedoch könnten sie dir nicht beschreiben, wie es aussieht. Erst wir bringen ihnen bei, wie dieses Ding, was sie vor ihren Augen sehen, weltweit definiert ist. Es ist ein Grundprinzip des gesellschaftlichen Zusammenlebens, dass wir uns auf einheitliche Bewertungssysteme geeinigt haben, sonst wären Zivilisation, Wirtschaft und Fortschritt nicht möglich.«

»Das würde heißen, dass auf dem Kongress nur deshalb alle dasselbe Glas sehen und identisch beschreiben können, weil allen das Gleiche beigebracht wurde.«

»Exakt. Kämen wir rein theoretisch mit Außerirdischen in Kontakt, in deren Welt die elektromagnetische Schwingung Gold definiert wäre als Blau, rund eckig hieße und Weiß Schwarz wäre, dann würde deine Befragung über das Glas mit Goldrand in reinem Desaster resultieren. Aber ich erahne den wahren Hintergrund deiner Frage: Du willst wissen, wie du sicherer sein kannst, dass das, was du als deine Realität wahrnimmst, auch tatsächlich deine eigene ist und nicht die eines anderen Menschen. Du hättest gern mehr Kontrolle über die Bewertung deines Hologramms.«

»Ja«, antwortete Lucy etwas zögerlich, »vielleicht.«

Hannes neigte den Kopf und schaute Lucy direkt in ihre strahlend blauen Augen. »Lucy, du weißt doch mittlerweile sehr genau, dass es darum eben nicht geht. Wir können unser Leben nicht kontrollieren. Wir werden niemals im Voraus absolut sicher sein können, ob unser Weg der richtige ist oder nicht. Das ist doch gerade das Abenteuer des Lebens. Das Nichtwissen ist es doch, was unser Leben so spannend macht. Stell dir vor, du spielst *Mensch ärgere dich nicht!* und du wüsstest schon vorher, wie die Würfel fallen, welche Spielzüge deine Mitspieler machen und wer schließlich gewinnt. Hättest du daran tatsächlich Spaß?«

Lucy verzog ihr Gesicht. »Du hast ja recht. Ich denke, meine Frage war nur ein Rückfall in alte Zeiten. Es ist manchmal schwer, heilige Einsichten praktisch in das Alltagsleben zu integrieren. Ich spüre deutlich, wie mein Kopf regelmäßig versucht, mich mit seiner Kontrollsucht zu belästigen. Manchmal ist sie wie ein Drache, den ich mit scharfem Schwert niederstrecken muss, der aber am nächsten Tag wie ein Stehaufmännchen wieder vor mir auftaucht. Ich werde sicher noch einige Monate brauchen, um die Kontrollwut meines Egos endgültig zu besiegen. Aber jetzt bin ich wieder wach. Danke, Hannes, dass du mich erinnert hast. Natürlich ist meine Zukunft nicht durch und durch planbar. Und natürlich habe ich gelernt, meine Ängste zu überwinden, schließlich habe ich in den letzten Wochen am eigenen Leib erfahren, dass es sich mehr als rentiert. Je mutiger ich meine Angst vor dem Nichtwissen überwinde, umso schneller erreiche ich Gewissheit!«

Hannes war begeistert und wiederholte Lucys Worte: »Je mutiger wir unsere Angst vor dem Nichtwissen überwinden, umso schneller erreichen wir Gewissheit. Lucy, das sind sehr weise Worte. Aber jetzt überlege doch bitte mal, ob dir für den Begriff Gewissheit noch ein anderes, ein vielleicht etwas althergebrachtes Wort einfällt.«

Aus Lucy schoss es förmlich heraus: »Glauben!«

Hannes schaute vielsagend. »Lucy, du hast mit deiner Suche nach Gott tatsächlich deinen *Glauben* gefunden. Ist das nicht atemberaubend? Ist dir das bewusst? Du hast dir in wenigen Wochen etwas angeeignet, worüber sich alle Weltreligionen schon seit Tausenden von Jahren den Mund fusselig reden. Und du hast das gänzlich ohne Religionslehren geschafft!«

Lucys Mund stand offen: »Du hast tatsächlich recht, Hannes. Das ist es! Ich habe meinen Glauben gefunden. Das beweist doch, dass wir diesen ganzen verstaubten Religionsirrsinn nicht mehr brauchen. Eine fundierte Wissenschaftsphilosophie wäre doch die Zukunft. Weißt du was? Ich schreibe dieses Buch – von mir aus auch einen Ratgeber. Das wird der Knaller!«

»Allerdings fehlt dir dafür jetzt noch ein wichtiges Thema aus der Astrophysik.«

Lucy fragte: »Dunkle Energie?«

»Richtig, Lucy!«, rief Hannes. »Ich habe auch gleich eine tolle Idee für dich. Sagt dir der Name Simon Autenberg etwas?«

»Selbstverständlich, dieser Name taucht ständig bei meinen Recherchen auf. Sag bloß, du kennst dieses Genie aus der Schweiz persönlich.«

Hannes grinste verschmitzt. »Simon war vor vielen Jahren Student bei mir. Mittlerweile wird er als der neue Superstar in der Astrophysik gefeiert. Er zählt trotz seiner jungen Jahre schon zur weltweiten Physikerelite, und es ist wohl nur eine Frage der Zeit, bis er sich seinen Nobelpreis abholt. Am nächsten Wochenende hält er einen Vortrag an der Uni in Heidelberg. Was hältst du davon, dich mit ihm zu treffen? Ich weiß, dass er abends immer Zeit hat – wenn er nicht gerade an seinem Rechner sitzt.«

Lucy zappelte schon auf ihrem Sitz hin und her und fragte aufgeregt: »Meinst du wirklich, der hätte Zeit für mich? Das wäre ja fantastisch.«

Hannes nahm sein Smartphone zur Hand, und kurz darauf hörte Lucy ihn hineinsprechen: »Hallo Simon, hier ist Hannes. Schön, dass ich dich gleich erreiche. Sag mal, du bist doch nächste Woche ganz in der Nähe von Frankfurt. Ich sitze hier gerade mit einer bezaubernden Journalistin zusammen, die sich brennend für die *Millennium-Simulation* interessiert. Sie würde sich wahnsinnig freuen, wenn du dich mit ihr treffen könntest. Du musst dich um nichts kümmern, sie organisiert alles. Sie ist sehr feinfühlig, und du kannst ihr zu hundert Prozent vertrauen.«

Lucy jubelte innerlich, während Hannes alle Details mit dem jungen Physiker besprach. Als Hannes aufgelegt hatte, fragte Lucy: »Er ist ein ängstlicher Hochbegabter, nicht wahr? Das hast du aber gut gemacht, Hannes. Ich hätte ihm nicht besser seine Ängste nehmen können.«

»Auf jeden Fall hatte er seinen ersten Doktortitel bereits mit zweiundzwanzig in der Tasche. Er mag übrigens keine Edelrestaurants, kein Schickimicki-Getue, hasst Autos und würde sich am liebsten den ganzen Tag ausschließlich von Salamipizza ernähren. Daher habe ich ihm auch vorgeschlagen, dass ihr euch in einem Imbiss trefft. Das mag er, das weiß ich. Er bevorzugt grundsätzlich eher ein einfaches und alternatives Umfeld und trägt zum Beispiel nur Jeans, T-Shirts und Sneakers. Etwas anderes besitzt er nicht.«

»Wunderbar!«, sagte Lucy. »Meinst du, es könnte auch Sushi sein? Oder muss ich mich auf Pizza einstellen?«

»Ich weiß noch von früher, dass er sich bei seinen zahlreichen Lieferservices auch japanisches Essen bestellt hat. Das müsste also in Ordnung gehen.«

Lucy rieb sich die Hände und meinte: »Dann kenne ich den richtigen Laden für ihn. Es ist ein kleiner Geheimtipp außerhalb des Zentrums. Dort sind meist wenige Menschen, und das Essen ist frisch und lecker. Oh, Hannes, lass dich drücken, das hast du super eingefädelt.« Lucy stand auf und umarmte Hannes innig. Dann sprachen sie noch ein bisschen über Gott und die Welt – im wortwörtlichen Sinne –, bis Hannes schließlich aufbrechen musste.

Während Lucy mit ihrem Riesenstrauß roter Rosen in Richtung Tiefgarage schlenderte, dachte sie sich: *Lucy, noch vor wenigen Monaten wärst du tief enttäuscht gewesen, dass nicht du der Gegenstand seiner großen Liebe bist. Jetzt hingegen fühlst du eine tiefe Freude für ihn. Es ist wunderbar, dass es einem so wertvollen Menschen wie Hannes so gut ergeht. Das ist es, was Bella meint: Wenn dein Körper genügend Liebe produziert, brauchst du die Liebe anderer, zumindest für das eigene Überleben, nicht mehr. Du kannst ihnen alles von Herzen gönnen, ohne selbst das Gefühl zu haben, zu kurz zu kommen. Nur wer sich selbst mag, wird von der Liebe anderer unabhängig und in Freiheit leben können.*

Nachdem Lucy nur mit Mühe ihren alten Jaguar hatte überreden können, sie wieder nach Hause zu fahren, rief sie noch während der Fahrt Bella an: »Hi Bella, mein Schatz! Wann tanzen wir mal wieder?«

Am anderen Ende der Leitung traf Lucys Frage auf große Gegenliebe. Bella schlug vor, am frühen Abend herunterzukommen. Wieder zu Hause, legte Lucy sich zufrieden hin und fiel in ihr lieb gewonnenes Mittagsschläfchen. Danach gönnte sie sich ein paar Schönheits- und Pflegestunden und verwöhnte ihre Haut

und ihre Seele mit zahlreichen Cremes, Düften und Ölen. Die Zeit verging wie im Fluge.

Schließlich klopfte es an der Wohnungstür, und eine mit hausgemachten Snacks und einer Flasche kühlem Grauburgunder bewaffnete Bella fiel freudestrahlend in Lucys Arme. Nach ihrer herzlichen Begrüßung stießen die beiden an, und kurz darauf ertönte auch schon die Musik. Die beiden Frauen gaben sich dem Rhythmus hin, und nach einer kleinen Weile waren ihre Körper vollgepumpt mit Lebenslust. Lucy und Bella ließen sich auf die Couch fallen, um wortlos dieses Gefühl der puren Liebe auskosten zu können.

Irgendwann meinte Lucy: »Ach, Bella, warum kann das Leben nicht immer so schön sein?«

Bella schaute Lucy verwundert an: »Meinst du die absolute Harmonie – auf immer und ewig diesen zauberhaften emotionalen Zustand? Jeden Tag unendlich glücklich sein und niemals Leid erfahren? Das kann nicht dein Ernst sein, mein Schatz.«

»Wieso nicht?«

»Weil es nur Glück geben kann, wenn es auch Leid gibt. Leiden und glücklich sein sind dasselbe Lebensprinzip. Was würdest du denn machen, wenn du jeden Tag in diesem Glück, wie wir es gerade erleben, schwelgen würdest?

»Liegen bleiben.«

»Und im umgekehrten Fall? Wenn du jeden Tag leiden müsstest?«

»Mich umbringen!«

»Haben das ewige Liegenbleiben und der Tod etwas mit Lebendigkeit zu tun?«

Lucy überlegte kurz. »Du meinst, wir brauchen manchmal ein bisschen Leid, damit wir beginnen, unsere Hintern zu bewegen?«

Bella schaute Lucy mit hochgezogenen Augenbrauen an. »Na, das müsste dir doch mittlerweile klar geworden sein. Wenn du jeden einzelnen Tag mit dir, deinem Leben und der Welt unendlich zufrieden wärst, dann würdest du auf deiner Liege langsam, aber sicher verfaulen. Und wenn das jeder tun würde, überglücklich und in absoluter Harmonie auf der Couch liegen bleiben, dann würde sich niemand mehr fortpflanzen, und spätestens nach hundert Jahren wäre die Menschheit ausgestorben. Sicher, es muss ja nicht gleich das tiefe Leid sein, aber die Disharmonie beziehungsweise das Ungleichgewicht ist der Motor des Lebens. Die Polarität ist der alleinige Grund, warum wir denken, tun und fühlen.«

Lucy saß aufrecht und hoch konzentriert vor Bella. »Stimmt, das hat Sam ebenfalls erwähnt. Die alleinige Ursache, warum nach dem Urknall Materie entstehen konnte, war ein klitzekleiner Unterschied zwischen den Energielevels von Materie und Antimaterie. Damit hat der Urknall bereits die Polarität hervorgebracht, was man heute philosophisch durchaus mit dem weiblichen und dem männlichen Prinzip umschreiben könnte. Das Ungleichgewicht beziehungsweise die Polarität hat unsere Welt nicht nur erschaffen, sondern hält sie bis heute am Laufen. Sam meint, es sei ein grundlegendes Gesetz der Physik, dass alles in Bewegung ist. Nichts steht still – alles verändert sich permanent. Sekunde um Sekunde. Stunde um Stunde. Tag für Tag. Veränderung steht für das Leben – Stillstand für den Tod!«

Bella nickte. »Du kannst das Ganze auch Spannung nennen. Warum sind wohl so viele Spezies in männlich und weiblich getrennt? Das hält die Evolution am Laufen. Dieser Spannungsbogen erzeugt Bewegung. So funktioniert zum Beispiel auch jede Batterie. Die Sehnsucht der Elektronen nach Ausgleich zwischen den beiden Polen lässt sie in Bewegung kommen.«

»Was für ein treffendes Beispiel«, sagte Lucy. »Der Antrieb des Lebens ist zwar der Wunsch nach absoluter Harmonie, sie darf jedoch nie erreicht werden. Wie in einer Batterie: Sind erst einmal alle Elektronen von einem Pol zum anderen hinübergewandert, bedeutet dies den Tod der Batterie, und wir müssen sie ersetzen. Im übertragenen Sinne heißt das, dass immer eine klitzekleine unerfüllte Sehnsucht übrig bleiben muss, sonst gäbe es keinen Grund mehr, zu leben …«

»… und wir würden beginnen zu sterben!«, ergänzte Bella. »Daher steigen immer neue Sehnsüchte in uns auf, wenn wir unsere bisherigen erfüllt haben. Das hält uns lebendig und aktiv.«

Lucy erinnerte sich an ihre Vergangenheit. »Aber von dieser komfortablen Situation war ich bisher meilenweit entfernt. Gerne hätte ich dieses Luxusproblem gehabt, fast alle meine Sehnsüchte erfüllt zu sehen, sodass nur noch klitzekleine Restwünsche übrig geblieben wären.«

»Ich habe mir auch schon Gedanken darüber gemacht, ob ich nicht viel früher einige meiner wahren Sehnsüchte hätte realisieren können.«

Lucy kratzte sich am Kopf und überlegte. »In meinem Fall vermute ich, dass ich mich früher zu sehr selbst begrenzt habe. Ich habe mir freiwillig Fesseln angelegt. Und auf diese Weise hatte ich nie eine andere Wahl, als meine Wünsche zu ignorieren. Aber heute weiß ich, wie es dazu kam. Als damals unsere Zwillinge zur Welt kamen, waren Miguel und ich der festen Überzeugung, wir würden gerade alle unsere Sehnsüchte erfüllen. Wir finanzierten uns eine Immobilie, gaben später enorme Summen für die Ausbildung von Monika und Michael aus, und wir schufteten jeden Tag für das romantische Bild, wie wir uns in der Zukunft sahen. Doch das Leben wurde immer beschwerlicher. Ergaben sich irgendwelche Probleme, hing immer das Damoklesschwert unserer finanziellen Abhängigkeit über uns. Miguel stand noch am Anfang seiner Karriere, und wir mussten schauen, dass das Geld irgendwie hereinkam. Ich traute mich nicht, beim Sender zu kündigen, weil meine Laufbahn bereits fester Bestandteil unseres Zukunftskonzeptes war. Wir wollten mit aller Gewalt eine Vorzeigefamilie sein, eine beeindruckende Karriere hinlegen und ein eigenes Haus mit Garten vorweisen. Aber auch ein Leben, das der Political Correctness entsprach, war uns sehr wichtig. Natürlich erkannten wir im Laufe der Zeit, dass es immer unerreichbarer für uns wurde. Aber es war schon zu spät. Wir waren längst viel zu tief verstrickt in allem. Jeder Versuch, auszubrechen und die

Lebensrichtung zu ändern, hätte uns ins Abseits gestellt. Selbst unsere Kinder hätten uns das niemals verziehen, schließlich hatten die Eltern ihrer Freunde die gleichen Lebenskonzepte wie wir. Wir waren im Hamsterrad gefangen, und uns blieb nichts anderes übrig, als weiterzustrampeln.«

»Und welche Auswirkungen hatte das alles auf dein Leben?«, fragte Bella interessiert.

»Na, die gleichen wie bei allen anderen auch. Zuerst habe ich mein halbes Leben damit verbracht, meine Handlungsfreiheit abzuschaffen und mich in Ketten zu legen, um danach die gleiche Zeit damit zu verbringen, mich wieder aus allen Abhängigkeiten herauszuwurschteln.« Lucy schmunzelte.

Bella war beeindruckt von Lucys Gelassenheit. Sie spürte in ihren Worten keine Spur von Groll. Sie sagte: »Bei mir war es ähnlich. Ich formuliere es nur etwas anders: Ich habe mein halbes Leben damit verbracht, auf Raten zu sterben, um danach mühsam das Leben wieder zu erlernen. Irrsinnig, oder? Wie blöd sind wir eigentlich?«

Lucy erwiderte, ohne ihre gute Laune zu verlieren: »Hätte mir frühzeitig jemand beigebracht, auf geschlossene und geöffnete Türen zu achten, wäre ich nie Mutter geworden. Ich hätte nie entschieden, mich künstlich befruchten zu lassen. Ich hätte schon damals die geschlossene Tür meiner Gebärmutter anerkannt und wäre niemals schwanger geworden. Mir wäre das Leid, eine Tochter an das andere Ende der Welt und einen Sohn durch Selbstmord zu verlieren, erspart geblieben. Aber alles scheint im Leben freiwillig zu sein. Wir verfügen über den freien Willen, uns selbst zu schädigen. – Schwamm drüber, ich mache mir heute keinen Kopf mehr, ob ich eine andere Wahl gehabt hätte oder ob es Bestandteil meiner Bestimmung war. Ich kann es eh nicht mehr ändern.«

»Und bei mir war es gerade umgekehrt. Ich trug von Anfang an einen Kinderwunsch in mir. Nur Sam wollte das nicht. Zudem war mir schon kurz nach der Pubertät der Verdacht gekommen, eher Frauen als Männer berühren zu wollen. Ich wollte das damals aber nicht wahrhaben. Ich heiratete also einen Mann und verzichtete auf Kinder. Diese Ehrenrunde hat mich dreißig Jahre meines Lebens gekostet. Erst als ich vor einigen Jahren meine große Liebe Clara gefunden hatte, konnte ich ein anderes Leben führen. Unsere beiden Pflegekinder bedeuten das wahre Glück für uns.«

Darauf entgegnete Lucy: »Ich habe dir doch von Enzo erzählt. Er ist zum Beispiel der Auffassung, dass auch Krankheiten ähnlich wie Leid oder geschlossene Türen ein Richtungsgeber für unseren weiteren Lebensweg seien. Zumindest in meinem Fall stimmt das. Ich weiß mittlerweile, woher mein Kopfweh und mein Dünnschiss kamen. Wenn du deinen Kopf für etwas missbrauchst, für das er von der Natur her nicht vorgesehen ist, dann beginnt er irgendwann einmal wehzutun. Und wenn du Schiss hast, dann bekommst du eben auch Schiss.«

Bella lachte über Lucys derbe Worte und sagte dann: »Mir ist mittlerweile auch bewusst geworden, woher meine Knieschmerzen kamen. Wenn du in deinem Leben zu viel in die Knie gehst, dann beginnen sie wegen Überlastung zu schmerzen. So einfach ist das offenbar.«

Lucy grinste und nahm einen großen Schluck Wein. »Und ich musste erst von Hackern erpresst werden, um für neue Wege bereit zu sein. Wir können uns anscheinend darauf verlassen, dass der große Wink mit dem Zaunpfahl nie lange auf sich warten lässt.«

»Ich befürchte sogar, dass wir insgeheim immer genau wissen, was gut oder schlecht für uns ist. Wir erkennen die vielen Stopp- oder Vorfahrtsschilder am Rande unseres Lebensweges, wir möchten sie uns nur nicht eingestehen. Wir könnten uns eigentlich ersparen, immer erst auf den großen Hammer zu warten.«

»Ja, Bella, da hast du recht. Aber warum tun wir uns das an? Warum sind wir nicht einsichtiger?«

»Du hast es doch selbst angedeutet: Wir fressen Scheiße, weil wir denken, dass Milliarden von Fliegen sich nicht irren können. Sich dem Mainstream zu entziehen, ist wahrscheinlich eine der größten Mutproben überhaupt.«

Lucy beugte sich zu Bella hinüber und gab ihr einen dicken Kuss auf die Wange: »Bella, lass uns einander versprechen, dass wir uns in Zukunft diesen Quatsch nicht mehr antun werden. Wir müssen lediglich auf die geöffneten Türen achten, die darauf warten, dass wir durch sie hindurchschreiten. Und vor allem sollten wir mit diesem Irrsinn aufhören, an fest verschlossenen Türen wie wild herumzurütteln. Der Schlüssel für alles sind unsere urteilsfreie Achtsamkeit und ein bisschen Mut, den Zeichen im Außen zu folgen. Nicht auszudenken, wenn ich nicht den Mumm gehabt hätte, Hannes anzusprechen, obwohl mein Unterbewusstsein mich direkt in seine Nähe gebracht hat. Und was wäre mir entgangen, wenn ich mich nicht getraut hätte, mich zu Andrea zu setzen, nur weil ich sie zunächst für gefährlich hielt. Dabei war sie mir doch eindeutig aufgefallen. Alle Fügungen oder Gewissheiten sind nichts wert, wenn du nicht den Mut hast, danach zu handeln.«

»Du musst aber auch darauf achten, dass du nicht vom Regen in die Traufe kommst. Beginne nicht, dich wieder unter Druck zu setzen. Gewöhne dir an, alles etwas entspannter zu sehen. Sonst besteht die Gefahr, dass du alles im Außen hoch konzentriert beobachtest. Es reicht, wenn du wieder ins Fließen gekommen bist. Nimm dich selbst als Beispiel dafür, wie spielerisch einem alles zufallen kann. Sei ruhig gelassener und vertraue darauf, dass dir alles, was wichtig für dich ist, automatisch auffallen wird.«

»Das stimmt allerdings. Dennoch muss es einen Zeitpunkt geben, an dem du diese Endlosschleife unterbrichst. Entweder hast du die Courage, selbstständig aus deinem Hamsterrad auszusteigen, oder du brauchst jemanden, der von außen das Rad einfach anhält. Und in meinem Fall warst du mein Stoppschild. Aller Anfang lag bei dir. Du hast mir mit deinen Tanzübungen gezeigt, wie sich Selbstliebe anfühlt und dass es Mut braucht, sich dem Leben hinzugeben. Erst jetzt, nach vielen Wochen einer mutigen, urteilsfreien und achtsamen Lebensführung, habe ich keine Angst mehr, etwas falsch zu machen. Ich gebe dir recht: Es ist nicht überlebenswichtig, alles richtig zu machen. Im Prinzip ist es sogar scheißegal. Denn wenn ich tatsächlich einmal wieder falsch liegen sollte, dann wird es mir viel früher auffallen als noch vor Jahren. Also gerate ich zeitlich nie unter Handlungsdruck und kann in Ruhe reagieren. Das heißt, sollte ein Sturm oder eine Monsterwelle auf uns zusteuern, dann werden frühzeitig Hinweisschilder auftauchen. Dann können wir noch elegant den Kurs wechseln und einfach dorthin weitersegeln, wo die Sonne auf uns wartet.«

Bella war entzückt von dieser Metapher. »Ja, Lucy, wir können uns nahezu gedankenlos ins pralle Leben stürzen, denn wir können uns darauf verlassen, dass unser Inneres immer auf uns aufpasst.«

»Eines steht auf jeden Fall fest: Das Spiel des Lebens besteht aus Veränderung. Ich werde mich deshalb nie mehr selbst in Ketten legen. Wenn ich fortan darauf bedacht bin, mich meiner Handlungsfreiheit nicht mehr als nötig zu berauben, kann ich sorglos jeder Änderung entgegensehen. Taucht vor mir eine unüberwindbare Wand auf, biege ich einfach nach rechts ab. Funktioniert dieser Weg nicht, dann kehre ich um und gehe nach links. Und wenn auch das nicht klappen will, dann bleibe ich eben stehen und schaue mich in Ruhe um. So einfach ist das! Solange wir uns nicht wieder in Abhängigkeiten verstricken, kann uns nichts passieren, und der Wink mit dem Zaunpfahl muss nicht mehr zum großen Hammer mutieren, um uns zur Besinnung zu bringen.«

»Ach, Lucy, das Leben darf einfach und leicht sein, das habe ich auch erst in den letzten Jahren kapiert. Apropos einfach und leicht: Komm! Lass uns noch ein wenig tanzen, damit unsere Herzen wieder hüpfen können. Wir sollten nicht vergessen, wie sich Liebe anfühlt.« Und damit zog Bella Lucy stürmisch von der Couch hoch.

—

Am nächsten Morgen, als sie aufgestanden war, entdeckte Lucy eine Nachricht von Bella. Sie hatte sie wieder an die Scheibe der Balkontür geschrieben. In großen Lettern stand dort:

LEGE DIR KEINE FESSELN AN UND RECHNE
MIT VERÄNDERUNGEN!

Da Lucy nun fest entschlossen war, ein Buch zu verfassen, folgte eine arbeitsreiche Woche. Sie sichtete all ihre Aufzeichnungen und Rechercheergebnisse und stellte erstaunt fest: *Das gibt's doch nicht, die Merksätze für die göttlichen Spielregeln, die ich mir gedankenlos notiert habe, sind ja bereits meine Kapitelüberschriften. Ich brauche nur noch jedem einzelnen Kapitel meine Erkenntnisse, Ideen und Quellen zuzuordnen und dann alles auszuformulieren.*

Während Lucy sich darüber freute, wie vollständig ihr Buchkonzept bereits war, fiel ihr noch etwas anderes auf: *Jetzt wirkt es so, als hätte ich von Anfang an vorgehabt, ein Buch zu schreiben. Tun wir tatsächlich immer das Richtige, wenn wir uns nur darauf konzentrieren, durch offene Türen hindurchzuschreiten, ohne uns bewusst zu sein, wofür es letztendlich gut ist? Kann es das Leben wirklich so gut mit uns meinen?*

Dann erinnerte Lucy sich an die Worte von Andrea und Enzo, dass man niemals vorschnell über Umstände und Menschen urteilen solle, und fragte sich: *Hätte ich solch wundervolle Wochen verleben können, wenn ich schon eine Buchidee im Kopf gehabt hätte? Wäre ich dann offen gewesen für das eine oder andere Abenteuer? Wäre ich nicht an der Mehrzahl meiner Einsichten zielsicher vorbeigeschlittert?*

Lucy nahm sich daraufhin selbst ein Versprechen ab: *Zerbrich dir niemals mehr deinen Kopf darüber, ob etwas sinnvoll erscheint oder nicht. Du wirst es im Nachhinein ohnehin immer erfahren. Du musst nur die offenen Türen erkennen – nichts weiter!*

Über allem stand jedoch der sehr bald anstehende Gesprächstermin mit Doktor Autenberg. *Vor Monaten hätte ich mir noch in die Hosen gemacht vor einem Treffen mit einem so prominenten Superhirn,* dachte Lucy. *Mit einer derart großen Nummer hatte ich noch nie die Ehre. Und jetzt bin ich die Ruhe selbst. Wenn ich einen guten Eindruck bei diesem Wunderkind erwecke, dann ist es gut – wenn nicht, dann eben nicht.*

—

Schnell nahte das Wochenende, und schließlich wartete Lucy mit ihrem Fahrrad vor dem Hauptbahnhof, um nach dem berühmten Hochbegabten Ausschau zu halten. Doktor Autenberg wollte als Erkennungszeichen eine blaue Umhängetasche tragen, darauf ein Aufkleber mit dem berühmten Konterfei von Einstein, der gerade seine Zunge herausstreckt.

Es dauerte nicht lange, da sichtete Lucy einen jungen Mann, bei dem außer Frage stand, dass es sich um Simon Autenberg handelte. Sie machte sich bemerkbar und dachte bei sich: *Ein hübscher Bengel bist du ja.* Aber schon erschrak sie über sich selbst: *Ups – hör auf damit, Lucy. Du wolltest dir kein vorschnelles Urteil mehr bilden, also halte dich daran!*

Sie versuchte, den Prominenten wertfrei zu erfassen. Sie erkannte einen typischen Hipsterbart, eine Nerdbrille und die beschriebene Tasche, die er sich natürlich nicht seitlich über die Schulter gehängt hatte, sondern diagonal über seinen Oberkörper – so, wie es sich heutzutage gehörte. Er wirkte sehr jungenhaft.

Nachdem sie die üblichen Begrüßungsfloskeln ausgetauscht hatten, erkannte Lucy schnell, dass der etwas hagere junge Mann sehr unsicher war. Außerdem stellte sich heraus, dass der übliche Small Talk mit ihm nicht zu machen war. Lucy beschloss, einfach pragmatisch zu bleiben: »Hannes verriet mir, dass Sie keine Pkws mögen. Ich habe Ihnen deshalb ein Leihfahrrad besorgt, damit wir an diesem schönen warmen Sommerabend zu einem japanischen Selbstbedienungsrestaurant fahren können. Es ist etwa zwanzig Minuten entfernt. Dort haben wir Ruhe, das Essen ist gut, und wir können auf Holzbänken draußen sitzen. Wäre das in Ihrem Sinne, Herr Doktor Autenberg?«

Lucys Vorschlag schien ihm zu gefallen. Etwas schüchtern antwortete er: »Ja, das würde mich sehr freuen.«

Sie stiegen auf ihre Räder, Lucy bat ihn, ihr einfach zu folgen, und schon radelten sie los. Während der Fahrt verloren sie kein Wort. Am Ziel angelangt, war Lucy klar, dass nun ihre Führungsstärke gefragt war. Sie dachte: *Na, dann muss ich dich wohl mal an die Hand nehmen, du Sensibelchen.*

An der Theke des Schnellrestaurants war Autenberg sichtlich überfordert. Er wirkte förmlich erschlagen vom Überangebot der japanischen Speisen. Lucy bot ihm deshalb an, die Auswahl für ihn zu übernehmen, und sagte: »Ich kümmere mich um alles Weitere. Suchen Sie doch in der Zwischenzeit draußen einen schönen Platz für uns.«

Der junge Physiker schien über Lucys Initiative sehr erleichtert zu sein. Es dauerte nicht lange, und die beiden saßen vor einem Berg von Essen. Der Abend konnte endlich beginnen.

»Professor Phil sagte, Sie möchten etwas über die dunkle Energie wissen. Habe ich ihn richtig verstanden, Frau Doktor Schmitt?«, fiel der junge Mann sofort mit der Tür ins Haus. Für einen leichten Gesprächseinstieg oder Geplauder war er wohl einfach nicht zu haben.

Lucy antwortete: »Oh ja, das ist richtig. Ich habe mich zwar schon etwas in das Thema eingearbeitet, jedoch wäre ich Ihnen sehr dankbar, wenn Sie einfach mal von vorne beginnen könnten.«

»Kein Problem.« Der junge Mann schien froh darüber zu sein, dass er sich auf sicherem fachlichem Terrain bewegen konnte. Er holte wie gewünscht aus, und Lucy hörte gespannt zu. Allerdings sah sie sich schnell gezwungen, den Physiker zu unterbrechen: »Entschuldigen Sie bitte, Herr Doktor Autenberg, dass ich Sie unhöflicherweise unterbreche. Aber darf ich eine Bitte äußern?«

»Ja, gerne«, antwortete Autenberg etwas irritiert.

»Ich habe mich auf unser Gespräch zwar vorbereitet, zudem beschäftige ich mich schon eine ganze Zeit mit der Physik, jedoch befürchte ich, Ihnen fachlich dennoch nicht folgen zu können. Wäre es eventuell möglich, dass Sie sich vorstellen, ich wäre ein kleines Kind, das von nichts eine Ahnung hat?«

»Entschuldigen Sie bitte, Frau Doktor Schmitt. Sie haben selbstverständlich recht. Ich höre diesen Einwand ja auch nicht zum ersten Mal. Ich versuche, alles etwas verständlicher zu formulieren.«

Er holte tief Luft und begann von vorn: »Bereits im Jahr 1933 stellte der Schweizer Physiker und Astronom Fritz Zwicky fest, dass ein großer Galaxienhaufen – der Coma-Haufen – eine zu große Geschwindigkeit seiner Einzelgalaxien aufwies. Zwicky konnte mathematisch nachweisen, dass dieses ganze Gebilde niemals stabil sein konnte, wenn man die Gesetze der Zentrifugal- und Gravitationskraft anwendete. Er schloss daraus, dass es noch eine andere Kraft geben musste, die diese Galaxien zusammenhielt. Bis dahin galten in der Physik noch die Newtonschen Gesetze. Sie besagen, dass die Planeten unseres Sonnensystems nur deshalb auf ihren Umlaufbahnen ihre Kreise ziehen, weil die Anziehungskraft der Sonne identisch ist mit den nach außen wirkenden Zentrifugalkräften der Planeten. Dieses Rotationsprinzip ist vergleichbar mit einem Wurfhammer, den ein Hammerwerfer in seiner Hand um sich herum beschleunigt, bevor er ihn loslässt. Das im Kreis bewegte Gewicht des Hammers wirkt aufgrund der Zentrifugalkraft nach außen. Damit der Athlet nicht von dieser Kraft aus seinem Wurfkreis gerissen wird, muss er mit der exakt gleichen Kraft, mit der der Wurfhammer nach außen drängt, dagegenhalten. Erst wenn er loslässt, kann sich die Zentrifugalkraft frei entfalten, und der Wurfhammer schießt in die Ferne. Wird also im Universum Materie im Kreis bewegt, was bei nahezu allen Himmelskörpern der Fall ist, muss es immer eine Gegenkraft geben, die das ganze System zusammenhält. Die Rechnung, dass diese Gegenkraft immer die Anziehungskraft eines Körpers in der Mitte einer Galaxie oder die Sonne als Zentrum eines Planetensystems ist, ging aber nie auf. Um die dazu erforderliche Gravitationskraft entstehen lassen zu können, fehlte Masse. Die Materie, die im Zentrum nötig gewesen wäre, war einfach nicht vorhanden. Nun wurde allen Wissenschaftlern klar, dass es im Weltall etwas Unbekanntes geben musste, das alles zusammenhielt. Diese

Erkenntnis hatte natürlich gewaltige Auswirkungen. Die bis dahin geltenden physikalischen Gesetze konnten wir praktisch auf den Müll werfen und die dazugehörigen Lehrbücher für Physik gleich mit. Es war etwas eingetroffen, was wir Wissenschaftler überhaupt nicht schätzen. Uns wurde klar, dass in unserer Welt etwas existierte, was das ganze Universum wie eine Geisterhand fest im Griff hatte. Alles, was wir zu wissen glaubten, lag nun plötzlich im Dunkeln. Man entschloss sich daher, diesen großen, unerklärlichen Einfluss auf unsere Welt *dunkle Materie* und *dunkle Energie* zu nennen. Mittlerweile ist viel Zeit verstrichen, und wir konnten in der Astrophysik große Fortschritte machen. Die Forscher der LIGO-Kollaboration – das sind zwei Observatorien in Hanford und in Livingston in den USA – hatten zum Beispiel das Ziel, die dunkle Materie wissenschaftlich nachzuweisen. Dazu wollten sie Gravitationswellen messen. Solche Wellen sind eine Auswirkung des sogenannten Gravitationslinieneffektes. Durch diesen Effekt wird das Licht von einer großen Masse abgelenkt. Beobachtet man also bestimmte Galaxien, erkennt man gekrümmte Lichtstrahlen – es entstehen Gravitationswellen. Würde man also solche Gravitationswellen auf der Erde messen können, aber gleichzeitig feststellen, dass die dazu notwendige Masse zur Ablenkung fehlt, wäre der wissenschaftliche Beweis für die unsichtbare Welt erbracht. Und genau dies ist den Forschern der LIGO-Kollaboration am 11. Februar 2016 geglückt. Im Jahr darauf wurde ihnen dafür umgehend der Nobelpreis für Physik verliehen. Damit war die dunkle Materie endgültig wissenschaftlich nachgewiesen. Nach dem Doppelspaltexperiment war das der zweite Meilenstein in der Geschichte der Physik.«

Lucy war ganz begeistert. Auch ihr Gegenüber war anscheinend in seinem Element. Es tat ihm sichtlich gut, über Fachliches sprechen zu dürfen. Das Eis schien gebrochen, und Lucy brachte Autenberg dazu, noch mehr zu erzählen. Nach einer Weile fragte sie dazwischen: »Wie hoch ist eigentlich derjenige Anteil unserer Welt, von dem wir nicht wissen, woraus er besteht?«

Autenberg erklärte: »Das Universum besteht etwa zu dreiundsiebzig Prozent aus dunkler Energie und zu etwa dreiundzwanzig Prozent aus dunkler Materie. Leider liegen uns bis heute keine weiteren Erkenntnisse darüber vor, woraus genau dieses Medium bestehen könnte. Keiner weiß, ob es Teilchen, Felder oder Wellen sind. Die Wissenschaft kann derzeit nur eines gesichert feststellen: Diese Art von unsichtbarer Welt existiert tatsächlich.«

Lucy war sprachlos. Sie legte ihre Stäbchen weg, weil sie einfach nicht glauben konnte, was sie gerade zu hören bekam. Zum wiederholten Male offenbarte ihr ein Wissenschaftler, dass etwas nicht mit rechten Dingen zuging. Sie hakte deshalb nach: »Nur damit ich Sie richtig verstehe: Einer der weltweit anerkanntesten Astrophysiker hat mir gegenüber soeben eingestanden, dass er und die gesamte Elite der Astrophysik von ungefähr fünfundneunzig Prozent unserer Welt noch nicht einmal einen blassen Schimmer haben?«

»Ja, das ist leider so.« Autenberg blieb erstaunlich gelassen. »Wir haben noch nicht einmal ansatzweise eine Idee.«

Lucy beschloss, ihre vornehme Zurückhaltung aufzugeben: »Mir hat mal ein Statistiker gesagt, dass, wenn ein Ergebnis für fünfundneunzig Prozent aller Fälle richtig ist, es durchaus erlaubt sei, zu pauschalisieren. Würde ich dieser mathematischen Gepflogenheit folgen, dann dürfte ich doch die Behauptung aufstellen, dass heute wissenschaftlich bewiesen ist, dass wir absolut nichts von unserer Welt wissen.«

Der junge Schweizer lächelte nun sogar. »Ich persönlich würde diese unpräzise Formulierung natürlich nicht verwenden. Aber da wir uns auf eine umgangssprachliche Kommunikation geeinigt haben, wäre ich bereit, Ihre Aussage zu bestätigen: Wenn wir die in unserem Fall wenigen Prozent vernachlässigen, dann wissen wir heute ziemlich genau, dass wir nichts wissen.«

Dieser Gott hat überall um sich herum eine undurchdringbare Schutzmauer aufgebaut, dachte Lucy. Laut sagte sie: »Dann wäre es doch schlauer, sich mit dem Nichtwissen anstatt mit dem Wissen auseinanderzusetzen, nicht wahr?«

»Es zeugt jedenfalls von hoher Intelligenz, nicht zu meinen, je etwas absolut wissen zu können.«

Lucy grinste: »Diese schöne philosophische Formulierung gefällt mir noch besser.«

Autenberg sagte daraufhin: »Sie fühlen sich offenbar zur Metaphysik hingezogen. Sicher sind Sie in diesem Zusammenhang auf Professor Phil gestoßen. Auch ich habe mit ihm schon viele Stunden verbracht, um über die Physik zu philosophieren. Wobei ich zugeben muss, dass ich noch nicht einmal ansatzweise über ähnlich umfangreiche Kenntnisse in Sachen Theologie und Philosophie verfüge wie er.«

»Ja, ich war tatsächlich auf der Suche nach dem Sinn hinter allem und habe Hannes im Rahmen meiner Recherchearbeit kennengelernt. Aber bevor wir zur Metaphysik übergehen, würde ich vorschlagen, dass Sie mir noch etwas über diese berühmte *Millennium-Simulation* erzählen. Tun Sie mir den Gefallen? Diese Experimente tauchen bei meinen Recherchen permanent auf.«

»Gerne«, erwiderte der Physiker und begann wieder, etwas auszuholen: »Die Millennium-Simulation – auch unter dem Begriff Millennium Run bekannt – ist eine Computersimulation, die die kosmologische Frage klären soll, wie sich nach dem Urknall das Universum mit seinen vielen Sonnensystemen, Galaxien et cetera entwickeln konnte. Durchgeführt wurde sie vom Virgo-Konsortium, das aus einer Gruppe von führenden Kosmologen aus Deutschland, Großbritannien, Kanada, Japan und den USA besteht. Die Leitung lag beim deutschen Max-Planck-Institut für Astrophysik in Garching. Mittlerweile gibt es zwar schon mehrere Durchläufe dieser Millennium-Simulation, aber der allererste fand im Jahr 2005 statt.«

»Man hat also versucht, am Computer die Entstehung unseres Universums von Beginn an nachzustellen?«

»Richtig, wir verfügen seit wenigen Jahren über die dazu notwendige Rechnerleistung – zumindest, um einen repräsentativen Ausschnitt des Universums nachrechnen zu können. Dazu hat man die weltweit leistungsfähigsten Rechenzentren untereinander vernetzt, um einen einzigen gigantischen Supercomputer zu erhalten.«

»Warum betreibt man eigentlich einen derart irrsinnigen Aufwand?«, warf Lucy ein. »Meinen bescheidenen Kenntnissen nach waren doch alle Naturgesetze beziehungsweise alle atomaren Grundstrukturen schon nach wenigen Minuten fix und fertig erschaffen, oder nicht?«

»Im Prinzip schon. Besonders, nachdem wir im Juli 2012 am CERN, der Europäischen Organisation für Kernforschung, den Nachweis für das Higgs-Boson erbracht haben, verstehen wir sehr gut, was kurz nach dem Urknall passiert ist.«

Lucy fasste nach: »Das ist doch dieses Gottesteilchen. Hat nicht der britische Physiker Peter Higgs dafür den Nobelpreis erhalten?«

Mit unverhohlenem Respekt antwortete Autenberg: »Das Higgs-Boson wird tatsächlich auch Gottesteilchen genannt. Es ist dafür verantwortlich, dass kurz nach dem Urknall aus Strahlung Materie entstehen konnte. Bildhaft können Sie sich das so vorstellen, als ob Strahlung an einem Feld reiben würde. Durch diesen Prozess entstanden die Materieteilchen. Professor Phil würde es folgendermaßen formulieren: *Aus dem Nichts entstand Materie – wie durch Gottes Hand.* Daher kommt auch die Bezeichnung Gottesteilchen. Aber das ist nicht der Punkt. Die Frage aller Fragen war eine ganz andere: Wie konnten aus dieser frühen Materie letztendlich Großstrukturen entstehen? Wie war es möglich, dass aus dieser diffusen Materiewolke letztendlich Sterne, Planeten und Galaxien hervorgegangen sind? Vor der großen Millennium-Simulation hatten wir natürlich auch viel gerechnet und simuliert. Es waren im Ergebnis jedoch nie konkrete Himmelskörper entstanden. Unsere mathematischen Modelle hatten nie zu etwas geführt, was unserem heutigen Sternenhimmel gleichgekommen wäre.«

»Aber dann haben Sie die dunkle Materie eingerechnet …«

»Also ich muss Ihnen jetzt ein Kompliment machen: Sie haben sich vorbildlich vorbereitet, Frau Doktor Schmitt«, staunte Autenberg. »Und ja, erst als man begann, die dunkle Materie beziehungsweise die dunkle Energie miteinzurechnen, ergaben sich atemberaubende Ergebnisse. Das heißt, erst dadurch konnten wir virtuell ein Universum erschaffen, das tatsächlich eins zu eins der Realität entsprach.«

»Die Wissenschaftler konnten also am Computer unsere Welt vollkommen synthetisch nachbauen?«

»Genau. Das war eine weltweite Sensation: Die Modelle bezüglich der dunklen Energie und Materie erwiesen sich als wissenschaftlich richtig. Wobei das aber nicht die größte Überraschung bedeutete, denn die eigentliche Sensation war eine ganz andere: Die sichtbare Welt folgte der unsichtbaren Welt. Das bedeutet, die dunkle Energie und die dunkle Materie erwiesen sich als unsichtbare Schablone für unser Universum.«

Lucy schockte mittlerweile nichts mehr. »Wollen Sie damit andeuten, dass ein Medium, von dem die Wissenschaft keine blasse Ahnung hat, woraus es eigentlich besteht, und das den Großteil unserer Welt ausmacht, das Gerüst für alles ist, was wir wahrnehmen können?«

»Sie können sich das wie unser Skelett vorstellen, das von außen zwar nicht sichtbar ist, das aber die Struktur und die Stabilität unseres sichtbaren Körpers ausmacht.«

»Lieber Herr Doktor Autenberg, darf ich Ihnen eine etwas unwissenschaftliche Frage stellen, die Sie zudem über Gebühr provozieren könnte?« Lucy las in den Augen ihres Gegenübers, erkannte Zustimmung und beschloss, in die Vollen zu gehen: »Ich habe die letzten Wochen gelernt, dass über neunzig Prozent unserer Gedanken, Handlungen und Gefühle unbewusst ablaufen und dass es mehr als unwahrscheinlich ist, dass wir jemals etwas davon mitbekommen werden. Dann weiß ich als Biologin, dass unsere Persönlichkeit wie auch unser Körper durch unser Erbgut bestimmt werden. Das wiederum verstehen wir aber ebenfalls nur zu einem Bruchteil, da über der Funktion von mehr als neunzig Prozent unseres Genoms ein Schleier der Unwissenheit liegt ...«

Autenberg unterbrach Lucy: »Ich dachte, unsere Gene sind entschlüsselt?«

Lucy lächelte nachsichtig: »Ach, Herr Doktor Autenberg, das war doch damals nur die Aussage von geltungssüchtigen Wissenschaftlern. Mittlerweile hat sich das Ganze relativiert. Als Biologin kann ich Ihnen sagen: Der Homo sapiens hat etwa dreißigtausend Gene. Von nur etwa fünf Prozent dieser Gene ist tatsächlich bekannt, welche Funktion sie haben könnten. Das heißt, die Wissenschaft weiß bis heute nicht genau, was es mit dem Rest des menschlichen Genoms auf sich hat. Um das jedoch nicht so publik zu machen, hat man diesen unbekannten Löwenanteil einfach zu Genmaterial ohne Funktion erklärt. Die Wissenschaft hat diese Gene zu *Fake-Genen* degradiert, als würde die Evolution in Millionen von Jahren ein Genom hervorbringen, das zu über neunzig Prozent ohne Funktion ist. Zudem weiß man heute um die sogenannte Epigenetik. Diese Steuerungsfunktion bestimmt, ob ein einzelnes Gen von unserem Körper eingeschaltet wird oder nicht. Lange Rede, kurzer Sinn: Nur wenige Prozent des menschlichen Genoms sind von bekannter Natur, und davon weiß wiederum kein Mensch, ob und wann sie aktiviert sind oder nicht.«

Zum ersten Mal zeigte Autenberg sich deutlich belustigt. »Das bedeutet, dass eine amerikanische Schauspielerin sich prophylaktisch ihre Brüste amputieren ließ, weil sie sich vor einem Gendefekt fürchtete, obwohl das menschliche Genom noch nicht einmal ansatzweise professionell erforscht ist? Dann ist diese arme Frau doch irgendwelchen Ärzten auf den Leim gegangen. Oder muss man das Dummheit nennen?«

»Und wenn diese Dame dann auf Instagram postet, wie clever und vorsorglich sie mit ihrem Körper umgeht, werden es ihr Millionen von Frauen nachmachen und sich ihre Brüste ebenso prophylaktisch amputieren lassen.«

Autenberg gestattete sich nun sogar, völlig befreit aufzulachen. Lucy war davon mehr als überrascht. Mit einer emotionalen Reaktion hätte sie so schnell noch nicht gerechnet. Autenberg sagte:

»Entschuldigen Sie bitte, aber von so einem Irrsinn habe ich schon lange nicht mehr gehört. Ich wollte Sie aber nicht unterbrechen. Fahren Sie fort.«

»Also, unsere Gehirnforscher betonen, dass sie von über neunzig Prozent all unserer Gedanken und Gefühle keine Ahnung haben, weil alles unbewusst vonstattengeht. Bei unseren Genetikern herrscht in der gleichen Größenordnung völlige Unwissenheit, und nun treffe ich auf Sie, der überzeugend darlegt, dass wir von unserer sichtbaren Welt ebenfalls zu mehr als neunzig Prozent keine Ahnung haben. Aber damit ist die Spitze noch nicht einmal erreicht. Sie sagen ja, dass ausgerechnet dieses unsichtbare und unbekannte Etwas auch noch verantwortlich ist für die Entstehung unserer gesamten Welt.«

Autenberg, offensichtlich gar nicht angegriffen, reagierte verständnisvoll: »Frau Doktor Schmitt, in der Tat werde auch ich mit diesen Vorwürfen gegen die Wissenschaft regelmäßig konfrontiert. Jedoch können Sie sich sicher sein, dass ich mir regelmäßig darüber den Kopf zerbreche. Zugegeben, es sieht derzeit in nahezu allen wissenschaftlichen Fachbereichen so aus, als würden sich mehr Fragen als Antworten ergeben. Vielleicht ist das auch der eigentliche Grund dafür, warum wir uns in der Physik schon so lange schwertun, eine einheitliche Weltformel zu entdecken. Es gibt viele renommierte Experten, die behaupten, dass wir das niemals schaffen werden. Vielleicht ist es auch so gewollt, dass wir nie erfahren werden, wie das Leben oder wie die Welt tatsächlich funktioniert. Ich teile jedoch nicht die Meinung, dass die gesamte Forschung in einer Sinnkrise steckt, denn ich bin mit Leib und Seele Wissenschaftler, und die Hoffnung stirbt bekanntlich zuletzt.«

»Was unterscheidet die Wissenschaft dann von Religionen?«

Autenberg sah Lucy zum ersten Mal direkt in die Augen. Sein Tonfall änderte sich schlagartig, als er sehr ernst sagte: »Physiker w i s s e n, dass es einen Gott gibt. Religionsanhänger g l a u b e n, dass es einen gibt.«

Das hat gesessen!, dachte Lucy. Für einen ganz kurzen Augenblick glaubte sie, Traurigkeit in ihrem Gegenüber zu erkennen. »Sie sind der Meinung, dass Gott böse ist, nicht wahr?«

Autenberg war von dieser Frage sichtlich überrascht. Es schien, als wolle er gegen seine natürliche Neigung, lieber auszuweichen, nun ankämpfen. Nach einer Weile sagte er: »Ich weiß es nicht. Aus wissenschaftlicher Sicht wurde mir persönlich recht früh klar, dass es eine übergeordnete Intelligenz geben muss. Jedoch habe ich noch keinen einzigen Hinweis entdeckt, wie ich selbst von dieser Tatsache profitieren kann.«

Lucy riskierte nun einen weiteren Schritt, um die Schutzmauer des Physikers anzukratzen: »Vertrauen Sie mir, Herr Doktor Autenberg?«

»Ich weiß nicht. Ich vertraue allerdings Hannes. Wenn er mir versichert, dass Sie es gut mit mir meinen, dann verlasse ich mich darauf. Ich habe in meinem Leben gelernt, dass ich Menschen grundsätzlich nicht über den Weg trauen kann. Ich musste akzeptieren, dass ich leider über keinerlei Fähigkeiten verfüge, andere richtig einschätzen zu können. Man hat mir einmal gesagt, dass ich kein Gespür für Menschen habe. Wenn die Leute mich quälen, verfolgen, hintergehen und anlügen, bemerke ich das erst, wenn es schon zu spät ist. Daher fühle ich mich am wohlsten, wenn ich bei mir zu Hause oder in meinem Büro am CERN von der Außenwelt abgeschottet bin. Allein an meinem Rechner fühle ich mich sicher, und um auf Ihre Frage zurückzukommen: Ja, ich sehe in Gott etwas, das Leid auslöst. Und ja, ich glaube, dass die von ihm erschaffene Welt bösartig ist.«

Lucy kam diese Sichtweise sehr bekannt vor, schließlich war es noch nicht lange her, dass auch sie dem Irrtum unterlag, die äußeren Umstände für das eigene negative Lebensgefühl verantwortlich zu machen. Nur zu gut wusste sie, wie furchtbar es sich anfühlte, wenn das Herz mit zu vielen Ängsten belastet war. Sie entdeckte an sich, dass sie es nicht mehr mitanschauen konnte, wie Menschen sich selbst von der Lust am Leben abschnitten, weil sie keinen Mut fanden, sich auf ihr Bauchgehirn, ihr Schicksal oder einfach nur auf einen Gott zu verlassen. So, wie Lucy eine Bella als ersten Anstoß gebraucht hatte, brauchte wohl auch Doktor Simon Autenberg einen Menschen, der ihm half, sein Ego von Hypnosen zu befreien. Lucy hatte ihre Aufgabe gefunden.

»Und jetzt? Empfinden Sie unsere Unterhaltung auch als bösartig?«

»Ganz im Gegenteil«, sagte Autenberg, »ein solch angenehmes Gespräch, wie ich es mit Ihnen führe, hatte ich noch nie mit einer wildfremden Frau. Sie müssen etwas an sich haben, das mir guttut. Hannes hat schon solche Andeutungen gemacht. Ich fühle mich wohl, und irgendwie bin ich sogar bereit, etwas von mir preiszugeben.«

»Danke für die Blumen«, freute Lucy sich. »Was ist es denn genau, was Ihnen die Welt als bösartig erscheinen lässt?«

»Ich wurde meine komplette Jugend hindurch von Mitschülern geschlagen, ausgeraubt und gemobbt. Ich habe dreimal die Schule wechseln müssen.«

»Und Ihre Eltern?«, fragte Lucy sanft nach. »Wie haben die auf Ihre Probleme reagiert?«

»Meine Eltern sind Pazifisten. Sie waren begeistert von meiner außergewöhnlichen Hochbegabung und haben mich gefördert, wo es nur ging. Ich konnte frühzeitig acht Sprachen sprechen und beherrschte vier Musikinstrumente. Die Erwachsenenwelt wurde schnell mein sicherer Hafen, meine Eltern schirmten mich vor Gleichaltrigen ab. Allerdings wäre mir aus heutiger Sicht ein Vater lieber gewesen, der mir beigebracht hätte, wie man jemandem in die Fresse haut. Das hätte mir mehr geholfen.«

»Wirklich? Gewalt ist doch keine Lösung!«

Autenberg widersprach: »Wenn Sie Ihr Leben lang, egal ob als Kind, als Jugendlicher oder als Erwachsener, vor Männern Angst haben müssen, weil Sie sehr genau wissen, dass Sie im Notfall keine Mittel haben, um sich zu wehren, dann wird Ihnen Ihre eigene Hilflosigkeit permanent vor Augen geführt. Sie fühlen sich der Willkür Ihrer Geschlechtsgenossen schutzlos ausgeliefert. Bis heute hat sich daran nichts geändert. Ich bewege mich zwar in intellektuellen Kreisen, in denen körperliche Gewalt verpönt ist, jedoch die psychische nicht. Die Leute sind einfach gewalttätig, da ist es mir, gelinde gesagt, scheißegal, welche Form von Gewalt angewendet wird. Zivilisation heißt doch nichts anderes, als körperliche Gewalt durch psychische zu ersetzen. Dann ist man halt mit Intrigen, Lügen oder sprachlichen Angriffen konfrontiert. Das ist manchmal schlimmer, als eine Ohrfeige abzukriegen, seinen Schulranzen oder sein Taschengeld an seine Mitschüler zu verlieren. Meine Eltern hatten nie etwas Besseres zu tun, als meinen Intellekt zu feiern, weil sie selbst Angsthasen waren. Wer zu feige ist für den Krieg, wird immer für den Frieden sein müssen.«

Lucy hatte aufmerksam zugehört, nun äußerte sie eine Vermutung: »Daher mögen Sie auch keine Autos. Weil die Menschen im Straßenverkehr in ihren Blechhüllen ihre wahre Fratze zeigen, nicht wahr?«

»Da liegen Sie vollkommen richtig. Wenn Sie morgens im Berufsverkehr in die Gesichter der Menschen schauen, mit ihrem aggressiven Fahrstil auf der Autobahn, ihren gewalttätigen Gesten und Pöbeleien, wenn es nicht vorangeht, dann wissen Sie, wie sie sind – diese Menschen. Ganz zu schweigen von den laut fluchenden Kampfradlern, die ihre abgrundtiefe Bösartigkeit auf der Straße unverblümt zur Schau stellen. Wenn Gott nicht selbst bösartig ist, dann hat er zumindest zugelassen, dass bösartige Lebewesen entstehen.«

Lucy erschrak über das, was sie da zu hören bekam. Unterdessen fiel ihr auf, dass sie heute noch gar keine Mutübung absolviert hatte. Die würde sie jetzt nachholen! Sie war sich sicher, diesem Jüngelchen erst einmal gehörig den Kopf waschen zu müssen – auch auf die Gefahr hin, dass sie sich unbeliebt machte.

»Herr Doktor Autenberg, Sie als Physiker kennen doch den Energieerhaltungssatz …«

»Selbstverständlich«, antwortete Autenberg sogleich, um – ganz in seinem Element – hinzuzufügen: »Die Gesamtenergie eines abgeschlossenen Systems kann sich nicht ändern. Energie kann in verschiedene Energieformen umgewandelt werden oder aus einem System heraus- und in ein anderes System hineintransportiert werden. Es ist jedoch nicht möglich, Energie zu erzeugen oder zu vernichten. Die Energieerhaltung gilt als eines der wichtigsten Grundprinzipien der Naturwissenschaft.«

Lucy überging diesen kleinen Anflug von Klugscheißerei und erwiderte: »Ich bin mir sicher, dass Sie mir als Laie erlauben, dieses Gesetz etwas großzügig auszulegen. Können Sie sich vorstellen, dass, wenn Sie Energie erhalten, Sie dafür auch etwas hergeben müssen, um im Gleichgewicht zu bleiben? Oder anders ausgedrückt: Haben Sie sich jemals Gedanken darüber gemacht, dass alles seinen Preis haben könnte?«

Autenberg machte ein fragendes Gesicht.

Lucy sprach unbeirrt weiter: »Ich habe gestern im Internet eine interessante Quelle über Sie entdeckt, die Sie sogar als den zukünftigen Einstein feiert. Glauben Sie nicht, dass das Schicksal Sie mehr als großzügig behandelt hat? Und dass Gott, sofern es ihn tatsächlich geben sollte, Ihnen eine Bestimmung geschenkt hat, um die Millionen von Menschen Sie beneiden würden? Möchten Sie tatsächlich behaupten, dass Gott böse zu Ihnen war? Stellt es nicht eine ausgleichende Gerechtigkeit dar, dass Sie in Ihrer Jugend ein paar Jahre ein beschwerlicheres Dasein zu ertragen hatten, um dafür jetzt ein Superstar sein zu können? Erfüllen Sie damit nicht geradezu das Grundprinzip des Energieerhaltungssatzes? Liegt es nicht in der Natur der Sache, dass, wenn ich etwas bekommen möchte, ich dafür auch etwas zu geben habe? Denken Sie tatsächlich, dass es ausreicht, lediglich geboren zu sein, um mit allen Köstlichkeiten des Lebens überschüttet zu werden?«

Hey!, schoss es Lucy durch den Kopf. *Das ist ein Kapitel, das in meinem Buch noch fehlt. Das muss ich mir merken: dass ich ein Opfer zu erbringen habe, wenn ich etwas bekommen möchte.*

Während sie an ihr Buch dachte, bemerkte sie, wie ein sprachloser Doktor Autenberg wieder in sein altes Verhaltensmuster zurückfiel. Er war ganz in sich gekehrt. Es brauchte eine Weile, da fing er sich wieder. »Sie haben recht«, sagte er. »Ich habe nicht mehr alle Tassen im Schrank.«

Lucy war erleichtert, dass die Stimmung nicht gekippt war. »Nein, Herr Doktor Autenberg, ganz im Gegenteil. Sie haben sehr wohl noch alle Tassen im Schrank. Wenn Sie sich dominanten Männern gegenüber tatsächlich unterlegen fühlen und das wirklich ein elementares Problem für Sie darstellt, dann gehen Sie eben in ein Fitnessstudio, legen sich ein paar Muskeln zu und erlernen dazu noch eine Kampfsportart. So einfach ist das. Das Einzige, was dann noch fehlt, ist ein bisschen Mut – den kann man sich aber ebenfalls antrainieren. Wäre es also nicht langsam an der Zeit, sich daran zu erinnern, dass sie bereits volljährig sind, statt sich mit ihren achtunddreißig Jahren mit Ihrer Kindheit und Ihrem Elternhaus zu entschuldigen?«

Der bärtige Nerd wirkte nun doch etwas erschüttert. Lucy befürchtete schon, zu weit gegangen zu sein, aber da hörte sie ihn sagen: »Sie haben recht.«

Ermutigt fuhr Lucy fort: »Wenn Sie sich Ihr bisheriges Leben noch einmal vor Augen führen, glauben Sie, dass Ihre unbestritten beeindruckende Karriere möglich gewesen wäre, wenn Sie eine harmonische und glückliche Kindheit gehabt hätten?«

»Da muss ich nicht länger nachdenken«, antwortete Autenberg. »Ich war meine komplette Jugend hindurch der tiefen Überzeugung, nicht nur ein Außenseiter zu sein, sondern auch ein bemitleidenswerter Volltrottel. Erst als ich mein Studium in Rekordzeit hinter mich brachte, bemerkte ich die Beachtung von Kommilitonen, Professoren und Großkonzernen. Ich hatte ja auch immer mehr Zeit als alle anderen, um etwas auf die Beine zu stellen, denn es gab für mich keine Freunde oder längere Partnerschaften, die meine Zeit vergeudet hätten. So habe ich über Jahre hinweg allein vor meinem PC gesessen und ein aufsehenerregendes Forschungsergebnis nach dem anderen abgeliefert. Die Anerkennung meiner wissenschaftlichen Arbeit durch die Fachwelt verschaffte mir viel Erlösung, und meine tiefen Selbstzweifel verschwanden nach und nach. Ich erfuhr viel Respekt, und auf einmal mochten mich sogar Mädchen. Das war etwas, was ich zuvor noch nie in der Art erlebt hatte.«

»Wissen Sie, Herr Doktor Autenberg, mir persönlich wird gerade einiges klar. Ich habe in meinem Leben sehr viele und sehr erfolgreiche Persönlichkeiten kennengelernt, und immer habe ich von ihnen das Gleiche gehört: Sie wurden in ihrer Kindheit beziehungsweise Jugend oft gehänselt, oder sie litten an großen Minderwertigkeitskomplexen. Aber genau dieses innere Leid führte zu ihrer Bereitschaft, beruflich mehr Kompromisse zu akzeptieren als alle anderen. Würden Sie mir zustimmen, dass man bereit sein muss, viele Eitelkeiten zu überwinden, um schließlich an die Spitze zu gelangen? Dass man jeden Tag mehr arbeiten muss? Dass man sich von Kunden oder Vorgesetzten mehr erniedrigen lassen muss? Dass man sich mehr anpassen muss als alle anderen? Ist es nicht ein sehr beschwerlicher Weg, die absolute Spitze zu erreichen? Und war es nicht so, dass Sie nur deshalb all diese schrecklichen Mühen und Opfer tapfer ertrugen, weil Sie von der Sehnsucht getrieben waren, Ihrem inneren Leid zu entfliehen?«

Autenberg saß schweigend da. Lucy erkannte deutlich, dass er konzentriert nachdachte. Schließlich antwortete er: »Ich muss Ihnen schon wieder voll und ganz zustimmen. Sie sind eine brillante Analytikerin. Es ist richtig, mein beruflicher Erfolg war meine emotionale Lebensrettung. Ich befürchte sogar, dass ich mich ohne meine Karriere früher oder später umgebracht hätte.«

Lucy konnte nicht aufhören, zu bohren, denn Sie spürte deutlich, dass sie gerade im Begriff war, sich selbst über etwas Wichtiges klar zu werden. »Darf ich noch ein Gedankenspiel hinterherschieben, Herr Doktor Autenberg?« Er nickte, und Lucy sagte: »Mal angenommen, morgen gäbe es einen politischen Umsturz, der Kommunismus käme zurück, und Ihnen würde die freie

Berufswahl verweigert. Zudem würde man Ihnen mitteilen, dass Sie ab sofort an der Kasse eines Supermarktes zu sitzen hätten. Was wäre dann? Würden Sie sich wohlfühlen? Könnte es sein, dass Sie dann wieder zu dem ängstlichen Kind würden, das Sie in Ihrer Schulzeit waren? Wäre es vorstellbar, dass Sie an sich entdecken würden, keinen Millimeter in Ihrer Persönlichkeitsentwicklung weitergekommen zu sein?«

Autenberg verstand natürlich sofort, was Lucy andeutete. »Sie denken, dass das Streben nach Erfolg nichts anderes ist als das Bewältigen von Kindheitsproblemen? Und je größer meine Minderwertigkeitskomplexe sind, umso größer werden meine Chancen sein, erfolgreich zu sein? Das würde doch bedeuten, dass diejenigen Menschen, die sich mit beruflichem Erfolg seelisch betäuben, permanent vor sich selbst wegrennen.«

»Wenn es sich tatsächlich so verhalten würde, dann wäre dies aber nicht das Hauptproblem …«

»… sondern dass wir alle den falschen Vorbildern hinterherrennen!«, führte Autenberg Lucys Satz zu Ende.

»Richtig, dann wären unsere Vorbilder genau diejenigen, die die meisten Probleme mit sich selbst haben, schließlich fallen uns im digitalen Zeitalter nur die erfolgreichsten und prominentesten Menschen auf. Wir glauben, dass die, die es an die Spitze geschafft haben, die besseren Menschen sind. Wir eifern Ihnen nach, aber übersehen dabei, dass es ausgerechnet diejenigen sind, die den größten Knacks in ihrer Persönlichkeit haben. Wenn dem tatsächlich so wäre, brauchten wir uns nicht zu wundern, warum es in der Welt keine Liebe gibt. Denn diejenigen, die an der Spitze stehen oder an der Macht sind, sind genau diejenigen, die sich selbst am wenigsten mögen.«

»Darf ich etwas ergänzen?«, warf Autenberg ein. »Ich gebe durchaus zu, auch über Leichen gegangen zu sein, um dahin zu gelangen, wo ich jetzt bin. Selbstverständlich gibt es auch in der Wissenschaftsszene ein Hauen und Stechen um Erfolg und Ruhm. Und selbstverständlich habe ich in der Vergangenheit meinen

Intellekt bewusst eingesetzt, um andere rhetorisch und argumentativ ins Abseits zu stellen. Allerdings würde ich bestreiten, dass ich heute noch unter dem gleichen Grad an Selbstzweifeln leide wie noch in meiner Jugend. Meine Karriere war praktisch eine Art Selbsttherapie. Außerdem scheint es, als ob dieser Weg für mich förmlich vorbestimmt war. Meine früh diagnostizierte Hochbegabung ließ mir überhaupt keine andere Wahl, als meiner Bestimmung zu folgen.«

»Das würde der Idee des freien Willens widersprechen«, entgegnete Lucy. »Und das wiederum würde bedeuten, dass wir nur deshalb in unserer frühesten Kindheit mit einem Problem konfrontiert werden, damit es etwas gibt, was wir in unserem weiteren Leben lösen können.«

»Ich kann da nur für mich persönlich eine Aussage treffen. Ohne die Qualen in meiner Jugend hätte ich sicher nicht genug inneren Antrieb für meine Karriere verspürt. Ich habe also das notwendige Opfer für meine Laufbahn bereits erbracht. Ich danke Ihnen, Frau Doktor Schmitt, für diese wichtige Erkenntnis. Wahrscheinlich hat tatsächlich alles seinen Preis. Ich für meinen Teil habe mir den außergewöhnlichen beruflichen Erfolg mit einem mehr als zehnjährigen Dasein als jugendlicher Idiot hart verdient.«

Lucy beobachtete, wie Autenbergs Introvertiertheit wieder etwas nachließ. Es tat ihm ganz offensichtlich gut, eine schlüssige Erklärung für seine unglückliche Kindheit gefunden zu haben. Es dauerte jedoch nicht lange, bis die Hochleistungsmaschine zwischen seinen Ohren erneut zu rattern begann. »Ich denke, dass ich mittlerweile psychisch ausreichend stabil wäre, um auf einen großen Teil meiner gesellschaftlichen oder fachlichen Reputation zu verzichten. Allerdings gäbe es da einen großen Haken: Ich würde mich auf einen neuen Kriegsschauplatz begeben.«

»Frauen, nicht wahr?«

Autenberg erschrak über Lucys Treffsicherheit und gestand: »Ich hatte von Anfang an Probleme mit ihnen. Kein Mädchen wollte mit einem Deppen zusammen sein. Immer waren es die tollen

Hirsche, die in der Schule, aber auch zu Beginn meines Studiums, alle hübschen Frauen abbekamen. Ich ging grundsätzlich leer aus. Erst, als ich in der Physikszene populär wurde, ging es los. Ich musste mich immer weniger anstrengen. Irgendwann waren es sogar die Frauen selbst, die sich um mich bemühten. Mittlerweile muss ich überhaupt nichts mehr tun. Mein beruflicher Erfolg hat mir letztendlich die hübschesten Frauen beschert. Zumindest aus dieser Sicht würde es sich rentieren, für Erfolg über Leichen zu gehen.«

Lucy spürte Empörung in sich aufsteigen: »Wollen Sie etwa andeuten, dass unsere Welt nur deshalb von Arschlöchern regiert wird, weil Frauen Arschlochverhalten bevorzugen und mit ihrem Auswahlverhalten letztendlich diesen Schlag von Mann geradezu fördern? Wie viele tolle Liebesbeziehungen haben Sie denn kreieren können? Hat es sich gelohnt, auf Damen zurückzugreifen, die in den Erfolg verliebt waren anstatt in den wahren Simon Autenberg?«

Lucy erschrak über sich selbst und biss sich auf die Lippen. Dem traurigen Blick des Physikers nach zu urteilen, fürchtete sie, er würde seine zaghafte Öffnung gleich wieder aufgeben. Es schien, als wäre sie nun wirklich zu weit gegangen. Stille Sekunden vergingen, da bemerkte Lucy, wie Autenberg sich sammelte. Dann sprach er: »Ich sehne mich schon seit Jahren danach, eine Familie zu gründen. Ich gerate aber immer an die falschen Frauen. Meine bisherigen Beziehungen waren grauenhaft. Wenn ich ehrlich bin, bin ich mir nicht sicher, ob ich überhaupt jemals richtig verliebt war.«

Lucy, die so etwas befürchtet hatte, bat Autenberg, doch einmal zu versuchen, den Charakter der Frau zu beschreiben, mit der er zuletzt versucht hatte, eine Beziehung zu führen. Der Physiker gab bereitwillig Auskunft. Während Lucy aufmerksam zuhörte, stockte ihr der Atem: Sie lauschte einer Persönlichkeitsbeschreibung, die zu hundert Prozent auf den Menschen passte, der gerade vor ihr saß. *Unglaublich, heute bekomme ich alle Kapitelüberschriften meines Buches*

bestätigt! Lucy wusste im ersten Moment nicht, wie sie reagieren sollte. Doch dann sagte sie unverblümt: »Sie haben sich soeben selbst beschrieben!«

»Sie meinen, ich sei es selbst, der lieblos ist, keine Nähe zulässt, mit dem man sich nicht tiefgründig unterhalten kann, der krankhaft egozentrisch ist und kein sonderliches Interesse an anderen zeigt?«

»Na ja«, Lucy grinste, »ich würde sagen, da ist schon etwas Wahres dran. Nehmen Sie doch unsere Unterhaltung als Beispiel. Alles Persönliche, über das wir gesprochen haben, habe ich Ihnen förmlich aus der Nase gezogen. Ist Ihnen eigentlich aufgefallen, dass Sie in den letzten hundertzwanzig Minuten absolut nichts über mich wissen wollten? Wie oft haben Sie nur über sich selbst nachgedacht, anstatt auch mal Interesse an meiner Person zu zeigen? Wer versuchte denn von Anfang an, den Gesprächsfluss aufrechtzuhalten? Wer von uns beiden versetzt sich ständig in die Lage des jeweils anderen? Ich bin Ihnen wahrscheinlich immer noch so fremd wie die Frau drinnen hinter der Theke. Sie sehen mich überhaupt nicht. Das könnte Ihnen durchaus als höchste Form von Ignoranz ausgelegt werden. Sind Sie denn in der Lage, jemanden zu reflektieren oder sich ab und zu in jemand anderen hineinzuversetzen? Oder mache ich vielleicht einen unsympathischen oder gar abstoßenden Eindruck auf Sie? Dann wiederum hätte ich Verständnis für Ihre Distanziertheit.«

»Meinen Sie das im Sinne der Quantenphilosophie? Dass meine Umwelt nur ein Spiegelbild meiner selbst ist und ich in meinen Partnerschaften nur meine eigene Unzulänglichkeit vor Augen geführt bekomme?«

»Exakt auf den Punkt gebracht. Aber damit haben Sie meine Frage noch nicht beantwortet. Haben Sie sie nicht gehört, oder ist es Ihnen peinlich, mir zu sagen, ob Sie mich schrecklich, liebenswert oder sonst wie finden?«

Jetzt klickte es bei dem Physiker: »Entschuldigung! Es fällt mir in der Tat sehr schwer, auszusprechen, ob ich jemanden mag.«

»Na, dann können Sie das jetzt ja mal üben.« Lucy sah ihn frech an. Aus dieser Misere würde sie ihn nicht entlassen. »Und?«

Autenberg gefiel Lucys Hartnäckigkeit offensichtlich nicht. Lucy wartete geduldig, ihr Blick ließ aber keinen Zweifel daran, dass sie auf eine Antwort bestand. Dann endlich hörte sie ihn murmeln: »Ja, ich mag Sie.«

»Soll ich Ihnen etwas verraten? Das Gleiche gilt für mich. Sie sind mir trotz ihrer furchtbaren Unnahbarkeit durchaus sympathisch. Außerdem finde ich, dass Sie ein attraktiver junger Mann sind. Sagt Ihnen eigentlich der Begriff Empathie etwas?«

»Empathie bezeichnet die Fähigkeit und Bereitschaft, Emotionen, Gedanken, Motive und Persönlichkeitsmerkmale einer anderen Person zu erkennen, zu verstehen und nachzuempfinden. Ein damit korrespondierender allgemeinsprachlicher Begriff ist Einfühlungsvermögen.«

»Wow, ich vermute, das war die wortwörtliche Definition von Wikipedia. Haben Sie das alles im Kopf?«

»In der Regel muss ich einen Text nur einmal lesen, dann vergesse ich ihn nicht mehr.«

Lucy wollte nicht näher auf seine intellektuellen Fähigkeiten eingehen. Stattdessen sagte sie: »Um sich in jemanden einfühlen zu können, benötigt es in erster Linie eine Art Verbindung zu demjenigen, dessen Gefühle man erspüren möchte. Ohne diesen Kontakt zum Gegenüber gibt es nichts zu fühlen, sondern nur zu sehen. Das heißt, Sie können mich wahrscheinlich nur kognitiv wahrnehmen, aber nicht emotional. Das ist wahrscheinlich auch der Grund, warum Sie sich schon in der Schule unbeliebt gemacht haben. Menschen riechen es förmlich, wenn jemand sich nicht zeigt oder an anderen nicht interessiert ist – das gilt ganz besonders für Kinder. Möglicherweise haben Ihre Mitschüler Sie schnell durchschaut und erkannt, dass Sie sich von klein auf nur für sich selbst interessierten. Auf der anderen Seite ist Ihr Verhalten durchaus verständlich, denn Sie können kein Interesse an etwas zeigen, von dem Sie nicht wissen, dass es existiert. Sie hatten um sich herum förmlich eine emotionale Betonmauer hochgezogen. Das schützt Sie zwar vor der Umwelt, jedoch schneiden Sie sich auch gehörig ins eigene Fleisch: Bei Betonmauern ist es unerheblich, auf welcher Seite man steht. Durch sie kann man grundsätzlich nicht hindurchschauen. Das heißt, Sie können sich zwar dahinter verstecken, aber dadurch sehen Sie auch nicht, was um Sie herum geschieht. Die Menschen können Sie nicht sehen, Sie aber auch nicht die Menschen.«

Lucy stoppte und musterte ihren Gesprächspartner. »Soll ich weitersprechen?« Autenberg nickte nur, und Lucy fuhr fort: »Ich brauche Ihnen ja nicht mitzuteilen, dass Genie und Wahnsinn eng beieinander liegen. Aber nicht etwa deshalb, weil Genies krank sind, sondern weil sie so begeistert sind von ihrem Kopf. Wollen Sie so enden wie Stephen Hawking, der seinen Körper so lange mit Denken quälte, bis er sich förmlich selbst zerstörte? Oder nehmen Sie Arthur Schopenhauer, der irgendwann nur noch verwirrte Selbstgespräche beim Spaziergang durch den Stadtpark führte und dessen einziger Kontakt sein Pudel war. Oder was halten Sie von dem allseits verehrten Friedrich Nietzsche, der bekanntermaßen behauptete, Gott sei tot, und der an seinem Lebensende als geistig umnachtetes Wrack in einer Irrenanstalt landete, wo er schließlich auch verstarb? – Zeichnet Intelligenz sich nicht auch dadurch aus, dass sie einen in die Lage versetzt, sich selbst und die Welt zu verstehen und sich infolgedessen ein gesundes und zufriedenes Leben zu erschaffen?«

»Es ist sehr erstaunlich, Frau Doktor Schmitt, dass wir in dieses Thema hineingeschlittert sind. Ich beschäftige mich nämlich zurzeit damit, dass viele meiner Vorbilder ein furchtbares Lebensende hatten. Ich habe erst letzten Monat einen Bestseller über den Gründer von Apple verschlungen, den ich in meiner Jugend sehr verehrt hatte. Er ist an Krebs erkrankt und früh verstorben. Erst aus seiner Biografie habe ich erfahren, dass er sehr bösartig gewesen sein muss und viel Leid und Unglück zu verantworten hatte. Das stützt Ihre These von vorhin, dass die prominentesten

Menschen oft die größten Persönlichkeitsdefizite aufweisen. Ich vermute schon seit Längerem, dass es einen großen Unterschied gibt zwischen Intelligenz und Intellektualität. Ich habe mir oft den Kopf darüber zerbrochen, warum ich trotz meiner Hochbegabung und Prominenz schlicht zu dumm bin, die richtige Frau zu finden. Jetzt, im Gespräch mit Ihnen, geht mir ein Licht auf. Mein Gehirn erhält keine ausreichende Kenntnis über das Leben per se. Dass die Ursache dafür in meiner mangelnden Empathie liegen könnte, klingt für mich sehr plausibel. Was auch erklären würde, warum ich viele Lebensumstände grundsätzlich falsch einschätze. Daher kommt ja auch mein enger Kontakt zu Hannes. Er ist mein unverzichtbarer Mentor geworden, den ich stets frage, wenn ich wichtige Entscheidungen zu treffen habe. Auf ihn kann ich mich immer verlassen. Er lag noch nie falsch.«

»Hannes ist ja auch eine sehr empathische Persönlichkeit. Er weiß sein enterisches Nervensystem einzusetzen und hat ein gutes Bauchgefühl. Er besitzt quasi in seinem Körper ein offenes Tor zur Außenwelt.«

In Autenbergs braunen Augen zeigte sich etwas mehr Lebendigkeit. Was Lucy sagte, schien ihn besonders zu interessieren. »Ich kenne die These, dass unsere Bauchregion der alles entscheidende Faktor ist, wenn es darum geht, Informationen über unsere Umwelt zu erhalten. Aber ich habe es nie verstanden, ein Bauchgefühl zu entwickeln. Ich weiß nicht, wie Intuition funktioniert. Das alles ist mir fremd. Können Sie mir mehr darüber erzählen?«

Nun war Lucy an der Reihe, etwas auszuholen. Sie beschränkte sich jedoch aufs Wesentliche und erläuterte ihre Erkenntnisse aus den letzten Wochen. Als sie bemerkte, wie Autenbergs Hirn erneut begann, auf Hochtouren zu laufen, sagte sie sofort: »Stopp! Stopp, lieber Herr Doktor Autenberg, genauso geht es nicht! Sie können nicht mit ihrem Kopf ihr Bauchgehirn verstehen wollen. Das steht in einem krassen Widerspruch. Ihr Bauch funktioniert nur dann, wenn sie eben nicht großartig nachdenken. Das heißt, Ihr Kopf ist Ihrem Bauch nachgeschaltet und nicht vorgeschaltet.

Ihr Bauch kann über Sie nachdenken, Sie aber nicht über Ihren Bauch!«

»Und wie komme ich dann meinem Bauchgefühl etwas näher?«, fragte Autenberg verwundert.

»Na, wie ich es beschrieben habe: indem Sie zunächst trainieren, Ihre Zukunft an Ihr Unterbewusstsein zu verschenken und Ihr Ego nur für die Gegenwart einzusetzen. Dieser Prozess befreit Ihr Herz von schweren Steinen, und dann geht es ja erst richtig los. Der erste Schritt besteht immer in der Mutprobe, die Kontrolle aufzugeben. Sie müssen Ihre geistigen Sphären verlassen, um zu uns auf die Erde zurückkehren zu können.«

Autenberg lachte und sagte: »Indem ich mich zum Beispiel überwinde, jemandem zu sagen, ob ich ihn mag oder nicht. Es sind tatsächlich Ängste, die völlig unberechtigt sind.«

»Ja, ganz am Anfang kann man lernen, über Gefühle erst einmal zu sprechen. Alles Weitere ist Übungssache. Momentan ist Ihr Bauchgefühl für Sie noch ein Buch mit sieben Siegeln. Schließlich sind Sie es wahrscheinlich schon Ihr Leben lang gewohnt, alles mit dem Kopf zu regeln. Da geht die Umstellung nicht von jetzt auf gleich. Ich vermute, Sie können noch nicht einmal ein Sachbuch lesen, das nicht überquillt vor Literatur- und Quellenangaben. Sie brauchen immer externe Referenzen, um einer Information vertrauen zu können. So, wie Sie Hannes brauchen, um bewerten zu können, ob von mir Gefahr ausgeht. Aber keine Sorge, ich möchte Sie keineswegs entmutigen. Da Ihre Eltern Ihnen Mut und Überwindung offensichtlich nicht beigebracht haben, müssen Sie sich das halt selbst aneignen. Das Morgen ans Schicksal, an einen Gott, an sich selbst oder an sonst wen zu verschenken, ist anfänglich ziemlich ungewohnt. Aber ich verspreche Ihnen, es wird sich danach etwas auftun, von dem Sie bisher nicht zu träumen wagten.«

»Ich verstehe! Im Gegensatz zu mir wissen Sie beim Lesen eines Buches sicher sofort, ob das, was Sie lesen, für Sie wichtig und richtig ist oder aber nicht. Ich dagegen arbeite alle Quellenangaben mühsam durch, um im Anschluss enttäuscht festzustellen, dass entweder auf unseriöse Studien zurückgegriffen oder etwas aus dem Zusammenhang gerissen wurde. Meist bin ich danach so schlau wie zuvor. Auf jeden Fall wundert es mich nicht mehr, dass ich ständig falschliege. Das Zusatzwissen meines Bauchgehirns über meine Umwelt kommt bei mir oben praktisch nicht an. Ich erinnere mich sehr gut, wie oft Hannes an mir verzweifelte, wenn er versuchte, mir das Thema Intuition näherzubringen. Ist es tatsächlich so einfach, im ersten Schritt etwas mutiger zu sein als gewohnt?«

»Also zunächst einmal muss ich Ihnen ein großes Kompliment aussprechen. Ich haue Ihnen eine Unverblümtheit nach der anderen um die Ohren, und Sie haben mich noch nicht zum Teufel gejagt. Sie sind wohl tatsächlich an Veränderungen interessiert. Dann schlage ich Ihnen ein kleines Experiment vor. Ich werde gleich meine Hand auf Ihren Handrücken legen. Was meinen Sie dazu? Schaffen Sie es, das wie ein Mann zu ertragen?«

Autenberg wirkte unsicher, nickte jedoch bedächtig. Lucy schob daraufhin ihre Hand über den Tisch und ergriff zart seinen Handrücken, wobei sie ihm in die Augen schaute. Dann sagte sie: »So, und ab jetzt nennst du mich bitte Lucy und siehst mir ab und zu in die Augen – bitte auf Starren verzichten. Wie fühlt sich das an? Tut das weh?«

Lucy spürte, wie ein leichtes Zucken durch seine Hand ging. Er zog sie aber nicht zurück. Er war gewillt, seine erste Mutprobe zu absolvieren. »Nein, es tut nicht weh«, sagte er, »aber es ist mir etwas unangenehm, weil es doch sehr intim ist, wie ich finde.«

»Diese Berührung empfindest du als sehr intim? Okay, dann weiß ich Bescheid. Aber mal was ganz anderes: Ich denke, dass wir langsam aufbrechen müssen. Dein Zug fährt in einer Dreiviertelstunde. Danach fährt keiner mehr, oder?«

Autenberg sagte: »Ja, das stimmt. Wir können von mir aus gleich aufbrechen, wenn Sie Ihr Glas leer getrunken haben.«

»Wenn *Sie Ihr* Glas leer getrunken haben?«, wiederholte Lucy in einem mahnenden Tonfall. Der Klang ihrer eigenen Stimme erinnerte sie plötzlich an Bella, die Lucy vor vielen Wochen mit ihrer gut gemeinten Strenge konfrontiert hatte.

»Entschuldigung, ich meinte, wenn *du dein* Glas leer getrunken hast«, korrigierte Autenberg sich artig.

»Selbst das *Du* fällt dir schwer, stimmt's?«

»Ja, ich fühle mich mit dem *Sie* meist etwas wohler.«

»Weil es eine schützende Distanz aufbaut, nicht wahr?«, fragte Lucy, während sie sich dachte: *Du scheinst ja ein richtig schwerer Fall zu sein.* Dann sagte sie: »Weißt du, Simon, es ist jammerschade, dass du dich so schwertust, in die Gegenwart zu kommen. Hier ist es nicht so schlimm, wie du denkst.«

Simon machte auf seiner Sitzbank einen unruhigen Eindruck. Er wirkte irritiert von Lucys Nähe. Er sagte: »Vielleicht bin ich es einfach nur nicht gewohnt, jemanden zu duzen. Und ich kenne keine Frau, die so offenherzig ist wie du. Aber ich muss gestehen, das ist nicht unangenehm. Ich habe zum ersten Mal nicht das Gefühl, flüchten zu müssen. Üblicherweise halte ich solche persönlichen Unterhaltungen nur ein bis zwei Stunden durch.«

Lucy klatschte in die Hände und rief überschwänglich: »Mensch, Simon, das kommt tatsächlich in deinem Kopf an? Du merkst, dass von mir keine Gefahr ausgeht? Das ist es doch, was ich dir die ganze Zeit näherzubringen versuche. Vielleicht ist nun der Zeitpunkt gekommen, an dem du zum ersten Mal eine innere Gewissheit spürst. Ich weiß, dass wir umgangssprachlich vom Bauchgefühl reden, aber bei näherer Betrachtung ist es kein Gefühl, sondern echtes Wissen.«

»Ja, das stimmt, es ist kein Gefühl. Ich bin mir tatsächlich gewiss, dass von dir nichts Böses ausgeht. Außerdem hege ich die Vermutung, dass das, was gerade geschieht, für mein weiteres Leben von Bedeutung sein könnte. Das ist Intuition? Ich habe mir das grundsätzlich anders vorgestellt.«

»Ja, ich weiß. Die Masse hofft auf eindeutige und intensive körperliche Erscheinungen oder sogar darauf, irgendwelche

Stimmen zu hören. Diese seltsamen Erscheinungen gibt es gewiss, jedoch können wir niemals sicher sein, dass diese ungewöhnlichen Gefühle oder Gedanken auch unsere eigenen sind. Zu groß ist die Gefahr, dass wir schon hypnotisiert sind, das heißt fremdbestimmt herumlaufen. Intuition spielt sich völlig unbewusst ab. Man braucht deshalb viel Mut, weil sie sich unseren intellektuellen Sinnen entzieht. Deine Gewissheit ist plötzlich entstanden, weil ich dich förmlich gezwungen habe, ein Stück deiner Betonmauer einzureißen. Das ist aber nur ein kleiner Nebeneffekt. Die Hauptarbeit deiner Intuition war da schon längst getan. Deine Intuition hat viel früher eingesetzt, denn sie hat dazu geführt, dass du hier vor mir sitzt. Das heißt, deine Intuition konfrontiert dich wahrscheinlich schon seit Jahrzehnten mit den richtigen Menschen und Umständen. Der Unterschied zu früher ist wahrscheinlich, dass du nun etwas Mut gefunden hast, deine Schutzmauer einzureißen. Mehr nicht. Das hat natürlich einen riesengroßen Vorteil. Du entlastest dein Kopfgehirn, weil geistige Kapazitäten frei werden, die zuvor verbraucht wurden, um deine Anspannung beziehungsweise deine Beobachtungsanstrengung aufrechtzuerhalten. So fallen deinem Kopfgehirn immer mehr Informationen auf, die ihm dein enterisches Nervensystem permanent übermittelt. Das Schöne daran ist, dass sich unterm Strich nichts ändert. Du nutzt lediglich ein anderes Instrument deines Körpers. Du ersetzt den Schutzmechanismus deines Kopfes mit dem Schutzmechanismus deines Bauches. Das heißt, du bist genauso geschützt wie zuvor auch, hast nur deinem Ego diese Aufgabe entzogen und das Ganze an dein Unterbewusstsein abgegeben. Du nutzt deinen Körper in der Weise, wie es ursprünglich von der Natur vorgesehen ist. Das ist nicht nur gesünder, sondern fördert auch deine Herztätigkeit. Dein Herzmagnetfeld gewinnt an Stärke, und du entwickelst noch mehr Kraft, um weitere Schritte des Mutes gehen zu können. Es ist sozusagen eine Aufwärtsspirale. Deine Ausstrahlung gewinnt, und du beginnst, auf andere offenherzig zu wirken. Du kennst sicher die Formulierung: *etwas beherzt angehen* oder *jemand hat ein großes Herz*. Der anatomische Sitz des Mutes beim Homo sapiens ist nicht der Kopf – dort sitzen die Ängste –, sondern das Herz.«

Sichtlich beeindruckt, sagte Simon: »Ein wahrer Held wird nicht an der Größe seiner Kraft gemessen, sondern an der Kraft seines Herzens.«

»Das ist ein schönes Zitat aus der griechischen Mythologie – vom Halbgott Herkules«, erwiderte Lucy, die meinte, sich nun auch mal eine Klugscheißerei gönnen zu müssen.

»Stimmt«, sagte Simon. Dann sah er auf seine Uhr. »Ich denke, wir müssen jetzt wirklich aufbrechen – es ist höchste Zeit.«

Sie fuhren wortlos Richtung Bahnhof, als Lucy spürte, wie Simon wieder ins Grübeln verfiel. Er machte einen immer angespannteren Eindruck. Ihr war klar, dass er nicht nach Hause wollte. Während sie sich durch dichten Verkehr drängelten, dachte sie sich: *Ich bin gespannt, ob er sich überwinden kann.*

Als sie den Bahnhof erreichten, befand Simon sich auf dem Zenit seiner inneren Anspannung. Ganz offensichtlich war er nicht fähig, die Initiative zu ergreifen oder andere Worte zu finden als oberflächliche Abschiedsfloskeln. Lucy beschloss, einfach abzuwarten. Und so herrschte schnell peinliche Stille. Simon stand da wie erstarrt und war sprachlos. Er machte keine Anstalten, sich zum Bahnhofseingang zu bewegen.

Lucy bekam Mitleid ob seiner Mutlosigkeit und entschied, ihm ein bisschen unter die Arme zu greifen. »Simon, du magst nicht gehen, oder? Warum sagst du es dann nicht?«

Schweigen.

»Ich sage dir, warum du es nicht aussprechen kannst: weil du Sorge hast, ich könnte ablehnen. Weil du deinen Kopf derart angestrengt hast, dass du wieder den Kontakt zu deinem Bauchgehirn verloren hast. Und somit liegen dir keinerlei Informationen über meine Interessenlage vor. Das hindert dich, wahrzunehmen, dass jegliche Sorgen unbegründet sind, denn auch ich möchte den Abend noch nicht enden lassen.«

Simon blieb angespannt, konnte sich aber überwinden, zu sagen: »Ich würde mich tatsächlich gern noch ein wenig mit dir unterhalten.«

»Wie gesagt, ich auch«, antwortete Lucy sanft. »Hier können wir allerdings nicht bleiben. Diese Ecke um den Bahnhof herum ist zu gefährlich. Ich schlage vor, du kommst mit zu mir. Ist das okay für dich?«

Simon wirkte erleichtert: »Ja, das würde mich freuen. Ich werde mich auch anständig benehmen.«

»Schön«, Lucy strahlte ihn an. »Dann lass uns das kleine Stück einfach laufen. Ich wohne ganz in der Nähe. Und ob ich es bevorzuge, dass du anständig bleibst oder nicht, das sagt dir dann deine Intuition – wenn dein Bauch wieder Gehör bei dir findet.« Plötzlich spürte Lucy, dass ihre saloppe Äußerung doch etwas zu viel für den Hochbegabten war. Um alles wieder etwas zu entspannen, schlug sie eine kleine Planänderung vor: »Komm, Simon, lass uns dein Leihfahrrad abgeben. Ich spiele Chauffeur und nehme dich auf der Querstange meines Fahrrads mit.«

Kurze Zeit später fuhren Lucy und Simon wie zwei Pubertierende schwankend mit dem Rad durchs Bahnhofsviertel. Schnell stellte sich heraus, dass diese alberne Aktion Simon sehr guttat. Lachend und plappernd betraten sie Lucys Wohnung. Sie machten es sich mit Kuscheldecken und bei Kerzenlicht auf dem Balkon gemütlich, streckten die Beine aus und gönnten sich noch etwas Wein. Schließlich fragte Lucy: »Kann ich dir noch eine Physikfrage stellen?«

»Aber sicher doch«, antwortete Simon, erfreut darüber, sich wieder fachlich unterhalten zu können.

»Du hast doch vorhin erklärt, dass man in der Millennium-Simulation festgestellt hat, dass dunkle Energie und dunkle Materie als eine Art unsichtbare Vorlage für unsere sichtbare Welt fungieren. Könnte man das nicht so interpretieren, dass für alles eine unsichtbare Schablone existiert, also auch zum Beispiel für die jetzige Situation mit dir? Ist diese unsichtbare Welt, von der niemand in der Wissenschaft weiß, was sie eigentlich ist, in diesem Moment um uns herum vorhanden?«

Simon entgegnete: »Nicht nur das. Die dunkle Materie und Energie durchdringen uns gerade sogar.«

»Das heißt, ich sehe von dir weniger als zehn Prozent, und alles andere von dir ist unsichtbar?«, hakte Lucy nach.

»Diese Interpretation ist in der klassischen Astrophysik nicht üblich. Wenn wir das Ganze jedoch metaphysisch betrachten, könnte man durchaus eine solche philosophische Schlussfolgerung ziehen.«

Lucy spürte eine innere Aufregung und fragte neugierig: »Das würde doch nichts anderes bedeuten, als dass es nicht nur für uns selbst, sondern auch für unser Leben eine unsichtbare Schablone geben könnte – sozusagen unsere Bestimmung.«

Simon runzelte die Stirn. »Damit verlassen wir die Astrophysik und kommen endgültig bei der Philosophie an. Mit dieser These hat sich wissenschaftlich noch niemand befasst. Ich vermute jedoch zu wissen, was du meinst. Du denkst, dass das universelle Bewusstsein und die dunkle Materie beziehungsweise dunkle Energie unterschiedliche Begriffe für ein und dasselbe sind.«

»Nicht nur das. Die dunkle Materie und die dunkle Energie könnten auch mit dem Heiligen Geist der christlichen Mythologie identisch sein.«

»Ich bevorzuge eher den Begriff Bewusstsein. Wenn wir in diese Richtung denken, müsste die Wissenschaft zunächst erforschen, was Bewusstsein überhaupt ist. Aber bereits an diesem Punkt sehe ich schwarz. Ich kann dir dazu die Geschichte von einem talentierten Physikerkollegen erzählen. Er hatte sich vor einigen Jahren in den Kopf gesetzt, das Phänomen Bewusstsein wissenschaftlich zu untersuchen. Zudem wollte er erforschen, ob nicht das ganze Universum aus Bewusstsein bestehen könnte. Und was geschah? Die anfänglich vielversprechende Karriere dieses Kollegen war auf einen Schlag beendet. Er wurde als esoterischer Spinner denunziert, seine Mentoren distanzierten sich von ihm, und er wurde nicht mehr gefördert. Heute arbeitet er als physikalisch-mathematischer Assistent irgendwo an einer unbedeutenden Universität.«

Lucy war schockiert. »Das ist ja eine furchtbare Geschichte. Ich habe leider in den letzten Wochen ähnliche Erfahrungen machen müssen. Stets wurde abwehrend reagiert, wenn ich mit meiner Suche nach Gott kam. Wissenschaftler bekamen förmlich Angst davor, mit den Themen in Verbindung gebracht zu werden, die mich gerade interessieren. Es war immer zu hören: *Liebe Frau Schmitt, es ist so und so, aber das muss unter uns bleiben. Zitieren Sie mich bitte nicht!*«

»Ja, das ist leider in der Tat so. Die Meinungsfreiheit ist in Gefahr. Man muss heutzutage sehr genau aufpassen, was man sagt. Wenn man Karriere machen will, sollte man zum Beispiel tunlichst spirituelle Themen vermeiden. Denn der Bezug zur Esoterik ist dann nicht mehr weit. Nichtsdestotrotz haftet deiner These, dass für alles eine unsichtbare Schablone existiert, eine gewisse Eleganz an. Die dunkle Materie beziehungsweise die dunkle Energie könnten somit das Schicksalhafte erklären.«

»Nicht nur das, es könnten sich auf einen Schlag viele Verständnisprobleme in der Biologie, der Medizin und Psychologie lösen. Wenn diese geheimnisvolle unsichtbare Welt tatsächlich eine Vorlage wäre, könnte dies erklären, warum bei einigen Menschen bestimmte Lebenswege funktionieren, bei anderen hingegen nicht. Wenn es eine Bestimmung für uns gibt, würde das die Frage beantworten, warum es nicht möglich ist, dass sich alle Menschen das Gleiche wünschen können. Für jeden gäbe es demnach unterschiedliche vorherbestimmte Sehnsüchte, die sozusagen für sein Schicksal vorgesehen wären. Alle Menschen trügen unterschiedliche Herzenswünsche in sich. In der Summe entstünde ein Gesamtkunstwerk des Lebens, in dem jede und jeder einen individuellen, im Vorfeld festgelegten Platz einnehmen und ihrer Bestimmung folgen könnten. Es würde auch erklären, woher unser Unterbewusstsein Informationen darüber erhält, was gut für uns ist und was nicht. Intuition wäre schlussendlich nichts anderes als der Zugriff unseres Körpers auf die dunkle Energie beziehungsweise auf die dunkle Materie.«

Lucy machte eine Pause. Sie sah in den Sternenhimmel.

»Auch viele Ungereimtheiten bei der Entstehung des Lebens würden verständlicher. Wie du weißt, erwächst jedes Menschenleben aus einer einzigen befruchteten Eizelle. Danach reproduziert sie sich in der Gebärmutter so lange, bis alle Körperteile und Organe entstanden sind. Man geht davon aus, dass jede einzelne Zelle den Bauplan des gesamten Organismus in sich trägt. Bei jedem Teilungsprozess weiß jede Zelle von selbst, was sie einmal werden soll. Die einen Zellen werden zu einer Nase, die anderen zu Herzzellen, und wieder andere werden zu Zellen der Fußnägel oder des Gehirns. Aber was bis heute kein Wissenschaftler erklären kann, ist der räumliche Aspekt der Zellteilung. Woher wissen die Zellen während ihres Teilungsprozesses um ihre geometrische Anordnung innerhalb des Körpers eines Embryos? Woher wissen die Zellen, wo sie gerade sind und an welcher Stelle sie an andere Zellen andocken müssen, damit die Nase in der Mitte des Gesichts wächst und nicht am Hintern? Genau dieser bis heute existierende Erklärungsnotstand in der Evolutionsmedizin wäre gelöst, wenn man annimmt, dass vor dem Wachstumsbeginn, also kurz nach der Befruchtung, schon eine unsichtbare Schablone existieren würde, an der sich die einzelnen Zellen räumlich orientieren können. Was wäre, wenn diese nicht sichtbare Struktur exakt das wäre, was ihr Astrophysiker bereits entdeckt und wissenschaftlich bewiesen habt? Das wäre doch eine Sensation.«

Simon war fasziniert von Lucys unorthodoxer Denkweise, er gab jedoch zu bedenken: »Wenn dem so wäre, dann wäre das das Ende des freien Willens.«

»Nicht unbedingt«, konterte Lucy. »Es wäre durchaus vorstellbar, dass diese unsichtbare Welt kein felsenfestes Schicksal vorgibt, sondern lediglich großzügige Grenzen, innerhalb derer der freie Wille möglich ist. Wenn ich zum Beispiel ein Geländewagen bin, kann ich mir jeden Hügel auf der Welt vornehmen. Bin ich ein

Formel-1-Rennwagen, fühle ich mich auf jeder Rennstrecke wohl. Und bin ich ein Taxi, kann ich in jeder Stadt Personen befördern. Wenn ich hingegen als Geländewagen auf die Idee komme, Formel-1-Rennen gewinnen zu wollen, werde ich schnell auf die Verliererstraße geraten. Und wenn ich als Taxi in die Wüste fahre, wo es keine Menschen gibt, werde ich nicht nur pleitegehen, sondern auch im Sand stecken bleiben. Oder wenn ich als Formel-1-Rennwagen direkt ins Meer fahre, weil ich denke, ich bin ein Segelboot, dann werde ich wohl untergehen. Wichtig ist nur eines: Wenn dieses dunkle Medium tatsächlich die Schablone für unser Leben wäre, müsste ich nur herausfinden, ob ich ein Segelboot, ein Geländewagen, ein Taxi, ein Flugzeug oder sonst was bin. Dann weiß ich nicht nur, wo meine natürlichen Grenzen liegen, sondern auch, wo ich freie Fahrt habe. Bewege ich mich innerhalb meiner Bestimmung, werde ich glücklich und erfolgreich sein. Denke ich allerdings, ich sei jemand anderes, ertrinke ich, stürze ich ab, überschlage ich mich oder bleibe ich schlicht stecken.«

Simon war sehr angetan. Er fand große Freude daran, mit Lucy zu philosophieren. Und so sprachen sie noch eine ganze Weile über die unterschiedlichsten Lebensthemen. Irgendwann jedoch kam ihr Gespräch ins Stocken. Simon war mit seinen Gedanken woanders. Schließlich fragte er: »Lucy, darf ich einmal mit einem ganz anderen Thema kommen? Du hast mir doch vorhin vorgeworfen, dass ich zu feige sei, Nähe zuzulassen oder über meine Gefühle zu sprechen.«

Lucy schaute ihn ruhig an, sie ahnte, was jetzt kommen würde. »Klar, heraus mit der Sprache, Simon.«

Simon ließ einen kurzen Moment verstreichen, um dann zu sagen: »Lucy, ich glaube, ich habe mich gerade in dich verliebt!«

Lucy stand auf, beugte sich zu Simon hinunter und nahm seinen Kopf zärtlich in ihre beiden Hände. Sie küsste ihn auf die Stirn und flüsterte ihm zu: »Simon, ich genieße diese Stunden mit dir sehr. Ich habe allergrößten Respekt davor, dass du so viel Mumm hast, diese Worte auszusprechen, und danke dir von Herzen für dieses Kompliment.« Sie sah ihn liebevoll an, als sie sagte: »Ich will dich nicht verletzen, aber es ist jetzt sehr, sehr wichtig, dass ich dir reinen Wein einschenke.«

Simon war die Enttäuschung ins Gesicht geschrieben. Er schaute Lucy in die Augen und meinte: »Ja, dann sag halt schon.«

»Simon«, sprach Lucy, die mittlerweile auf seinen Oberschenkeln Platz genommen hatte, »du kannst dich nicht in mich verliebt haben. Das ist gar nicht möglich für dich. Denn um lieben zu können, musst du zuerst dich selbst lieben. Das, was du gerade fühlst, hat nichts mit Liebe zu tun. Du spürst nur ein plötzliches Verschwinden deines eigenen inneren Leids. Das, was du mit verliebt sein meinst, ist lediglich deine geistige Vorstellung, dich mithilfe eines anderen Menschen in Zukunft besser fühlen zu können. Dein Herz ist noch mit zu vielen Steinen belastet, als dass es in der Lage sein könnte, Liebe zu produzieren. Es sind nur Streicheleinheiten für dein Ego, was du gerade für mich empfindest. Kannst du nachvollziehen, was ich meine, Simon?«

Lucy war erleichtert, als sie sah, wie Simon zu lächeln begann. Es war kein verkrampftes oder aufgesetztes Lächeln, sondern ein authentisches. »Du hast recht. Im Grunde weiß ich es auch. Ich missbrauche Frauen, indem ich ihre Liebe konsumiere, um mich selbst besser fühlen zu können. Und irgendwann bin ich dann beleidigt, wenn sie sich abwenden, weil sie mir auf die Schliche gekommen sind. Dann falle ich in ein tiefes Loch, weil ich allein nicht fähig dazu bin, mich selbst glücklicher zu machen. Ich bin wahrscheinlich ein hoffnungsloser Fall eines Lieberäubers.«

Lucy, gerührt von seiner Offenheit, beschloss, ebenso die Hosen runterzulassen: »Simon, was glaubst du, was ich hier gerade mache? Ich führe doch ebenfalls ein egozentrisches Schauspiel auf. Ich mache mir nicht nur einen schönen Abend mit einem Prominenten, sondern versuche gleichzeitig, noch mehr Infos für mein Buch zu sammeln. Ich genieße auf deine Kosten den Abend in vollen Zügen, obwohl ich mir durchaus bewusst bin, dir vielleicht falsche Hoffnungen zu machen. Ist es nicht auch eine Form der Bösartigkeit, mit Hoffnungen und Sehnsüchten anderer zu spielen? Verfolgen wir nicht alle nur unsere ureigenen Interessen? Aber ich habe eine gute Idee: Was hältst du davon, wenn wir uns diese Tatsache klar machen und uns ab sofort ganz bewusst gegenseitig ausnutzen? Wir verbringen weiterhin eine schöne Nacht miteinander, aber versprechen uns, dass es dabei nicht um Liebe geht, sondern um den Spaß am Leben. Wir schaffen eine Win-win-Situation. Was meinst du dazu?«

Simon gefiel Lucys abgeklärte Art und Weise, mit der sie dieses schwierige Thema vom Eis brachte. Er entdeckte seine Freude an der Wahrhaftigkeit, auch wenn sie ihm zunächst als sehr gewöhnungsbedürftig erschien. Nach und nach spürte er Erleichterung in sich aufsteigen und fragte: »Du meinst die Sache mit der Unanständigkeit, habe ich recht?«

Lucy grinste verwegen. »Ich habe einen Vorschlag: Was hältst du davon, wenn wir erst mal mit einer kleinen Mutübung dein Herz befreien? Im Gegenzug garantiere ich dir, dass es sich für dich lohnen wird.«

Simon war verunsichert. Mit dem Wort *Mut* stand er nach wie vor auf Kriegsfuß. Dennoch vertraute er Lucy. Es würde schon alles irgendwie gut gehen. Als er nickte, hauchte Lucy ihm ins Ohr: »Wir setzen uns jetzt einander gegenüber, du zeigst mir deinen, und ich zeige dir meine.«

Simon erschrak, aber schnell fielen ihm Lucys Worte ein, dass alles mit Überwindung beginne. Und so stimmte er Lucys Vorschlag zaghaft zu.

Es dauerte nur wenige Sekunden, bis sie sich nackt und mit geöffneten Beinen gegenübersaßen. Sie musterten einander, und Lucy fiel auf, dass noch etwas Wichtiges fehlte. Sie sah deutlich, dass Simon sich in dieser ungeschützten Situation nicht wohlfühlte. Sie musste sich etwas einfallen lassen. Schnell wurde ihr bewusst, dass vor ihr ein Vertreter der Internetgeneration saß. Sie machte ihm daher einen weiteren Vorschlag: »Simon, hättest du Lust, ein bisschen Voyeur zu spielen?«

Simon machte ein fragendes Gesicht.

Lucy erklärte: »Du lehnst dich gemütlich zurück, schenkst dir noch etwas Wein nach und stellst dir vor, ich würde auf dem Bildschirm bei dir zu Hause erscheinen und wäre weit weg von dir. Du beobachtest einfach nur, was ich mit mir mache.«

Lucy war auf einmal selbst erschrocken darüber, welch mutige Initiative sie an den Tag legte. Sie dachte sich jedoch: *Ich habe das ausgesprochen, dann mache ich das jetzt auch – scheißegal!* Außerdem wurde ihr in diesem Moment bewusst, dass sie sich von ihrem Männerstereotyp abwandte. Sie betrat ein neues Terrain, indem sie im Begriff war, sich einem Mann hinzugeben, der nicht nur viele Jahre jünger war als sie selbst, sondern auch in keiner Weise als Streicheleinheit für ihr Ego taugte. Anscheinend brauchte sie das nicht mehr.

Sie wartete ab, bis Simon es sich gemütlich gemacht hatte und entspannt sein Weinglas in der Hand hielt. Dann begann Lucy, mehr von sich zu zeigen. Nach wenigen Minuten hatte sie das Ergebnis, das sie sich zuvor gewünscht hatte. Sie schaute Simon schmunzelnd an. »Wow, Simon! Geht's dir gut? Bist du dir sicher, dass sich noch genügend Blut in deinem übrigen Körper befindet?«

Simon lachte befreit auf. Lucys Kompliment gefiel ihm sichtlich. Lucy wollte jedoch auf Nummer sicher gehen. Sie zog Simon vom Stuhl hoch, stellte sich auf die Zehenspitzen und sagte ihm leise etwas ins Ohr. Simons Körper reagierte augenblicklich auf Lucys Worte, und die Situation seines Unterleibs schien sich deutlich zu stabilisieren. Jetzt traute er sich, Lucy entschlossen an die Hand zu nehmen, um mit ihr das Schlafzimmer anzusteuern.

Bevor Lucy jedoch vom Balkon geführt wurde, erinnerte sie sich an etwas, was sie sich als Kapitel für ihr Buch merken wollte. Sie tippte es noch schnell in ihr Smartphone, bevor sie mit dem jungen und gut gebauten Mann in eine schöne Nacht entschwand:

SEI ZU OPFERN BEREIT, WENN DU ETWAS BEKOMMEN MÖCHTEST!

Lucy saß nun täglich an ihrem Schreibtisch und arbeitete an ihrem Buch. Ab und an holte sie sich Rat bei Bella, die als Autorin schließlich bestens Bescheid wusste. Nach einer Woche hatte Lucy alle Haupt- und Unterkapitel konkretisiert und dachte sich: *Jetzt ist es so weit. Ich kann beginnen auszuformulieren. In vier Wochen ist das Buch fertig, schließlich ist Schreiben mein Geschäft.*

Bellas Tipp, erst dann mit dem Verfassen des eigentlichen Textes zu beginnen, wenn alle Inhalte feststanden, war sehr hilfreich gewesen. Es gab keine Wiederholungen, das eine baute auf das andere auf, und die Botschaft an die Leser zog sich wie ein roter Faden durch das gesamte Manuskript.

Das muss ich Sam zeigen, sagte sich Lucy. *Eine weitere Meinung einzuholen, ist sicher von Vorteil.* Sie rief ihn sofort an, um zu fragen, wann er Zeit habe. »Hey Lucy, mein Schatz«, sagte Sam, »gerade eben habe ich an dich gedacht. Magst du heute Abend hochkommen? Vielleicht mal ohne die Japaner? Ich koche uns etwas. Wie wär's mit Pasta und Garnelen?« Lucy stimmte erfreut zu.

Nach ihrem Mittagsschläfchen und nachdem sie sich frisch gemacht hatte, stand Lucy in ihrem Kuschelbademantel vor Sams Wohnungstür. Er öffnete und nahm Lucy liebevoll in den Arm. Dann trug er sie eine Etage höher.

Eine Stunde später begaben sie sich mit gut durchbluteten Körpern wieder hinunter. In der Küche machten sie sich gleich an die Arbeit, und schon nach kurzer Zeit saßen sie am Tisch, um sich über eine gelungene Pasta herzumachen. Währenddessen sprachen sie über Lucys Buch.

»Kompliment, Lucy, das ist wirklich brillant«, sagte Sam, nachdem er sich alles angehört hatte. »Du bist eine richtige Allroundwissen-

schaftlerin geworden. Es war sicher nicht einfach, sich da überall einzufuchsen. Aber offenbar hat es sich gelohnt, du scheinst die Spielregeln des Lebens gefunden zu haben. Wenn ich mir dich so ansehe, dann ist auch dein Leuchten stärker geworden. Du wirkst wie ein strahlender Engel, der aus purer Lebenslust besteht. Eine so beeindruckende Ausstrahlung habe ich an dir noch nie wahrgenommen. Du bist dir mittlerweile in allem gewiss, oder täusche ich mich da?«

Lucy packte sich zunächst eine zweite große Portion Pasta auf den Teller, um schließlich ein Resümee zu ziehen: »Oh ja, Sam. Ich bin mir sicher, den Sinn des Lebens nun entdeckt zu haben. Es geht um nichts anderes, als Gewissheit oder auch Glauben zu erlangen und Ängste zu überwinden. Nur wer angstfrei ist, kann zu leben beginnen. Mut heißt Leben. Angst heißt Sterben. Wer lebt, ist so vollgepumpt mit Liebe, dass es nicht mehr braucht als das Leben selbst. Wir leben also auf dieser Erde, um zu erlernen, wie Leben geht. Anders ausgedrückt: Der Sinn des Lebens ist, zu leben – nichts anderes. Ich erachte den Begriff *Gewissheit* als deutlich treffender als das Wort *Glauben.* Ich hätte nie gedacht, dass es ein inneres Wissen gibt, das wir nicht verbalisieren können. Es ist eine Art unbewusste Sicherheit oder eine innere Überzeugung. Ich habe verstanden, dass ich nie verstehen werde, und ich weiß, dass ich nie wissen werde. Erst, als ich Frieden mit dem Nichtwissen und dem Nichtverstehen geschlossen hatte, tauchte vor meinen Augen das Wunder des Lebens auf. Ich bin mir tatsächlich sicher, dass ich geheimnisvolle Spielregeln entdeckt habe, die genau das zum Ziel haben. Man könnte sie auch als Naturgesetze bezeichnen, die ein Gott erschaffen hat, während er mit dem Urknall Raum und Zeit einschaltete. Vielleicht haben die Religionen vergangener Zeiten nichts anderes versucht, als den Leuten genau diese Naturgesetze zu erklären, damit sie ihre Ängste überwinden und mit ihren Körpern Liebe produzieren können.«

»Ich denke auch, dass die großen Weltreligionen lediglich vorgehabt hatten, den Menschen mithilfe der damals üblichen Sprache, ihren Begriffen und Bildern bestehende physikalische Gesetzmäßigkeiten näherzubringen.«

»Sicher haben zum Beispiel die Christen ehrenwerte Absichten verfolgt, nur eben leider verpasst, ihre Philosophie in eine zeitgemäße Sprache zu übertragen. Dadurch stellen sie sich selbst ins Abseits. Dennoch wünsche ich jedem aus tiefem Herzen, dass er seine innere Gewissheit beziehungsweise seinen Glauben finden möge. Denn ohne das geht es nicht, sonst wären wir alle hilflos dem Bombardement fremder Lebenskonzepte ausgesetzt. Ohne innere Gewissheit wäre die Gefahr zu groß, sich heillos zu verlieren, hypnotisiert durchs Leben zu rennen und niemals das Wunder eines befreiten Herzens spüren zu können.«

»Nun verstehst du bestimmt auch mein großes Interesse an der Physik«, sagte Sam.

»Oooh ja, Sam, Physiker sind mir die Liebsten. Keine anderen Wissenschaftler sind so gnadenlos ehrlich zu sich selbst wie die Physiker. Die kommen erst gar nicht auf die Idee, so zu tun, als wüssten sie alles. Sie geben offen zu, dass es eine höhere Intelligenz gibt, die die Welt eingeschaltet hat. Sie machen auch kein Hehl daraus, dass über neunzig Prozent unseres Universums von etwas beeinflusst und zusammengehalten werden, was wir wahrscheinlich niemals verstehen werden. Zudem sprechen sie unverblümt aus, dass wir niemals erfahren werden, was die objektive Wahrheit ist. Je näher wir Gott wissenschaftlich kommen, umso höher türmen sich vor uns unüberwindbare Barrieren auf. Es ist offensichtlich, dass dahinter System steckt.«

Sam fragte: »Meinst du Heisenbergs Unschärferelation?«

»Genau, sie erklärt ja auch das Paradoxon des Doppelspaltexperiments, das eindeutig zeigt, dass wir alle in einem Hologramm leben. Die Quantenphysiker haben wissenschaftlich bewiesen, dass wir in einer subjektiven Scheinwelt existieren. Eine Art Bühne, auf der wir unser persönliches Theaterstück *Leben* zu spielen und vor allem zu erlernen haben. Uns ist es wohl nicht erlaubt, herauszufinden, was sich außerhalb der Bühne befindet. Es geht ausschließlich um das Spielen des Theaterstücks selbst. Wenn wir uns alle wie verrückt nach der Wahrheit hinter allem sehnen, ist dies nicht nur nicht möglich, sondern obendrein das Resultat mangelnder Liebe in unseren Herzen. Denn ohne die haben wir Angst. Dann versuchen wir, das Leben zu kontrollieren, wollen alles wissen und bemerken nicht, dass wir uns nur noch weiter von unserem eigentlichen Ziel, einfach das Leben zu leben, entfernen.«

»Das Theaterstück *Leben* ist also eine Art Reise, auf der wir zu erlernen haben, wie sich angstfreies Leben anfühlt«, stellte Sam fest.

»Ja, das ist ein schöner Vergleich. Stell dir vor, du bist in Rom geboren worden und möchtest reisen. Aber nicht deshalb, weil du irgendwo ankommen willst, sondern wegen des Reisens selbst. Und irgendwann kommst du auf die Idee, du könntest dir ja mal Hamburg anschauen. Du setzt dich also in dein Auto und fährst einfach los. Du nimmst die Verkehrswege, die sich gerade anbieten, und wenn du versehentlich einmal falsch abbiegst, dann taucht wie von Geisterhand ein Stau auf, oder die Straße ist gesperrt. Dann musst du halt zurücksetzen und eine andere Abzweigung nutzen. Wenn du dazu nicht bereit bist und besonders hartnäckig die falsche Richtung beibehalten möchtest, dann donnerst du halt wie zufällig in die Leitplanken.«

»In die Planken des Leids?«, fragte Sam.

Lucy lachte: »Ja, das ist ein sehr treffendes Wortspiel. Wenn du nicht wahrhaben möchtest, dass du schon längst von einem Schlagloch ins nächste fährst oder du dich mittlerweile in hässliche Gefilde verirrt hast, dann schreitet dein Bauchgehirn ein und lässt deine Hände am Lenkrad einen heftigen Schlenker machen. Dann knallst du tatsächlich in die *Leid-Planken*, und dein Inneres hat deinem Ego gezeigt, was eine geschlossene Tür bedeutet.«

Sam sagte: »Mein Bauch ist mein Navigationssystem für die freien Straßen. Ist es das, was du meinst?«

»Absolut richtig, dein Bauchgehirn produziert diese innere Gewissheit, von der wir vorhin sprachen. Dann riechst du schon drei Meilen gegen den Wind, dass es da vorne einen Stau geben oder der Sturm immer stärker werden könnte. Aber im Prinzip benötigst du diese innere Gewissheit überhaupt nicht. Das ist das Atemberaubende daran. Du musst nur schauen, ob du freie Fahrt hast, ob die Straßen noch in Ordnung sind und ob dir die Aussicht gefällt. Du erkennst schon an den vielen Stopp- und Vorfahrtsschildern, die auf deinem Weg auftauchen, ob du richtig bist oder nicht. Damit entfällt auch diese furchtbare Herausforderung, ständig deine Gefühle und Gedanken richtig einordnen zu müssen. Du kannst sorgenfrei denken und fühlen, was du willst, du darfst nur nicht vergessen, ab und zu aus dem Fenster zu schauen, ob noch alles in Ordnung ist.«

»Das ist die klassische Philosophie der Quantenphysik, dass meine Umwelt der Spiegel meiner selbst ist«, warf Sam ein.

Lucy nickte mit vollem Mund und kurz darauf fuhr sie fort: »Um noch einmal auf das Reisebeispiel Rom–Hamburg zurückzukommen: So fährst du also in Rom los, und indem du stets die Straßen wählst, die sich dir förmlich aufdrängen, kommst du automatisch Hamburg immer näher, ohne vorher den genauen Weg zu kennen. Das Einzige, was du zu tun hast, ist, die gute Aussicht zu genießen, dich an anderen Verkehrsteilnehmern zu erfreuen oder bei interessanten Sehenswürdigkeiten kurz Pause zu machen. Ein anderes Mal führt dich dein Weg über verträumte Landstraßen, dann machst du einfach etwas langsamer. Manchmal nimmst du einen Tramper mit, schließt dich einer Reisegruppe an, oder du setzt die Reise zu zweit fort. Schließlich kommen natürlich auch Steigungen auf dich zu, da du irgendwann einmal die Alpen überwinden musst, wenn du von Rom nach Hamburg willst. Das ist aber kein Problem. Dann wird es eben etwas anstrengender, und du musst etwas mehr Gas geben. Solange die Straße frei bleibt, kannst du dir sicher sein, dass du in der richtigen Richtung unterwegs bist.«

»Und schließlich bemerke ich, dass ich niemals nach Hamburg wollte!«

Lucy streckte ihr Glas in die Höhe und rief: »Du bist großartig, Sam! Auf diese überlebenswichtige Erkenntnis müssen wir anstoßen. Denn du wolltest ursprünglich wahrscheinlich nur deshalb nach Hamburg, weil dir irgendjemand weisgemacht hatte, dass du dahin willst. Denn wohin du tatsächlich willst, weißt du bewusst überhaupt nicht, nur dein Herz weiß es. Dein Kopf wird dabei zwar nicht eingeweiht, aber er arbeitet – ohne dass du es bewusst mitbekommst – Hand in Hand mit deinem Herzen und dem enterischen Nervensystem deines Bauches. Diese Art Unbewusstheit hat durchaus ihren Sinn, denn wenn du schon alles vorher wüsstest, wäre es ja keine spannende Reise mehr. Jetzt gibt es zum Beispiel zwei Möglichkeiten: Die eine ist, dass du bei deiner Strategie bleibst, einfach nur die gut passierbaren Straßen zu nutzen, dann kommst du plötzlich in Paris an und stellst fest: Hey, da wollte ich ja schon immer hin. Du bist glücklich über diese schöne Überraschung, und dein Herz natürlich auch, weil du deinem hypnotisierten Ego nicht blind und leichtgläubig gefolgt bist. Die zweite Möglichkeit ist: Du bist in dein Ego förmlich verliebt, und das redet dir immerzu ein: Ich will aber unbedingt nach Hamburg! Das habe ich mir vorgenommen, und dabei bleibe ich auch. Dann wird dein Unterbewusstsein deinem Ego ebenso helfen, zu erwachen, allerdings nicht so, wie du denkst, sondern es wird dich so lange durch Staus, Umleitungen und Sackgassen irren lassen, bis dir nichts mehr anderes übrig bleibt, als auf den Weg in Richtung Paris abzubiegen. Also kommst du auch in dieser zweiten Variante am Ziel deines Herzenswunsches an – nur eben umständlich, mit viel Ärger, mit gesundheitlichen Problemen und natürlich einer exorbitanten Zeitverschwendung. Menschen, die sich diesen Wahnsinn des langjährigen Fahrens von Umwegen zugemutet haben, kennst du, nebenbei bemerkt, persönlich. Das war nicht nur deine Ehefrau, sondern auch ich.«

Sam lachte: »Na lieber zu spät als überhaupt nicht! Verstehst du nun, warum ich dir prophezeit habe, dass auch du begreifen wirst, dass dein Schicksal immer auf deiner Seite steht?«

Lucy erhob sich, gab Sam einen dicken schmatzenden Kuss und sagte: »Wie recht du hattest! Egal, auf welche Irrwege dich dein hypnotisiertes Ego zwingt, am Ende findest du aus diesem Chaos heraus, stehst plötzlich in einem wunderbaren Leben und bist völlig erschüttert, warum du nicht schon früher darauf gekommen bist, nicht nach Hamburg, sondern nach Paris zu fahren.«

Sam freute sich für Lucy. »Hättest du noch vor einigen Wochen geglaubt, das Fünffache verdienen zu können? Wäre es innerhalb deiner Vorstellungswelt gewesen, in wenigen Wochen ein richtig gutes Buchkonzept inklusive Verlagsvertrag in der Tasche zu haben? Und hättest du nach Lunas Tod und nach dem Hackerangriff zu träumen gewagt, eine solche Lebensfreude in dir tragen zu können?«

»Nein«, Lucy schüttelte den Kopf, »das alles wäre undenkbar für mich gewesen.«

»Verstehst du jetzt, warum so viele Menschen leiden und die Welt und das Leben förmlich hassen?«

»Auf jeden Fall. Das sind diejenigen, die ihr Leben lang von Hamburg träumen, aber noch nicht einmal bereit sind, loszufahren. Dadurch entgeht ihnen das spielerische Abenteuer, die richtigen Straßen zu finden. Das ist jedoch noch nicht die eigentliche Tragik. Sie schneiden sich schon im Voraus von der Erkenntnis ab, dass sie niemals nach Hamburg wollten. Am Ende sind sie dann tief enttäuscht davon, dass sie ein Ziel nicht erreicht haben, das sie nie hatten. Das ist nicht nur tragisch, sondern auch ziemlich absurd, nicht wahr?«

»Das ist das Paradoxon des Lebens«, antwortete Sam. »So, wie du vorhin schon treffend festgestellt hast: Es geht nicht um Lebensziele, sondern um das Leben selbst.«

»Da wären wir wieder bei dem althergebrachten Spruch: Der Weg ist das Ziel. Jeder Mensch erschafft mit seinem Herzen seine eigene subjektive Realität. Das Ganze wird dann vermischt, überlagert und vernetzt mit den vielen Einzelrealitäten aller anderen Menschen, und schließlich entsteht ein riesengroßes Labyrinth.

Das Einzige, was ich zu tun habe, ist, durch den Eingang zu laufen und mich unbekümmert und fröhlich in Richtung Ausgang leiten zu lassen. Und währenddessen erlebe ich viele Abenteuer, die mir meinen Weg zum Ausgang abwechslungsreich versüßen.«

»Und wie fühlst du dich dabei?«

»Na, so wie jetzt: Ich fühle Liebe und Lebensfreude.«

»Ist es in dem Moment wichtig, wo der Ausgang sich letztendlich befindet oder ob du ihn jemals erreichen wirst?«

»Ganz und gar nicht! Das ist ja das Wunderbare daran, solange du immer schön die passierbaren Wege gehst, ist alles andere völlig unerheblich. Du wirst dich immer zielsicher in Richtung deiner Bestimmung bewegen.«

»Und deshalb ist dein Skript auch so genial«, sagte Sam. »Weil du neun Spielregeln definierst, um dem Sinn des Lebens zielsicher näherzukommen – dem Abenteuer, das Leben zu leben. Diese neun Gesetze würde ich fast als heilig bezeichnen! Magst du sie noch einmal vorlesen?«

»Gerne«, sagte Lucy, »sie lauten:

1. Versuche nicht, die Welt zu verstehen!
2. Überwinde Dich und übe Dich in Mut!
3. Akzeptiere, was Du nicht ändern kannst!
4. Misstraue Deinen Lebenskonzepten!
5. Erkenne Deine Umwelt als einen Spiegel Deiner selbst!
6. Höre Menschen zu, die Deinen Weg kreuzen!
7. Urteile nicht vorschnell und achte auf offene Türen!
8. Lege Dir keine Fesseln an und rechne mit Veränderungen!
9. Sei zu Opfern bereit, wenn Du etwas bekommen möchtest!«

»Die Punkte lassen sich auch auf dein Beispiel von der Rom-Hamburg-Reise übertragen, nicht wahr?«

Lucy schoss sofort los: »Na klar:

1. Versuche nicht, Deine Reise und Dich selbst zu verstehen.
2. Setze Dich endlich selbst ans Steuer und gib Gas.
3. Vergiss Deine bisherigen Umwege, Sackgassen und Autopannen.

4. Rechne damit, dass es auch woanders hingehen könnte.
5. Achte stets auf Vorfahrts- oder Stoppschilder oder darauf, ob die Straßen noch in Ordnung und frei passierbar sind.
6. Sprich mit den Menschen, die Dir unterwegs begegnen.
7. Sei offen für neue Verkehrswege oder andere Verkehrsmittel.
8. Achte darauf, immer reisefertig und fahrbereit zu sein.
9. Akzeptiere, dass die Straßenmaut und ein voller Tank Dich etwas kosten werden.«

Sam war völlig aus dem Häuschen: »Lucy, das ist genial!«

Während Lucy mittlerweile mit dem Nachtisch beschäftigt war, ergänzte sie ihre Worte um eine ihrer wichtigsten Erkenntnisse: »Und für das alles brauchst du im Prinzip keinen Gott. Er ist nur der Erfinder eines Körpers, der dich selbstständig durch das Leben führen kann: Dein Herz erschafft die Realität, dein Bauch führt dich durch die Realität, und dein Kopf bewältigt die Realität …«, Lucy verschluckte sich plötzlich. Sie hatte sich eine etwas zu große Portion Tiramisu zugemutet.

Sam lachte, klopfte ihr sanft auf den Rücken und empfahl in einem übertrieben väterlichen Tonfall: »Du musst mehr auf dein Unterbewusstsein hören, mein Schatz. Wahrscheinlich erachtet dein Körper riesige Mengen von Tiramisu nicht als Bestandteil deiner Bestimmung, mmh?«

»Ja, ja.« Lucy musste noch immer husten. »Aber dieses Teufelszeug ist so dermaßen lecker, da hast du gut reden.«

»Keine Angst, es ist noch genug da. Das gilt auch für die Pasta, schließlich hattest du ja nur drei große Portionen«, Sam grinste breit. »Wenn ich solche Berge von Nahrungsmitteln verschlingen würde, könntest du mich nach wenigen Wochen rollen. Wo isst du das nur hin, schließlich hast du kein Kilo zu viel – oder geht das alles in deine Oberweite?«

Lucy griente Sam schelmisch an: »Apropos Oberweite. Könntest du dir vorstellen, dich noch einmal zu kümmern?«

Sam hob seine Augenbrauen und erwiderte freundlich: »Ach, meine Liebe, für dich mache ich doch alles.«

Lucy ließ prompt den Dessertlöffel fallen, stand auf, entledigte sich ihres Bademantels, warf ihn in hohem Bogen fort und rief entzückt: »Na, dann mach's noch einmal, Sam!«

Sam, amüsiert von Lucys kleinem Ausflug nach Hollywood, erhob sich ebenfalls, nahm zwei Gläser und die Weinflasche und sagte: »Dann folgen Sie mir bitte unauffällig, gnädige Frau. Ich schau mal, was ich für Sie tun kann.«

Fröhlich und beschwingt stiegen Sam und Lucy die Stufen hinauf in die zweite Etage. Oben angekommen, flüsterte Lucy Sam einige ihrer bizarren Wünsche ins Ohr, und Sam tat, was ihm aufgetragen wurde.

Nachdem Lucys Wünsche mehr als erfüllt worden waren, lag sie zufrieden und mit Sam eng umschlungen auf dem Bett. Sie genossen den Augenblick danach und lauschten der Musik, die leise von unten heraufdrang.

Nach einer Weile hob Lucy den Kopf und sprach sanft zu Sam: »Darf ich dir etwas Wichtiges sagen?«

Sam blickte in Lucys verträumt wirkende Augen und nickte. Lucys Stimme geriet etwas ins Stocken, ein paar Glückstränen rannen ihre Wangen hinunter. Mit gedämpfter Stimme sagte sie: »Sam, mein Liebster, ich liebe dich so sehr, das kannst du dir überhaupt nicht vorstellen. Ich bin so unendlich dankbar, dass es dich gibt.«

Ihr nackter Körper schmiegte sich noch enger an Sam, und sie legte ihren Kopf an seine Schulter. Sie spürte, dass auch Sam den Tränen nahe war.

Nach einem Moment der Stille sagte er: »Lucy, ich hege die gleichen tiefen Gefühle für dich: Ich liebe dich, wie ich noch nie geliebt habe.«

Lucy sagte zärtlich: »Ich habe auch keine Angst mehr, dass es morgen mit dir oder mit der Schönheit des Lebens vorbei sein könnte. Ich habe auch meine fixen Ideen aufgegeben, was Partnerschaft bedeuten könnte oder welche Kriterien erfüllt sein müssten.

Ich bin mir gewiss, dass uns die Liebe keine Wahl lässt. Liebe ist nicht freiwillig. Sie zwingt uns, zusammen zu sein, ob wir es wollen oder nicht. Das ist die Natur. Das sind wir. So wie es jetzt ist, ist es gut. Ich verspreche dir, ich werde meinem Ego nie mehr gestatten, dich mit blödsinnigen Lebenskonzepten zu quälen, die ich nie hatte. Ich habe die Spielregeln, die uns Gott hinterlassen hat, begriffen. Schade, dass er sich uns nie zeigt. So gerne hätte ich ihn mal dazu interviewt, warum er sich vor den Menschen versteckt. So gerne hätte ich das Wesen, das Zeit und Raum eingeschaltet hat, mal persönlich kennengelernt!«

»Aber du hast Gott doch längst kennengelernt. Frag ihn doch einfach.« Sam grinste wissend.

Lucy spürte, wie friedvolle Ruhe in ihren Körper einkehrte. Mit leiser Stimme erwiderte sie: »Ich habe nie eine göttliche Erscheinung erlebt. Ich habe nie Stimmen gehört. Ich hatte nie ein außergewöhnliches spirituelles Erlebnis, wie es in den großen Religionsbüchern beschrieben wird. Wie soll ich Gott fragen, wenn er sich mir nicht zeigt?«

»Gott sei Dank hast du solche Erlebnisse nie gehabt. Du hast mir doch von der Magnetokardiologin erzählt. Sie hat dir doch erklärt, was solche Erscheinungen tatsächlich bedeuten. Alles Ungewöhnliche, was in deinem Kopf auftaucht und einen übersinnlichen oder göttlichen Eindruck hinterlässt, beruht auf extrem starken Magnetfeldern, die von außen auf dich einwirken. Solche externen Einflüsse gehören nicht zum menschlichen Leben.«

»Na, da wären aber Jesus und Mohammed nichts anderes als paranoide Schizophrene gewesen.«

»Die aktuelle Wissenschaft geht auf jeden Fall davon aus«, entgegnete Sam. »Du brauchst doch nur bestimmte halluzinogene Drogen zu dir zu nehmen, dann hast du in Sekunden deinen vermeintlichen Gott vor dir oder erlebst sonstige spirituelle Erscheinungen. Wenn du dir Befragungen von Drogenabhängigen ansiehst, dann erkennst du keine großen Unterschiede zu den Berichten aus der religiösen Historie. Schon die großen Rockstars aus den Sechzigerjahren hatten LSD unterstellt, man könne damit Gott entdecken. Womit sie dabei tatsächlich Kontakt hatten, möchte ich mir lieber nicht ausmalen.«

Lucys Gedanken wurden immer friedlicher. Eine für sie ungewohnte Art der Ruhe übernahm die Herrschaft über ihren Körper. Dennoch hakte sie nach: »Aber wie kann ich Gott etwas fragen? Ich brauche ihn zwar nicht mehr, weil mir die von mir entdeckten Spielregeln völlig ausreichen, um ein zauberhaftes Leben zu führen, aber es würde mich schon interessieren, wie du auf die Idee kommst, ich hätte Gott bereits persönlich kennengelernt.«

»Liebe Lucy«, versuchte Sam sie zu motivieren, noch ein bisschen wach zu bleiben, »erinnere dich bitte kurz an deine physikalischen Grundkenntnisse, die ja mittlerweile ein erstaunlich hohes Level erreicht haben. Wenn wir etwas beobachten, dann ist es doch immer eine Art Messung, richtig? Mit welchem Versuchsaufbau kannst du denn zum Beispiel eine Strecke von einem Meter ausmessen?«

»Na, indem ich ein Metermaß anlege«, antwortete Lucy, sichtlich bemüht, einen klaren Gedanken zu fassen.

Sam sprach leise weiter: »Dazu brauche ich doch irgendwo im Raum einen Anfangspunkt, an dem ich mit der Messung starten kann. Ich muss also wissen, wo die Strecke beginnt, die ich abmessen möchte. Erst dann kann ich mein Metermaß anlegen. Wo muss ich mich also aufhalten, damit ich etwas messen und beobachten kann?«

Lucy drehte sich auf die Seite und zog ihre Knie an. Sam folgte ihr und schmiegte sich an ihren Rücken, um sie liebevoll in seine Arme zu nehmen. Die Löffelstellung genießend, antwortete Lucy: »Ich muss mich außerhalb der Strecke befinden, um sie überhaupt sehen beziehungsweise entscheiden zu können, ab welchem Punkt ich beginnen möchte zu messen.«

Sam strich über Lucys Haare und fuhr fort mit seiner Herleitung: »Das heißt doch, wenn Messung nichts anderes ist als eine

Art Beobachtung, dann kann ich nur etwas beobachten, wenn ich mich außerhalb des zu beobachtenden Objekts befinde?«

»Natürlich«, stimmte Lucy ruhig zu.

»Und?«, fragte Sam. »Wie ist es bei dir? Kannst du dich selbst beobachten?«

Lucy spürte plötzlich ein belebendes, warmes Gefühl in ihrem Inneren.

»Ich sehe mich im Spiegel. Ich weiß, dass ich auf der Welt bin. Ich kann wahrnehmen, was ich gerade denke. Manchmal bin ich sogar in der Lage, meine Gedanken zu steuern oder ganz zum Schweigen zu bringen.«

Sam freute sich, dass Lucy noch wach genug war, um solcherlei Schlüsse zu ziehen. »Und?«, fragte er.

Lucy verschlug es den Atem. Langsam dämmerte es ihr. Die Hintergrundmusik war längst verstummt. Sie nahm nur noch das flackernde Licht der zahlreichen Kerzen rund um das Bett war. Trotz ihrer Müdigkeit wusste Lucy, dass dies ein heiliger Augenblick in ihrem Leben war. Wie von selbst kam über ihre Lippen: »Wenn ich weiß, dass ich da bin. Wenn ich mir sogar meiner eigenen Gedanken bewusst bin, dann kann ich nicht mein Körper oder mein Gehirn selbst sein. Denn wenn ich in der Lage bin, mich selbst zu beobachten, muss ich mich irgendwo außerhalb meines Körpers befinden.« Lucy drehte sich zu Sam um und sah ihm tief in die Augen.

Es herrschte absolute Stille.

Lucy flüsterte: »Oh, Sam, ich verstehe. Ich weiß, wo Gott ist!«
Sam erwiderte Lucys engelreinen Blick. Instinktiv spürte er, dass sie nun angekommen war. Sie hatte gefunden, wonach sie so sehnlichst gesucht hatte. Während Lucys Inneres plötzlich von Licht und Wärme durchflutet wurde, sagte sie ganz leise: »Wir sind nicht hier, nicht wahr, Sam? Wir sind irgendwo außerhalb unserer Welt! Wir nutzen nur unsere Körper, um am Wunder des Lebens teilhaben zu können.«

Lucy verstummte für einen Augenblick, um diesen heiligen Moment bewusst wahrnehmen zu können. Schließlich sprach sie die finale Erkenntnis ihrer Suche nach Gott aus. Plötzlich war alles glasklar:

»Wir sind es selbst!«

Sam nickte sachte, während Lucy sich in seinen Körper förmlich eingrub, um in seinen Armen friedlich einzuschlafen. Nach und nach wurde ihr Atem flacher, und ein letzter Gedanke tauchte in ihrem Geist auf, bevor ihr Herz für immer aufhörte, zu schlagen:

SUCHE NICHT NACH EINEM GOTT, DENN DU BIST ES SELBST!

— —

Epilog

Nachdem Lucilla gemächlich durch einen gleißenden Lichtbogen geschwebt war, wurde sie plötzlich geblendet von roten, grünen und blauen Blinklichtern. Zuerst wusste sie nicht, was das zu bedeuten hatte, aber dann machte es bei ihr klick.

Sie war zurückgekehrt.

Sie hatte es tatsächlich geschafft: Das Level 10 war geknackt!

Um sich herum hörte sie Stimmen und Applaus. Erst jetzt wurde ihr gänzlich bewusst, wo sie sich befand. Etwas benommen setzte sie ihre Cyberbrille ab. Dann sah sie eine kleine Gruppe von Leuten, die sie voller Freude anschauten und begeistert klatschten. Umringt von Patienten, Betreuern und Programmierern, stand Lucilla auf und streckte siegreich ihre Arme in die Höhe. Ihr war nun vollends bewusst, was sie erreicht hatte. Der Beifall wollte kein Ende nehmen, und Lucilla genoss ihn.

Zwei der Betreuer traten zu Lucilla und strahlten sie an. Der eine sagte: »Gratuliere, Lucilla, das war eine Spitzenleistung. So schnell hat hier noch niemand sein Therapieziel erreicht.«

Sie nahmen Lucilla in ihre Mitte, stützten sie ein wenig und begleiteten sie in den Erholungsraum, in dessen Mitte eine Liege frei im Raum schwebte. Lucilla fühlte sich noch etwas schwindelig, aber ein wunderbares Gefühl der Glückseligkeit durchströmte sie. Eine Gruppe von Experten erschien, um Lucilla einem Gesundheitscheck zu unterziehen. Sie bedeuteten ihr, sich auf das Schwebebett zu legen, dann ließen sie einen Roboterarm ihren gesamten Körper scannen. Umgehend erschien das Ergebnis auf einem Monitor: Lucilla erfreute sich bester Gesundheit. Sie erhielt einen gehaltvollen Vitamindrink und anschließend reichlich Nahrung und weitere Flüssigkeit. Nachdem sie ihren Hunger gestillt und noch einige weitere Checks über sich ergehen lassen hatte, schloss sie die Augen. Dann fiel sie in einen tiefen, erholsamen Schlaf.

Als sie wenige Stunden später erwachte, war ihre Benommenheit vollständig verschwunden, und sie fühlte sich voller Energie. An ihrem Bett stand ein Mann in einem weißen Kittel, der sie freundlich ansah und sagte: »Liebe Frau Suzuki, das ist es wohl gewesen. Ich habe ihre Papiere bereits fertig machen lassen. Ihrer Entlassung steht nichts mehr im Weg. Die Chefin will Sie aber unbedingt noch sprechen, bevor Sie gehen. Sie hätte jetzt Zeit für Sie.«

Lucilla sprang auf und rief: »Prima, das mache ich doch gerne.«

Das Büro befand sich unweit der Erholungsräume. Fröhlich und beschwingt machte Lucilla sich auf. Die Tür stand offen und ohne Zögern trat sie ein.

Die Geschäftsführerin des galaktischen Instituts für Persönlichkeitsentwicklung erhob sich bei Lucillas Anblick, nahm einen bereit liegenden Blumenstrauß in die Hände und kam ihr damit freudestrahlend entgegen. Sie umarmte sie herzlich und sagte: »Frau Suzuki, das haben Sie toll gemacht. Wir alle sind völlig aus dem Häuschen. Sie sind die Erste, die in nur vier Zeiteinheiten siebenundvierzig Erdenjahre durchgespielt und noch dazu das maximale Level 10 erreicht hat. Das hat vor Ihnen noch niemand geschafft. Das ist exzellent. Ich möchte Ihnen daher einen Vorschlag machen. Können wir ein bisschen reden?«

Lucilla war einverstanden. Die in Weiß gekleidete Dame strich ihre schneeweißen Haare aus dem Gesicht, zeigte auf eine kleine Sitzgruppe am anderen Ende ihres geräumigen Büros und bot Lucilla an, Platz zu nehmen.

»Wie haben Sie selbst Ihre Cybertherapie erlebt? Waren Sie zufrieden mit den von Ihnen gewählten Rahmenbedingungen?«

Lucilla erwiderte: »Manchmal erschien es mir ziemlich hart, was ich mir da ausgesucht hatte. Aber, im Nachhinein betrachtet, war der Grad der Beschwerlichkeit optimal gewählt, um meine Kontrollsucht heilen zu können. Und zum Schluss konnte ich auf der Erde Lebensfreude und Liebesfähigkeit in einem Ausmaß entwickeln, wie ich es zuvor nie für möglich gehalten hätte.«

»Ich muss zugeben«, sagte die Geschäftsführerin, »dass wir uns anfänglich um Sie gesorgt haben. Wir fürchteten, Sie hätten sich zu viel zugemutet. Aber rückblickend war Ihre Auswahl sicherlich perfekt. Sie haben Ihr Therapieziel sogar übererfüllt. Wie Sie wissen, hätte ja durchaus auch das Erreichen des Levels 8 ausgereicht, um die Auflagen des Obersten galaktischen Gerichtshofes für Charakterbildung zu erfüllen.«

Lucilla strahlte über das ganze Gesicht. »Ja, ich mochte einfach nicht aufhören und habe deshalb das Erdenleben weitergespielt, so lange es ging. Leider erschienen dann die Blinklichter. Da war mir klar, dass ich mein persönliches Therapieziel erreicht hatte.«

»Zunächst möchte ich mich im Namen des Instituts bei Ihnen entschuldigen. Wie Sie wissen, ist es nicht üblich, dass wir uns entschließen, das Simulationsprogramm ERDE vorzeitig abzubrechen. Glauben Sie mir, wir hätten Ihnen von Herzen noch viele, viele Erdenjahre als erfolgreiche Buchautorin gegönnt. Aber es gab einen sehr triftigen Grund für den Abbruch, und ich denke, Ihnen wird gefallen, was ich anzubieten habe.«

Lucilla rutschte neugierig auf ihrem Platz hin und her. »Da bin ich aber gespannt!«

Die Geschäftsführerin lächelte und erklärte: »Ich habe erfahren, dass unser Upgrade 8.0 endlich fertig ist. Es wird einen ganz neuen Schwerpunkt haben und das Erdenspiel ziemlich auf den Kopf stellen. Damit alles reibungslos klappt, haben wir uns entschlossen, dafür ein eigenes Institut ins Leben zu rufen. Und so frage ich Sie: Möchten Sie die Leitung dieses Instituts übernehmen und hauptverantwortlich den Upload der Version ERDE 8.0 begleiten?«

Lucilla war sprachlos. Damit hatte sie nicht gerechnet. Sie rang nach Luft. Als sie ihrer Sprache wieder mächtig war, sagte sie: »Das wäre ja wunderbar! Das ist der absolute Traumjob. Trauen Sie mir das wirklich zu?«

»Aber Frau Suzuki, was sagen Sie da?« Die Geschäftsführerin lächelte sie wohlwollend und nachsichtig an.

»Aber ja, verzeihen Sie bitte. Ich weiß: geöffnete Tür erkennen und mutig hindurchschreiten. Wie konnte ich das nur vergessen!«

»Ich habe vollstes Vertrauen in Sie, Frau Suzuki. Mit dem Erreichen des Levels 10 haben Sie bewiesen, dass Sie die aktuelle Version ERDE 7.9 optimal beherrschen. Sie erscheinen mir derzeit als die kompetenteste Besetzung, um die Verantwortung für das besagte Upgrade zu übernehmen. Deshalb blieb mir nichts anderes übrig, als Ihre Cybertherapie anzuhalten. Ich will Sie für diese Stelle haben!«

»Vielen Dank für Ihr Vertrauen. Wie kann ich mir denn diese neu geschaffene Position vorstellen?«

»Wie Sie wissen, dürfen wir niemandem, der vom Obersten galaktischen Gerichtshof für Charakterbildung zu einer Therapie zur Persönlichkeitsentwicklung verurteilt wurde, Vorgaben machen, *wie* er sein charakterliches Defizit überwindet. Wir überwachen, dem Urteilsspruch gemäß, lediglich, ob die Patienten ihre Ziele erreichen. Sie zum Beispiel haben sich für die Cybervariante entschieden, um Ihre Kontrollsucht zu überwinden. Sie haben in Eigenregie die Rahmenbedingungen programmiert und bestimmt, mit welchen Personen Sie sich im Erdenspiel konfrontiert sehen wollten. Wir haben uns zugegebenermaßen etwas gewundert, dass Sie sich als schwarzhaarige Asiatin eine blonde Nordeuropäerin als Avatar aussuchten, aber offensichtlich ist die Rechnung aufgegangen. Auch, dass Sie sich für Ihr Erdenleben Todesfälle mehrerer lieb gewordener Menschen zugemutet haben, erscheint in der Rückschau als ein sehr intelligenter Schachzug. Neunzig Prozent unserer Patienten erreichen gerade einmal Level 6, und das meist auch nur dann, wenn sie das Therapieprogramm mehrmals durchlaufen. Aber darum geht es jetzt nicht. Wir beabsichtigen mit der neuen Version ERDE 8.0 neben der Möglichkeit,

Virus-Pandemien, Umweltkatastrophen und schwere Klimaveränderungen programmieren zu können, auch mehr Sicherheit in die Software zu bringen. In der Vergangenheit hatten wir leider zu viele Patienten, die Computerviren eingeschleppt haben. Manche Verurteilte luden sogar Schadsoftware hoch, um schneller ihre Therapieziele erreichen zu können. Dabei haben sie in Kauf genommen, dass andere Spieler geschädigt wurden. Wir konnten das nie verhindern, weil es uns gesetzlich untersagt ist, die Patienten zu beaufsichtigen, anzuweisen oder sonst wie in ihrer Freiheit einzuschränken. Und da kommen Sie ins Spiel: Ihre erste Aufgabe besteht darin, ein Team von Betreuern und Technikern zusammenzustellen, die die Therapieteilnehmenden nicht nur motivieren, freiwillig auf Softwaretricks zu verzichten, sondern die ihnen auch beibringen, nicht auf die Schadsoftware anderer Verurteilter hereinzufallen. Sie sind dafür perfekt geeignet, da Sie hier als das neue Vorbild gelten. Außerdem zeigte sich Ihr Avatar immer resistent gegen Computerviren oder schädliche Programme. Womit Sie bewiesen haben, dass sich Ihre Programmierkenntnisse auf höchstem Niveau befinden.«

Lucilla war völlig aus dem Häuschen. »Das hört sich alles großartig an. Ich würde mich sehr freuen, den Verurteilten näherbringen zu können, wie sie erfolgreich und mit legalen Mitteln ihr Erdenleben programmieren, damit sie die Auflagen des OGG erfüllen. Die Leitung des neuen Instituts würde ich sehr gern übernehmen.«

»Das freut mich, Lucilla. Fairerweise muss ich zuvor noch eine Sache mit Ihnen klären. Ihr Simulationsspiel haben wir derzeit nur angehalten, seit ihrem Herzstillstand sind bis zum jetzigen Zeitpunkt gerade einmal fünf Sekunden Erdenzeit verstrichen. Aktuell liegen Sie ohne ein Lebenszeichen neben Sam im Bett. Ihr Zustand wurde noch von keinem Mitspieler entdeckt. Sie könnten sofort wieder in Ihr Erdenleben einsteigen, falls Sie sich umentscheiden möchten.«

Lucilla erschrak. »Nein!«, sagte sie schnell. »Bitte nicht. Sie können das Programm endgültig abbrechen. Ich bleibe hier. Dieses

Erdenleben war zwar spannend und sehr aufschlussreich, aber ich lebe doch lieber in einer Welt, in der das Leid ausgestorben ist, in der die Liebe regiert und in der vor allem Leben nicht gezwungen wird, sich gegenseitig aufzufressen. Also, wann geht es los?«

»Jetzt machen Sie erst einmal zwanzig Zeiteinheiten Urlaub mit Ihrem Mann, liebe Frau Suzuki. Ihr Körper braucht für seine Umstellung noch ein bisschen Ruhe. Das Institut möchte Sie daher zu einem Aufenthalt auf der Raumstation *Wellness & Beauty VII* einladen. Es ist alles schon vorbereitet. Sie müssen sich um nichts kümmern. Ihr Mann ist bereits aus Sokyo angereist. Mir wurde mitgeteilt, dass sein Raumgleiter vor wenigen Minuten gelandet ist. Er müsste jeden Moment hier auftauchen.«

Lucilla sprang vor Freude von ihrem Sitz auf, klatschte übermütig in die Hände und gab der Geschäftsführerin mit den schneeweißen Haaren einen dicken Kuss auf die Wange.

»Die *Wellness & Beauty VII* mit Blick auf den Andromeda-Nebel? Wow, das war schon immer ein Traum von mir.«

Lucilla hatte ihren Satz kaum beendet, da spürte sie schon eine wohlvertraute Umarmung. Sie drehte sich um, und ihre Glückseligkeit kannte keine Grenzen. Eng schmiegte sie sich an ihren Gatten und küsste ihn innig.

»Oh, Samuel, wie schön, dass du so schnell kommen konntest! Wir zwei machen Urlaub in der siebten Dimension, ist das nicht wunderbar?«

— — —

Versuche nicht, die Welt zu verstehen

Überwinde Dich und übe Dich in Mut

Akzeptiere, was Du nicht ändern kannst

Misstraue Deinen Lebenskonzepten

Erkenne Deine Umwelt als einen Spiegel Deiner selbst

Höre Menschen zu, die Deinen Weg kreuzen

Urteile nicht vorschnell und achte auf offene Türen

Lege Dir keine Fesseln an und rechne mit Veränderungen

Sei zu Opfern bereit, wenn Du etwas bekommen möchtest

Suche nicht nach einem Gott, denn Du bist es selbst